夏志清夏濟安書信集

卷二

（1950–1955）

王洞 主編
季進 編注

目次

夏濟安初抵台北（1950）

夏志清在耶魯宿舍（1951）

李田意、湯小姐、夏志清在
耶魯大學（1951）

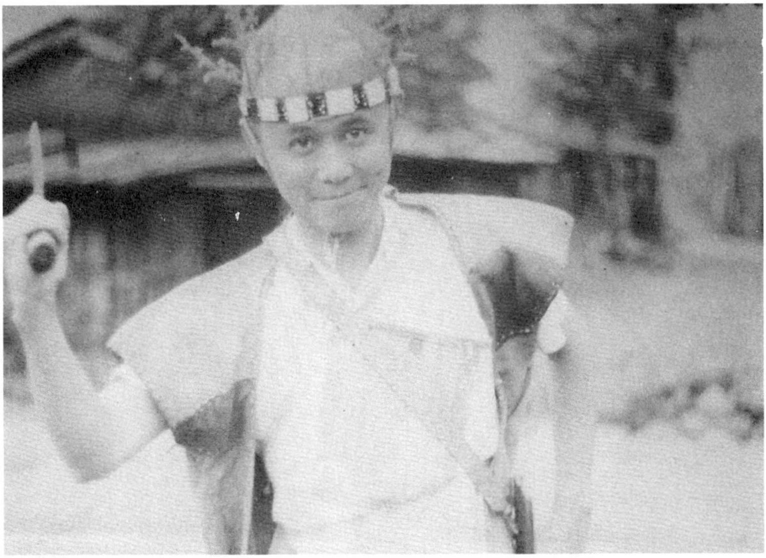

夏濟安在日月潭（1951）

夏志清滬江同學吳新民新婚（1951）

夏志清身著博士服在新港約
克街（1952）

夏濟安在台大宿舍（1952）

夏濟安抽菸斗（1952）

夏志清1953年秋天在新港（1953）

夏志清的上司饒大衛（David Rowe）（1960）

夏志清與卡洛結婚（1954）

夏濟安在印第安納大學（1955）

夏濟安在布魯明頓（1955）

夏志清抱着嬰兒樹仁（1955）

夏志清與張和鈞在紐約山王飯店（2004）

夏志清與劉金川在紐約西餐館（2004）

中研院夏志清紀念會，左起：陳芳明、季進、王德威（2015）

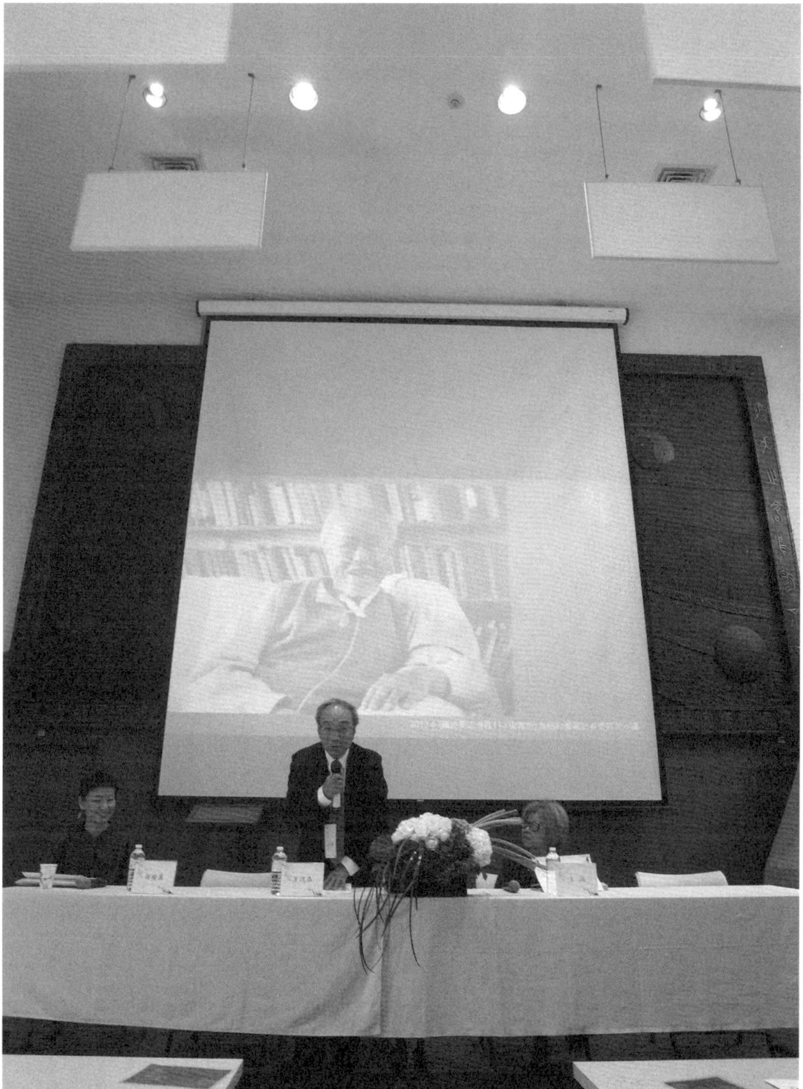

中研院夏志清紀念會，左起：胡曉真、王汎森、王洞（2015）

濟安哥：

九月廿六日來信收到了，禮袍尺寸已量好，附寄來寄上。Carol有孕已三月，腹圍臀圍都較從前擴大，所以Carol本人暫停購買目前measurements做的禮袍。今晚我們恐怕不會太晚。我的意思是，做好買了材料，要請裁縫做，就費太多，就請不必了，做了給小姐兩套給她女友，費自己出書多，我為我置，即應從選料開始，你會同她有很多接觸，多那中博達氏道，不好搬做事。料子，顏色花紋方面你自己決定，只要in good taste就好了。很多人以乾淨，wool好，實用些，不過比較貴，wool一定很貴，還是張了點適宜。顏色方面，一色Baron的deep royal blue即可以，如有花紋，以不觸目的小花紋為適宜。以上只是建議，你看到適宜的，自己作主好了。Carol對你的誠意，極為感激，希望不要為了這事，化費你太多時間。

上次來信，想已收到了。處女姐又出事，胡世禎方面已有回音，他預備代她apply Louisiana State University，他有學生在那裏當副教授，例子讀數方便，Tulane學費太貴，L.S.U.只有六千元，四年可以讀畢了，我已有信通知處女姐。希望她明春可以建成。

vision已答覆否，甚念，希望下次信上能告知出國的日期。昨天星期天到市中國同學會開會，遇到一位傅樂成似的台大歷史系教員，也是來耶魯讀Graduate School，另外兩三位很聰明的young students，和一位很成熟的化學系研究生

同住宿，都是台大畢業生，她們都知道你，讀書寫作很有名望。因此的氣質自然，為人很pleasant，讀書也用功；今年另外有一位中國女生叫Susan Han許，生在上海，來自香港，在南方讀了兩年（小大學）英文的MA degree，她相貌很出眾，為Susan Han的年來所見不到的，人很sophisticated，但也穿氣可親，你來此地，和這些同學相處一兩年來必得多。

九姊想已畢業，父親來信仍問及謝世麟的畢業事，希望你同她商量一下，[illegible]那時她寫信給[illegible]她父兄，把在美的計劃信讀。Carol九月來開始在Hamden Hall中學教書，早晨七點起身，下午四時許返家，一星期五天講些英語。[illegible]樂觀，所以我常常[illegible]，[illegible]學到能說。在美國中學教中國的英語很多，下午沒有什麼功課，多是美國家家有TV，這家不能讀書，下午有自修課，請迎學生們準備功課。學生的的例子先生們，監督他們讀書。我在東很好，工作也上軌道，不像暑期那時那樣的[illegible]生不下心來。玉瑛妹在江灣讀書，很得信任，又飯菜豐富，又說是年得很好(?)。週末已返家過兩次，希望她能把繪畫之讀通。父母身體都好，母親說到要抱孫，非常高興。寄件的出國好消息，此頌

近好

弟 志清 上 十月十五

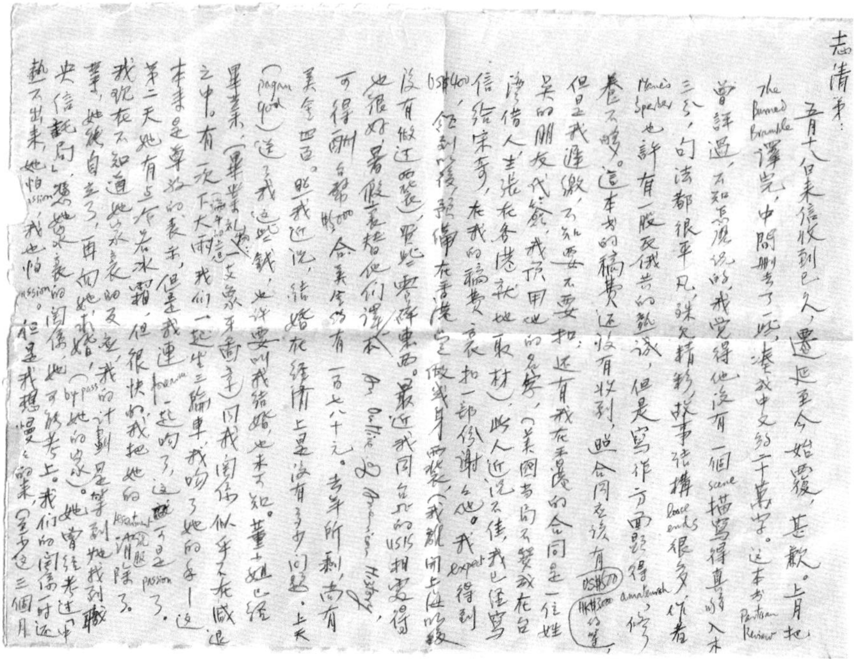

志清弟：

五月十八日来信收到已久，還延至今始覆，甚歉。上月把 The Burned Bramble 譯完，中間删去了一些，湊成中文約二十萬字。這本书 Partisan Review 曾評過，不知怎麼說的，我覺得他沒有一個 scene 描寫得真的入木三分，句法都很平凡，殊欠精彩，故事結構 loose ends 很多，作者 Manès Sperber 也許有一股反俄共的熱誠，但是寫作方面顯得 amateurish，修養不夠。這本书的稿費還沒有收到，照合同应该有 US$570（HK$3000 的樣子），但是我遲繳，不知要不要扣；还有我在香港的合同是一位姓吳的朋友代簽，我須用他的名字（美國书局不贊成在台灣借人，去張在香港就地取材）。此人近况不佳，我已經寫信給宋奇，在我的稿費裏扣一部份謝謝他。我 expect 得到 US$400，錢到以後，預備在香港定做幾身西裝（我離開上海以後沒有做过西裝），買些零碎東西。最近我同台北的 USIS 相處得也很好，暑假裏替他們譯本 [illegible] 可得酬台幣 4000，合美金約有一百七八十元。去年所剩，尚有美金四百。照我近况，結婚在經濟上是沒有多少问题。上天（pagan god）送了我這些錢，也许要叫我結婚，也未可知。董小姐已經畢業（畢業礼[illegible]一支象牙圖章），同我關係似乎不在减退之中。有一次下大雨，我們一起坐三輪車，我吻了她的手——這本来是尊敬的表示，但是我連 forearm 一起吻了，這[illegible]是 passion 了。第二天她有点冷若冰霜，但很快的我把她的 resentment 消除了。我现在不知道她家裏的反应，我的计劃是等到她找到職業，她能自立了，再向她求婚（by-pass 她的家）。她曾經考过中央信託局，憑她家裏的關係，她可能考上。我們的關係一时还熱不出来，她怕 passion，我也怕 passion。但是我想慢慢的来，至少还三個月

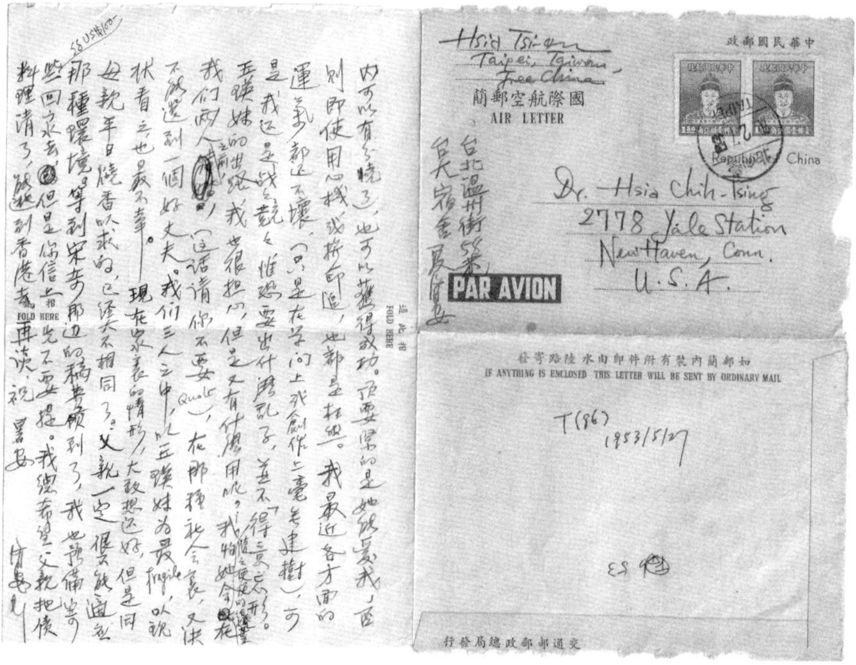

内可以有分曉了，也可以獲得成功。頂要緊的是她能愛我，否則即使用心機、找拚命追，也都是枉然。我最近各方面的運氣都还不壞（只是在学问上和創作上毫無建樹），可是我还是戰戰兢兢，惟恐要出什麼亂子，並不「得意忘形」。玉瑛妹的出路我也很担心，但是又有什麼用呢？我怕她會在我們兩人之前[illegible]（这話请你不要 quote），在那種社会裏，又決不能選到一個好丈夫。我們三人之中，以玉瑛妹為最 fragile，以現状看，也最不幸。現在家裏的情形，大致想还好，但是同母親半日燒香吹求的，已經大不相同了。父親一定很能適應那種環境。等到宋奇那边的稿費領到了，我也預備寄些回家去。但是你信上先不要提。我總希望父親把債料理清了，能搬到香港來。再談，祝

暑安

濟安 [illegible]

夏氏兄弟書信手稿

人與事

王洞

2015年4月27日王德威教授與胡曉真所長在中央研究院舉辦了一個夏志清紀念研討會，德威希望在會前出版志清與濟安的通信以茲紀念。在季進教授的協助下，由聯經出版社胡金倫總經理大力推動，《夏志清夏濟安書信集——卷一》如期面世。自1947至1965年，兄弟二人書信往還，有六百多封。十八年間，志清定居美國，生活安定；濟安卻因政局不安，離京返滬，經港赴台，輾轉來到美國，遷徙頻繁。這六百多封信，即以濟安的變遷，分五卷出版。第一卷發表了一百二十一封信（始自志清乘船離滬從火奴魯魯1949年11月21日寄出的第一封信至濟安赴台前1950年10月23日由香港發出的編號第121號的信件）。第二卷始自第122號信件（1950年10月31日）——志清由耶魯寄至台北的第一封信，至第280號信件（1955年6月9日）——濟安結束印第安納大學的課程，至伊利諾州訪友，由芝加哥寄出的信。

抗戰勝利後國共之戰，國民政府節節失利退守台灣，一時無法安插隨政府遷台的官員與百姓，新近遷台的人，大部分無職業，沒收入，靠積蓄度日，生活很清苦。濟安幸由崔書琴先生引薦得台大教職，但外文系沒有熟人，很感孤單，教學之餘，致力於英文寫作。濟安英文的造詣果然得到系主任英千里、校長錢思亮的賞識。1955年2月台大派濟安來美「取經」，由美國國務院資助在印第安納大學進修一學期，學習寫作。濟安寫了兩篇小說：〈傳宗接代〉

（*The Birth of Son*）與〈耶穌會教士的故事〉（*The Jesuit's Tale*）。後者得到《宗派雜誌》編者兼名批評家賴富（Philip Rahv）的鑑賞登在該刊1955年秋季號，肯定了濟安英文創作的成就。

在印第安納進修期間是濟安一生最快樂的時光。國務院的津貼較一般獎學金優厚，濟安不需為生活擔憂，安心學習，成績斐然。他爽朗的個性，詼諧的談吐，很得同學的歡迎，常被邀參加會議發表談話，接受校刊的訪問。雖然獲悉他追求多年的女友別嫁，很受「震撼」（shocking），他失戀的悲傷因愛慕女同學Ruth而沖淡。濟安被Ruth的美麗吸引，一直沒有機會接近，在學期行將結束時，才鼓足了勇氣端了飯盤與這位美女在飯廳裏同桌吃飯，所以學期完了，他便去芝加哥轉往附近的Elkhart去看望Ruth。

濟安去台灣以前，在昆明、北京、上海、香港，雖然兩手空空，但生活非常舒適，因為有父親及父親朋友的接濟。到了台灣，接濟中斷，必須「自力更生」。台大薪水微薄，入不敷出，幸有宋奇幫忙，接手了香港美國新聞處的翻譯工作，按件計酬。這些譯文都收入《美國散文選》（香港今日世界社，1958）。濟安的高足劉紹銘教授發現香港中文大學圖書館藏有此書，認為有重刊的價值，請香港中文大學出版社重印濟安的譯文及作者原文，中英對照，書名《名家散文選讀》，即將出版。濟安在1950年代，長期在《學生英語文摘》（*Student's English Digest*）選載當代名家小段英文，詳加註釋，嘉惠有志學習英語的學生。我讀高中時即是這本雜誌的讀者，久聞夏濟安的大名，很是仰慕。1959年濟安的得意門生朱乃長教授集結了這些文摘，由商務印書館出版了《現代英文選評註》，至今銷路不衰。簡體版也早在1985年面世，2014年由北京外語教學與研究出版社重印發行。

看過第一卷的讀者，都知道濟安單戀一位十三歲的小美女。這段戀情隨着北平易手結束。濟安逃到香港，在一家公司上班，住在豪華的旅館裡，卻領不到薪水，只好給富家子弟補習英文，賺取生活費，在即將離港時愛上了女生秦佩瑾。這位秦小姐，多愁善感，喜愛文學，與濟安以創作互勉。這與濟安勤於寫作，不無關係；這期間，濟安發表了〈蘇麻子的膏藥〉、〈火柴〉、〈火〉等短篇小說。秦小姐與濟安通信不斷，但只願維持師生關係。在台灣，使濟安動心的是一位台大英語系三年級的女生，名董同璉。濟安指導她寫論文，接觸頻繁，日久生情。董小姐畢業後，與濟安逐漸疏遠，濟安1955年離台來美時，已放棄對董的追求。濟安給志清的信每每提起這兩位小姐。請志清代購精美的卡片，或討明星的照片。志清在百忙中，一定滿足哥哥的囑託。

濟安平日談笑風生，但與心儀的女子單獨相處時往往手足無措，尤其不知道怎樣送女友禮物。六妹玉瑛告訴我大哥在上海時曾帶她去看童芷苓，從蘇州買了一雙繡花鞋，想送童芷苓，拿不出手，竟將繡鞋帶回。據名散文家吳魯芹的太太說，濟安在台北時，常去她家打麻將，有一次帶了一個貴重的皮包來，說是這皮包是特意請宋奇在香港買來預備送董同璉的。到了董家，不敢送，怕小姐拒收。濟安自尊心極強，對追求女人，缺乏手腕與信心，不敢送書籍食物之外的禮物，生怕女方覺察其求愛的意圖。每次戀愛耗上三五年，都以失敗告終，蹭蹬蹉跎，以致終身未娶。

志清1950年，通過了博士口試，再沒有準備考試，寫paper（報告）的壓力，開始想交女朋友。他追求心儀的女子，與濟安相似，屢屢失敗，直到1953秋在耶魯的舞會上遇到新生卡洛（Carol Bulkley）剛從曼荷蓮學院（Mount Holyoke）畢業。志清追求不到的梅儀慈也是曼荷蓮的畢業生，所以他們有共同的話題。卡洛溫柔善良。她曾對我說志清是她認識的人中，最聰明的，她不顧父母反對，決定嫁給志清。志清卻嫌卡洛貌不美，有所保留，但又覺得從來沒有一個女子像卡洛這樣愛他，捨不得放棄成家的機會。於是他們在1964年6月5日結了婚，不久生下了兒子樹仁（Geoffrey）小家庭尚稱美滿。

在第二卷所收的信充滿了不安。先是上海政策瞬即變動，兄弟二人擔心父母收不到匯款，後來擔心自己的前途。1950年韓戰爆發，美國為確保太平洋戰線，派第七艦隊保護台灣，才解除台灣人民對共軍侵犯的恐懼。此前人人自危，國外有親戚朋友的，都想離開台灣。濟安也不例外，很想來美國，因曾生過肺病，擔心通不過體檢，不敢貿然申請來美。志清在獲得英文系博士後，為找事犯愁，既不願意回北大，在共黨統治下生活，也不打算去台灣，只有留在美國謀職，賺取美金，才能接濟上海的父母與妹妹。幸得耶魯政治系饒大衛教授的賞識，為其編寫《中國手冊》（*China: Area Manual*），後又得洛克菲勒基金會（Rockefeller Foundation）的資助，撰寫《中國現代小說史》。兩者均非長久之計，往往為來年的工作憂慮。

兄弟二人欣賞彼此的才學。互相交換意見。濟安在台大開始教初級英文，後改教文學史、小說等高級課程，常請弟弟推薦美國最重要的作家、評論家及購買最新的書籍，所以二人常討論西洋文學。濟安的國學根底好，見識廣，志清轉治中國文學後，常請教哥哥，1952年後二人討論中國文學的時候居多。從這些信裏，我們看到的是一個知識淵博，充滿幻想的夏濟安；而夏志清則是一位虛心學習謙恭的學者，與日後「狂妄自大」的「老頑童」判若兩人。

濟安對這個弟弟的學養思辨，充滿了信心。當他獲知志清得到編寫《中國手冊》的工作時，寫道：「接來信知job有着落，甚為欣慰。由你來研究中國文學，這是『中國文學史』上值得一記的大事，因為中國文學至今還沒有碰到一個像你這樣的頭腦去研究它……憑你對西洋文學的研究，而且有如此的keen mind，將在中國文學裏發現許多有趣的東西，中國文學將從此可以整理出一個頭緒來了。我為中國文學的高興更大於為你得job的高興」（見第147號信件）。志清果然不負濟安的期望，其《中國現代小說史》，《中國古典小說》為研究中國文學展開了一個新的視野。

兄弟二人對胡適、魯迅、沈從文、老舍、茅盾、巴金、郭沫若都有微詞。他們是邊讀邊評，尚未看到這些作家的全部作品，難免有失偏頗。我認為兄弟二人信裏的褒貶，只能看做是他們互相切磋，學術思想發展的心路歷程。等看完他們所有的信件，讀者對《中國現代小說史》及《中國古典小說》的形成，會有更深的理解。

卷二的信裏，談女人的時候很多。因為男大當婚，兄弟二人都在尋找結婚的對象。志清追求過的女生有七八位之多，都沒有成功，以後也不再來往，不知她們的下落，因此不註。梅儀慈是唯一有成就的學者，研究丁玲有成。當年志清給她寫過兩封情書，沒有得到回音。志清1991年退休時，王德威為志清舉辦了一個研討會，梅儀慈特來參加，志清非常開心。志清得知濟安的女友董同璉與他人結婚，為了安撫濟安，首次向哥哥傾吐自己在上海心儀的女子：滬江的張慶珍、上海的葉如珍和聖約翰的劉金川。他曾經寫過一封情文並茂的長信給劉小姐，被退回。他把這情書一直帶在身邊。張愛玲過世後。寫了一篇〈初見張愛玲，喜逢劉金川——兼憶我的滬江歲月〉（聯合報，1999，3月21-22日）。陳子善教授找到了劉金川在紐約的地址，志清與劉女士取得聯繫後，志清和我請劉金川和她先生吃飯。以後我們兩家每年在餐館見面兩次，輪流做東，直到2006年劉金川因乳癌過世。

當年在上海，劉金川早已與表兄相戀，故將志清的情書退回。1948年帶着初生的嬰兒去了台灣。1949年初丈夫乘「太平輪」由滬來台與妻子相聚，不幸船沉喪生，劉女士只得帶着兒子返滬，教英文謀生。她第二任丈夫陳森，本是她的學生，婚後生了兒女各一。中美建交後，他們的兒女都來美留學，在紐約定居。他們來美照顧孫兒、外孫。陳先生是福建肉鬆的少東家，文革時吃了不少苦，不願再回上海。同志清的妹妹一樣，上海只帶給他們痛苦的回憶，上海的繁榮，絲毫激不起他們的鄉思。倒是我們在台灣長大的幸運兒，以中國的「崛起」自豪，常常去上海，享受上海特有的奢侈。

編注說明

季進

從1947年底至1965年初，夏志清先生與長兄夏濟安先生之間魚雁往返，說家常、談感情、論文學、品電影、議時政，推心置腹，無話不談，內容相當豐富。精心保存下來的600多封書信，成為透視那一代知識分子學思歷程極為珍貴的文獻。夏先生晚年的一大願望就是整理發表他與長兄的通信，可惜生前只整理發表過兩封書信。夏先生逝世後，夏師母王洞女士承擔起了夏氏兄弟書信整理出版的重任。600多封書信的整理，絕對是一項巨大的工程。雖然夏師母精神矍鑠，但畢竟年事已高，不宜從事如此繁重的工作，因此王德威教授命我協助夏師母共襄盛舉。我當然深感榮幸，義不容辭。

經過與夏師母、王德威反覆討論，不斷調整，我們確定了書信編輯整理的基本體例：

一是書信的排序基本按照時間先後排列，但考慮到書信內容的連貫性，為方便閱讀，有時會把回信提前。少量未署日期的書信，則根據郵戳和書信內容加以判斷。

二是這些書信原本只是家書，並未想到發表，難免有別字或欠通的地方，凡是這些地方都用方括號注出正確的字。但個別字出現得特別頻繁，就直接改正了，比如「化費」、「化時間」等，就直接改為「花費」、「花時間」等，不再另行說明。凡是遺漏的字，則用圓括號補齊，比如：圖（書）館。信中提及的書名和電影名，中文的統一加上書名號，英文的統一改為斜體。

三是書信中有一些書寫習慣，如果完全照錄，可能不符合現在的文字規範，如「的」、「地」、「得」等語助詞常常混用，類似的情況就直接改正。書信中喜歡用大量的分號或括弧，如果影響文句的表達或不符合現有規範，則根據文意，略作調整，刪去括弧或修改標點符號。但是也有一些書寫習慣儘量保留了，比如夏志清常用「隻」代替「個」、還喜歡用「祇」，不用「只」，這些都保留了原貌。

四是在書信的空白處補充的內容，如果不能準確插入正文相應位置，就加上［又及］置於書信的末尾，但是信末原有的附加內容，則保留原樣，不加上［又及］的字樣。

五是書信中數量眾多的人名、電影名、篇名書名等都盡可能利用各種資料、百科全書、人名辭典、網路工具等加以簡要的注釋。有些眾所周知的名人，如莎士比亞、胡適等未再出注。為避免重複，凡是第一卷中已出注的，第二卷中不再作注。

六是書信中夾雜了大量的英文單詞，考慮到書信集的讀者主要還是研究者和有一定文化水準的讀者，所以基本保持原貌。從第二卷開始，除極個別英文名詞加以注釋外，不再以圓括號注出中文意思，以增強閱讀的流暢性。

書信整理的流程是，由夏師母掃描原件，考訂書信日期，排出目錄順序，由學生進行初步的錄入，然後我對照原稿一字一句地進行複核修改，解決各種疑難問題，整理出初稿。夏師母再對初稿進行全面的審閱，並解決我也無法解決的問題。在此基礎上，再進行相關的注釋工作，完成後再提交夏師母審閱補充，從而最終完成整理工作。書信整理的工作量十分巨大，超乎想像。夏濟安先生的字比較好認，但夏志清先生的中英文字體都比較特別，又寫得很小，有的字跡已經模糊或者字跡夾在摺疊處，往往很難辨識。有時為了辨識某個字、某個人名、某個英文單詞，或者為了注出某個人名、某個篇名，往往需要耗時耗力，查閱大量的資料，披沙揀金，才能有豁然開朗的發現。遺憾的是，注釋內容面廣量大，十分龐雜，還是有少數地方未能準確出注，只能留待他日。由於時間倉促，水平有限，現有的整理與注釋，錯誤一定在所難免，誠懇期待能得到方家的指正，以便更好地完成其餘各卷的整理。

參與第二卷初稿錄入的研究生有姚婧、王宇林、王愛萍、許釔宸、周立棟、張立冰、曹敬雅、胡閩蘇，特別是姚婧和王宇林付出了很大的心血，在此一併致謝。

2015 年 7 月

122. 夏志清致夏濟安（1950年10月31日）

濟安哥：

一月來接到你三四封信，因為加緊準備口試，寫信的功夫也沒有。三天前接到你離港發出的信，現想已安抵臺北，一路想無風浪。你同秦小姐的進展很理想，讀後很高興，雖然暫時她不願訂婚，我想她對你鍾情已深，遲早總有結婚一日。我在九月底十月初傷風了一次，帶咳嗽，到美國後還是第一次。因為那時忙着讀書，很感討厭，現在已早全痊癒了。我的口試已於上星期五（十月廿七日）正式考過，考得相當brilliant，應答如流，口齒亦清爽，大約我講英文是比前數年進步了。在我board上有五位教授，Menner，Pottle，Prouty，Martz，Hilles，四位我都上過課的。Hilles是英文系的chairman，善老人，所以空氣很和睦，所問到的作家有Chaucer，Spenser，Shakespeare，Marlowe，Swift，Dryden，Pope，Tennyson①，Browning②，Arnold, Swinburne③，Rossetti④，

---

① Tennyson（Alfred Tennyson丁尼生，1809-1892），英國詩人，1850年獲「桂冠詩人」稱號，代表作有〈尤利西斯〉（"Ulysses"）、《伊諾克·阿登》（*Enoch Arden*）、《悼念》（*In Memoriam A.H.H.*）等，其中由131首詩組成的組詩《悼念》被視為英國文學史上最優秀的哀歌之一。

② Browning（Robert Browning布朗寧，1812-1889），英國詩人、戲劇家，是維多利亞時代與丁尼生齊名的兩大詩人之一，代表作有《戲劇抒情詩》（*Dramatic Lyrics*）、《指環與書》（*The Ring and the Book*）、《巴拉塞爾士》（*Paracelsus*）等。

③ Swinburne（Algernon Charles Swinburne斯溫伯恩，1837-1909），英國詩人、批評家，代表作有《阿塔蘭忒在卡呂冬》（*Atalanta in Calydon*）、《日出前的歌》（*Songs Before Sunrise*）、《詩與謠》（*Poems and Ballads*）等。

④ Rossetti（Christina Rossetti克莉絲蒂娜·羅塞蒂，1830-1894），英國詩人，代表作有《精靈市場》（*Goblin Market*）、《詩篇》（*Verses*）等。

W. Morris⑤，Whitman⑥，Dickinson⑦，Hawthorne等十數位，時間僅一小時（下午四時至五時），所以沒有特別複雜的問題。考過後Menner說"A very good examination. Did you enjoy it?"這次考試我的確很enjoy，現在考過，心裏很輕鬆，到Yale後每次考試都很順利，以後寫論文，時間由自己支配，不再有上課寫paper的壓力了。我的論文，大約跟Pottle寫Crabbe⑧，或Brooks寫Marvell⑨，Marvell較有趣，可是研究他的人很多，着手較難，現在還沒有決定。

那天星期五晚上，中國同學租了四卷春宮電影，看得很緊張，片中都是男女交媾，或兩女「磨鏡子」，男女赤裸，也算一種新經驗。惟片中著重下部動作，沒有細膩的接吻和love play，看後並無esthetics的快感，只是情緒緊張而已。Blonde女子下部的毛都是黃色，確較黑髮女子為美麗。那天片子也太舊，銀幕太小，這種春宮電影很多已有彩色的了。

---

⑤ W. Morris（William Morris威廉・莫里斯，1834-1896），英國作家、藝術家，曾積極參加社會活動，代表作有《地上樂園》（*The Earthly Paradise*）、《烏有鄉消息》（*News From Nowhere*）、《美好未來的追求者》（*The Pilgrims of Hope*）等。

⑥ Whitman（Walt Whitman沃爾特・惠特曼，1819-1892），美國詩人、散文家，代表作《草葉集》（*Leaves of Grass*）為其帶來了世界性聲譽。

⑦ Dickinson（Emily Dickinson艾蜜莉・狄金生，1830-1886），美國詩人艾蜜莉・狄金生，一生都在孤獨中埋頭寫詩，留下詩稿1700多首，但生前幾乎不為人知，死後才逐漸獲得盛名，被譽為美國現代詩的先驅。1955年出版的狄金生全集共有詩歌和書信各3卷。

⑧ Crabbe（George Crabbe喬治・克雷布，1754-1832），英國詩人，代表作有《村莊》（*The Borough*）、《喬治・克雷布詩集》（*George Crabbe Poems*）等。

⑨ Marvell（Andrew Marvell安德魯・馬維爾，1621-1678），英國玄學派詩人，以諷刺詩和散文寫作知名，代表作有〈致他的嬌羞的女友〉（"To His Coy Mistress"）、〈花園〉（"The Garden"）等。

我把家中困苦情形向Dean Simpson說，他答應今年除免學費外，再加我五百元，領到後可匯寄家中。我自己手頭也可稍寬些。雖然我原來的Fellowship有一千四百，但我已有李氏獎金，Yale肯給我九百五十元（連學費），也算待我不薄了，不日當寄信去家中。不知臺灣同上海可通信否？到臺灣後，覺得臺灣景物如何？初去時，當有奇怪不慣的感覺，我想一下子那感覺習慣了。不知這學期能趕上開課否？我以前住的羅斯福街，走過時也可看到。秦小姐那裏想不斷通信，她的名字Celia是不是你替她起的？非常不俗而悅耳。

今年New Haven的中國女子遠多出未結婚的中國男生。附近女子大學有五位，nursery school有三位，graduate school也來了兩位，一位是St. John's大學教授的女兒劉天眷⑩，在這裏讀化學，很用功老實，戴眼鏡，不打扮，是1943-47屆上海女子游泳蛙式冠軍。另一位讀東方語言，年齡較大。nursery school新來那位華盛頓中國女生Janet Tam譚秀娟，生得確是美貌，同國內來美女子風度不同，以後有機會或想date她一兩次。今夏讀了四足月的書，英國文學的gaps的確已減少。看了一打小說，Spenser弄得很熟，時間花得很上算。住宿已有定當否？念念，即頌

秋安

弟 志清 上

十月31日

寄來秦小姐照片，的確很文靜清秀，很sensitive。

---

⑩ 劉天眷，係聖約翰大學土木系教授劉寰偉（1891-1982）女兒，1949屆化學系畢業。

123. 夏濟安致夏志清（1950年10月23日）

志清弟：

離港前發出一簡信，想已收到，久未接到來信，甚念。我於10/23搭「盛京」來台，10/25已安抵，請勿念。台大已上課，教來教去大一英文，很輕鬆。我來得晚，宿舍都已住滿，暫時住在劉守宜兄（《三毛》發行人，香港所認識的朋友）家，定明天搬過去。先只好委屈一下，同別人合住一屋（同屋是數學系講師范寧生①），過兩三星期有空房子再說。我到臺灣來，心情不很愉快，第一找不到像紅樓463號那樣一間房間；第二薪水很低（底薪是340元，相當不錯），很受貧窮的威脅。我每月除了米煤油等少量配給外，只有260元台幣收入，合美金廿六元，這裏物價一般都比香港高，生活不會十分舒服；第三，同家裏隔得很遠，呼應不靈，朋友雖然有好幾位在這裏，但是心理上覺得這一次總是要「自立」了（在香港還是做人家的parasite），什麼事都得要重[從]頭做起。所以我近日不大想念秦小姐，她就是到了臺灣來，我也沒法招待她的。我只覺得生活壓力太重，「自立」不易。名利心大盛，總想法要出頭才可保持自己的安全也。這兩天並不窮，一下子可以拿三四個月薪水，住在朋友家裏，什麼錢都不花，自行車已買，車錢可以省不少。所怕者是這樣做人太沒有意思了。台大轉信的service很差，信還是寄臨沂街較安，臨沂街在東門，舊名「東門町」，不知你記得不記得？臺灣的街名改得同以前大約差得很遠，名勝地區還沒有去玩過，本星期六將去「北投」。臺北人比香港樸素得不知到

① 范寧生，夏濟安台大同事，1952年來美，在聖路易華盛頓大學攻讀數學。1955年病逝聖路易市（見信175, 300）。

哪裏去了，假如手邊有兩個錢，在香港住住倒真舒服。不到臺北不知香港之繁華：街道之擁擠，店鋪裏美麗的商品的充塞與便宜，男人和女人之漂亮。在臺北人都變成灰色了，同北平差不多。你對臺北女人印象很好，我的印象：街上女人，就不多，漂亮的簡直沒有。一般居住的環境很幽靜，日本式的木屋倒很可愛的，可是我自己沒有一幢房子，這點好處也享受不到。明天要搬進去住的宿舍，吵鬧煩亂大約將勝過思豪酒店，可是哪裏有思豪那種火腿蛋奶油麵包的早餐，還有那些茶房和冷熱水龍頭的大浴缸？我的希望同蔣總統及其他許多臺灣人差不多，只求三次大戰早日爆發，可以打破目前生活之無聊與狹小，而且還有改善的希望。我到臺灣來後，第一個決心是戒香煙（確是戒掉了），在上船那天，把秦小姐送我的Ronson打火機丟了，心中很懊喪，到了臺灣，一看反正吃不起煙，把它戒了算了。我在香港最後兩月，每天要抽一包美國煙，那時一元港幣一包，我不當是一回事，這裏每包要台幣450！再談

祝好

濟安

10/23

124. 夏濟安致夏志清（1950年11月9日）

志清弟：

多日未接來信，為念。抵台後，曾上一信，想已收到。上信所表現的心境很壞，這封信恐怕不能改好一點。並不是說我天天悶悶不樂，不過當悶悶不樂的時候，無處訴苦，只好想到寫信來找你了。我還沒開始受到貧窮的威脅，這幾天總算還有錢，但這點錢很快地用完之後，要設法使收支相抵，倒很成問題。我每月的實際收入是260元台幣（值26美金）加上約值二三十元的米和其他實物配給，總計不到300元。平均每天只好用十元錢，我每天早餐要吃兩元，中餐晚餐小館子吃亦得四元一客（還不能點菜），每天隨隨便便可以把一月薪水吃完，其他什麼錢都不好用。宿舍裏包飯可以便宜不少，但我怕營養不夠不敢包（菜的確不夠吃），到必要時亦只好包了。其他生財之道如有，亦想一鑽，如教家庭教師寫文章之類。總之，前途茫茫，經濟情形很難樂觀。我一向出門經濟有人接濟，內地時的唐炳麟，在北平時有家裏寄，在香港時有汪榮源，一直不大理會到賺錢的困難，這次在臺灣，非要自己賺錢自己花不可了。從此自力更生，非準備吃苦不可。台大比北大還要散漫，系裏面的人都不常見面，各人管各人的事。據我同房間數學系范寧生說，台大沒有人讀書，據我看來那些同事們大約都不讀書。大家不讀書，又是窮，又是閑，日子不知怎麼過的。這兩天我是同人家合用一房，下星期起可以獨佔一房，八張榻榻米，大約可以舒服一些，就是太窮而已。已經好幾天沒有洗澡，早晨雞蛋（台幣八角一隻）亦不敢吃，回首香港繁華富庶，不啻天壤之隔。你不回國則已，回國能留在香港頂好，但近來國際形勢緊張，香港不知能維持幾天耳。秦小姐那裏維持通信的關係，她信裏居然說過這樣一句話：「我認識你可以說是上帝的grace」，但我對她很生氣。她不肯commit herself，又不肯同我斷絕，我只好拖下去，只怕關係要慢慢地變成虛偽。她倒不會虛偽，她需要像我這樣一個通信朋友。我需要的是開誠佈公地談戀愛，大家以愛人的立場說話，可以痛快自由。現在我每封信去都要hint一兩句我是如何的想念她，可是又不能說得太多：一則我並不十分想念，二則我還要顧到她硬要保持的我們之間的師生關係。我還要找話去逗她興趣，騙她高興（我一定要設法證明臺灣比香港好）——很吃力的工作。譬如我現在的經濟生活，頂多只敢point一二句，不敢暢談。假如她答應嫁給我了，那麼我便不必顧到我的dignity，什麼話都可以講了。這樣談戀愛，乏味得很。希望你多多通信，專頌

秋安

兄 濟安 頓首

十一月九日

[又及]臺灣陰雨天多，不如香港。

125. 夏志清致夏濟安（1950年11月15日）

濟安哥：

臺灣寄出郵簡已收到，知道你收入不大而生活艱苦，很關切。你又要恢復到北平和內地時的苦生活，實在很不應該。進臺灣後又不易離開，祇有自己多努力，多同秦小姐通信，keep up你的spirit。我考過口試後一星期稍休息了一下，找機會多同女孩子來往，現在生活又恢復正常，就是沒有以前那樣緊張，大約八時起床，十二時左右入睡，很是康健。New Haven今秋中國女子特多，而未結婚的bachelors反少，我目下情形看來，相當eligible。可以多date，但沒有愛情目標，花時間金錢也沒有價值。日前星期日，Grad. School兩位中國女同學請grad.男同學吃晚飯，新來New Haven的Kathrine Chang也於星期六請到她家吃了晚飯。我比較最感興趣的還是去夏追求不成的Rose Liu，最近她問我向Yale圖書館借了三本書，這星期六大約請她看Martinee舞臺劇musical *Bless You All*①。她人很聰明，中國時就在美童學校念書，所以英文非常好，並通法文、拉丁（都遠勝我），現在在天主教學校讀英文系，才大二，所以追求比較不易。我在美國無親無友，security沒有保障，如真能結識一個女友，她們在美都有親戚或父母，我對future也可比較有confidence。我讀英文，要找教書job，實在非常不易，因為我講英語還不夠好（柳無忌要找教書job，也找不到），明年如做完論文，找事相當吃力，government工作或可較容易。我的論文大約跟Pottle做Crabbe，

① *Bless You All*，美國百老匯音樂劇，由吉恩·巴瑞（Gene Barry, 1919-2009）等主演，其服裝設計邁爾斯·懷特（Miles E. White, 1914-2000）曾因此劇獲得1950年度美國舞臺劇和音樂劇界的最高獎項東尼獎（Tony Award）。

這題目不太ambitious，可是研究他的人不多，還可以有話講。他晚年的tales都有很obvious的moral concern，有時勝過浪漫詩人。Leavis把他推崇很高。預計一年可以做完，如找不到job，可以在Yale再拖一年，把論文慢慢做出。Pottle新edit Boswell's *London Journal*②，因為描寫性生活很Frank，轟動一時，列入best-selling list。我本想跟Brooks做Marvell，可是metaphysical poetry給大批評家發揮得已差不多，很難有新見解，而且要看的當時的哲學書也較多。不如十八十九世紀的詩，容易attack，有發揮。

這星期學校多給了二百五十元，可以稍購一些體面的衣服。上星期已寄給張世和一百元，叫他轉寄家中，大該不會有遺失。最近買了一套Sharkskin Worsted較厚的西裝，一件garbardine有wool lining秋冬可穿的大衣$56一件，共花了一百十數元。暑假時買了一套tan garbardine西裝，春夏可穿。這二套西服和一件大衣都可供出客之用。中國帶來了的衣服，樣式都不對，去年買的兩套廉價衣服，也祇可平日穿穿。美國西裝同國內製的不同地方，美國歡喜natural shoulders，中國padding太多，中國上身都太短，美國的較長，差不多把屁股包住，這是最明顯的區別。普通學界都是單胸三buttons，在中國上身差不多都是兩button的。Bertrand Russell③最

② *London Journal*，全名為《倫敦日記，1762-1763》（*London journal, 1762-1763*），Frederick A. Pottle編，1950年由耶魯大學出版社出版，後來不斷重印再版。

③ Bertrand Russell（伯特蘭·羅素，1872-1970），英國哲學家、數學家、邏輯學家、歷史學家，也是20世紀西方最著名的和平主義社會活動家之一。代表作有《幸福之路》（*The Conquest of Happiness*）、《中國問題》（*The Problem of China*）、《數學原理》（*The Principies of Mathematics*）、《物的分析》（*The Analysis of Matter*）、《西方哲學史》（*A History of Western Philosophy*）等。1949年被選為英國科學院榮譽院士，1950年獲得最高榮譽，由英王喬治六世頒發的「功績勳章」。1950年，羅素在美國講學期間獲得諾貝爾文學獎，表彰他「多樣且重要的作品，持續不斷地追求人道主義理想和思想自由」，對人類道德文化做出了貢獻。

近得Nobel Prize，上星期來Yale演講，我也去聽了一次，紅臉白髮，樣子很不錯。Eliot現在芝加哥大學講學，不久當也會來Yale演講一次。（胡世楨已轉到Princeton，買了新汽車）

已搬進宿舍否？東門町一帶好像有很多樟腦樹，香味很好，可是我已記不清楚。你教書地方是否在台大原址，一直走半小時，可去到我以前的兒玉町。北投已去過，風景想不差。臺灣人衣服簡陋，金牙太多，初看一定不慣，以後印象或可改好。今天visa延期，immigration officer問對中國共產黨的意見，問得很凶，我的答覆大約他很滿意。附近的Vassar College④是有名的女學校，十二月二、三日請Yale外國學生廿五名去玩，招待吃飯跳舞，我已參加。目下的生活好像是暑假的延長，雖工作而不緊張，苦頭算已吃穿。你近況如何？可常同家中通信否？我香煙抽得也凶，差不多每天一包，而且抽的長煙Pall Mall，每天外加三杯咖啡，可是nerves很好，暫時也不會戒。滿洲邊境，共產黨很凶，可是一時不會有第三次大戰，但臺灣的安全想不再有問題，希望多來信，即祝

近安

弟 志清 上

十一月十五日

④ Vassar College（瓦瑟學院），美國著名的文理學院，始建於1861年，位於紐約州的波基普西（Poughkeepsie）。原來是女子學校，1969年才開始招收男生。

126. 夏濟安致夏志清（1950年11月25日）

志清弟：

接奉十一月十五日來信，很是快慰。我上兩封信所表現的心境很不好，今天似乎稍微好一點。這兩天創作欲很盛，心有所專，小不舒服的事倒不大覺得了。來台後寫成一篇三千字的諷刺文章〈蘇麻子的膏藥〉，自以為很成功，可以和錢鍾書at his best相比，抄錄寄奉太麻煩，以後在那裏發表了，可剪一份寄給你。我所以還沒送出去發表，因為據我這一個月來的觀察，臺灣創作水準非常之低，似乎還遠不如周班侯時代的上海，我的文章恐怕沒有一個適當的雜誌配發表。臺灣沒有一部像樣的文藝刊物，中學生程度捧捧丁尼生、白朗寧的也沒見過。反共的文章是不少，技巧都不見高明。我在中山堂——日本簽投降書的地方——看過一次話劇，叫做《正義在人間》，不到十分鐘就想走出來了。臺灣文藝水準如此之低，我很替反攻大陸後的中國文藝界局面擔心事，成名作家都投靠了（至少都隔絕了），而且除了少數真正共黨以外，其他的人的靈感，必定在共黨暴政下漸漸喪失，而不能寫作。而這裏似乎還沒有柳雨生、陶亢德[1]這樣的人才。我因此自覺使命十分重大，我恐怕是臺灣唯一的像樣的寫作人才。但是我害羞，不敢出風頭，寫作懶、慢而嚴格，不能多產，因此難以assume leadership。假如袁可嘉在這裏，文壇健將非他莫屬了。但是我向無作品問世，文壇向來沒有沾到過我的光，現在起要開始寫作了。我自以為天才是多方面的，什

① 陶亢德（1908-1983），字哲庵，筆名徒然、哲庵等，浙江紹興人。現代編輯家、作家，先後編過《生活》週刊、《論語》、《人間世》、《大風》週刊、《東西》月刊等刊物。1935年與林語堂創辦《宇宙風》半月刊。代表作有《徒然小說集》、《歐美風雨》等。

麼都能寫，努力方向約如下述：

①short stories——〈蘇麻子的膏藥〉算是一篇。但嚴格的說來，不好算是短篇小說，因是satire。短篇小說很難寫，題材難找。暫時也許不去動它。

②Novels——我在昆明寫過一段的“smoke & dust”，預備在臺灣完成之，用中文。裏面人物偏重intellectuals，不顧popular appeal，只預備幾萬字長，不想多賣錢，目的要提高一般寫作水準，拿個榜樣給大家看看。其他novel材料還有，像《思豪酒店45號》寫得好，可以成為世界第一流作品。目前先寫一部短一點的，人物都是教育界的（從我現在的生活裏也可以時時獲得靈感），容易着手。

③Poetry——很想寫，但太吃力。或者寫了不發表，將來出集子。

④Play——我也有材料，將來再寫。

⑤Essays——想多寫，頂容易成篇，而且頂容易出「有學問」之名。像朱光潛那種談論文藝的篇章，我想照我現在的這點修養，也可以夠得上了。自己的學問不一定好，只要會談就是了。你假如有多餘的文藝批評的雜誌，不妨隨時賜寄，以便我隨時同新的材料發生接觸，做起文章來更壓得住人。

我本來不喜歡開會，現在卻去加入了一個「中國文藝協會」②，這個會應該算是全國最高的文藝作家組織了。裏面陣容很慘，最高負責人是以前在《大公報》編過副刊的陳紀瀅③（不是給魯迅罵過

---

② 中國文藝協會，1950年由張道藩、陳紀瀅、王平陵和尹雪曼等人發起，在臺北成立的文藝團體。

③ 陳紀瀅（1908-1997），河北安國人，作家、編輯，先後編過《大公報》副刊《小公園》和《戰線》、《華北日報》的副刊《文學週刊》等。1949年赴台，積極從事文藝運動，1950年「中國文藝協會」成立時，被任命為三位常務理事之

的陳源④，字西瀅——此人在英國），成名作家有一個，叫做謝冰瑩⑤，此女士以前寫過一部《從軍日記》，為林語堂所捧，別的作品恐怕很少。會的刊物只有兩張報紙的副刊（週刊），水準遠不如袁可嘉、金隄所編的那種副刊。我想去鼓動他們辦一種按月出版的雜誌。

外文系的同事，似乎都是趙隆勷、徐世詔一流的好人。似乎沒有人讀書的，更沒有像錢學熙那種bungling，bristling，blustering character鼓勵人讀書的。我在教大一英文之外，很可以幹自己要做的事。現在因為宿舍沒有住定（台大辦事efficiency太差），還不能好好用功。住定以後，除努力中文著作之外，英文方面小小的研究工作也預備做，以維持在系裏的地位。近日在讀*Pickwick Papers*⑥，很滿意，Dickens對於人生，對於文字，都有一種gusto。他的諷刺，幽默而很少刻薄。我認為Dickens還有不少值得我們學的地方。

我的創作，一定有一個大缺陷，即對愛情的認識不夠。我將極力減少寫愛情，寫恐怕也難寫得好，至少愛情的美的高尚的方面，我全無認識。我性格本來不是lyrical的（我能寫「詩」，而「詞」則一句都寫不出來），生平又沒有快樂的戀愛經驗。我讀小說，如遇愛情場面，心裏總十分痛苦（這是我自己的靈魂的脆弱處，平常不

一。他著作甚豐，代表作有《新中國幼苗的成長》、《春芽》、《荻村傳》、《赤地》、《30年代作家記》等。

④ 陳源（1896-1970），字通伯，筆名西瀅，江蘇無錫人。文學評論家、翻譯家。曾與徐志摩、王世傑等共同創辦《現代評論》雜誌。

⑤ 謝冰瑩（1906-2000），原名謝鳴崗，字風寶，湖南新化人。作家。1948年秋赴台，任台灣省立師範學院教授。中國文藝協會第一任理事。晚年定居美國舊金山。代表作有《女兵自傳》等。

⑥ *Pickwick Papers*，即《匹克威克外傳》，全書通過匹克威克及其三位朋友外出旅行途中的一系列遭遇，描寫了當時英國城鄉的社會生活和風土人情。該書是狄更斯1836年出版的成名作，也是他最具代表性的作品之一。

去注意它，讀小說時就碰到了），往往不能終卷！所以我不大喜歡看小說，像*Pickwick*裏沒有愛情，我便能讀得很得意。我自己寫小說時，抱定一個原則，只許說老實話——這樣不論經驗多麼少，寫下來都是可珍貴的。我暫時只會寫agonies，不會寫ecstasies。好在我的mind十分lucid，self-conscious極強，只要文字技巧能配合，可能產出masterpiece。我相信好的小說就是要求absolute lucidity。

上面一段話不像一個in love的人所說的話，我恐怕的確已不復in love。秦小姐是我一天中想念到頂多的人，我的忽然對創作大發生興趣，這股勁也許是戀愛中產生出來的，再則她的鼓勵也有作用——她自己希望成一個作家，也希望我成一個作家，我已經答應她在明年十月之前（即一年之內），要完成一部幾萬字的著作。但是我們這樣維持通信的關係，我認為是不正常的。她的來信對於我總是一個thrill，但因為她intellectually至少目前還不是我的equal，她的來信本身，作為文學而論，我並不十分enjoy。我能找出許多話來講，要叫她找出許多話來講，恐怕是一種strain。我是一個作風乾脆之人，現在寫信的態度很ambiguous，而且旁敲側擊地談愛情，我怕常常有傾向會失掉這種patience。我給她信的frequency，和每信的長度，都超過給你的，但說話遠沒有給你的痛快。她不許我談戀愛，至少在她得到高中文憑之前（她現在的大問題是想進香港Diocesan Girl's School），我已經答應她，所以暫時只好敷衍下去。也許上帝需要來磨練一下我的patience。

我回想我過去生活所以如此「規矩」，一方面是本身精力不夠，一方面經濟不充裕（從沒有真正充裕過）也是大原因。到臺灣來是過窮日子了，一個人的生活都成問題，休想date。在香港時候，我雖pocket money稍豐，但十分sensual enjoyment還談不上。到臺灣來想想香港真是個好地方，我那時還沒有錢，假如有了錢住在香港，我相信比住在美國還要舒服。臺灣有錢的人恐怕也很舒服。但是台大的人差不多個個都面有菜色，我現在不抽香煙，不買另（零）用物品（在香港已辦了不少），預算每月賺的錢怕還不夠吃飯，別人有家庭負擔的真是不得了。我希望你畢業後頂好在美國尋一個job。香港你去找job恐也很難，因為人浮於事，老派Ph. D.無事可做者也甚多，再則拿salary日子總過得不痛快。你假如身邊有五千或一萬美金，可以去香港住住，然後再找職業。香港美女甚多（不離開香港不覺得），據說keep a mistress的代價也不很貴。你能在美國住長，也是好事。有興趣追求，常常date，更令我佩服不置。我同台大的同事一般，說出來很可憐，強迫的清心寡欲。我一生到現在才漸漸明白錢的重要。但賺錢的能力和決心都還沒有。

台大是在老地方上課，以前學生僅數百人，現在已達三千餘人，大房子邊上添了些小型平房作為教室。臺灣不全是日本文化，還有些中國閩南文化，後者我覺得不甚可愛，同中國其他小地方一樣。再談，祝

好

濟安

十一月廿五日

[又及]家裏情形比一月前為好，通信還方便。你的錢對家裏一定有很大的幫忙。

Celia的名字是她自己在上海讀中學時，讀Lamb⑦: *Tales From Shakespeare*中"As You like It"時所起的。我不知道她為什麼有心自比Celia，或者也是受了這個字的音調的影響？

⑦ Lamb（Charles Lamb查爾斯·蘭姆，1775-1834），英國作家、散文家，代表作有《伊利亞隨筆》（*Essays of Elia*）、《莎士比亞故事集》（*Tales From Shakespeare*）等。

127. 夏志清致夏濟安（1950年11月20日）

濟安哥：

今天收到你第三封臺北來信，我三星期出[前]發出一信報告口試及格經過，不知已收到否？上星期發出一信想已看到。你境況不好，很代憂慮，經濟不夠時我可隨時寄些美金來。上次寄張世和一百元，已收到他回音，把錢妥寄家中了。我目前準備論文，還沒有上勁，研究Crabbe，得把十八世紀末葉的詩和小說都讀過。我最近心上的大事是追求劉祖淑Rose Liu。暑假中幾次date都不成，最近她回心意轉，談話很投機，顯然她對我態度改變，可有成功希望。她人極聰明，法文拉丁都有好幾年根底，現在選一門法國文學，paper就是用法文寫的。中國時小學中學都在西橋學校同外國人一起念的，所以英文談吐非常地好，遠勝一般留學生。她的中文較差，自稱中文報紙不能全部看懂。可是她的sensibility都是中國式的，講流利的北平話、上海話，聲音很delicate而好聽。我同她講話時都是北平話、上海話、英語三種一起講。她的臉龐較圓，沒有華南女子那種的contour，可是她眼睛很好，眼角向上，很聰明帶一些風流。上星期六我先買了票請她看戲，但她已有先約同女同學去看足球，最後她生病都沒有去成（我找了一位外國女同學去看那musical，*Bless You All*，諷刺和歌聲都極滿意）。星期天我去找了她，談了一點鐘文學，T.S. Eliot，電影。普通男女date沒有什麼話可講。要靠吃飯看戲的媒介，我同她的確都談得來，她也是電影專家，普通女子很少有她那樣exact knowledge；她也歡喜京戲，最近她讀了些Eliot，很感興趣，我明天去見她，預備送她一本Eliot的*Selected Essays*。她說我什麼時候去看她，她都歡迎，用不到事前打電話，顯出關係已很好。這次我想好好追求成功，不惜花些工本，最近買西裝，就是這個道理。我同她比，就是家裏太窮，假如她能tolerate這一點，愛情可以滋長。她uncle一家在紐約，另一位弟弟在紐約讀高中。她告訴我早年時有T.B.，她這樣confidential，已是很不容易了。秦小姐不肯commit-herself，靠寫信征服芳心，就比較吃力；希望你能使她承認她愛你。我的追求還是才開始，希望我們遲早都能變[戀]愛成功，我能同劉結婚，我是非常滿足了，她的家境教育這樣好，在國內很少會碰到的。星期三下午、星期四（Thanksgiving）我要到外國同學家做一天guest，我沒有興趣，可是人家盛情難卻。我覺得這次追求比寫論文更重要，能夠同劉好，以後在美國生活也比較不成問題。我的追求，不免帶有self-interest成份，可是我的確很歡喜她，也不用責備自己。家中可以常通信否？希望你能有外快收入，維持自己，我現在多同中外女人來往，用錢較鬆，想到家中，覺得不應該，可是也是沒有辦法的事；希望父親億中事早日了結。自己多珍重，即頌

秋安

弟 志清 上

十一月二十日

128. 夏濟安致夏志清（1950年12月6日）

志清弟：

十一月廿一日來信已收到。你現在口試及格，安心做論文，有餘力追求女朋友，確是很幸福的。Rose Liu照你所講，真是一個很難得的女子，一個女孩子能對Eliot發生興趣，對電影有專門智[知]識，我生平還沒有看見過（還沒聽說過）；她的法文拉丁將大有助於你的學問研究。我聽見了很興奮，希望你好自為之，務必求其成功，此事的確比寫論文還要重要。但現在我覺得，追求而求必成，每遭失敗，頂好的態度還是落落大方，先培養mutual attraction，等到彼此誰少不了誰的時候，愛情也就差不多成功了。譬如看電影，我同你兩個人，一起看的時候也有，兩人分頭去看的時候也有，這事決不影響我們的感情，我想男女朋友一對也能這樣各人去玩各人的，而仍舊能維持很親切的關係，這大約算愛情已經成熟了。你人格裏有很多可愛的地方，而且有極高貴極真摯的地方，為世人所沒有的，可惜至今還沒有碰到一個女孩子能瞭解你的。這一回你假如能少緊張，把你平常對付男朋友的態度來對付劉小姐，讓她先認識你，不要讓她誤認你是個新學究，或是什麼eccentric或prodigy，照她平日的興趣所在，她一定會對你fall in love的。美國大約人人有漂亮的出客衣服，你添購西裝，應該列在「衣食住行」的人生大事裏面去的。

我的經濟情況，目前還過得去，不用你幫忙，謝謝你。我常到劉守宜（即臨沂街）家去吃飯，可以省不少錢（同時替他的親戚們——都是男的——補習英文），別的用途很省。同事都很苦，吃得很壞，情形比北大更慘，讀書興趣因此也更低。我恐怕又是全校營養頂好的一個人。台大地方散漫，不像北大比較集中在沙灘，甚至在紅樓一處，可以和同事來往。我現在同系裏的人毫無交際，系主任只看見過一兩次，有些什麼教授，我也不清楚。宿舍裏（我已經搬進自己的房間了）住的是職員居多，我也沒有什麼交際。台灣的榻榻米房子我很喜歡，真夠得上稱一聲「窗明几淨，座無纖塵」，可惜我現在的宿舍是勝利以後新建的，水門汀地板的光禿禿的平房，味道差得很多。我認為日本房子比中式西式房子都舒服，我們上海兆豐別墅的房子我總覺得不大舒服，上海沒有一家人家的房子我認為有台灣很普通的房子那樣舒服的。但在台灣長住，我也不贊成，這到底像exile。我同秦小姐的關係，發展到什麼程度，我答不出來。像我這樣腦筋特別清楚的人都不能答，秦小姐自己恐怕更說不出來了。她的「芳心」，也許已經被我「征服」，都說不定。有兩件小事，不妨一提：（一）我說想家，她提議要在香港替我轉遞家信。我既然已托了張世和，沒有再托她。（二）最近不聲不響地寄了一盒餅乾來——她能在這種小地方替我着想，而且特地到郵局包裹組去擠，我認為這已經超出普通朋友的關係了。現在這樣通信下去，我暫時還很滿意。真的要談到婚姻問題，我現在這點income決不夠用。除非政府把我們薪水大調整，或是我另有收入較好的job，否則我也無此勇氣談到婚姻問題。好在她現在只想求學，這個關係暫時這樣維持下去也好。家裏情形已經好得多，你的一百元給家裏的幫助是太大了。再談，即祝

快樂

兄 濟安 頓首

十二月六日

129. 夏志清致夏濟安（1950年12月4日）

濟安哥：

今天收到你三頁長信，你精神很好，我很高興。能夠多創作，是條好出路，也可早日成名。我們都害羞，對寫作的水準也看得太高，平日不肯多發表。其實要寫作成名，至少要有一點的impudence。一般名作家的作品，我們讀來，總有一點幼稚可笑的感覺，但這並不減低他們的身價。你的〈蘇麻子的膏藥〉想一定很好，但政治性的作品，在反攻大陸沒有把握前，還是少寫為妙，免得把自己commit得太厲害；多寫些文藝作品和學術文章，一樣可增高你的地位。我不大買新書，有三期*Kenyon Review*可以寄上，此外有一本研究近代小說技巧的*Forms of Modern Fiction*①，也可日內寄出。*Pickwick Papers*在國內我已讀過，認為是Dickens最delightful的小說。George Eliot的*Middlemarch*描寫人與人的關係，確是一部小說巨著，你也不妨一讀。我弄Crabbe，因為研究範圍太狹，不大能感大興趣，每天讀他和他同時的作品，多少有點perfunctory的感覺。弄十八世紀吃力不討好，因為Heroic Couplet②的詩都很平穩，沒有多少需要分析的必要；如真正不感興趣，我還想改研究莎翁同時的戲劇家，任選一個，都會有較多收穫。十七世紀的詩，我也不想弄，因為我對language的瞭解和sensitivity還不夠，要瞭解那時代的宗教哲學背景，更得讀很多的拉丁原著，非我

① 應該是指William Van O'Connor編的*Forms of Modern Fiction: Essays Collected in Honor of Joseph Warren Beach*（University of Minnesota Press, 1948），作者均為當時的批評名家，如T.S. Eliot、Lionel Trilling、Mark Schorer、Allen Tate、R.P. Warren等。

② 英雄雙韻體，為五步抑揚格詩行對句成韻，形成aa、bb、cc……的格律。

力能勝任。上信講了不少關於劉小姐的事情，Thanksgiving我送了她Eliot的*Poems*和*Selected Essays*。前星期六同她的兩位女同學，和兩位Yale中國同學開汽車到Boston，當日回來。那天美國有風雨，一路汽車上到[倒]別有風味。Rose坐在我的旁邊，從上午十一時至晚上十一時，談得不少話，可是她臉部太圓，南方味不夠，事後反而不大想她。上星期六、日，我到了Vassar College去，沒有找她，預備明天（星期二）再打電話約她。

Vassar College是東部有名的女子大學，這次他們請Yale的外國學生去玩，我也參加了。乘Bus約三時許才到，到那裏（Poughkeepsie, NY）已下午四時許，她們三十個女生招待三十個東方、歐洲學生。吃晚飯後，我認識一位從德國來才兩月的十九歲小姑娘，Brigitte Jaenisch，生得極美貌，complexion白淨，眼白純青色，非常的明朗，講德、法、英三國語言，修養美麗都勝一般美國女子。起初我不相信戰後的德國會有這樣好看的女子，她同我一同聽她們Glee Club的concert，事後一同跳舞（我不擅跳舞是我最大的缺點，步伐太少，總不能引起對方的興趣）。十二時送她回宿舍；過後我再到跳舞的hall，認識了去年在Yale讀音樂系Ruth Stomne的妹妹Esther Stomne。她在concert有一solo number，生得同她姐姐一樣漂亮，才freshman，因為她有date所以沒有同她跳舞。晚上住旅館（一切費用，都是Vassar供給的），翌晨找德國姑娘一路手挽手參觀了校宿，這種經驗，我來美國後還是第一次，所以覺得非常快樂。午飯後我們即乘Bus返New Haven。我想請德國小姐來New Haven玩，可以[是]請一次費用太大，也不敢多請。她Scholarship祇有一年，明秋即要返德國，以後見面機會更少。美國可愛的姑娘真多，能夠多date，確是種豔福，可惜經濟不夠。譬如說X'mas將到，能夠對認識的女子都送些禮物，她們一定很高興，可是事實上辦不到也。明年我決定留在美，現在托教授們設法。真正找不到job，我想State Department一定需要我這種中英文都好的人才的，能在美國政府做事，也可有很好的收入。

秦小姐那裏不能老老實實講愛情，的確也很悶人，但你這樣不斷地通長信，對方一定是感動的，這次courtship花時間雖長，成功可能性是極有把握的。最近看了一張M.G.M的*King Solomon's Mine*③，是生平看到最好的菲[非]洲電影，人物都真切，看來不斷的緊張，尤其一幕野獸stampede，action的swift銀幕上以前未看到的。我最近生活，除女人佔據時間較多外，還是同以前一樣。最近高麗戰爭轉壞，英法都有求美國妥協的可能，不知台灣方面reaction怎麼樣？家裏已好久未要[有]信了，即頌

近安

弟 志清 上

十二月四日

[又及]相片收到，貌很清瘦，屋內裝飾很有台灣風味，希望平日吃飯，仍維持過去水準。

---

③ *King Solomon's Mine*（《所羅門王寶藏》，1950），冒險電影。據亨利·瑞德·哈格德（Henry Rider Haggard）1885年同名小說改編。坎普頓·班尼特（Compton Bennett）、安德魯·馬頓（Andrew Marton）聯合導演，黛博拉·蔻兒、史都華·葛蘭傑（Stewart Granger）主演，米高梅發行。

130. 夏濟安致夏志清（1950年12月18日）

志清弟：

四日來信收到。你現在多與異性往來，生活想必很有興趣。我同秦小姐的關係，很難define，但這兩天我們的關係似乎又更進一層，至少我覺得我們兩人間確已有愛情存在。我先Quote一段她上一次的來信：「過去的隨它過去吧！時間的浪花會把過去的遺痕沖擦得乾乾淨淨，也許在酒闌人散，燈滅燭殘的當兒，會偶然翻開時間之冊，把舊夢重溫，但是不要緊，這不是人生最美的點綴嗎？這樣的一個回憶總算不是平凡的！過去的已過去了，又何必耿耿於心，忘記它吧！」她的rhetoric很有問題，但很看得出她在寫的時候很有感情的激動。她本來可以只承認我們的師生關係好了，但她這種話不是表示我們之間已經有超過師生的關係（「最美的點綴」、「舊夢重溫」）存在嗎？她勸我忘記，或許她要勸自己忘記而失敗了吧？（這一段我沒有覆她。）最近一封信有一段更為有趣：「恭喜你，你弟弟又可以大學畢業，得到Ph.D.，同時又將結婚了。明年他學成歸國，又帶回來一位太太，真是雙喜臨門了。」關於你的事，我記得清清楚楚，我是這樣描寫給她聽的：「我的弟弟也在追求一位小姐，名叫Rose Liu，是個大二學生。」因為我不敢說我在追求她，所以旁敲側擊的說你「也在追求」，用心很苦，她怎麼會纏到結婚上去的？我並無半點hint你的情形如何樂觀，我只說你現在好有功夫花在女朋友身上了，而且希望你成功，如此而已。這封信裏她又告訴我，她家裏的人可能看她的信，她信裏所附送我的兩張照片叫我回信中不要提起。我寫給她的信很勤很厚，一定引起她家裏非常的注意，她為表示清白起見，可能拿我的信給大家看，表示我們除了學問之外，不談別的。我在臨沂街63巷五號已經被大家大開玩笑，因為秦小姐的信也是在那邊轉的，他們都知道我有個秦小姐了，但是我年紀已大，又是男人，被人開開玩笑也無所謂，她年紀輕，是個中國舊式女孩子，□□□[①]不起人家開玩笑。你想像林黛玉那樣愛賈寶玉，聽見人家提起他們倆的關係，她總是很生氣的。我本來很不高興，她為什麼不許我信裏談戀愛，現在我原諒她了，我作為一個gentleman，應該spare her blushes。這點誤會消失後，我們的關係又進了一步。X'mas我送了兩本書給她，*Razor's Edge*與*Tom Sawyer*[②]，都是便宜的Pocket Book，我隨便挑的。買來後發現*Tom Sawyer*這本書Mark Twain是獻給他妻子的："To my wife, this book is affectionately dedicated"。我怕她誤會我在小地方要佔她便宜，引起她的不快樂，我特為把dedication page同上一頁用漿糊粘牢了。她送給我的X'mas card是plastic的，很大，十分素淨漂亮，為我生平所未曾見過者。明年正月初八（陰曆）是她廿歲生日，我希望你有便送兩樣東西給我：（一）Birthday Card一張——句子不可肉麻，不可有sweetheart等字樣，但要表示隆重而高貴，色彩要多用淺藍色——她所喜歡的顏色。（二）Valentine Card一張——生平從未用過，這次想一試，但也**切不可肉麻**。頂好字要少一點，因為card本身就是一種表示，不必再要什麼字了。兩張東西如航空寄費太貴，不妨用平信寄，因時間還來得及。再談，祝

近安

濟安 頓首

12/18

---

① 此處係原信摺角處，有若干字無法辨識。疑為「肯定經」三字。

② *Razor's Edge*（《刀鋒》）是毛姆1944年出版的小說名著；*Tom Sawyer*（即*The Adventures of Tom Sawyer*，《湯姆歷險記》）是馬克・吐溫（Mark Twain）1876年出版的小說名著。

[又及]家裏收到你的錢以後，生活可以維持幾個月，請放心。玉富妹結婚，你想已知道了。

131. 夏志清致夏濟安（1950年12月25日）

濟安哥：

十二月六日來函已收到，對追Rose Liu事極有鼓勵，讀後很高興。前星期我date了她幾次，追求方面可算少有進展。十二月十五日（星期五）忽患盲腸炎，動手術後廿三日（星期六）才出院，Rose已去華盛頓親戚家，此事只要[有]暫告休息矣。星期五晚飯後忽然腹痛不停，我看完一本小說（Fanny Burney's *Evelina*①）後，十時即上床，可是腹痛仍不止，乃穿衣服到Yale Infirmary，診視結果，知是輕性盲腸炎，當晚住在Infirmary，星期六晨送至New Haven Hospital動手術，割去盲腸，下午知覺清醒，已不感什麼痛苦。第一天因局部麻醉後，小便很吃力，此外不感什麼不舒服。頭三四天每天早晚注射配尼西林，故收功極快，星期四已把傷口縫線除去，星期六（廿三日）上午即出院，共住院七天，共花了一百八十餘元，相當貴，我已將bill寄給李氏代付，想不成問題。在醫院中生活很dull，第二天以後我即不需nurse們照顧，每天除三餐稍有快感外，此外只是看報雜誌消磨時間，看了兩本福爾摩斯小說*A Study in Scarlet*，*The Sign of the Four*，印象是Conan Doyle②早期是個Romantic，plot都是revenge之類，並沒有大興趣，別的

---

① Fanny Burney（范妮・伯尼，1752-1840），英國小說家、日記體作家，代表作有《伊芙琳娜》（*Evelina*）、《塞西莉亞》（*Cecilia*, 1782）、《卡蜜拉》（*Camilla*, 1796）、《早年日誌：1768-1778》（*The Early Diary of Frances Burney, 1768-1778*, 1889）等。

② Conan Doyle（柯南・道爾，1859-1930），英國偵探小說家，筆下人物以福爾摩斯最為著名，代表作有《血字的研究》（*A Study in Scarlet*）、《四簽名》（*The Sign of the Four*）、《巴斯克維爾的獵犬》（*The Hound of the Baskervilles*）等。

偵探小說也看不進，我對偵探小說好像不感興趣，不知何故。其他的light reading也很dull，看了兩冊Maugham的短篇小說集，Maugham每篇小說故事完整，倒還不錯（*Creatures of Circumstance*中一篇"Winter Cruise"極幽雅），可是多看也無聊。醫院七天，只使我覺得生活沒工作的無聊而已。廿三日出院後看Bing Crosby的*Mr. Music*③，好久不看電影，興趣很濃，比看閒書好得多。我身體已差不多全部恢復，望勿念；廿七、八日紐約Modern Language Association開年會，教授出席的極多，如身體可能，仍想去attend；胡世楨要我新年去玩一次，如能去紐約，或可到Princeton一去，他已買了新車了。

十二月九日（星期六）我找了一個外國同學，同Rose Liu及她的roommate double date了一次，吃晚飯，看Orson Welles④的*Macbeth*，Welles相貌不揚，總不討人歡喜。Date成績很滿意，隔三天Yale Grad School有X'mas Party，我請了Rose到Graduate School吃晚飯，晚飯後唱carols跳舞，Rose的美麗起引起外國同學的注意。她跳舞時總不夠affectionate，不如外國女孩子容易親近。星期三我伴Rose和她roommate去聽Kirkpatrik⑤的harpsichord recital，全部節目是Bach，Rose繪畫音樂修養都很好；星期五我即

---

③ *Mr. Music*（《琴台春滿》，1950），理查・海丁導演，平・克勞斯貝、南希・奧爾森（Nancy Olson）主演，派拉蒙影業發行。

④ Orson Welles（奧森・威爾斯，1915-1985），美國演員、導演、編輯、製片人，在戲劇、廣播劇、電影三個領域都卓有建樹，代表作有《凱撒》（*Caesar*）、《大國民》（*Citizen Kane*）、《世界大戰》（*The War of the Worlds*）等，曾獲得威尼斯電影節獎、奧斯卡金像獎、金球獎等各種獎項。1975年，美國電影學會授予其終身成就獎。*Macbeth*（《馬克白》，1948）是其改編並主演的電影。

⑤ Kirkpatrick（Ralph Kirkpatrick拉爾夫・柯克帕特里克，1911-1984），美國音樂家、音樂學者，曾整理多梅尼科・斯卡拉蒂（Domenico Scarlatti）音樂編年。

病倒，Rose只給我一note，沒有來院訪候，星期一她即去華盛頓。沈家大小姐，我出院時已去Long Island外婆家過年，也沒有見到。我在醫院，禮物都來不及送，人情不周到。小姐們都離開New Haven，所以今年X'mas過得仍將很dull。你新年假期過得怎麼樣？有沒有新文章發表？秦小姐那裏想不斷送信，希望她早日承認她的愛情。Rose為人太聰明，熱情不夠，非常coy，要追求得費長時間，現在對成功，是靠[毫]無把握。上星期不斷看報，中共態度強硬，UN要妥協也沒有辦法，戰事擴大，臺灣可大有轉機。聽說傅斯年已去世了，不知何人是新任台大校長。我開刀經過極良好，將來傷口都可看不出。你在臺灣生活想必也很寂寞，家中想常去信，即祝

新年快樂

弟 志清 頓首

十二月廿五日

132. 夏濟安致夏志清（1951年1月7日）

志清弟：

廿五日來信收到。你忽然會生盲腸炎，是想像不到的事。美國醫藥發達，能夠在美國動手術，還算是福氣，聽你描寫，只住院七天，好像很輕鬆的樣子。不管盲腸炎是不是輕性，要開刀總有些怕人勢勢的。我近來精神似乎特別好，不知什麼道理。我因為善於養生，工作並不十分緊張。傅斯年之死，是十分可惜的事，他是一個character，臺灣之在高位者，大多為好好先生，惟他有魄力有熱血，敢作敢為，敢說敢罵，許多人怕他，我也有點怕他。他在台大是一個獨裁者，像一切獨裁者一樣，死後承繼人是很難找的，現在台大雖然一切進行如常，但人人都有一種「無人管」的輕鬆之感。我繼〈蘇麻子〉之後，又在寫一篇比較serious的相當殘酷的短篇小說，寫了三千字還沒涉及故事（與香港思豪有關）本身，寫完總要有一萬字吧。這篇小說我相信可以很順利的完成，現在對於寫作很有自信，認為寫novel也不難。我在香港時常讀武俠小說，到臺灣來，對於鄭證因和白羽兩人之書，大為佩服，我現在讀武俠小說是記筆記的，當它們是正經書那麼讀的。他們的白話文是純粹北平話，但絕無老舍①那樣的故意賣弄，很乾淨，文言應用得也很適當，情感控制得也好。他們對於situation和dialogue的處理，大可模仿研究，所以我記筆記了。鄭證因的《鷹爪王》（最好的是《續鷹爪王》）是部規模十分宏大的小說，他懂得一天發生好些好些事情的戲劇性的寫法，有幾個人物描寫極成功（「悲劇英雄」一類人

① 老舍（1899-1966），原名舒慶春，字舍予，筆名老舍。滿洲正紅旗人，生於北京。小說家、戲劇家，代表作有《駱駝祥子》、《四世同堂》、《茶館》等。

物），富於pathos。白羽的《十二金錢鏢》我好像以前寫信也讚美過，這兩天看它的續集《獅林三鳥》、《毒砂掌》大為滿意。這是一部故事連貫（根據sub-plot發展下去的，Plot關於劫鏢尋鏢事還沒有結束）很好的picaresque novel，有一兩個武功平常的人在外面瞎冒險，很表現出人情味。我的白話文與寫長篇小說的pattern，都要從武俠小說裏去學習。我們的東西一定太intellectual，武俠小說適足濟其病。

我的戀愛還沒有什麼新發展，她從來沒有乾脆拒絕過我。不過她倒幾次勸我，我們以後是否能一定再見面（時局關係），尚未可知，叫我不要太認真了。她愈是這麼說，我愈發的要表示我的堅貞不貳起來了。香港局勢的確靠不住，大通Chase銀行分行已經停業，這對於香港人的心理影響一定很大的。近來在讀些Pope，有幾句話好像是在教訓我的：（"Sober Advice from Horace"）But Her who will, and then will not comply, Whose Word is *If, Perhaps*, of *By-and-by*, Z_...ds! let some Eunuch or Platonic take —— So *B_...t* cries, Philosopher and Rake! Who asks no more（right reasonable Peer）Than not to wait too long, nor pay too dear. Pope和女人的關係倒是一個很有趣的題目。我因為生平以前從來沒有同任何女孩子有過intimacy，這次同秦小姐分離了（我們天天見面，混得很熟），很想念她，且開始覺得女朋友的需要。但我從我的道德立場，我一定要對她忠實。這次同秦小姐的往來，產生一種良好的效果，我覺得我是mature了（可算晚熟矣！）。我對於Pope的興趣是Palinurus（Cyril Connolly）的*Unquiet Grave*②所引起的——這是一部非常Bitter的書。康氏極推

② Cyril Connolly（西里爾・康諾利，1903-1974），英國批評家、作家，文學雜誌《地平線》的創辦人和主編。曾常年為《新政治家》、《觀察家》、《星期日泰晤士報》等撰稿，是英國最有影響力的書評家和批評家之一。《不平靜的墳墓》

崇Classicism，我自己也覺得漸漸有了個立場，「自信」增加不少。再談 祝

好

濟安 頓首

正・七・

P.S. 秦小姐所頂崇拜的明星是Gregory Peck，我想給她一個surprise，請你寫封信給Peck，問他討照片好嗎？她的地址：

Miss Celia Zung

1st Floor, 66 Fa Hui Street

Kowloon, HongKong

照片可請Peck直接寄港，如能於陰曆年前送到，上面有幾句應時話更好。

（*The Unquiet Grave: A Word Cycle by Palinurus*）是其寫於二次大戰大破壞期間，反思時代與戰爭的一本書，其他代表作還有《不食言的敵人》（*Enemies of Promise*）等。

133. 夏志清致夏濟安（1951年1月11日）

濟安哥：

好久沒有接到信，甚念，近況想好。我醫院裏住了一星期，出來後行動如常，身體很康健，醫院費一百八十餘元已由李氏付清，惟另有醫生手術一百五十元，bill寄來後，亦將叫李氏付，大約沒有問題，美國生病真生不起，保險實在是必需的。同秦小姐關係進展愈來親密，很高興，托買的Birthday卡和Valentine card，上星期淘了一下午，實在很少有滿意的，愈貴重的，字句愈肉麻，較疏遠的，則字「紙」張印刷都差，找不到一張樸素高貴而字句簡約的。買了一張（在天主教店鋪裏）Birthday card，恐怕太缺乏顏色，今天又買了一張Valentine card，顏色還好，字句還不傷大雅；這次因時間已近，航空寄出。兩卡都無淺藍色，所以很抱歉（學校附近店鋪taste可以較好，Valentine cards尚未陳列），最近如發現有好的，當再寄上。

我出院後，十二月廿七、廿八日到紐約去住了兩天，參加了Modern Language Association的年會，在Hotel Statler，到的人真不少，聽了Brooks講Milton，Pottle講Shelley，並看到Douglas Bush①，Harry Levin諸教授。廿九日上午到胡世楨夫婦那裏，住了三夜，天天吃中國飯，早晨吃粥。他們生活很安閒，買了一部Plymouth，每天講講武俠小說、政治、電影之類，頗有興趣。胡世楨夫婦都是偵探、武俠小說迷，胡正在第二遍看《蜀山劍俠》，看

① Douglas Bush（道格拉斯・布希，1896-1983），文學批評家、文學史家，長期執教於哈佛大學，代表作有《十七世紀早期英國文學》（*English Literature in the Earlier Seventeenth Century*）等。

到25集。Princeton地方很小，沒有什麼好玩，晚上看了兩次電影，打了一次馬[麻]將，我大頁[贏]。我回來後還沒有去看過Rose，她忙着準備大考，我也怕繼續不斷的date，因花錢太多，很難硬撐下去。接到父親、玉瑛妹來信，又寄了一百元到張世和那裏叫他代匯。我下半年李氏不繼續，除非job能有定當，實在不敢多寄，因需要為今暑期生活費用打算也。在紐約時，同李氏的負責人Arthur Young交際了一下，吃了晚飯，二月中他夫婦要來New Haven看戲，也算是聯絡。你最近收入夠用否？新年假期作何消遣？即頌

年安

弟 志清 頓首

一月十一日

134. 夏濟安致夏志清（1951年1月18日）

志清弟：

來信並卡兩張均已收到，謝謝。你挑選已經很費了些苦心，謝謝，假如發見[現]有更好的，而時間來得及的話，不妨再寄一兩張（她的生日是V day的上一天，Valentine這個字她不認得，可能會當它是生日卡）。

我們現在的關係，我最近只求無過，不求有功。她假如忽然表示要到臺灣來了，我要大起恐慌的，招待固然招待不起，一個小姐的居住的問題，也很難解決的，所以我只希望她同她家裏一塊兒搬來。再假定：我忽然在臺北有一個好的差使，有美金收入，並有很好的房子，我那時也會不快活的，因為那時我雖然招待得起了，她未必肯來。現在我雖然窮（自給尚夠），她亦不來，我倒覺得很太平。她假如不來，照大局觀之，我可能同她有好幾年的隔離，香港出毛病，她們一家要回上海的。

她是一個十分樸素的姑娘，但她的家裏似乎相當有錢，這種有錢對我似乎是不利的。因為他們的錢並不多得可以使他們的女兒和女婿永遠免於窮困，但是足夠的多可以養成一種snobbishness。她表示從來沒有這種傾向，至少她極力想表示她的disdain for things material，她頂怕「俗氣」。從我在香港的派頭看來，沒有人知道我的家會這樣窮，大家只知道我的父親是某銀行經理，這裏所講不過是我據常理推測而已。他們在香港的房子，雖是一個flat，卻是自己的產業，他們在上海的房子現在有兩個傭人看守着，她的母親每天打牌常有一百元港幣輸贏。這樣家庭你是不是以為對於一個人有他們一階級所特有的看法？我如果想征服這樣一個家庭和他們的親戚朋友，憑我現在這點地位還不夠。但假如他們回上海去的話，他們的產業恐怕要受很大的損失。

你又寄了100元回去，很好，家裏雖然短時間不缺錢，但香港那邊可能出毛病，趁通的時候匯些去亦好。多一點錢父親亦可想法做些小生意，雖然上海現在生意很難做。中共非但對外跋扈，對國內老百姓也一天比一天凶。

我最近生活很安定，但我對於自己的前途正在考慮中。秦小姐大約希望我在文壇成名，中國現在雖然沒有文壇可言，但憑我的天才與文字工[功]力，文壇上要建立我的地位，想還不難。但我一時還不敢使我在小說上成名，我一旦做定了小說家，有許多事情我便不能做了。我還有一種中國傳統士大夫的看法，認為小說裨[稗]官，乃下里巴人之言；我的理想似乎還是想「學而優則仕」。這個決定，在未來一年之內，我想我應該造好了。一個人本來不可能做很多事情，等到我真有一部novel定稿，我亦只好做小說家了。

日內即將放寒假。寒假很短，我也沒有什麼大計畫，小說還想繼續寫，此外想做一篇Pope的paper，給台大的外文系。台大外文系似乎無人用功讀書，我也不很用功，但對於文學的興趣，似乎還在一般人之上。Eliot竟然亦成為我所最佩服的人，我對於中國文壇的野心，倒不想寫幾部小說，而想創導一種反五四運動，提倡古典主義，反抗五四以來的浪漫主義。五四所引起的浪漫主義將隨中共的消滅而失勢，中國文壇現在很需要一種新的理論指導。我很想寫一部中文的《浪漫主義與古典主義》，可惜學問不夠，一方面當然應該介紹20世紀的古典主義運動，一方面我對於中國文壇亦應該有積極性的建議：中國有自己的「傳統」，確立中國的傳統需要對於舊文化有深刻的研究（包括poetry、書法、京戲、武俠等），這是一件可做一生的工作。我現在很希望有一本雜誌給我辦，我可以

先零零碎碎的講起來。至少五四以來的新文藝作品，我現在已經很有資格來批判了。希望聽聽你的意見。再談　祝

冬安

濟安　頓首

元月十八日

135. 夏志清致夏濟安（1951年2月2日）

濟安哥：

一月十八日來信已收到。你努力創作，熱心對中國文壇有所貢獻，使生活安定而有意義，甚好。我相信你可成為中國文壇上的新voice，無論創作或批評，秦小姐鼓勵你早日文壇成名，很對，將來說話有力量後，不難「學而優則仕」。中國從五四運動到今日的情形，確需要有一個嚴正立場的批判：魯迅、郭沫若①之類，都可以寫幾篇文章評判一下，指出他們思想情感的混亂、不健全和必然共產的傾向。被主義或社會思想所支配的文學都是sentimental的文學，真正的把人生嚴明觀察的文學，是「古典」文學，這種文學往往是殘酷的。你能引起中國學界對Pope的興趣，已是好事，中國舊詩中有Pope觀點的恐怕也一定有幾人，這樣就可以慢慢effect一種reevaluation了。最近對Pope詩technique的研究，很有一兩篇好文章，恐怕你都看不到：Yale教授Maynard Mack②批評很有功力，在Pope新scholars中可算一個特出人才，他有一篇講Pope的"Wit"& Poetry，我可以抄一些給你。兩星期前臺大教務長錢思亮③從巴黎開教育會議來美，到Yale來參觀了一天，我同Yale同學請他

---

① 郭沫若（1892-1978），原名開貞，字鼎堂，號尚武。四川樂山人。詩人、劇作家、小說家、史學家，在文學、歷史、考古等領域均有建樹。早年參加創造社，代表作有《女神》、《棠棣之花》、《中國古代社會研究》等。

② Maynard Mack（梅納德．邁克，1909-2001），耶魯大學文學系教授，歐洲10世紀文學及莎士比亞研究專家，代表作有《我們時代的李爾王》（*King Lear in Our Time*）等。

③ 錢思亮（1908-1983），字惠疇，浙江杭縣人，出生於河南新野。化學家、教育家，曾任台灣大學校長、中央研究院院長等。

吃了一次午飯。他覺得台大外文系不夠堅強，吃飯時因為人很多，我沒有講起你。他回來後你可以去見見他。

給秦小姐Peck的照片。我已去信直接討，附了五十分郵票，寄出與否，我不知道。今天又買了一Valentine card，比較還樸素新鮮，恐怕要及時寄到香港，已來不及，不過留着總有用的。我正月來比較多讀些書，沒有多找女友，Crabbe的論文已有頭緒，雖不太ambitious，也可寫成一篇像樣的論文。本來想換題目，可是每個題目，要看的dull reading總很多，也不必換了，二月開始想寫一兩chapter。我找事比較美國政府較有把握，可是還沒有definite消息。寒假Rose Liu又到紐約去一星期，不容易找到她，我想春季時正式進攻一下，不知結果如何。UN正式指定Red China為侵略者，對臺灣較有利，可是講和談判的可能性仍有，不能算真正制裁也。美國態度一強硬，中共必恐慌非凡，而美國態度總不夠強硬。昨天接到錢學熙來信，報告北平情形很好，他同他太太一同進革大受訓七月，十二月才畢業，現在他已升為正教授，而王珉源、陳占元④等仍是副教授，袁家驊也沒有了勢力，所以他覺得共產黨下的事，一切是真「公平」。他現在是大一英文會主委，和文學教研組主任，可算重要而「紅」。北大英文系裁去了六人，袁可嘉也在內，他此前攻擊共產文人，解放後私生活也「不檢點」無法留用，現在在「毛選委員會」內當翻譯。錢的兒子已是黨員，女兒也是青年團員，他本人也在聲[申]請入黨。他說不懂共產主義的人是「不折不扣的瞎子」。他的語錄體也白話化而生硬了。他叫我研究小說，

④ 陳占元（1908-2000），廣東南海縣人，學者、翻譯家，曾赴法留學，回國後積極從事研究、翻譯、出版、編輯工作，是香港《大公報》創始人之一。1946年後一直任教於北京大學。譯有《高利貸者》、《斐多芬傳》、《狄德羅論繪畫》等，代表作有《陳占元晚年文集》。

可replace北大的蒯叔平⑤。

秦小姐同你愛情已很深，我想將來結婚一定有希望。你的人格學問文才已足夠impress她，她無法把你忘掉，不管她家裏人怎麼樣。最近我電影也不常看，兩星期前看了Hedy Lamarr的舊片《欲焰》，銀幕上的確有裸體鏡頭，好萊塢電影中不能見到。家中常有信來否？你近況想好，甚念，即頌

冬安

弟 志清 上

二月二日

---

⑤ 蒯叔平，北京大學西洋文學系女教授，曾任教於暨南大學等。

136. 夏濟安致夏志清（1951年2月13日）

志清弟：

來信並card均已收到。這張card我於2/11付郵，照台港普通航空信件慣例，兩天內必可寄達。秦小姐廿歲生日，我送她一本《綜合英漢大辭典》，相當重而實用的禮物，花了我一百多台幣（約十幾元美金），好在年底我收到一筆補習酬勞（在臨沂街劉家），這筆錢還出得起。秦小姐同我的關係，假如一切順利發展，可以有圓滿的結果，但是現在時局如此，萬一大戰爆發，以後能不能再見面還是問題。她不善交際，跳舞游泳都不懂，興趣都在文學及其他「形而上」的問題，這樣一個女孩子，現在這個世界上恐怕很難找到了。她自以為亦在追求「理想」，為人很老實，多愁善感，——她要找一個像我這樣合式[適]的男朋友（或以後成為丈夫），也是不容易的。我們兩個人結婚一定可以很幸福，但聰明的女子往往福氣不大，不知道她的福氣怎麼樣了。普通女孩子，懂了一點文學，很可能有「顧啟源式」的俗氣，她能獨免，真難能可貴。她在香港時候，寫了幾篇文章給我改（我來臺灣後，亦寄了幾篇來），她那時鼓勵我亦寫，我說「我沒有題目呀，寫什麼呢？你出個題目給我吧！」她隨便接一句，「就描寫泰來阿哥吧！」泰來是她的cousin——攝影家秦泰來①。我很可以寫一兩千字的一篇sketch給她算是繳卷，但是我一向提倡寫「悲劇」寫「靈魂」的，短短一篇sketch不能算數。現在我已經着手在寫一篇中篇小說《攝影家》，已完成一

① 秦泰來（1905-？），1930年代聞名上海灘的攝影家，擅長仕女照的拍攝，也是最早表現女性人體美的攝影師之一。1949年去香港。

萬五千字以上，全文總要在五萬字以上吧。我在香港的時候，有朋友曾經發起要招請模特兒（因為我們好幾個人都喜歡照相），結果沒有實現。我的小說寫的是真的去招請模特兒了，這樣一個題材可以牽涉許多問題，大夠我的想像力發展，而且對於普通人亦很有興趣，出版了亦好銷。我想在最短期內完成之，中文的完成了，想再rewrite用英文。我的第一本書因為秦小姐的一句話而引起的，亦佳話也。但是我的小說目的是要顯示一個horrible world（比錢鍾書深刻）。她的innocent mind或不能接受，但我要忠於藝術，這些只好不管。現在我主要的工作，是在寫這篇小說，Pope的研究暫緩。我研究Pope本來亦不容易有大的發現，只是敷衍學校而已，現在有更能表現我天才的機會，還是在這方面去努力。

錢學熙瞎追求了半世，現在「信仰」有了，世俗地位亦有了，他應該可以心安理得了。他嘗自信45、46歲之間交運，想不到交這樣一個運。他的這樣一個結果，或者亦正如你所說「思想情感的混亂」所致吧。金隄在我前年回家後不久，即同梁再冰以未婚夫婦名義脫離學校，參加實地工作，現在恐怕早已同居。朱玉若比我回去得稍為早一點，金隄把她就這樣地丟掉了。大陸共匪的猙獰面目漸露，已在開始「恐怖政治」，我很替家裏擔心。父親的億中官司還未了，他在青紅幫（共黨認為這是它的敵人）裏有地位，為人又梗[耿]直（他不肯認錯，以好人自居，這是很危險的），不善趨奉，不善保護自己，他恐怕應付不了這局勢。我已去信叫玉瑛不要上學，現在已經學不到什麼東西，上了學行動反而受mob的支配，麻煩甚多。照玉瑛的脾氣個性，這樣一個局勢她亦應付不了的。我希望你暫時不要回來，能在美國成家結婚頂好，至少亦要找到一個職業，能進國務院甚佳。台大外語系的陣容我不甚清楚，因為我同他們很少往來。Rose Liu那裏進行如何？追求是一件十分麻煩的

事，你亦不必操之過急。再談　專頌

　　春安

濟安 頓首

二月十三日

137. 夏志清致夏濟安（1951年3月5日）

濟安哥：

二月十三日來信收到後還沒有給你回信；今天接到父親信，母親患失眠，經濟情形不能好展[轉]，頗為憂慮。祇希望今夏後能找到job，可接濟家用。Valentine後想你同秦小姐感情更增加，她情感正在susceptible的period，受你人格信札創作的灌溉，她對你的愛情一定已滋長得很好。你現在努力創作，我很是佩服，希望你把《攝影家》早日寫完，出版成名。我目前創作的urge一點沒有，將來還是多寫批評文字較近個性，中外文學作家時代可供給不斷的材料。Rose Liu那裏還維持關係已好久未date，休息一下也好，等論文寫完後再作長期打算。Rose為人較利[厲]害，而我為人太善，恐不能維持極好的關係。前星期Vassar的德國姑娘來New Haven，招待了兩天，吃飯，算[看]戲，車費耗了二十元，過後人疲乏不堪，精力方面實不能同青春小姑娘比也。星期六晚上，看Cocteau的劣劇*Knights of the Round Table*①，送她回寓所，kiss了她good night，雖是來美後第一次接吻，覺得並無什麼快感。星期天上午同她爬附近小邱[丘]East Rock，因天氣較暖，登高望遠，較有興趣。上星期六請了美國女同學吃中國飯，晚上跳舞，美國小姐一般人都nice，所以時間過得還愉快。兩星期內論文打了一百頁，成績尚稱滿意，再打六七十頁，想即可結束。惟所打的百頁，結構字句都得大大修改。六月拿Ph.D.，論文繳出deadline是四月中，要屆時裝訂

---

① Cocteau（Jean Cocteau讓·科克多，1889-1963），法國作家、劇作家、導演，代表作有《可怕的孩子們》（*Les Enfants Terribles*）等。《圓桌騎士》（*Knights of the Round Table*，法語：*Les Chevaliers de la table ronde*）是科克多1937年的喜劇，由其好友讓·馬萊（Jean Marais）主演。

完備，恐已來不及，可是我論文已能差不多寫完，遲半年拿degree也不在乎。最近電影已不常看，有閑同女孩子玩玩較有意思。華納的*Storm Warning*②，Ginger Rogers主演，講三K黨，非常緊張，是值得一看的好戲。春天已到，不知常去北投草山諸地否？臺北咖啡館酒館不知常涉足否？不知是否仍保持我在那時的舊風光。國內殺人甚凶，令人可怕，高麗共軍死傷怎[這]樣重，而甚繼續打下去，人民生活一定更艱苦。我job大約有辦法，也不太愁它，你收入想也夠用。家中想常通信，希望能多安慰父母。我最近生活除寫論文外一無進展，追求事業都得到暑期後有解決，即頌

春安

弟 志清 頓首

三月五日

② *Storm Warning*（《美國青紅幫》，1951），驚悚劇。斯圖爾特·海斯勒（Stuart Heisler）導演，金格爾·羅傑絲、隆納德·雷根、桃樂絲·黛（Doris Day）、史蒂夫·柯臣（Steve Cochran）主演，華納影業發行。

138. 夏濟安致夏志清（1951年3月22日）

志清弟：

三月五日來信收到。家裏的信很少，我最近不常寫信回去，據說每封信都可能招致警察的盤問。信當然還是要寫，但是說話顧忌多，也不敢多寫了。家裏的情形難望好轉，不單是經濟問題而已，共黨不滅，不可能有好日子。父親的億中訟案不了，總是一個累贅。上海數百萬人口，共產黨不可能每人每家都去注意（鄉村則家家查得清清楚楚），可是我們的家在「法院」有案，難免受到特別注意。而做過銀行的，也難免被認為與資本家有關係也。

秦小姐處關係似略有進步。有人說lovers易犯torturing each other，我這兩星期的信裏逼她承認我們間的「愛」，似乎她不致[至]於堅拒。她對我的愛，其實也很明顯，我不應再去逼她。不知怎麼的，我信裏大為passionate，她如被感動，或許可以更坦白的表示兩句。她為人較直爽忠厚，不大懂得耍花樣。她似乎有點怕：她承認了愛情之後，我下一步要逼她結婚。我們今年會不會結婚，這問題我很少去想到它，我想先變成她的confirmed lover再說。希望下一封信有較好的消息。

你的Ph.D.論文想能如期繳出。我的英文慢慢地大約可以在臺北出名。外文系有位教授，名曹文彥①者，辦一本英文刊物，叫*Free China Review*（月刊），定四月一日出創刊號，不知怎麼會拉我寫稿，他並且還說，外文系同事別人一個不拉，只拉我一個人。誰

① 曹文彥（1908-1990），國立中央大學法學學士，美國加州大學法學博士。歷任中華民國駐澳領事、教育部大學教科書編譯委員會主任委員、東吳大學法學院院長、中華民國駐美大使館文化參事等職，1955-1957年任台灣東吳大學校長。

如此鄭重地把我推薦給他，我至今想不出來（聯大、北大的人都不知道我的英文，只有光華的朋友才知道）。我花了兩個星期的苦工，寫成三千字論說一篇："The Fate of Chinese Intellectuals"，現已繳去，他看後大為佩服，認為台大的確無人能有此成績，這兩天他正在外面替我宣傳。他的雜誌只要出下去，我必可成為他的台柱。我這篇文章是很impressive的，我原有的wit與grace之外，更有了些intellectual vigour，辭藻華麗，語調鏗鏘，普通中國人研究英文的都可能被我嚇得目瞪口呆。因為我散文的優點，是頂容易被中國人講究文章者所推崇，普通人認為唯有名家可以寫得出，他們是無法企及的，而我偏也能之，豈不是怪事？（你的散文就不講究「漂亮」的。）為了寫英文，《攝影家》暫時停頓了，這學期恐還不能完，希望暑假裏把《攝影家》完成之。我的那篇英文，出版後當寄上，內容是反共的，大罵以前的那輩「民主左派教授」。我現在有很多話要講，可是在臺灣發展，還不大方便。我反對「革命」，而國民黨還以「革命黨」自居，我反對五四運動，民主，假科學，sentimental文學等等。我要提倡Classicism，Conservatism，Scepticism。這種主義當然並沒有什麼危險性，但是那種雜誌都是拿政府的錢的，政府希望他們說冠冕堂皇的話，我假如偏要說「老實話」，很可能使辦雜誌之人為難。我想說的話，不便說，以後寫文章的取材便難了。我倒真的快要變成Eliot的信徒了，想當年錢學熙的推崇Eliot，真是奇怪。那時我對於Eliot不大有認識，聽他瞎講，他的那一套，其實同Eliot大為不合，偏偏還有一個外行朱光潛當他是Eliot專家，也是怪事。你以前（去年）說過要寄四本*Kenyon Review*回來，至今未曾收到，不知道寄出沒有？如未寄出，希望寄出。因為我現在可能每月要寫一篇東西，很想看看外國高級雜誌，作為借鏡。錢思亮已做台大校長，他記得你的名字與請他吃飯之事。新任教務長是劉崇鋐（清華歷史系的gentleman老教授，楊耆蓀〈現在Indiana州立大學〉的舅舅），兩人關係同我都很好。劉崇鋐也是*Free China Review*的編輯委員，他佩服了我，我在台大的地位必可日益穩固。臺北的草山與北投，我都只去過一次。近來不大出去玩，比以前用功。很可惜的草山的櫻花杜鵑都已過時，我沒有趕上去看一次。臺北無舞廳，唯有官家之「聯歡社」之類，地惡劣而價昂。臺北的妓院現稱「特種酒家」，領牌照的，我沒有去過。臺北的聲色情形，我知道的還較香港為少。你的愛情問題不得解決，我也很懸念。再談　祝

春安

濟安 頓首

三月二十二日

139. 夏志清致夏濟安（1951年3月26日）

濟安哥：

一月多未接來信，甚念。不知近來身體經濟情況怎麼樣？秦小姐那裏想不斷通信；我兩星期前給你一信想已收到，近來生活沒有什麼變化。論文趕不上四月十五的deadline，可是七八月間一定可以寫完，也不太急，較困難的還是找事問題，終希望早日有面目才好。上星期接到父親的信，家中情形不很好，母親子宮出血，父親也沒有做生意的辦法，我今天又要寄一百元回去，可是我經濟有限，只有早日有job，賺美金，才是正當解決辦法，目下的情形只有自己多節省，還可稍補助一點家用。你近日薪水夠用否？不知除家庭教師外，有沒有別的income？月來創作方面想有進展，望告知。我最近不大date，因為花錢太多，Rose Liu也好久未見，她最近春假又到紐約去了。上星期六同一位美國小姐看了musical comedy: *A Tree Grows in Brooklyn*①。在北京時，我們看電影半途退出，舞臺劇比電影輕鬆滑稽得多。美國的musical comedy每season多有好戲，實表現創造力很強也。昨天Easter，放了一個禮拜，春假將到，也沒有什麼計劃。十天前我寄出了四期*Kenyon Review*，一本*Forms of Modern Fiction*，Empson的詩集，一本解釋*Four Quartets*②的小書，

---

① *A Tree Grows in Brooklyn*（《布魯克林有棵樹》），據貝蒂·史密斯（Betty Smith）同名小說改編，亞瑟·史華茲（Arthur Schwartz）配樂、多蘿西·菲爾茲作詞，1951年在百老匯首映。

② *Four Quartets*（《四個四重奏》）是T.S.艾略特晚期詩歌的代表作，包括了《燃毀的諾頓》（*Burnt Norton*, 1935）、《東庫克》（*East Coker*, 1940）、《乾賽爾維其斯》（*The Dry Salvages*, 1941）、《小吉丁》（*Little Gidding*, 1942）四個部分，代表了詩人成熟的哲學觀與世界觀。

Eliot的一篇新文章，想不日到達。在臺灣夏季衣服夠穿否？我有一套離滬時做的白麻布西裝，來美後沒有穿過（美國夏季也不穿白衣服）也可郵寄給你，在臺灣較有用。程綏楚最近有封信來，還是想出國和討蘇州美女。同I.A. Richards通了一次信，他去年去過中國一次，覺得印象還好，目下也無job可offer。毛澤東病重，此消息想是確實，但願早日反攻，促進共政府的瓦解。父親億中清理事不日可解決，也是喜事。附上在胡世楨那裏拍的照片一幀，餘再談，即頌

春安

弟 志清 頓首

三月二十六日

140. 夏濟安致夏志清（1951年3月27日）

志清弟：

接到家裏來信，說母親子宮病又發，有癌症嫌疑，此事已有信告訴你。現已證明並非癌症，並無危險，即可痊癒，恐你着急，叫我再寫封信說明。假如我的信比家裏的先到，你可以放心了。父親的億中訟案亦有圓滿解決希望。家裏的情形目前確好了一些，但在「苛政猛於虎」的環境下生活，總難使我們放心。母親太驕傲，又不習慣控制感情，現在境況惡劣，身體不容易好。父親的血壓倒還正常，他老人家似乎修養比以前好一點了。我反對玉瑛進學校，為了怕她受不良思想的感染，再則與mob混雜，危險甚多。不料父親說不如叫她進「官立」學校，我寫信去大反對。我說頂好不進學校，不然寧可進原校，不可換學校。那種「官立」學校簡直是變相訓練團，豈是我輩可去讀的？你匯回家的錢，大致可用到五月中。我最近一篇文章的稿費，不知有多少，假如數目不小的話，我想匯一百元港幣回去，假如數目小，只好以後再說了。

我最近運氣還好，所以相信家裏，還可以維持得下去，不致[至]於出亂子。*Free China Review*定四月二日出版，我的英文很受他們尊敬，漸漸將以英文出名，而且在這雜誌裏假如多寫些文章，多賺了兩個稿費，亦可以寄回去給父親母親用。秦小姐事，你想沒有告訴家裏，我認為不必告訴，蓋此事成敗尚未可知，還不能算是「喜訊」，徒然增加母親的懸念，引起她的失眠。我上一封信說，或者有些好消息。她最近一封信裏請求我：「不要逼得太緊」，並無拒絕之意。還說了這幾句話：「春天帶給我們活與力，在這復活節時，當一切都恢復朝氣，欣欣向榮的時候，我們的信念一定也高揚了。你一定會成功的，你應該這末[麼]想。」這幾句話似乎很

encouraging，但仍很elusive：「我們」可能泛指一般人；「成功」可能單指我的「文章」，因為前面講的是我最近的英文作品。我這一次追求，火氣大減，抱「鐵杵磨針」的決心，同她慢慢的來。追求進一寸進一分對我都是好的，我早就可以叫她sweetheart或darling了，我偏不叫，我最近每封信都擠她，叫她承認我們的愛，我要等她承認了，才改變我的稱呼（她還叫我「夏先生」）。我因為心平氣和，信裏的話，大致還得體，ardent但不「惡形」。我也很注意修辭，利用文字的魔力，造一兩句特別impressive的句子，這種句子我相信她是不容易忘掉的。這種steady的追求，只會進步，不至於引起惡化的。只要時局太平，我的收入增加，我們結合的可能性還是很大。我給她的信裏，常常歎息「單戀」之苦，事實上我亦知道我的case不好算是「單戀」但我希望她來正式contradict一下。我對於這一次的追求，自信還有些把握，所以也不大着急。

臺灣天氣慢慢的好起來了。但我只想多讀讀書寫寫文章，出去玩沒有什麼興趣。山本花園的櫻花沒有去看，據說只開了一兩天，就被大雨沖掉了，以後也不知道有什麼花了。我因為對於追求有了把握，confidence大為增加，mental and look也有點近乎一個married man了。男女問題解決了之後，的確可以增加對事業的興趣與熱心，像我還不好算是已解決的人。你的婚姻久久不能解決，亦是一樁上帝不公平的事。再談　祝

春安

濟安　頓首

三月廿七日

141. 夏志清致夏濟安（1951年4月13日）

濟安哥：

三月二十二日、二十七日兩信前後已收到，知道你在*Free China Review*有文章發表，非常高興，請早日寄來，給這裏的教授們看看。父親的來信亦已收到，知道母親子宮病並不嚴重，甚慰。我兩三星期前匯去了一百元，大約可使家中維持到六七月中，父親億中事鬆手後，也可以有些新發展。我在美找事尚沒有結果，可是對於一樁事情卻很有把握，State Department最近又撥款六百萬救濟在美中國學生、教授、研究生，我可以同教授商量一個project作post-graduate研究。此事由學校出面，給State Department批准，不成問題，一個project大約可維持兩年，困難的就是收入不會多，不能多匯錢家中。今年救濟中國學生的新條文很好：

I. Categories of Persons Eligible

1，2，3，Research scholar & teachers

4，Chinese citizens now in Free China

按第四條你也可以來美攻讀一二年，不知你有無興趣來美？你在臺灣的career很好而有前途，可是最近MacArthur①撤職後，臺灣的前途又不能同以前一樣的確定，美國可能聽英國印度的話，把臺灣繳還Red China，所以我覺得最好趁此機會來美。你交際功夫好，在Yale讀一兩年不愁在美找不到job。以前我同Director of Graduate Studies Robert J. Menner講過，他很歡迎你來（Menner上

---

① MacArthur（Douglas MacArthur道格拉斯·麥克阿瑟，1880-1964），美國陸軍五星上將，第二次世界大戰期間任美國遠東軍司令，因菲律賓戰役（Philippines Campaign）中的表現被授予榮譽勳章（Medal of Honor）。

星期二heart attack突然逝世，享年59，他一向有T.B.，是個好學者，待人極好）。今天我去見Dean Simpson，他也沒有objection，你有了admission，我向［替］你代辦State Department經費、路費的手續，今年九月前即可來美。你的護照想仍舊有效，有了State Department的經費，領visa想也不成問題。所以目前你只要寫封application的信給

Hartley Simpson

Associate Dean

Yale Graduate School

Hall of Graduate Studies

New Haven, Conn.

說明最近ECA-State Department grant給中國學生可cover Free China, Chinese citizens，說明你來Yale的計劃，以前大學教學的經驗，你法、德、拉丁的程度，最近發表的一篇文章，亦可附寄。你以前大學的record，課程太雜亂，恐不能生好印象，寄或不寄可隨便，若不寄即說已遺失了。信上也可mention Prof. Robert J. Menner以前口頭曾答應你來Yale研究，想更可方便。從臺灣來美路費我還沒有弄清楚，不知State Department是否供給，當去紐約的China Institute—America詢問。你apply來美，也可比守死臺灣多一出路。

寄出的幾本書想已收到，上星期寄出了一套白麻布西裝，不日想亦可到。你最近事業愛情都有發展，是個好現象，秦小姐承認她的愛想也是遲早的事。我的論文大約六七月可寫完，因為材料不夠（Crabbe可討論的資料不多），所以也難早日寫完。同Rose的關係，還保持原狀，最近見過兩次，要好好的追求，還得花時日。昨天到紐約去了一次，見了China Institute的孟治②，人很和氣，從他

② China Institute（華美協進社），是1926年由約翰·杜威（John Dewey）、孟祿

那裏找事較方便。胡適也去見了一次，他勸我返台教書，此外並不給予多大幫忙。最近Truman③ oust MacArthur想一定影響臺灣民氣，如此下去，今年時局不會有大變遷。State Department的事，還在繼續進行，可是我非美國的citizen，是最大的obstacle。你收入有限，也不必寄錢家中。*Free China Review*想已寄出，不日可拜讀。不知最近有什麼新文章的材料？天氣轉暖，也沒有什麼玩，十天的春假也在New Haven平穩過去。前兩星期打了幾下Bridge，看了幾本Goren④的書，較前稍有進步，Bridge很有興趣，可是是一temptation，最近已不打。家中想常有信來，即頌

春安

弟 志清 上

四月十三日

（Paul Monroe）、胡適、郭秉文等人共同在紐約創建的一家非營利性民間文化機構，致力於推動中國文化的宣傳與傳播。1930年，孟治出任第二任社長，一直到1967年退休。在其任上，華美協進社得到很大的發展，已成為傳播中國文化重要平臺。

③ Truman（Harry S. Truman哈利・杜魯門，1884-1972），美國第33任總統（1945-53）。

④ Goren（Charles Goren查爾斯・高倫，1901-1991），被譽為美國現代橋牌之父，代表作有《計點—叫牌》（*Point-Count Bidding*）等。

142. 夏濟安致夏志清（1951年4月14日）

志清弟：

來信並與胡世楨合攝照片，收到多日。家裏的情形，很使我們懸念，但是「苛政猛於虎」，要使家裏情形改善，只有把共產黨消滅以後。我最近收入一筆稿費預備化[換]成100元港幣匯交張世和轉寄家中，但是臺灣銀行國外匯款非常麻煩，先要申請核准，等核准了再好寄出，所以我暫時還沒有辦法寄錢回去（已在申請中）。

*FREE CHINA REVIEW*第一期已出版，我沒有寄給你，寄航空太貴，平寄太慢，反正這雜誌一定會到美國（目的是對外宣傳），你不妨留心一下，向圖書館打聽打聽什麼時候可到，或者叫他們定一份：*FREE CHINA REVIEW*, 15B Nanyang Street, Taipei, Taiwan, CHINA。每年美金五元，我相信你們學校有中文系，這樣一本雜誌不會不定的。這雜誌在臺灣銷路不廣，但我的文章"The Fate of Chinese Intellectuals"在台大已經很出名，讀過的人都很佩服。第二期我預備寫一篇講五四運動的，"NINETEEN NINETEEN & AFTER"，主旨還是反共，擁護胡適。我先出了英文的名氣，然後發表自己的主張，亦未嘗不可。我寫文章非常吃力，這兩天為了這篇「五四」，又在吃苦中。文章頂難是真說自己的話，一不留神就把別人的話改頭換面放進去了。我對於什麼事情都很馬虎，僅有對於style的確肯放全副精神上去的，可是我的精力並不頂充沛，一天只能寫很少的字。

秦小姐處並無進展。這學期我班上的女學生漸漸的同我熟起來了，也有拿作文來交我改的。那些女孩子都還不差（讓我有空再描寫給你聽），但我無意追求且我素不喜date，故毫無affair可言。我理想的太太還是Celia。我近日的興趣是「文章」與「出名」，故追求秦小姐亦並不熱烈。

謝謝你寄來的書，不日想可收到。麻布西裝，臺灣很有用，希望弄皺弄髒了寄來，因為這裏的海關很凶，假如他們認為是新的，可能叫我們付一筆重稅（書不要稅）。

希望你能早日找到job，大家可以安心。經濟不寬裕，不敢交女朋友，更談不上結婚。再談祝

春安

兄 濟安 頓首

四月十四日

143. 夏濟安致夏志清（1951年4月27日）

志清弟：

承蒙你勸我apply進Yale，當然能夠來美國，比守在臺灣好得多了。但是有一樁事情我沒有把握，我因此不敢貿然嘗試，就是簽Visa時的體格檢查。我現在身體好極，非但從來沒有這樣好過，而且往往被全系及全宿舍（在北大時亦是如此）認為精神頂飽滿的人。照我的health，非但對於public無害，而且很能負擔相當hard的work。我不知道doctors是否同意這一點。過幾天等錢稍為再寬裕一點，預備去美領事館所指定的醫院去檢查一下，是否可以pass，他們如說不能，我亦不高興再試了。我錢很夠用，但正式核查恐怕需費很大。

但是我並不放棄來美的希望，我甚至於還有我的計畫：（一）中國政府給我一張外交護照，可以避免簽Visa時的麻煩；或（二）美國State Department慕我的文名，請我去做guest，這樣亦可避免幾道關口。這兩者很難，並非不可能，只要我努力在寫英文上出名，但短時內恐辦不到。今年我的自信大增，*Free China Review*第一期（若尚未看到，當於第二期出版時一併寄上）上的文章很震驚一下子人，第二期我寫的是"1919 & After"，論五四運動的（不敢罵，但亦沒有大捧它），水準亦夠得上第一期的那篇"The Fate"。這樣寫下去，我將被公認為臺灣英文寫得頂好的人，大約並不是難事。

現在已經常常有人拿東西來請我翻譯（有些是拒絕的，五一勞動節，「自由中國」向全世界自由勞工廣播辭是我翻的，在打字機上兩三小時內完成之），但我不屑幹亦不擅長做secretarial work，我想好好的寫幾篇文章。*FCR*的taste還有問題，我很想寫些東西寄到美國來試試。可是至今還沒有動筆，希望最近能寫成一篇小說。

找我的人多，收入亦為之增加，寄家中的港幣$100已批准，下星期可以去開匯票。一兩百元錢對我沒有什麼關係，因為我不買什麼東西，亦不常出去玩，錢就用在吃飯上面，錢多吃得好一點，錢少壞一點（並不頂壞，至少維持炸醬麵的水準，同北平差不多），寄錢回家，對我並無影響。家裏的情形總是很使人焦慮，我恐怕將來美對毛宣戰以後，你就是找到job亦沒法寄錢回去。今年我們的運氣都不壞，希望家裏亦太太平平。

秦小姐那裏沒有什麼好消息，但是我給她的信的tone已較前稍為親熱，讓她habituated to這種tone，以後再把tone的熱度再提高一下。我們的關係也許在進步中，反正我最近無力結婚，慢慢來好了。

胡博士勸你回臺灣，在他當然是很冠冕堂皇的話。我不知他老人家自己為什麼不回來。你對於Rose的追求，我勸你也慢慢的來。看*Golden Treasury*前面的那些情詩，似乎「追求」一直都不容易。美國的追求是不是古今中外頂容易的了？或者是蘇聯的追求頂容易？

到了臺灣來，電影的習慣似乎已戒除。最近*King Solomon's Mines*在大登廣告（預告），我第一次感覺到電影還是我生活的一部分（此片在香港正在映）。這張片子來得這麼早，大約同美國人的重視臺灣有關。最近看了一次籃球，有兩個菲力濱的華僑球隊（內有中國參加世運選手）返台表演，我看後不甚滿意。毛病是動作不smooth，人同人碰到沒有rhythm，球拿在手裏亦不sure。總之刺激緊張不如「武生大會」的「鐵公雞」遠甚。美國的籃球也許好得多，至少球是逢丟必中的了。你寄來的書還沒有收到，因為台美間平寄常需時兩月。寄書似乎還有別的麻煩，Senator Knowland①

---

① Knowland（William F. Knowland威廉・諾蘭德，1908-1974），美國政治家、報紙出版人、共和黨領袖。1945-1959年為加州（California）議員。

of Cal.最近還提出過質問呢，你留意了沒有？再談　祝

近好

濟安 頓首

4/27

144. 夏志清致夏濟安（1951年5月5日）

濟安哥：

四月十四日、廿七日兩信都已收到，知道你在臺灣英文名氣很響，甚是高興，多寫幾篇文章後，很快可中外聞名。我寫信去State Department問如何接洽出國手續，茲將回信附上，要出國先要在台北美大使館apply，我想你有英文著作，較普通人一定容易辦，不妨去大使館詢問一下，恐怕有別的出國機會。我中國情形不熟，不然在美國也可寫幾篇文章。最近論文可以結束，寫了二百頁，內容以批評為主，所以用不到多少考據學問，花時間不算太多。論文結束後，暑假中想[寫]一兩篇學術文章或關[於]中國論文，有些名氣，找事也容易。State Department因外國人需要clearance的關係，不易進去，最近有小大學需要中國young scholar教東方文化，並兼課英國文學，我已去apply，或有成功可能。三星期前錢學熙來信叫我回去當北大副教授，在他也是好意，我已婉拒了他。他現在很紅，任教育部高等教育課程改革的研究委員，他是英文科目方面六委員之一，可以有力說話，他太太也做事，所以經濟很富裕。最近美國鼓勵中國學生留在美國，有學生護照的都可長期住下去，情形比以前好得多。*FCR*圖書館還沒有，Far Eastern Institute內可能有一份，當去查問一下，圖書館我已叫他們去訂了。你的愛情已到了intimate的階段，加上你的努力出名，恐不會再有什麼阻礙。Rose Liu在紐約有表兄，上次她學校有跳舞，表兄特地從紐約來，他倆關係恐已相當深（因為她常去紐約），所以我也不多追求，保持友誼而已。我現在不大date過不用錢的生活，也很安穩，一切要待事情有着落後再作打算。吳新民五月中即將訂婚，小姐名叫Bessci Chow。MacArthur回國後，美國情形很熱鬧，最近congress investigation，天天有長篇記錄。美國不向毛開戰，在高麗作戰，中國兵死傷慘重，假如真正攻大陸，中國人民犧牲反而小。我電影也不常看。好萊塢最近大事是華納三兄弟把他們所有股票全都出賣，每人可實收六百萬美金而retire。接收人是realty資本家Lurie①。L.B. Mayer自Dore Schary②上臺上[後]，實權沒有，很不得志，可能脫離M-G-M，去做華納公司的製片主任。老蘇格③現仍是Para的董事長，命運比較Mayer、Warner兄弟為好也。再談　即頌

春安

弟 志清 頓首

五月五日

① Lurie（Louis R. Lurie路易士·魯里，1888-1972），美國房地產鉅賈。

② Dore Schary（多爾·沙里，1905-1980），美國默片導演、作家、製片人，曾任米高梅總裁。

③ 蘇格（Adolph Zukor, 1873-1976），美國電影業先驅，派拉蒙影業創始人。1936年派拉蒙影業董事長已換為巴內·巴拉班（Barney Balaban），蘇格為董事會主席。

145. 夏濟安致夏志清（1951年5月15日）

志清弟：

寄來的兩盒書，已經收到。Modern Fiction我確想好好研究，最近還沒有功夫。有一點我自己頗覺安慰的，即有些書以前讀之後沒有興趣的，現在漸漸我可以欣賞了。我對於T.S. Eliot的愛好，還是從香港時候開始的。Joyce我相信我一定會喜歡他，因為我的思想作風，很近他們這一路的。你的taste很早就確立，我則還是不斷的evolve。我同錢學熙之不同點是在他自以為天天在發現「真理」，我則不過覺得我的解釋能力欣賞能力在提高而已。

*Free China Review*你見到沒有？第二期最近又出版了。寄到Yale這種學術界圈子裏來，我覺得有點難為情，因為裏面沒有什麼學問表現，不能同*Kenyon Review*相比的，而且有些地方還顯得taste很壞。但是有一點我很有自信，我的prose應該為外國人所佩服，我是始終講究style的人。告訴你一個好消息：我已經是*FCR*的編輯了，編輯有好幾位，但屬於台大的只有三位：曹文彥（chief editor）、劉崇鋐（台大的dean）與我，其餘是別的政府機關裏的英文好的。這本雜誌是國民政府重要對外宣傳刊物，我的地位在「自由中國」漸漸確立，我是很有把握的。可惜在這種刊物寫文章，我的文藝天才，還不能充分發揮。五月五日的信也已收到。能夠到美國來當然是頂理想的事了，但目前恐怕還沒有機會，我也不想勉強的去嘗試。能夠在文章上出名，我認為運道已經不錯了——多少年來，我一直想辦一個英文刊物，沒有實現，最近總算也是一本刊物editor了。

*FCR*也是用船裝來美國的，想要到五月底六月初第一期才可以運到，你看後請批評一下。我當然希望你也替我們的雜誌寫文章

——不要太長，頂好反共，因為政府為了反共才出這一本雜誌的。但最為你自己着想，文章應該在美國發表，我們的雜誌規模太小，沒有多少人理會的，給你的幫助不會很大。我假若有把握文章可以在美國發表，也不肯在臺灣發表的。我最近寄了港幣一百元回家，以後如有多餘還可以寄。編輯並無編輯費，因為也沒有什麼公要辦，只是改改別人的稿子而已。稿費是有的。家裏的情形不會很好，聽說上海對於收到美國或香港信的人家，警察特別注意。臺灣的上海人都不大敢寫信回家（via HK），怕家裏添麻煩。我的愛情，發展得還好。我初來臺灣時，Celia只肯維持師生關係，以後似乎變成友誼關係了，最近我的tone好像把她當作family，她似乎也並不生氣。4/26是我來臺灣半年紀念，我統計一下，我收到她29封信（還有些gifts不算），她說她大約收到我60封以上的信。我寫給她的信，已經有好幾萬字了，她不應該不感動。但是我同她一樣的躲開結婚問題不談，在台大這種窮環境結婚，我不能想像。我的愛情發展可以說很順利，但最近不致有什麼大成功，特別的好消息。

暑假內可能有人找我編初中英文教科書，待遇很好，我還沒有一定答應下來，原因：（一）我沒有把握編得[比]林語堂的初中英文更好；（二）有這種精神時間我應該用英文來寫一部novel。對方是很有誠意的，我假如推不掉，可能會答應。你最近還是把job弄妥頂要緊，Rose Liu那裏這樣吃力，我聽了也有點怕。世界上的事情，我除了寫文章以外，別的叫我用efforts我都有點怕。但是文章上，我所用的功夫還是不夠。再談，祝

春安

兄 濟安 頓首

五／十五

146. 夏志清致夏濟安（1951年6月8日）

濟安哥：

茲有好消息報告，明年的job已妥當了。Yale教授David Rowe①（Foreign Areas Studies系）得政府合同，研究中國問題，我已被他聘用，年薪三千九百元，九月一日起開始工作。office在Yale Library，很是方便，我擔任中國文化文學方面，寫些monographs。此事很容易，對我個性也適合，下半年起，我非但生活無憂，而且可多寄錢給家中和你了。此薪水相當普通assistant professor薪水，數月憂慮，一旦解決，很是高興。你新任*FCR*編輯，名譽漸大，收入漸多，我們的命運希漸漸的走上坡路了。此外我最近寫了兩頁近代中國文學史的prospectus，Brooks，Pottle等看了都非常impressed，覺得可向Rockefeller，Ford Foundation等接洽進行，現在有了job，或將暫緩進行。家中久無信來，非常掛念，不知共黨最近的苛政會不會影響到父親的安全。上次寄出百元後，也沒有接到該款已收到的回信，張世和那裏也不來信。不日將再寄一百元家中，九月後家中可不再有憂慮。你同秦小姐通信之勤，實表現一股生活的勁，使我很佩服，你同她的愛情想已成熟，不再有問題了。我同Rose沒有進展，上星期看了一次電影，Danny Kaye's② *On the Riviera*③，今天她又不聲不響地到紐約去了。以後我

---

① David Rowe（饒大衛，1905-1985），耶魯大學政治系教授，美國研究中國外交政策專家，編著有《中國手冊》（*China: An Area Manual*）等中國研究資料多部。

② Danny Kaye（丹尼・凱，1911-1987），美國演員、歌手，代表影片有《布魯克林來的人》（*The Kid from Brooklyn*, 1946）、《夢裏乾坤》（*The Secret Life of Walter Mitty*, 1947）等。

③ *On the Riviera*（《倒鳳顛鸞》，1951），據漢斯・阿德勒（Hans Adler）、魯道夫・

不想再追她，可是New Heaven中國女孩子少，另外也沒有適當可追的人物。有了job，今天mood大好，幾月來一直depressed，心中老是不高興。這一月可把論文寫完，七八月兩月可稍休息一下，四年來還沒有好好的有個一次真正的假期。*FCR* Yale這裏還沒有看到，想不日即可寄到。編教科書事已答應否？念念。今年Yale二百五十周年，*Time*，*Newsweek*都有Yale校長封面。你近來想很快樂，即頌

　　暑安

弟 志清 頓首

六月八日

洛薩（Rudolph Lothar）合著戲劇《紅貓》（*The Red Cat*）改編。華特．朗導演，丹尼．凱、吉恩．蒂爾尼（Gene Tierney）、科里恩．卡爾弗特（Corinne Calvet）主演，福斯發行。

147. 夏濟安致夏志清（1951年6月17日）

志清弟：

接來信知job有着落，甚為欣慰。由你來研究中國文學，這是「中國文學史」上值得一記的大事，因為中國文學至今還沒有碰到一個像你這樣的頭腦去研究它（錢鍾書的《談藝錄》我也看過一點，覺得他很少「心得」，quotations很多，而並無秩序，並無宗旨，不是第一流批評家的作法）。憑你對西洋文學的研究，而且有如此的keen mind，將在中國文學裏發現許多有趣的東西，中國文學將從此可以整理出一個頭緒來了。我為中國文學的高興更大於為你得job的高興。不知道你預備從什麼東西着手？我倒是很想聽聽你的計劃。我希望你能早日在美國出名，因此我即使不做State Dept.的guest，做你的guest也可以到美國來遊歷一下。

家裏我也好久沒有信，我也不敢寫信回去。在臺灣的人差不多和他們在大陸的親友斷絕音信了。據說在香港的人，也不敢和大陸上的人通信，因為每一封信都可能給受信人無窮的麻煩。你寄信給張世和的錢，張世和是否已經往上海寄，還成問題，因為最近幾個月，不像以前，共黨對於匯款盤查得十分厲害，可能還要強迫攤派捐款等等。你說九月以後，家裏可以不愁了，但願事實能如此。假如在平常日子，你常常有美金寄回家，父親是可以不用辦公，在家享福聽書好了。但在共產黨嚴格管制之下，私人財產受到干涉太多了。「愁」恐怕非要等共黨統治推翻，是沒法解決的。共黨在上海的統治，據說還比較頂寬，蘇州等地，非但地主漸被肅清，連收到一封香港信都是大罪名。上海最近被捕之人，有一種是鄉下地主被捉回去受「審判」，還有一些是有號召力能興風作浪之人，據說是以「工頭」為多數。黃金榮最近還發表過悔過書，安全並無影響，父親在社會上的地位比黃金榮差得太遠，想還不至於受共黨的注意。但是共黨的恐怖政策是沒有底的，可能延長好幾年，而手段愈來愈凶，將來如何，我也不敢想。不過我想你假如少寫信回去，不過使家中掛念而已，多寫信，不可知的危險太多，反而不好。法國的恐怖時代，我們家裏竟會親見，真是太不幸了。

我的近況平常。去年買的自行車丟失了，又要買一部second-hand的，我最近收入還好，車子還丟得起。假如秦小姐要到臺灣來了，那末[麼]我一定會來向你求救，她不來，我的經濟還過得過去。愛情進展得很好，她大約可以算已經默認了。她還說過這樣一句話：「到臺灣來不是百分之一百的不可能。」這種有保留的話，將要發展成為什麼樣的事實，我還不知道，大致仍舊不會來。最近我每封信都催她來，但是催得也不急，因為她一來，我的生活將要大變，我也有點怕。她真要來，我也不會退縮。我是fatalist，這種大事反正我也做不了主，我的追求則是很堅定的。對於*FCR*我的興趣漸退，因為我發覺這種文章很難寫。我是一個pessimist，悲觀的話，我才寫得出好文章，勉強樂觀的文章很難寫。我已經是編輯，寫不寫對於我的名氣已經不大有關係了。最近在做一件無聊的工作，在翻譯一些關於曆法問題的文章成英文，算是中國交給UN ECOSOC①關於曆法問題的意見。原文文章很壞，我翻得也很壞（還有關於甲骨文考證之類）。暑假裏預備好好的寫小說，我最近完成一篇短篇（中文），叫做〈火柴〉，又是秦小姐出的題目。我的小說題材似乎很多，只要我去好好的寫好了。你的追求如此吃力，我看也沒有什麼希望，反正這種事情你比較也算看穿的了。再談

祝

---

① 即聯合國「經濟與社會理事會」，全稱是United Nations Economic and Social Council。

暑安

兄 濟安 頓首

6/17

[又及]香港Boss汪的朋友之子想來美讀高中，不知admission容易請否？Data我叫那個青年直接寫信給你，此人甚有錢，護照已有，只要高中的admission好了。

148. 夏志清致夏濟安（1951年7月8日）

濟安哥：

六月十七日來信收到已兩星期，知道你近況不錯，小說方面不斷有創作，秦小姐那邊進行順利，甚慰。我最近兩星期好像沒有做什麼事，情形同我離北平前一月差不多。論文初稿已寫完，天天想修改它，可是已不再有什麼新材料，七月無論如何把它整理好重打一遍。平日也不找女孩子，每星期打一兩次bridge，賭博是女人最大的敵人，消耗時間，忘記苦悶，是種沒有意義的temptation，所以我對最近的生活方式很不滿意。上星期已從Prof. Rowe（他是共和黨的consultant）那裏拿到了contract，下年工作已不成問題。我工作的範圍雖是中國的文學和文化，research的着重點恐不會是嚴肅的批評；不過有一年的經驗，對中國情形一定可熟悉得多，可作將來研究的準備。我中國舊文學根底太差，上月K.C. Li①叫我翻譯一篇乾隆皇帝給他母親的謚文，四六駢文，古典極多，翻譯相當費了一點功夫，結果自己覺得很不滿意。我把中國舊文學根底打好後，再作研究，倒的確可有些貢獻。

家裏常有信來，對我的通信，好像並不介意，似乎沒有危險性。母親聽說我有了job，安心得多，還望匯款以後沒有阻礙。前次的一百元已收到，兩星期前匯出百元，還沒有下文，下星期想再匯一百元，可維持家中暑期的生活。你的港幣一百元還沒有收到，不知何故。玉瑛妹上課學琴外，平日老在家裏，不參加一切活動，這是她信上說叫你放心的。高麗談判和平，國內的恐怖政策或可稍

---

① K.C. Li即李國欽，李氏獎金創辦人，夏志清1947年獲該獎金來美。見本書卷一，信53，頁242，注1。

溫和一點也不一定。程綏楚最近來信要寄給我錢鍾書的《談藝錄》，和陳寅恪的新著作，是很感謝他的。*FCR*還沒有見到，你有材料，不妨仍二三月寫一篇文章，使你中英文兩方同時出名。汪boss朋友之子要來美國讀高中，想沒有問題，滬江的George Carver在有名的Prep School（Peddie School，New Jersey，畢業生多進哈佛、Yale的）教英語，我給他信，admission是沒有問題的，你叫他把履歷寄給我。附上彩色照片一張，是去年考口試後攝的。即頌

近安

弟 志清 頓首

七月八日

七月二十二日母親六十大慶請你吃麵慶祝。

149. 夏濟安致夏志清（1951年7月17日）

志清弟：

來信並五彩照片均收到。知道家裏情形平安，甚為安慰。母親的生日，我早已留意，一定吃麵慶祝。家裏我好久沒寫信去，怕替他們招麻煩。我的港幣百元寄給張世和的，張世和給你的信上提起過沒有？你寄給家中的錢現在是否還是由張世和轉？

我在臺北的生活，有點瞎忙，常常有人拿東西來叫我翻譯。我曾譯過一篇Calendar Reform的文章，得$600稿費，已足補自行車之損失（新購的secondhand自行車才$400）。亂七八糟的翻譯文章，我很恨；我又是個顧情面的人，不像你會當面拒絕人。

下學期我沒有promote，因為台大沒有進來一年後就升級的前例，所以把我耽悮[誤]了。但是系裏面都很尊敬我，升不升在事實上的影響很少。下學期我已不教普通大一英文（有些副教授還是只教普通英文），改教一班外文系大一英文的讀本（四小時），一班小說（三小時），外加指導畢業生論文又若干人（上學期教兩班大一英文，共每週十小時）。我本想研究小說，這樣讓我開了一門功課，逼我研究，倒是好事。我應付學生的江湖訣還有一些，但實學缺乏，不免惶恐。教授法同系主任英千里①（本是北平輔仁大學的秘書長、英文系主任，天主教，留學英國和歐洲十餘年，culture不錯，我同他很談得來，他是系裏我頂能談得來的人）研究過，他主張從史的進展來講，先講一兩個月非小說的narratives ——包括

① 英千里（1900-1969），名驥良，北京人。1924年從倫敦大學畢業回國後，投身教育事業，致力於哲學、邏輯學研究。曾協助其父英斂之籌辦輔仁大學，並自1927年起，任輔仁大學教授兼秘書長。1949年後赴台，任教於台灣大學、輔仁大學等學校，代表作有《邏輯學》等。

荷馬、中世紀romances、sagas等等。這一段我認為還容易應付，反正東西很多，學生都不大懂，不致[至]於出毛病。從Richardson②、Fielding③開始，我想好好地研究一下，台大圖書館參考書還有一些，但是主要的我要靠你幫忙。你最近經濟情形如還好，希望把Leavis、Tate（夫婦）的論小說之書（或其他你所認為好書的）買來寄下為感。七月裏寄出，十月裏到，還來得及。九月份以後，Prof. Rowe那裏有薪水了，希望隨時買些論小說之書和好的modern fiction寄給我。我自信English Prose Style在台大很少敵手，已有名譽建立，外加一般常識豐富（這兩點都勝過卞之琳），教「小說」可以不成問題。不過我真想好好地教，一定要好好地研究，很希望常常的聽你發表意見。我自信我的taste和*Forms of Modern Fiction*裏所講的很接近，我想從modern的觀點來講小說（treat it as an art），中國大學裏恐還沒有過。我自己又稍為有點寫小說的經驗，這門課程可以教得很成功。我想不應該比錢學熙的「批評」壞。請你①告訴我當初滬江是怎麼教的？現在美國一般大學，for instance，Yale，是怎麼教的？②推薦四本到十本—— original in English ——小說，作為學生required reading，你一定有你的看法。

同秦小姐的關係還同以前差不多。我今年生日她送我兩本書，Eliot的*Cocktail Party*和Joyce的*A Portrait of the Artist* ——她的程度還不夠欣賞，是我自己點的。她似乎很想到台大來，她說假如台大

---

② Richardson（Samuel Richardson塞繆爾・理查遜，1689-1761），18世紀英國作家，代表作為三部書信體小說《帕美拉》（*Pamela: Or, Virtue Rewarded*）、《克拉麗莎》（*Clarissa: Or the History of a Young Lady*）和《格蘭迪森》（*The History of Sir Charles Grandison*）。

③ Fielding（Henry Fielding亨利・菲爾丁，1707-1754），英國小說家、戲劇家。他與理查森被認為是英國小說的奠基人，代表作有《約瑟夫・安德魯》（*Joseph Andrews*）、《湯姆・瓊斯》（*Tom Jones*）。

在香港招生，她會去試的，但是她家裏不放心她沒有把握地到臺灣來。她來了要增加我許多煩惱（一個女孩子的居住，就成大問題），只有等我有辦法一點，才敢正式地邀請她來。

我班上有位女學生，現在同我關係不差，但是我從來沒有想起會對她fall in love，所以事情並不嚴重。只有一次，就是放了暑假後的第一個星期一，她從上午十點以前，一直坐在我這裏談到下午三時（外面在下雨）才分手（大家沒有吃飯）。那天起我有幾天很不快樂，我怕：人家真會對我發生這樣大的興趣嗎？我是不預備同她談戀愛的，假如她真有了興趣，叫我怎麼辦呢？星期四她又來了，還是嘻嘻哈哈的，我的心才放寬。現在的情形是這樣：她不知道我有秦小姐，我把自己講得也很少；她都把她的男朋友常常描寫給我聽，她說她對他們都沒有興趣（她在學校裏相當出名，不少人追求）。我們現在的關係我覺得很自然，我一點也不想追求，我的表現帶點cynical，melancholy，常常很brilliant（我覺得我有點像查理斯鮑育④——這句話沒有告訴她）；她也是一個不平凡的女孩子，很有點文學天才，作文很用心。她對於你的五彩照片的批評：她說你好像不願意照這張相片似的。taste是喜歡《水滸》，不喜《紅樓夢》，反對《魂斷藍橋》，favorite author：巴爾扎克。她的父親是教育界有名人物。年紀很輕（不到廿歲），人長得嬌小玲瓏，這種type我以前會愛的，現在我喜歡的是黑而苗條的——秦小姐。我相信我可以同這位小姐維持一個好的友誼關係，因為我們有很多話好談。我以前不懂為何交女朋友，同秦小姐的戀愛給了我confidence，我現在對付異性比以前自然得多。我還沒有date過她，也沒有去找過她，我是故意不這樣做的（經濟情形我能afford），因為她來我這裏，我完全at home，談話表情十分自然，

④ 即Charles Boyer。

像個卻爾斯鮑育（Charles Boyer）。我相信我同她一起走出去，我不免仍舊慌慌張張，行為反而不自然，在我自己是苦多於樂，對她將造成一個奇怪的印象：怎麼鮑育會變成賈克[利]古柏⑤的呢？（這段關係沒有告訴秦小姐，因為秦小姐的幽默sense of humour不夠，可能認真而闖禍的。）

麻布西裝收到了，沒有捐稅，還好。我最近的生活相當快樂，而有意義，只是創作的成績太少。再談，祝

暑安

兄 濟安 頓首

7/17

---

⑤ 即Gary Cooper。

150. 夏志清致夏濟安（1951年7月27日）

濟安哥：

昨日收到來信，知道你下年擔任小說一班，很是高興。你在台大基礎已穩定，明秋一定可升副教授。非但英文寫作，即一般英文學知識，你也遠勝一輩教英文的。你教小說，根據新批評觀點，一定會有好的成績。我英國小說看得還不夠，不過讀Leavis *The Great Tradition*後，把Jane Austen，George Eliot讀得較多（因為Crabbe的關係，Austen的六部小說，我都已看過），認為*Emma*，*Middlemarch*確是英國的great novels。Henry James的*The Portrait of a Lady*細膩易讀，比他晚年的巨著似更有價值。Conrad我沒有讀過（我看過*Victory*），不過你一定可以選它一本作教材的。我suggest的list如下：

1、Fielding：*Joseph Andrews* or *Tom Jones*（J. A.較短，不沉悶，*Tom Jones*前半結構極好，下半部太冗長，恐不易吸引學生注意力）

2、Smollett①：*Humphrey Clinker*（書函體小說，較Richardson有趣，有極好的諷刺）

3、Jane Austen：*Emma*（*P & P, S. & Sensibility*②也好）

4、Dickens：*Bleak House*（公認為Dickens的masterpiece，我

---

① Smollett（Tobias Smollett多比亞斯．斯萊摩特，1721-1771），蘇格蘭諷刺小說家，代表作有《蘭登傳》（*The Adventures of Roderick Random*）、《皮克爾歷險記》（*The Adventures of Peregrine Pickle*）以及書信體小說《亨弗利．克林克》（*Humphry Clinker*）等。

② *P&P*指*Pride and Prejudice*；*S. & Sensibility*指*Sense and Sensibility*。

沒有讀過）

5、Thackeray③：*Vanity Fair*

6、George Eliot：*Middlemarch*（恐是greatest novel in English，但太長，*Adam Bede, Mill on the Floss*較短，適合做教材）

7、Hawthorne：*The Scarlett Letter*和Melville：*Moby Dick*（*Moby Dick*太technical，恐不易教。*Scarlett Letter*代表Puritan conscience，似不宜忽略）

8、James：*The Portrait of a Lady*
The Turn of Screw

9、Conrad：任選一本

10、Hardy④：*Return of the Native*；or
Lawrence⑤：*Sons & Lovers*
Joyce：*Portrait of Artist*
Hemingway：*Sun also Rises* or Forster：*Passage to India*

（Hardy中國學生愛好；Lawrence的小說很嚴肅，讀來很painful，Joyce的*Portrait*恐不易教）

這list上有幾個items是optional，如Smollett不一定要教，可以

---

③ Thackeray（William Makepeace Thackeray威廉．薩克雷，1811-1863），英國小說家，代表作有《名利場》（*Vanity Fair*）等。

④ Hardy（Thomas Hardy湯瑪斯．哈代，1840-1928），英國小說家，代表作有《還鄉》（*Return of the Native*）、《黛絲姑娘》（*Tess of the D'Urbervilles*）、《無名的裘德》（*Jude the Obscure*）等。

⑤ Lawrence（D.H. Lawrence勞倫斯，1885-1930），英國作家、詩人，代表作有《查泰萊夫人的情人》（*Lady Chatterley's Lover*）、《兒子與情人》（*Sons and Lovers*）、《虹》（*The Rainbow*）等。

*Pamela*或十九世紀的小說家代之，Thackeray可換掉，十九世紀有很多小說可代替他的。有很多重要的中篇，如Conrad: *Heart of Darkness*，*The Turn of Screw*，Joyce: *The Dead*都值得精讀，使學生對小說的技巧有深刻的領會（這幾篇中篇，好像Allen Tate "The House of Fiction"都有討論的）。我想你好好地教一年小說，不特對自己創作有幫忙，並且使你很快成個名教授。中國一般教詩已很簡陋，把小說好好分析的實在沒有人，即在英美，也是如此。我有*The Great Tradition*，今天買到舊書Matthiessen: *Henry James, The Major Phase*，這兩本書將同Viking Portable的Conrad，Joyce，Hemingway，Faulkner等一同寄出。Tate的*House of Fiction*書鋪沒有，已訂購，此外order了一本Lord David Cecil⑥的Pelican書*Early Victorian Novelists*，隔幾天一併寄出。Brooks & Warren的*Understanding Fiction*也很好，可是都選短篇小說（Warren今年來Yale做教授），他們的*Understanding Poetry*確是最好的詩的教本。

你戀愛事業似走向成功之路，到臺灣確是你所生活的轉機。秦小姐能到臺灣來最好，能早日結婚，也可使你生活充實安定。父親上次來信也關心我的婚姻問題，New Haven中國女孩子太少，我目下可說一個女友也沒有；Rose Liu暑期中已去紐約華盛頓，以後我也不找她。沈家的大小姐今年大學已畢業，暑期在Rochester做事。她是極好的人，可是宗教熱誠太濃，勸我相信上帝，也不能久處。她的妹妹Joan今年高中畢業，能幹美貌中國女孩子中可稱第一，可是年齡太輕（十六七），不好意思開口找date。最近洪蘭友⑦

---

⑥ Lord David Cecil（大衛・塞西爾，1902-1986），英國傳記作家、文學批評家，因寫有許多有影響的文壇人物傳記而知名。

⑦ 洪蘭友（1900-1958），江蘇江都人，畢業於上海震旦大學法科研究院。長期負責中國國民黨的黨務，是CC系的重要人物，1948年出任「國民大會」秘書長，著有《法學通論》等。

的女[兒]（秋天去Bryn Mawr[8]念書）常來找我補習英文，她身材太矮小，講話太多，聲音太大，我對她毫無興趣。她英文太差，在美國大學讀書實在跟不上，我教她也沒有用，她每次來，祇好陪陪她。她也不是追我，祇是歡喜交朋友，New Haven的生活實在對她太寂寞了。你的女學生想常來找你，大學教書免不了常得到女學生的欽佩和愛慕。柳無忌太太在南開中學教過楊耆蓀，據她說楊去冬曾到她家吃過一次飯，現在楊在Indiana。

六月中我前後寄了兩百元到家中，一百元是由張世和轉，另一百元是由吳新民轉的。吳新民已給我回信，把百元分兩次匯出，恐匯款太大，共黨找麻煩。托張世和匯款總是毫無音信，不知何故，你的百元也給他耽誤了，大約是每次匯款他要貼匯費的緣故。我論文寫完後，要修改反而很花功夫。這月工作沒什麼成績，祇有把論文弄完後方可好好地讀書。Yale和Methuen出版的Pope全集共六冊（Twickenham Edition）[9]，每冊都是十八世紀專家編的，如Tillotson[10],

---

⑧ Bryn Mawr（布林茅爾學院），是美國一所著名的文理學院，始建於1885年，位於美國賓州，也是美國七所「女校常春藤」之一。

⑨ 該全集編輯信息如下：第一卷*Pastoral Poetry and An Essay on Criticism*由奧德拉（E. Audra）和威廉斯（Aubrey Williams）編輯；第二卷*The Rape of the Lock and Other Poems*由傑佛瑞．鐵洛生編輯，耶魯大學出版；第三卷第一集*An Essay on Man*由梅納德．邁克編輯，梅休因（Methuen）出版，第二集*Epistles to Several Persons*由貝特森編輯，耶魯大學出版；第四卷*Imitations of Horace with An Epistle to Dr. Arbuthnot and The Epilogue to the Satires*由約翰．巴特編輯，耶魯出版；第五卷*The Dunciad*由詹姆斯．薩瑟蘭編輯，耶魯出版；第六卷*Minor Poems*由奧爾特（Norman Ault）和約翰．巴特共同編輯，耶魯出版。

⑩ Tillotson（Geoffrey Tillotson傑佛瑞．鐵洛生，1905-1969），曾任倫敦大學伯貝克學院（Birkbeck College）教授，代表作有《十八世紀英國文學》（*Eighteenth Century English Literature*）等。

Bateson[⑪], John Butt[⑫], James Sutherland[⑬], Maynard Mack，台大外匯寬裕的話，不妨訂一部。我最近生活沒有什麼可快樂的地方，電影看了MGM的*Show Boat*[⑭]，並不太好，我重看了一遍*Sergent York*[⑮]，仍是很感動人。海濱還沒有去過，住在New Haven，能夠找到一個適當的女友實在不容易。你想正在準備的course，上勁看小說了。小說寫得如何？有幾期*KR*也要一同寄上。即頌

暑安

弟 志清 頓首

七月二十七日

---

⑪ Bateson（F.W. Bateson貝特森，1901-1978），英國文學學者、批評家，曾編輯出版《批評》雜誌（*Essays in Criticism*）。

⑫ John Butt（約翰・巴特，1906-1965），英國學者，代表作有《十八世紀中期》（*Mid-Eighteenth Century*）等。

⑬ James Sutherland（詹姆斯・薩瑟蘭，1900-1996），英國學者、教授，代表作有《丹尼爾・笛福評傳》（*Daniel Defoe: a Critical Study*）等。

⑭ *Show Boat*（《畫舫璇宮》，1951），美國音樂浪漫電影，據埃德娜・費伯（Edna Ferber）同名小說改編的音樂劇。由杰羅姆・科恩（Jerome Kern）作曲、奧斯卡・漢默斯坦二世（Oscar Hammerstein II）作詞，喬治・西德尼導演，凱薩琳・葛黎森、艾娃・嘉納、霍華德・基爾主演，米高梅發行。

⑮ *Sergent York*（《約克軍曹》，1941），傳記電影，霍華・霍克斯導演，賈利・古柏、沃爾特・布倫南（Walter Brennan）、瓊・蘭斯莉主演，華納影業發行。

151. 夏濟安致夏志清（1951年8月1日）

志清弟：

前上一信，想已收到，教小說事，恐不甚難。據我前任教小說的先生說，一學期讀兩隻小說，每星期有assignment，有quiz，另外每人挑一隻小說，學期終了交report，如此學生一年也可讀過六部小說。每星期上課三小時，兩小時讀小說，一小時lecture，lecture的時間佔得很少，不需要很多的準備。如此教法，就是沒有你幫助，我想我也能對付得了。第一本小說作為Text的，我預備是*Pride & Prejudice*。我因為learning不夠，擬用鼓勵學生寫小說來發揮我的長處。我對於寫作的把握愈來愈大，也不怕改卷子。

暑假沒有做多少事，寫了一篇"The Future of the Chinese Civilization"，題目太大，不能發揮透徹，擬縮小範圍，改為"Westernization of China"。我的主張，恐怕同*F.C.R*的曹文彥主編難以相同，他比較soft-hearted，文章如此，觀點也是如此。我自覺最近文章甚挺，要挺只有說老實話，說bare facts，拋棄一切illusions和大而無當的理想，但這種文章縱然好，和我們以宣傳為主的刊物的性質不同。因此我只有compromise，我現在所發表的文章都還不是我自己要說的話。如關於「中國文化的前途」，我認為是沒有前途的（文章做下去，一步一步地推理，非得如此結論不可），但這對於一個沒有經過深切思想的而愛國的人，將是多大的一個shock，我只好儘量把我的意思修改，即使文章要受影響。我相信我假如在美國來寫中國問題，可寫得出更好的文章。

此外沒有什麼別的發展，和秦小姐的關係如常。我覺得我一生最大的快樂，應該是同秦小姐結婚。我十分愛她。別的女人決引誘不了我。我所以最近在女人面前會說會笑，還是因為秦小姐把我的

mood提高了。我同秦小姐結婚之後，你可以相信我可以變成更brilliant；同樣的，假如我同秦小姐好事難諧，我不容易去找別的對象，因為傷心會把我變成很dull，而且使我怕與女人往來。

臨沂街的主人陸應良先生害糖尿病，要買Insulin，臺灣香港都缺貨，請你買兩瓶10c.c的Insulin，（Lilly）（U-80）80Units per C.C（打針用），航空寄下為感。藥價不貴，大約一兩元美金一瓶已夠，收信人寫「陸應良」，因為假如海關進口有問題，他可以憑醫生證明書去領。

最近讀Viking的Portable Faulkner，覺得此人是個genius。我現在對於英文的看法，認為好英文就是English as it was never written before，寫essay或者要遵守共同的規則，小說我認為沒有something unique in it，沒有寫的價值。我相信我能夠創造我的英文style。

明天去監入學考試場，然後要辛苦兩星期以上批入學卷子。和家裏還是不通信。再談　祝

暑安

兄 濟安 頓首

8/1

152. 夏濟安致夏志清（1951年8月4日）

志清弟：

來信收到多日，最近生活情形無甚變動，好像沒有什麼事情可以告訴你的，所以回信也耽擱了。

暑假已過了一個月，沒有什麼成就。我沒有採取任何行動，只是耐心地等着。我自知我追求的勇氣和技術都太差，不會自己製造機會同異性接近。假如勉強想辦法同異性接近，我很可能行動慌張，連平常那點charms都要喪失了。我又看不起任何手段計策（就這一點而論，我的性格還是generous的），假如把我的動機隱藏起來，轉彎摸角地用手段來實現我的目的，這樣我要看不起自己甚至於要恨自己的。這一個月以來，我既然不能很自然地（就是因為偶然的原因）和我想看見的女郎來往，我只有再等待下去了。

反正你知道我是個fatalist，你知道我很有耐心等下去的。機會不會沒有，以前我同秦小姐的認識，不是也是很偶然的嗎？今年我運氣不很壞，宋奇那裏的稿費是我以前所沒有想到的意外收入。台大可能把我升為副教授——台大自傅斯年接校長之後，對於名義很嚴格，「副教授」的名義假如能給我，在學校裏的幾位老先生看來，已經是有點「破格擢升」了。這樣一個名義並不能改變知道我的人對於我的意見，可是假如要結婚的話，「副教授」可能比「講師」分配得較好的房子。「金錢」「地位」都稍稍改善了，沒有了的心願，就個人而論，頂大的只有兩樁，一是出洋，二是結婚。出洋我還不怎麼想，需要competition的機會大致總沒有我的份。你說我的case可能通融，假如自費出去，這句話也許說得出口，但是甄別性的主持機關，不會讓我pass的。我想結果也許要靠你在State

Department的influence了。結婚也是一件大事，現在看上帝的安排，似乎已經給我不少結婚的便利，問題是等「人」了。我想「人」也許會出現的。

還有一件事情，我已經對你說起過兩三次，就是我在女學生之間，非常popular。但是我對於女性的taste，比你在中國時，已經有點不同。一年級的學生，我現在覺得她們還是同小孩子一般，假如現在我只教大一英文，教不到高班學生，我相信我對於班上學生，會一個都不感興趣的。我對於台大學生（或者說在臺灣所認識的女性之中）感到有興趣的，只有我上次告訴你的那一位。

你上信說起：會不會有男學生競爭？這個我想可能性很少。台大的女生大多看不起男生（as suitors），第一，男生的學問人格等等很少有使女生佩服的；第二，女生差不多全部是小康以上的家庭，男生大多是很窮的，女生全有很好的家庭環境，但是男生半數以上是流浪吃苦之後來考大學的。據說台大的男生多半去追中學女生，台大男女生之成情侶者，很少聽見。

以前在北大時候，還有比較貧苦的女生，在台大差不多沒有。本省籍的女孩子來考大學的，家境往往很不錯；外省籍能夠逃難到臺灣來的，家裏一定有點「底子」。我對於臺灣女人總不喜歡，引起我的惡感的主要的是她們的聲音難聽，言語乏味。外省籍的小康以上的家庭的bourgeois婚姻觀，將仍是我的happiness的大障礙。那種家庭大半多方挑剔，寧可女兒嫁不出去，我現在想追的那位小姐據說（據別的女生說）有一個很貪財的father，詳情如何，現在還不知道，且看我的福分如何了。

你說中國女孩子是頂難服侍的一種人物，事實恐怕是如此。但是我的作風是不eager to please，我是憑wit, detachment, mysterious and consciousness of importance來吸引女性的，所以吃苦還少。真

叫我去服侍，我可能比你還要失敗。我看你還是好好地追一位華僑小姐吧。再談，祝

　　暑安。

濟安

八月四日

153. 夏濟安致夏志清（1951年8月18日）

志清弟：

你的長信討論小說的，已經收到了。我下學期教小說一定依照新的批評，但是事實上恐怕很難發揮，因為學生程度不好，教書時不免要多注意講解與Quiz，還有點像教讀本那樣的教法（就是蒯淑平的教法）。但是我教讀本時對於文章的批評也很嚴格，教小說多少有點新的觀點，到底怎麼教，我現在還不大清楚，我也沒有什麼計畫，臨時再說。你所開的書目，很切實，而不conventional，但是當text用，有許多恐怕買不到。臺灣大學有十種小說，每種有45本，用課本只好在這十種裏挑，這十種並不都好，我決定用哪一本，現在還沒有定。總之，我對於這隻course現在一點也不畏懼，當它是「讀本」。我現在只是想借開這隻course的機會，自己對於小說多加研究。你的指導和贈書，對於我仍舊是必需的。

現在我需要你更多的幫忙。*FREE CHINA REVIEW*的主編曹文彥下月去美，編務由我負責。我手下現在亦有一個秘書，四個typist，一個茶房兩三間office。這件事情剛剛決定，我現在很nervous，寫信的文章亦很不通順。假如你同我在一起，我們兩個人可以辦一個很好的雜誌，可以不需要別的什麼什麼人幫忙。假如以前在上海，有鄭之驤、張芝聯，亦可以幫不少忙，以前在北平，有錢學熙、袁可嘉、金隄等亦可以幫忙。現在在臺北，沒有人在英文[上]能幫我忙的，因此我很慌張。假如每期缺稿子，找誰可以臨時救急？文字上有疑問，找誰可以研究？有了好題目，assign誰去寫？如何可以維持一個水準？我自己寫文章，還是很慢，愈慌可能愈慢。這件事情我是已經答應下來了，總之，這是個honor。這是自由中國唯一英文刊物，後臺是張其昀① —— GIMO的秘書長。我也不知道將要辦成什麼樣子。反正我最近運氣還好，聽天由命。希望你每月寄兩千字長的一篇文章給我。這對於你將不是一個難事。你寫文章很快，現在又在研究中國文化，文章內容關於中國文化、中國文學的都可以（題目可以深奧），文字力求通俗（像*Kenyon Review*那樣很少人讀得懂的），以laymen為讀者對象可也。留學生裏面亦請代拉稿子，只要和general culture, world affairs有關的便可以。我接辦後，亦要注重文藝稿子，但是好的小說詩歌更難找。論文寫壞了，或者還有它的學術價值，小說詩歌寫壞了，簡直就不應該刊載。Rose能不能寫英文小說？

我生日那一天，去台中玩了兩天，又去日月潭住了一夜。日月潭你去過沒有？那地方靜得可怕，高山頂上的湖是很奇怪的。我近況不差，秦小姐待我亦很好。只是不斷地碰到難題目（先是小說，現在的編務），我又沒有什麼人好商量，心裏常常很慌張。希望你多多鼓勵我。專頌

近安

兄 濟安 頓首

8/18

① 張其昀（1900-1985），又名張曉峰，浙江寧波人。地理學家、歷史學家、教育家，曾任浙江大學文學院院長，1941年當選為首批教育部部聘教授。1949年後，曾任國民黨中央改造委員會秘書長、國民黨中央宣傳部長、教育部部長、總統府資政等職，發起創辦《學術季刊》等學術期刊和「中國歷史學會」等組織，創辦中國文化大學等。代表作有《中華民國史綱》、《中華五千年史》、《人文地理學》等。

154. 夏志清致夏濟安（1951年8月28日）

濟安哥：

八月一日、十八日信前後都已收到。陸應良托買的insulin，收到信即航郵寄出，現在想已到達。藥約四元以上，郵費一元半，這筆錢可以折台幣後算你的房租，也可減少你的負擔。讀十八日信，知道你已正式負責*FCR*的編務，的確是個honor，可惜沒有很多會寫英文的人，你的生活一定會變得很緊張。我目前也沒有題目，九月份開始做事，我想九月內或可繳卷一篇，不過我對中國政治、文學都很生疏，不容易講出有力的話來。David Rowe是Republican，同情臺灣，我想向他拉篇稿子，大約可答應，此外New Haven中國人會寫英文的不多，柳無忌也搬到華盛頓去了。這種雜誌，要每月出一本，quality很難維持，假如是季刊，情形就不同了。你主編*FCR*，可算是相當要人，一定已受共黨注意。我知道你目前慌張的情形，但也不能多幫忙，希望你能找到一群會寫文章的人。我這星期打算把論文結束，下星期開始辦公，這暑假為了論文，沒有好好地做什麼事，也沒有看什麼重要的書。我們project是寫一部for general reader關於中國的書，我先負責關於近代文學的chapter，要讀的東西很多，想一定很有趣，把四十年來的白話文學好好批評一下，對*FCR*想很合式[適]。

父親不斷來信，家中很掛念你，你生日的那天，家中都吃麵。玉瑛八月中患了一次感冒，祖母七月中患了一次急性肺炎，打針後即癒，家中希望你由香港（或由我）轉信去，報告近況。你寄給張世和的錢，家中還沒有收到，可向張世和詢問一下。國內親戚結婚的人可真不少，陳見山在北平已訂婚了，天麟①也將結婚。

---

① 天麟，是夏志清的大伯祖之孫，夏濟安之堂弟。

程綏楚寄給我的《談藝錄》已收到了，翻了一翻，錢鍾書的文言好像沒有他白話文那樣乾淨有力。Empson的*Structure of Complex Words*已出版了，$5，是部500頁的巨著。他把單字研究，花了不少苦功，對文藝批評的貢獻恐怕反而不大，我很要看美國批評界對這本書的反應怎麼樣。*House of Fiction*訂購後還沒有收到，不知何故。你小說一定可教得很好，*Pride & Prejudice*是部好書，課堂上隨時有可會[回]味研究的地方，鼓勵學生寫小說，對他們有益，也可發揮你的長處。

日月潭我沒有去過，來美國後也更沒有旅行。秦小姐待你很好，想遲早可同她結婚。我目前對象也沒有，也談不上追求。Rose去Washington，下學期恐怕不一定會回來。New Haven中國人今年消息倒不少。春季一位教中文的Alice（丈夫在瘋人院）同男同事發生曖昧關係數年，turn on gas自殺，她的女兒不救，自己在asylum裏，理智力已消失了。Playboy Nelson吳②同一位三十五歲的老處女，時常來往，老處女因父親在北平病重，決定返國，Playboy忽然良心發現，打長途電話求婚（女的已在Chicago），他們兩人目下就要結婚了。

我近來生活沒有什麼可報告，海濱只去過兩次，看了一張*Time*稱讚的*Pickup*③，尚不錯。夏季Olivier, de Havilland, C. Colbert, J.

---

② Nelson吳（1919-2002），即吳訥孫，筆名鹿橋，北京人。作家、學者。曾就讀於燕京大學、西南聯大、耶魯大學，1954年在耶魯大學取得美術史博士學位後，即任教於三藩市大學、耶魯大學、聖路易斯華盛頓大學等大學。代表作有《未央歌》、《人子》、《懺情書》等。

③ *Pickup*（《野玫瑰》，1951），黑色電影。雨果．哈斯（Hugo Haas）導演，雨果．哈斯、比佛利．邁克斯（Beverly Michaels）、亞倫．尼克森（Allan Nixon）主演。

Bennett④, Ginger Rogers都來附近演過話劇，都沒有去看。監考想已過去，希望你編輯順利，即頌

近安

弟 志清 頓首

八月二十八日

---

④ J. Bennett（Joan Bennett瓊・班尼特，1910-1990），美國舞台、電影、電視演員，代表影片有《寒夜飛屍》（*The Woman in the Window*, 1944）、《蕩婦離魂記》（一譯《阻街女郎》，*Scarlet Street*, 1945）等。

155. 夏濟安致夏志清（1951年9月14日）

志清弟：

昨天我才出醫院。這次我在台大醫院住了兩個星期，人瘦了不少。先一個星期，台大醫院查不出我什麼病，以為我是傷寒，讓我發高燒。平常上午沒有燒，下午燒到38°以上，晚上常常統晚40°，一點不能睡。除了抽血檢查，並敲打聽聲之外，一點也不treat我。他們對於我的肺部，毫無comment，大約O.K。曾經做過一次TB Test，反應「陰性」，故我的肺大約已經很好。過幾天我想去透視一下，假如能清清楚楚，我也想活動來美的。人被擱在「傳染病房」（三等）裏，蒼蠅很多，一室四人，我總是閉了眼睛，不去看我的room-mates，只是知道有一天晚上死掉一個人。如是者ordeal一個星期，忽然醫生們發現我害的是malaria，從此以後，我的情形就好轉了。人也被搬到輕等病房，吃了Atebrin和Plasmoquine之後，一兩天內燒就退盡。就在頭等病房休養了一個星期（讀莎士比亞）。台大醫院的醫生都是臺灣人，為人似乎都還conscientious，但是功力似乎不強，否則的話，瘧疾這種簡單的病絕對用不着一個星期才檢查出來的。假如早發現是瘧疾，我也用不着發一個多星期高燒了（入院前已燒了幾天）。我害的是熱帶性瘧疾（醫生說是日月潭傳染來的，臺北不常見這種病），並無寒戰出汗等現象，只是週期性地發高燒而已。這次醫院裏用的bill約六百元（已打了折扣），可以到政府去申請補助，大約政府要給我三百元錢。兩星期內，我自己買零星吃的（橘子——很貴的Sunkist，西瓜，小菜等），也花掉二百元，一共花掉八百元（約40美金），但是我經濟還不致大窘，這兩天身邊還有錢。

*Free China Review*我是好久沒有去理會了（主編曹文彥得到國

務院Leader Grant，不日去美California大學，但是還沒有走成，所以編務我可暫時不管），編務費大約每月可有六百元，因我的秘書400元，打字員300元，我的薪水不會比他們少的。靠*FREE CHINA REVIEW*我維持生活已經夠了，所以暫時不要你幫助（如需要時，當來告急，現在真的還夠用）。這次我全靠陸家幫忙，台大的那些bachelor朋友，是沒有功夫來陪我的，虧得陸家當我是親戚一般地照應我，我很感激。我希望你再花五元半美金買兩盒Insulin，航空寄給陸應良，算是我的答謝。送別的東西他們也不會受，因為他們知道我生病已經花了不少錢，不會再讓我花錢了，Insulin對他們十分有用，所以請你趕快買來寄下。我下學期三小時小說，三小時大二散文，功課輕鬆。我要教散文，又想起那本紅書來了（Craig① & Thomas②: *English Prose of the 19 Century*），假如美國買得着，請你買一本送給我怎麼樣？那裏面有些文章可以選讀的。畢業論文已完工否？念念。*FCR*的稿子有空請隨便寫兩三千字。再談　祝

好

濟安

9/14

P.S.

家裏這樣掛念我，使我心很不安。但是寫信回去，人人都說太危險，臺灣的上海人也有不少，他們都不寫信，我的情感也許冷淡一點，但他們十分想念家的人，都不敢寫信。我的Malaria請你不要告訴家裏，免得他們着急，因為我的病已經好了。我希望你也少

① Craig（Hardin Craig，哈丁．克雷格，1875-1968），文藝復興研究學者、英文教授，編輯過《莎士比亞全集》（*The Complete Works of Shakespeare*）等。

② Thomas（Joseph M. Thomas，約瑟夫．湯瑪斯，1876-？），除下文提到的《十九世紀英國散文》以外，湯瑪斯還參與編輯了《大學生作文》（*Composition for College Students*）等。

寫信回去，美國來的信在上海總要受到特務們的特別注意的，可能替家裏找致麻煩。你假如要提起我，可以這樣說：

「大哥很好。汪副理想必常見面，如果想念我們的話，不妨找汪副理談談，他也許可以給大人一些安慰。」

汪副理是蘇州人，億中的，他的兩個兒子都在臺北（大的在太平保險公司，小的在台大讀書），他是很早就叫兒子們不要寫信回去的。父親母親如果去找他，他一定會勸他們少想念我們，而且會強調不寫信是頂安全的辦法。

濟安　又上

156. 夏志清致夏濟安（1951年10月3日）

濟安哥：

上星期接信悉你患熱帶性瘧疾，在醫院內有一星期沒有受好好招[照]料，心中非常難過，現在虧得好了，實是幸運。醫院將你這樣neglect，實令人可恨，一人在外，一有病痛，叫呼不靈，你在病床上熱度如此高，心中必另有感覺。現在病癒還望好好保養，不要工作太緊張，免得不能如期復原。上星期我正忙着弄論文，所以沒有空就寫信寄你，論文已裝訂了兩本於十月一日（星期一）交出了。十月一日前不繳，本學年還得付兩百元學費，我不情願付，所以九月一月內努力把它弄完了。接洽了一位老小姐打字員，打得非常惡劣，前兩星期日裏辦公，晚上校對，有錯誤送去重打，花了很多時候，天天睡眠很少，人極疲乏，還花了七十元打字費，其實兩星期自己慢慢地打也可把它打完。論文不長，共二百餘頁，因為自己observations極多，很少借用參考書籍，題名*George Crabbe: A Critical Study*。通過想沒有問題，假如readers recommend，也可有出版希望。這幾天又忙着寫我中國文學史的chapter，因為看參考材料時間有限，很不容易討好，不能說幾句真正着力的話。兩星期前看了些魯迅、茅盾、巴金的東西，如果有時間多看些，想把近代作家個別批評一下，寄給*FCR*，這兩天晚上想稍休息一下，多看書後，當可動筆。你想已開始教書了，散文和小說你都熟手，一定能博學生欽佩。十九世紀散文集還沒有去看，大概可買得到，隔日寄上。九月份薪水前天才拿到，趕忙寄了百元家中（吳新民轉），你的百元世和已寄出，不然這兩天家中又要恐慌了。美國income tax極貴，扣去後每月只有三百元收入，寄家百元，自己零用同去年差不多，不能有大收入，祇僅夠普通生活而已。陸家的Insulin當於這星期照辦寄出。

曹文彥暫時不走也好，可使你少擔任編輯職務。你害病想已告知秦小姐，她聽了心中一定很難受。你這次大病實非我那次開盲腸可比，怎樣的夜夜有寒熱。今年graduate student女生除去年化學系劉天眷外，來了一位盧漱德，父親新加坡中國銀行經理，讀教育，也是帶[戴]眼鏡的。人比較gay，也不太漂亮。新來了一位日本女郎叫富升草子，讀英文系，倒生得很秀氣端正，父親外交家，她生在德國，曾隨父親到過英、美、加拿大、南美各地，所以英文講得很好，同一般由日來美的學生不同。她已答應我去看Yale Howard Football Game和當晚的跳舞，這是秋季一季最大的event，最近我想多date她幾次，向她好好進攻一下。我來美後，足球還沒有看過，這星期要同美國女同學去看一次。

家裏去信，你的害病決定不提，我現在星期一到五，天天上下午上辦公室，相當不自由，早晨起得很早，只有六日兩天可以辦些閒事。法文讀了一暑假，已漸生疏，想把它重溫一下，中國文言文也想下功夫把它弄通。聽說卞之琳之rival Frankel現在Los Angeles南California大學①，有人從西部來看見他的蘇州太太，她英文不好，生活也不方便。祝你自己好好照料，多吃有營養東西，醫藥費不夠，我暫時都可寄來。即頌

康健

弟 志清 上

十月三日

寄來照片上神氣還好，不比以前胖，病後調養，是get weight的好方法。

---

① Hans Frankel（1916-2003），傅漢思，柏克萊加大羅曼司文學博士，曾任教於北京大學、史丹佛大學、耶魯大學（沒有在洛杉磯南加州大學教過書，夏志清的消息不正確）。

157. 夏濟安致夏志清（1951年10月9日）

志清弟：

十月三日信收到多日，寄來之Insulin亦已收到。Ph.D.論文 出後，反應想必很好。如能出版，以後你在美國出路更有保障，有了一本書，或者可以憑教英國文學糊口了。你如果忙，*FCR*的稿子慢一點寫也可以，希望題目大一點，多講古代文學。近代左派文人，我們假如不用中央的看法來討論，恐怕引起麻煩。我編*FCR*，並不很痛快。經濟權不在我手裏，辦事總受掣肘。我是一個喜歡獨裁的人，但是現在上面有中央黨部（publisher），他們雖然不大懂英文，但是他們既然拿了錢出來，總希望替他們多宣傳。他們的宣傳稿子英文也真壞。編輯Board並不能干涉我，但人選並不很理想。有個Yale的姚淇清①現在台大法學院做副教授，他也是委員之一，我同他還合得來。我希望多找些年青的人寫。Board是曹文彥所認識的，他們對於黨部的作風，也很反對。但黨部根本ignore他們，只認得我主編一人。曹文彥本是主編兼發行人，他只拿政府的津貼，此外還要去為經費奔走。他那時常鬧經濟恐慌，但選稿權是很大的。現在雜誌的經費全部由黨部來負擔，主編的權限，也因此縮小了。但是做了主編，總可多兩個另[零]用錢，在台大的聲望亦可以大一些，我認為還是值得一做的。

除了雜誌以外，別方面我的生活都是平平。教小說*Oliver Twist*，學生大多嫌難，我亦無甚發揮。戀愛亦沒有什麼發展。

---

① 姚淇清（1919-？），字祖澤，浙江人。耶魯大學法學博士，曾任台灣大學法學院教授、教育部國際合作委員會主委、高等教育司司長、駐聯合國教科文組織代表等職。

X'mas期近，如有好的card請寄四五張給我，不必一次寄，發現有好的，請隨時寄給我可也。「好」的標準：①材料至少一部分是plastic的；②顏色要淡——中國女孩子不喜歡大紅大綠；③字句要簡單，card上的現成字句大多俗氣，不如少幾個的好。你寄四五張給我，我可以挑一張送秦小姐，別的可以送台大別的girls——我同她們都沒有什麼交情，但X'mas送張card她們總喜歡的。

家裏我還是不敢寄信去。你假如寄賀年片給玉瑛，請把我的名字一起寫上。我最近身體很好，malaria並不使我受什麼影響。只是編了雜誌比較忙，不能趁心，有點不大痛快，近況如此而已。你現在每月貼家用如此之多，恐怕對於家裏，反而不利（受共方注意，派起捐來特別多）。早知如此，家裏搬香港好了，每月你的U.S.100元，加上父親已多少賺一點，我亦可以貼一點，家裏在香港可以過得很好的。再談　祝

好

濟安

158. 夏濟安致夏志清（1951年9月30日）

志清弟：

出醫院後，寄上一信，想已收到。現在已全部復原，精神如常，臉色也很好了。因為忙，X-ray檢查還沒有去。

兩包書已收到，謝謝。只怕來不及看。Faulkner Portable我以前挑過幾篇看過，大多在前面的。"The Bear"的中間一段講黑奴的，大致也給我找出一個頭緒來。他的小說裏都是些齷齪人（紅人與黑人），故事也都很殘酷，但是很合我的taste。最近沒有功夫讀他。最近我在讀*Bleak House*①，共800頁，已看300，他的deep planning還看不出來（今天又看了幾十頁，已經看出些頭緒）。但是狄更司的幽默，還隨時流露，我是很能欣賞的。看完*Bleak House*，我預備接着看六本Jane Austen，兩三種George Eliot（包括*Middlemarch*），兩三種H. James，這樣子我相信對於英國小說的研究，又可以多了一些（看過一本*Salammbô*）。

我的小說課程用書已大致決定。臺灣不容易買到西書，台大學生大致同以前北大學生一樣，沒有買教科書的習慣，所以小說的課本的選擇，只好限於教育部捐贈給我們學校的十幾種書（每種45本，夠一班之用）。我本想先教*Pride & Prejudice*，但是B組（學生程度較差的一組——從學校觀點看來，但事實上，A組笨人不少）小說的蘇先生②（臺灣人，東京帝大畢業，矢野時代的舊人，當初

---

① *Bleak House*（《荒涼山莊》），狄更斯的長篇巨著，將傳奇故事與人性道德有機融合，以錯綜複雜的敘事揭露了英國法律制度和司法機構的黑暗，呈現出萬花筒式的眾生相。

② 蘇維熊（1908-1968），曾就讀於日本東京帝國大學，主修文學部英文科。1933年與朋友發起成立「臺灣藝術研究會」，並任《福爾摩沙》雜誌主編。戰後任教

lecturer，現在Prof.）已決定用*P.&P.*，我因他是前輩，就讓了他。我先來教*Oliver Twist*。狄更司的英文，普通「大二」學生是吃不消的，我想在文字上多解釋，對於一個準備不充分的先生，是比較容易的工作。先挑了一本英文較難的書，可以多解釋，少發揮。一學期讀兩本，plus課外一本。*O.T.*完了之後（兩個月），我希望接上*P.&P.*。下學期讀*Silas Marner*③與*Scarlet Letter*。同時也give lectures，我是從John Lyly講起。

我又在上一門大三大四的選課（在聯大時是大四必修，卞之琳的拿手戲）——翻譯。文學的翻譯，我不敢接，因為材料難找，改Exercise太吃力。但是台大這隻課程是注重journalism的，目的在使學生畢業後，容易謀差使（做翻譯官或其他office work）。我的教法，是一星期英譯中，從*TIME*等裏選材料，一星期中譯英，我出題目，大致同上星期的英譯中有關。高班生的程度也很壞。

這兩隻course都要準備，當然比「大一英文」吃力，還加上*FREE CHINA REVIEW*的編務。我現在就在我的宿舍裏編，office取消了，倒也省了我去坐辦公桌（否則每天總要去敷衍兩三個鐘頭——至少）。十月號稿子已集齊——沒有你的，我也沒有寫。希望你接到信以後，能在三天以內打一篇稿子Air Mail寄給我（with你現在工作的英文名稱，好讓我來介紹一句），這樣十月底以前收到，可夠上十一月號的付印。以後每兩月一篇，如何？當然，你的Thesis如尚未完成，可不必為我忙，但請回信告訴我，因為怕我要把你的文章算在裏面，眼巴巴地等你。文章題目請稍「大」，牽涉思想文化等，因為這種重頭文章，每期一定有一兩篇才像樣，但能

於台灣大學外文系。代表作有《英詩韻律學》（*Outline of English Prosody*）、《蘇維熊文集》等。

③《織工馬南傳》（*Silas Marner*）為喬治·艾略特的小說。

寫這種文章的太少了。反共文章這裏有人寫。我「散文」暫時不教，*English Prose*（紅書）暫時不買也可以。不過Tate和Brooks的論小說之書，仍望寄下。我最近經濟情形很寬裕，似乎錢用不完似的。

濟安 頓首

9/30

159. 夏志清致夏濟安（1951年10月26日）

濟安哥：

九月三十日收到已兩個多星期，悉你病體已全部復原，甚慰，還望自己多多保養。陸先生兩瓶Insulin已航郵寄出，想已收到。Tate夫婦的*House of Fiction*亦已寄出，該書所選皆近代短篇名著，所附短評，對你教小說一定有用。你托我的文章還沒有寫，一則我對中國文化沒有深刻認識，空泛寫來，不易討好，二則每星期五天整天辦公，晚上就懶得動筆。最近閱覽了一番新近中國內地的雜誌作品之類，更覺乏味。我的中國文學chapter已寫了六十頁，再加上二十頁新材料，於月底可以完畢。接下來大約要寫哲學宗教之類。五四以來的文學我在中大學時沒有多讀，最近兩月來亂翻了不少書，倒很看出些面目了。這文學應有的估價，當然不高，最主要的原因是一般作家不知sin，suffering，love為何物，寫出來的東西就一定淺薄。西方作家對罪惡和愛都從耶穌教出發的，中國沒有宗教傳統（《紅樓夢》的偉大處是在它的Buddhist philosophy of disillusion），生活的真義就很難傳達了。最近重讀了Dostoevsky的*Idiot*，看了幾卷古本《金瓶梅》，覺得很沉悶，性的描寫也很刻板，沒有興趣把它讀完。你最近大看小說的計畫很好，我的英詩讀得差不多了，最近興趣也在小說上。我工作的名義是Yale University的Research associate，假如我有文章寄來時，就說我將拿Ph.D.，現在Yale當Research associate。

父親有信來，他已明瞭，不要你去信，沒有特別大事，叫我信上也少mention你。你生病事我也沒有提。你的百元已收到，不日我又要寄家中百元，所以家中可以維持。我最近看了兩次足球，氣氛同中世紀騎士比武相仿，很熱鬧，只是Yale足球隊技術中等，不夠緊張，有真正好足球隊，一定很可使人興奮的。看了兩張好電影*A Place In The Sun*，*Streetcar Named Desire*，各方面水準都高，*Streetcar*男女主角Vivien Leigh，Marlon Brando①都演得極精彩。上信所提的日本女郎，最近我同她沒有什麼進展，她takes things easy，買了汽車，並在Arthur Murray②那裏學跳舞（$10 per hour），手頭很闊綽，所以我也無心多追。此外常見面就是本校化學系的Rose Liu（*Streetcar*，*Place In The Sun*都是同她去看的），她讀書很用功，當年是上海游泳的冠軍，可是同讀科學的人，沒有什麼可談，我也無心追她。

我最近生活，辦公看書吃飯外，沒有什麼進展，所以對自己非常不滿意，要想結婚，連對象也沒有。這一部分精力沒有地方用，生活不會很快樂。你同秦小姐想經常通信，如果可能的話，我想還是勸她早日到臺灣來，你目前的經濟狀況也可支持她了。我的文章一定等目前這chapter寫完後開始，大約十一月二十日左右可以寄給你，所以十一月刊上就不要等待我了。Yale大一英文（上學期）教*Henry IV*，I，*Pride & Prejudice*，接着教*Great Expectations*，選科似乎同台大相彷。我現在每天三餐，八時起身，十二時睡，精神很好，祇是自己時間太少耳。餘再談，即頌

近安

弟 志清 頓首

十月二十六日

---

① Marlon Brando（馬龍．白蘭度，1924-2004），美國演員、電影導演。在《時代》雜誌評選的「世紀人物」中，白蘭度與卓別林、瑪麗蓮．夢露齊名。代表影片有《岸上風雲》（*On the Waterfront*, 1954）、《教父》（*The Godfather*, 1972）等。

② Arthur Murray（亞瑟．莫瑞，1895-1991），美國舞蹈教練、商人，其學生包括了溫莎公爵（Duke of Windsor）等名人。

160. 夏濟安致夏志清（1951年11月17日）

志清弟：

十月廿六日來信收悉，你的生活最近很平淡，我的可以說相當消沉。*FCR*的主編名義我已經辭掉，十二月份事實上還是我在負責編，明年不知道有什麼更動。這個雜誌經費不多，沒有什麼人會看中它，很少人敢接辦。我所以辭職，主要的原因是我覺得我既沒有全權，名不符實，不該稱主編。不做主編，我的良心反而可以安。總之，這個雜誌辦得並不痛快。我總是on the board的，你的稿子還是很歡迎。（沒有空不寫也可以，稿子還不缺。）

還有一件消息，也許對你是個shock，就是我同秦小姐的事，可能觸礁。詳細情形，我不願意告訴你，因為It is painful to relate。秦小姐同我不是沒有感情，我相信我是愛她的。但是有時候lovers會mutually inflict pain，大約是我先inflict（你知道我常會paint myself bolder than I am ），現在她在inflict pain on 我了。現在情形很微妙，稍一不慎，可能全盤皆輸。現在我當然比以前火氣退得多，也許能挽救得轉來。請你不要瞎猜，事情很簡單，沒有第三個人在裏面，還是我同她的事。這種事沒有人可以做參謀，我也不預備同任何人商量，且看我的命運如何了。

追求是多麼吃力的事！我同秦小姐相當深的關係，前途還是困難重重，而且最近還可能告「吹」（也許已經「吹」了）。我現在所感覺到的，與其說是戀愛的痛苦，還不如說是做人的可怕。

你說你想要結婚，都沒有對象。我可能也落入「無對象」的局面。秦小姐假如仍舊願意做我的對象，要win her heart也還是很難很難的。

你的想法可能比我現實：為什麼不在台灣追一個？台灣我所認

得的女子，似乎沒有一個值得我追的。我假如還剩下一點passion，passion是for 秦小姐的。

我現在的痛苦，是比較numb的一種，以前那種keen pain，現在恐怕不capable[此處原稿缺失若干字]，將來即使追求成功，我怕它的pleasure也是比較numb的一種了。

我現在也沒有「大」讀小說。最近看了一本*Emma*，Conrad的*Heart of Darkness*；Henry James的*Mme de Mauves*與*Daisy Miller*①。*Mme de Mauves*我很喜歡，它裏面的moral life 我能懂而且同情；*Daisy Miller*我本來只是覺得不能同情，後來看了Philip Rahv（Dial的*Great Short Novel*）所說的，"Daisy Miller died of Roman fever and a broken heart"，我才知道我沒有看懂，因為我只以為只是個superficial girl，看不出有broken heart 之處。James那種把主題抓緊了來描寫，使人覺得他以前的英國小說的描寫大多都不夠勁。James的subtlety 似乎還好學，*Emma* 就沒法學；Conrad似乎又比James容易模仿。我看Faulkner受Conrad影響很大，但Conrad是個greater artist。

秦小姐最近還問我討過《亂世佳人》（香港最近上演reissue）內的Vivien Leigh照片，我在臺北覓了一張給她（X'mas Card請寄兩張給我）。請你寫封信給Leigh討一張簽名的「*GWTW*」照片好嗎（指定是*GWTW*）?（fan mail裏我相信不要附郵票的）寄給我或直接寄Miss Celia Zung, 1st floor, No.66 Fahui Street, Kowloon, H.K.（上次的Peck收到了，謝謝）。最近買到一本Sun Dial出版的*For whom the Bell Tolls*，很便宜，預備X'mas送給她。明年她生日我想送她一本*GWTW*，美國想也已有較便宜的版子[本]，你如見到，請買一本

① 三本小說分別是康拉德的《黑暗的心》，亨利·詹姆斯的《德莫福夫人》和《黛西·米勒》。

給我。這本書她不會看的，但她會喜歡的。家裏情形大約還好，為念。祝

好

濟安

11/17

161. 夏志清致夏濟安（1951年12月2日）

濟安哥：

十月中來信收到已多日，最近接十一月十七日信，悉你同秦小姐關係有破裂的危險，很是關心，希望能早日挽轉，不使一年多的心血白費。本來在戀愛時二人需常在一起才好，專憑寫信，對方許多uncertainties，doubts不易克服，情感沒有得到Conviction，變化太多；同時女孩子mood時常轉變，reconcile的機會也很大；希望好自為之，使秦小姐承認愛你，以後就好辦多了。X'mas Card已於上星期航信寄出，大約不日即到，plastic的買不到，買了三張彩色宗教名畫的cards，沒有字句，還算上等樸素，字句可以自己填，比較可切合得多。X'mas前想可有plastic cards出售，當寄來，你明年也可用。*GWTW*當也買了寄給你；Vivien Leigh不屬於任何電影公司，討照片較難，她同Olivier十二月中要在紐約齊格飛戲院表演*Antony & Cleopatra*和*Caesar & Cleopatra*（我已定到十二月二十三*Antony & Cleopatra*〈星期六〉的票，在美國除看過幾齣musical外，還沒有看過像樣的舞臺劇），我想直接寫信紐約向她討，她或會把照片寄往香港。

我的論文已在十一月十五日順利通過了；現在已算是博士，雖然degree還得明年六月拿。通過很容易，不過我的readers都是較老式的scholars，沒有recommend出版；Pottle suggest 我把論文給Brooks看看，看他批評怎麼樣；大約雜誌上發表一兩chapter沒有問題，要單印出書，恐weight不夠（這次submit論文的英文系學生，有四人，一位寫Smart①的沒有被通過）。我拿到degree後心中

① Smart（Christopher Smart克里斯多福・斯馬特，1722-1771），英國詩人，代表作

並不太高興，因為生活很寂寞，而且長住美國，security沒有保障。目前的job是不長的，所以又要開始找job，一切都非常喫力，耗費精神。目前沒有對象，心中也空虛得很。前星期到Hartford去，有一位新從台灣來的學生Julia Chi季兆蓉（吳江人），讀大二，長得還不錯，很樸素淑靜的樣子，還沒有染到惡習氣，不過我也沒有特大的passion 常去Hartford追她，沒有汽車，來往不方便。她中學時讀過不少杜格涅夫②的小說（差不多每個女中學生都看杜格涅夫），在台灣時學過幾齣梅派青衣戲，所以修養還不錯。

我近兩星期來要做的事情太多，反而一事也沒有下手。想寫一篇關於Pound③的Use of Chinese References in his Poetry，可成一篇很像樣的文章。此外想同Ford Foundation，Rockefeller Foundation等接洽寫書，都還沒有開始。最近在讀Stendhal④的《紅與黑》，Julien Sorel完全是個自私ambition的人不能引起人最大的興趣，書裏的刻畫愛情都等於描寫陰謀，approach 同 English fiction 完全不同。Robert Penn Warren 現在在Yale教drama，他的小說*World English & Time*不久前讀過，theme很好，可算兩年內的好小說。你小說最近讀了不少，對英小說的pattern看法當於[與]以前不同了。

有《致大衛的歌》（*A Song to David*）、《歡愉在羔羊》（*Jubilate Agno*）等。

② 杜格涅夫（一譯屠格涅夫，1818-1883），俄國小說家、詩人、劇作家，代表作有《獵人筆記》、《當代英雄》、《父與子》等。

③ Pound（Ezra Pound埃茲拉．龐德，1885-1972），美國詩人、批評家，意象派詩歌運動的重要人物，曾幫助過喬伊斯、T.S.艾略特、海明威等年輕作家，對英美現代文學發展做出過重大貢獻。1920年代以後，一直旅居法國和義大利，1972年病逝於威尼斯。代表作有《華夏集》（*Cathay*）、《詩章》（*The Cantos*）、《文學論文集》（*Literary Essays*）等。

④ Stendhal（斯湯達爾，1783-1824），法國十九世紀現實主義文學代表作家，代表作有《紅與黑》（*The Red and the Black*）、《巴馬修道院》（*The Charterhouse of Parma*）等。

家中情形很好，我十一月十二日的錢都已寄家，生活想不成問題。我現在儲蓄毫無，這學期的住膳費三百二十元，一次都付不出，祇好兩次付了。你生活怎樣？希望在X'mas season 把對方的愛情完全win over，免得這種拖延的苦楚。不要work too hard，把身體弄壞。*FCR*的文章，我沒有寫，實在時間不夠。*An American in Paris*最後廿分鐘的跳舞是銀幕上罕見的。十二月八日吳新民要同他的女友結婚了。再談　即頌

近安

弟 志清 上

十二月二日

162. 夏濟安致夏志清（1951年12月10日）

志清弟：

卡三張收到，很高貴大方，收到它們的人一定會很喜歡，謝謝。

秦小姐的事，你一定很關心，但是迄今還沒有好轉。平常日子，我很忙（教書、準備教書，和一切有關編輯的事務），要看見很多人，我似乎很自然，沒有受什麼打擊。Wise-cracking，談笑風生，帶一點cynical，圓圓胖胖的臉（我已長得相當胖了）上滿是笑容。今天星期天，天氣很好，一個人悶在家裏，很是難過。我這次所受的打擊相當重，秦小姐是我所愛的人，我們之間的感情已經有相當基礎（我所保存的她的信有五十七封），假如真的起了決裂，我的性格無疑將要受到很大的影響。

到底是什麼事情，我也說不明白。請你不要往melodrama或粗淺處想。我同她都是相當敏感的人，這件事情也很subtle，可以說是沒有什麼事情，但是仔細分析，裏面也有devil作祟（devil—in the religions sense）。大致是：我給她神經上的壓力太重了——為什麼我要這樣做呢？只能歸咎於devil了。她開始見我怕，想逃避我。她明知這樣做要給我很大的痛苦，但她還是做了。我相信她的痛苦也許不亞於我的，但是她是一種歡喜生活在痛苦中的人，這個加上她的caprices和突發的self-assertion（或self-negation），就造成現在這個悲劇。讀過Henry James小說的人大該［概］可以瞭解這個situation。

請你不要替我擔心，我不會出什麼亂子。假如我變成更cynical，日子還可以過得很快樂。有一樁事情你或者要關心的，就是我可能以一個「獨身主義者」終其身。年紀大了，更難fall in love。在台大，我亦認識不少girls，我同她們都還好，但是很奇怪的，我對任何一個都沒有我對秦小姐那種的passion。結婚是不是需要passion做先導呢？我又沒有feminine companionship的習慣，到臺灣來後沒有date過，girls倒常有來找我的。不date[此處原稿缺失若干字]她們中任何一個發生intimacy，更談不上戀愛。戀愛真是吃力的事[此處原稿缺失若干字]怕。要date一個你所比較喜歡的girl，亦很困難，打破她的coyness[此處原稿缺失若干字]容易。Date到結婚之間還有很長很難的一段路，照中國這[此處原稿缺失若干字]有勇氣去rape的，大約很難追到一個你所想追的人。（中國女[此處原稿缺失若干字]後，就乖乖地跟人走了。）

程綏楚說有信勸你結婚，我看你的結婚也很困難。以前有人替你做過媒，你都不中意，自己追亦追不到。你同我的結婚觀，似乎都是很浪漫主義的——一定要同自己所追求的人結婚。有些人似乎可以同任何人結婚，人類是靠那種人綿延下去的。

我不會來安慰你，你也不必安慰我。我是相信命運的安排的，雖然我做一生bachelor的可能性很大，但也很可能明天秦小姐同我言歸於好而終於結婚，也可能我又開始新的adventure。沒有人能知道。程綏楚那種勸不會發生效力，除非他是勸你降低水準。

報上的extortion racket鬧得很凶，不知家裏受到什麼影響沒有（好像出事地點都在廣東）。大陸上的人大多朝不保夕，我們再見面時，家裏不知要怎麼樣了。再談，祝

好

濟安 頓首

12/10

*House of Fiction*也收到了，謝謝。

163. 夏志清致夏濟安（1952年1月6日）

濟安哥：

好久沒有信給你了。十二月十日的信早已收到，不知和秦小姐的關係最近有無好轉，甚以為念。愛情間的困難有時見一面即可克服，可是憑通信就比較困難。我相信她同你的關係已很深，不會把你放棄。或許一時受精神壓力太重，ego不肯屈服，這一次回心轉意後，或可就肯定地屬於你的了，也說不定。你在臺灣生活也很寂寞，其實能同女孩子玩玩，看看電影，也是無傷大雅的。我的生活也是照樣的沉寂。十二月廿二日至廿五日在紐約住了三天，因為在紐約的朋友不多，也沒有什麼holiday的感覺。廿二日晚看了the Oliviersin *Anthony and Cleopatra*並不太滿意。該劇文字深奧，要由oral delivery把全劇真意流露出來，實不太容易。所以看戲時我覺得是普通的romantic drama，一切讀原劇imagery可體會處，在舞臺上只好略過。Vivien Leigh讀blank verse，聲音仍同她演*A Streetcar Named Desire*時Blanche差不多，同莎翁的Cleopatra相差太遠。看莎翁劇遠不如聽一晚上京劇有意義得多，使人興奮。廿三日同Hartford的季小姐玩了一天，吃午飯，下午看電影*Quo Vadis*，戲院裏都是手握着手的，晚飯後到一個party跳舞，我給她印象大約不差。可是她同Hartford的中國女友同玩紐約，我單槍匹馬，很難插進去。他們要玩到正月六日才回學校，我在紐約經濟也不能維持這麼久，所以廿五日晚就回New Haven了。在紐約沒有事做，最經濟的還是看電影：F. March在*Death of a Salesman*①演技很佳；Gary

① *Death of a Salesman*（《推銷員之死》，1951），據亞瑟·米勒（Arthur Miller）同名戲劇改編。拉斯羅·本尼迪克（László Benedek）導演，弗雷德里克·馬奇、

Cooper的*Distant Drums*② action很豐富。回來後寫了封「情書」給季，寄到Hartford，她要回Hartford才能看到。她初來美國，在高中時讀文學作品較多，入世未深，對於情書之類，或許會被感動。其實最近一學期來，我根本不想她，雖是在紐約時覺得她很可愛。我傳情的能力已漸薄弱，強烈的愛情已好久沒有，所以對季小姐，雖然還會有下文，我對這事的發展並不太關心，也無恐懼。卅日夜在同學家跳舞喝酒，所參加的女客皆中學大學程度，態度放蕩。我那晚順興在跳舞時同一位已婚的女人，接了七八吻。這種「美國」生活，我還是第一次嘗，當時很興奮，其實這種情形在美國是很普遍的。

程綏楚那裏已去覆信，他勸你出國，叫你寫篇學術文章apply哈佛燕京Institute，不知你想進行否？共軍空軍力量增大，一旦侵臺灣，情形一定很可怕，所以能出國還是早出國的好。雜誌上讀到的一篇文章，講張歆海③的，他去秋開始已在紐約Long Island University 當中國哲學教授，不妨去封信問問他。袁同禮④現在

米爾德麗德．丹諾克（Mildred Dunnock）主演，哥倫比亞影業（Columbia Pictures）出品。

② *Distant Drums*（《軍鼓》，1951），拉烏爾．沃爾什導演，賈利．古柏、理查．韋伯（Richard Webb）主演，華納影業發行。

③ 張歆海（1898-1972），原名張鑫海，字叔明，浙江海鹽人，生於上海。外交家、學者。哈佛大學英語文學博士，1923年回國後曾任教於北京大學、清華大學、東南大學、光華大學等學校。1928年起投身外交工作，曾任中國駐葡萄牙公使、駐波蘭公使等。1941年到美國定居，先後在美國長島大學和費爾利迪金遜大學任教。1972年病逝於上海。代表作有《美國與中國》、《四海之內》等。

④ 袁同禮（1895-1965），字守和，河北徐水縣人，生於北京。圖書館學家、目錄學家。曾任北京大學圖書館館長、國立北平圖書館館長等。1949年赴美，先後在斯坦福大學圖書館和美國國會圖書館工作。代表作有《永樂大典考》、《國會圖書館藏中國善本書目》、《西文漢學書目》（*China in Western Literature*）等。

Stanford，新近東來，我也見到他一面，他說他已收到你寄他的*FCR*。

家裏每月收到我的匯款，情形較好，可是我怕好景不會長，除非父親能在上海找到能support 家的職業或離滬到香港去。因為共軍extortion racket影響華僑安全的關係，匯錢至國內或香港已被禁止（offender要關十年監牢），我已不敢直接匯款給吳新民。正月的錢我已寄給張心滄，由他在英國再轉匯。匯款事共政府一定也注意，雖然上海目下情形還好，不像廣東等地受壓迫，可是壓力只會日益增大，會有我不可匯錢的一日。新近收到父親和玉瑛的信，情形很快樂，玉瑛附了小照一張，臉都同以前相仿，眼睛已雙眼皮了。她在學校雖然很忙，強迫開會看電影，可是不會被同化。

我正月二日就開始辦公，所以沒有什麼假期，終日看關於中國的書，其實要成功中國通，也得非好好地讀一年書不可。研究中國，看英國文學的書籍機會減少，也是大缺憾。你近況怎樣？*FCR*新有文章發表否？「獨身主義」我始終反對，獨身生活時，生活意義全由will支持，是相當吃力的。即沒有大愛情，能同一可相處甜蜜的女孩結婚，生活也是較好的。我真正fall in love的情感愈來愈少，結婚事不知怎樣解決。希望下封信你有好訊報告，向Vivien Leigh討照片的信已發出了。即祝

年禧

弟 志清 上

正月六日

164. 夏濟安致夏志清（1952年1月5日）

志清弟：

我和秦小姐的誤會，大約可以算解決了。她有兩個月沒有寫信給我，聖誕前有卡寄來，除夕她寫了一封信給我，我相信以後可以維持友好的關係了。交情憑通信來維持，你一直不大贊成，但是照目前的情形，要進一步發展，非常困難。秦小姐是個有舊道德的女孩子（她這種type類型在香港很少見），平常在外面吃一頓夜飯家裏也不大放心的。她的婚姻問題，我看主要是憑家裏替她決定，我在香港的時候，沒有同她的家長聯絡好，是我的失策（也可以說是我沒有把握同他們聯絡好，才不去聯絡的）。她的家是屬於富足的中產階級，對於兒女的婚姻問題必有其conventional看法（大致同我們家裏差不多）。我的學問他們不會瞭解，我的人格也許可以給他們一個較好的印象，但是我的年齡將成很大的障礙，還有，假如我不能多賺幾個錢，他們會嫌我窮的。他們這種家庭一定會逼男家送多少衣料首飾，甚至於皮大衣鑽戒等（這種心理你很容易想像），我假如拿不出，他們將覺得很失望。他們也許並不是要貪這些東西，只是他們的親戚朋友辦喜事，都是這種作風，他們不能在那些親戚朋友前丟臉。當然，假如小姐本人堅持，家長也就會依順她的；但是現在秦小姐還等著我去woo，是不是前途還是很多？

但是我自信運氣還好。*FCR*的事情已經擺脫，上星期接到宋奇來信，說他在香港替美國新聞處擔任翻譯工作，約我譯書，待遇頗佳，我假如可去香港工作，每月至少有800港幣收入。詳細情形還不知道，我現在的情形：替他譯書當然不成問題，去香港至少要在暑假以後。這半年受台大聘書束縛——而且同台大一般人交情頗佳，也不好意思半途出走。假如成事，我在臺灣替他譯半年書，亦可收入不少，或許可略有積蓄亦未不可。假如台大下半年再不promote我，而港USIS對我的工作很滿意，我可能再去香港。上次在港沒有固定收入，常常很窮，假如再去的話，生活可以好一點，也許可以有力量結婚。

我最近臉色已紅潤，相當胖（但肚子不大，並非衰老現象），氣色之佳為生平所未有，或許有點什麼發展。我假如還有一點樂觀主義，那是靠中國的命相之說來維持的。

我的工作並不很忙（我已養成indolent habits，不大會忙的），書也看得很少。*Oliver Twist*已教完，現在在教一本比較容易的*Vicar of Wakefield*①（台大圖大約只有十種書有足夠的copies 給學生上課用）。寒假將到，還沒有什麼計畫。X'mas毫無慶祝，陽曆年聽了一次顧正秋②、胡少安③的《刺湯》與《甘露寺》，好久沒有聽京戲了，還滿意。看後很想念當年上海的繁華。電影看了不少，都不大滿意，1951年看過的頂滿意的片子還是*The Asphalt Jungle*。家裏情形想如舊。董漢槎在臺灣做太平保險公司的董事長，仍舊是上等商人派頭，出入汽車（想有mistress，但瞞我），我同他很少來往。你的Ph.D.差不多已經到手，應該準備結婚了。美國恐怕很少固定的job，不知道你現在進行哪一方面？再談　祝

冬安

濟安　頓首

1/5/1952

---

① *The Vicar of Wakefield*（《威克斐牧師傳》），為愛爾蘭作家奧利佛．歌德史密斯（Oliver Goldsmith, 1728-1774）的作品。

② 顧正秋（1929-），旦角演員，本名丁祚華，生於南京。

③ 胡少安（1925-2001），老生演員，北京人。曾與袁世海等青年演員齊名。

165. 夏志清致夏濟安（1952年1月29日）

濟安哥：

一月五日來信收到已很久，最近精神不振，沒有給你回信。你同秦小姐誤會已解決，很好。恢復通信後，想仍可保持過去情感的水準。假如你今夏返港的話，多見面後，很快能結婚也不一定。讀你信，回想到中國中產階級結婚講條件情形，實很可怕，在美國這種情形可說沒有，可是一個中國女孩子認為eligible的丈夫當有三點：一永久性較好的job，二汽車，三比較像樣的Apt寓所。在她們不是苛求，確是普通的生活標準，可是我離這三條件差得還遠，所以我目前任何追求都不會有什麼結果。Valentine節將至，我沒有寄卡片給你，明天看到有好的當航空寄上，或者還趕得上。上次討費文麗的照片，已寄出，照片平平，可是真筆簽名，確很名貴。我最近幾個weekend都沒有活動。Hartford季小姐那裏通了三次信，也沒有去看她。我這星期身邊已差不多一文不名，要到月底拿薪水後，手頭可稍寬裕。父親那裏仍每月百元，現在托英國張心滄轉匯。家裏最近來信，情形還不錯，父親做些煤球掮客生意，可供自己零用；祖母心臟衰弱，飲食睡眠都要人服侍，隨時都有去世的危險。

在圖書館雜誌室內看到去年的*Free China Review*，你的三篇文章一篇書評都已拜讀。你的文章很見功夫，造字用句實為普通中國人寫英文的所不能及。我的英文四年來除寫得較快外，沒有什麼進步，因為沒有花功夫。批評文章可以寫，有話可說時，文章可以寫得不錯。最近寫了百餘頁的中國哲學，因為自己沒有見解，對題目沒有深切研究，英文就寫得極壞，因為我缺乏人家已講過的話，自己再換一套話說的本領。可是這種journalistic grace在普通寫英文卻是極需要的。你*FCR*事擺脫後，時間較多，不知有沒有寫作？

能重返香港，生活可以過得好些，出國機會也較多，我很贊成。因為臺灣一旦有戰爭，情形一定很可怕。我近來日裏辦公，晚上又不肯早睡，所以做事效率較差，不免影響精神；又要擔心找事，也是精神不好的緣故。我想花兩年功夫寫本中國近代文學史，向Rockefeller基金接洽後，已有過interview，進行還順利，可是通過與否，還得等他們開會決定。去紐約那天，在Radio City看了De Mille的*The Greatest Show on Earth*，我對馬戲不太感興趣，所以並不太滿意，該片報上影評很好，賣座或可勝過*Quo Vadis*。我對電影也不感興趣，可是電影還是最經濟的娛樂辦法，稍勝於無聊。前天看了舊片*Caesar and Cleopatra*，蕭氏的幽默很entertaining。我把*Streetcar Named Desire*劇本讀了一篇，很簡陋，遠不如看電影時那樣生動引人入勝。蕭翁的劇本在紐約永遠賣座，也有他本身的優點。大年夜在中國人家吃了頓晚飯。不日生日將至，照樣讓它默默過去。再談，即頌

近安

弟 志清

一月廿九日

166. 夏濟安致夏志清（1952年1月28日）

志清弟：

來信收悉。聽見你在戀愛方面頗有進展，很是高興，同時希望好自為之。戀愛方面的技巧，你我弟兄恐怕都不夠。我們的性子都太急，從小就很少與女孩子來往，雖然讀了些書，自以為懂得女性心理，其實應付女人的本事都差得很。女人大約本能地都會忽喜忽嗔一擒一縱地對付男人，而我們能expect的是Desdemona①式會開誠佈公地宣佈她的愛的女子。那種女子既然很少見，我們不免常常要失望。如何確定一個女人在愛一個男人，恐怕是很難的。更難的當然是如何使她愛你，而且覺得非有你不可。Jane Austen的*Emma*我認為是描寫女人心理最好的小說，Mr. Knightly（他的年齡同我的差不多），似乎沒有追求過Emma，結果Emma非愛他不可。他一直很serious，而我們自然覺得他同Emma的結合是這部小說頂通的結局。我們不能學Knightly那樣的戀愛（其實任何人的戀愛方式都不能學的，人的個性愈顯著，他的戀愛方式自然也與眾不同，那些做戀愛參謀長者像程靖宇等的話，不一定可靠），我們都比他活潑，但是他的沉着reserve dignity，detachment，我們假如多有一點，也許我們的成功可以容易一點。

謝謝你的關心。我有很強的renunciation的傾向，戀愛是件很困難吃力的事，我常常有點怕再去碰它，想獨身就算了，但是更常常的，我似乎也不甘心就此算了，我還想在戀愛中得到人生的快樂。秦小姐那裏的希望很小，你知道我對於少女們有種吸引力，這種吸引力在香港時候對於秦小姐的影響相當深，現在正影響着台大

① Desdemona，可能指莎士比亞悲劇《奧賽羅》中奧賽羅的妻子苔絲狄蒙娜。

的女生們。現在單憑寫信要維持我的「魔力」（假如可以用這個字的話）當然很難的，我在香港的時候，可能曾經在秦小姐芳心裏引起一些illusion（因為我雖然不是「天才」，有些地方顯得很不同凡俗，很像女孩子們幻想中的「天才」）。現在我同秦小姐，隔得這樣遠，日子又這麼拖延下去，她的illusion當然會漸漸喪失。一談到婚姻問題，她（至少她的家長）要考慮到實際利害，而我的實際方面，並不很有一切優越的條件（早幾年還好一點，那時父親是banker，我年紀還不大），我要能secure她的love，是不是很難？秦小姐那裏希望既然不大，我自應該在臺灣另行物色。我暫時不擬托人介紹女友，所介紹出來者往往是蒼老而難覓丈夫之人。目前我所認識的女子只限于我的學生中，我不擬挑選一個很漂亮的人，這種人有很多人追求，我對於大一學生興趣也很差，我覺得她們像小孩子（這是我的taste上一大進步，是不是？）。我現在看上了一位大三的女生（我「翻譯」班上的），長得很像秦小姐的，迄今我還是毫無舉動，請你不要催我，或者問我有什麼發展。我還要去上她的課，假如有了舉動，使雙方都很窘的。她本人也許覺得一點我對她發生了興趣，別人恐怕沒有suspect的。總之，最近毫無好消息可以奉告。我很想跳舞（到了臺灣後沒有跳過），但是臺灣沒有舞廳，使我大感不便。我只想同舞女跳，不想參加什麼party，同太太小姐們跳。

　　家裏想都好。敬賀

　　年禧

濟安　頓首

壬辰元旦

167. 夏志清致夏濟安（1952年2月27日）

濟安哥：

元旦的來信早已收到，已好久沒有給你信，甚念。同去年上半年一樣，又要忙着找job，心中總不會太舒服。一個人在外國，沒有固定職業，什麼事也不能動。前天接到父親信，知道祖母已經二月三日故世了。詳情請讀父親的信。我得悉後心中沒有多大感觸，近十多年來母親和祖母暗中老是carry on a feud，這是她老人家生活上不快活的一點地方。可是在亂世中她的生活可以算過得很平穩的。我們年輕的時候，她愛同我們講故事，我們也不會忘記。遺體火葬，對老年的中國人總有些不適合，雖然如母親所說，祖母並不太相信祖宗與菩薩。

你近況怎麼樣？暑期後預備去香港否？秦小姐那裏想仍通信，你班上的大三女生，不知已date 約會過否？我最近一月來也不太想女人，weekday辦公，星期六日就想多休息一下，沒有閑精神找女人。Hartford的季小姐有過兩個多星期未通信（Valentine's card也沒有寄給她），上星期她忽然來信，說要寫關於中國女子教育的paper論文，請我代她在Yale 借書。星期日我帶了五六本書到Hartford 去看她一次，吃午飯，下午看了張電影（Fred Astaire，*Belle of New York*①）。晚上七八時帶了原書乘火車返New Haven（我明知她有叫我代寫paper的意思，只是信上不好意思直說）。星期一晚上胡亂打了十頁，寄給了她。季顯然學問不夠，沒有什麼可多談。可是相貌中上，脾氣溫柔，家境也很好，是做好太太的料子。我的幾封「情

① *The Belle of New York*（《飛鸞豔舞》，1952），音樂喜劇。查爾斯．華特斯導演，佛雷．亞斯坦、薇拉—艾倫主演，米高梅發行。

書」一定很感動了她，不然她不會貿貿然來求教於我的。我對她究竟有幾分愛情，自己也不能說，至少我不再想念她。父親雖然開銷很大，我的匯款也遲到，向朋友借款後還能過得去。希望早接你的回信。祝

好

弟 志清 上

二月二十七日

168. 夏濟安致夏志清（1952年3月10日）

志清弟：

來信收到。祖母故世，是夏氏一件大事。她是我們家裏最老的長輩，夏氏本來有四個generations同在世上，現在是剩三代了（包括乾安的子女）。我們遲遲不結婚，夏氏下代人丁難以興旺。我聽見二伯母說過，夏氏三代都只各有四個男人，恐是祖墳風水的關係：

<table>
<tr><td>大伯祖</td><td colspan="3">祖父</td><td>三叔祖</td><td>五叔祖</td></tr>
<tr><td>雲鵬伯</td><td colspan="2">父親</td><td>伯父</td><td>毅和叔</td><td></td></tr>
<tr><td>天麟</td><td>志清</td><td>濟安</td><td>乾安</td><td></td><td></td></tr>
<tr><td></td><td></td><td></td><td>建白</td><td></td><td></td></tr>
</table>

但是乾安外，三弟兄都沒有結婚，不知天麟結了沒有？下一代的男人也不會多。祖母一向同我的感情很好，我小時一度覺得祖母待我比母親待我更好。但是祖母是一個hard hearted的人，比起父親母親來，她是喜怒不大形於色的。她很鎮靜地對付了一個兒子的死，她的女婿的死，她後來恐怕也猜到，但是很少悲傷或激動或甚至疑慮的表示。她不大信神佛，偏偏吃長素。但是早年守寡的人，對待自己一定很冷酷。就個性而論，小輩裏我是比較像她的。

好久沒有看見父親的筆跡了，他還是這樣的方整，態度還是很從容。看樣子，父親還能應付得了惡劣的環境。他是個樂觀的人，但他所碰見的，是失望多於希望的實現。政治且不必說，他的朋友也很少夠得上他對待朋友的標準的。我在香港時，他寫信來叫我同董漢槎不要來往。董現在台，仍為董事長之流的身份，我同他沒有來往。這兩年的局勢不知道有沒有cure他的樂觀主義。

我最近沒有什麼好消息可以奉告。宋奇的翻譯工作，日內將開始，港幣十五元一千字，全書若有十萬字，（可能）將有一千以上的港幣收入，這對於我不無小補（臺灣的物價慢慢地在漲，而公教人員的薪水是凍結的）。翻譯的書是Godfrey Blunden①作*A Room on the Route*（Bantam Book No.947），是本反共抗俄的小說，寫得並不甚好，大約譯來還不難。預計於六月十日前譯完。暑假裏我不預備到香港去，因為一去還得開支很大，而我並沒有一定要看的人。我同秦小姐的關係，可以說是完了，請你不要太悲傷。在宋奇手下做事不易討好，他是個fastidious而且irritable的人，我有我的sensitive ego，難以共事。而且我們貧富懸殊（貧富倒不一定in terms of money，而是因貧富而養成的生活習慣），就是好的友誼也難產生。

常所見有人罵人「不肯上進」，我不知道什麼人是不肯上進的。人總是在想上進的，這大約是生命的urge，想叫自己不上進是件非常難的事。我最近頗想訓練自己不要上進！

最近美國新聞處在招五名standard grants，我也給學校推薦了去。據一般推測，我的可能性很大，因為我是USIS所知道的人，別的candidates大多never heard of也。但是我還是預備退出，我總怕visa有問題，何必多此一舉？臺灣有人作弊而出國的，X-ray照片叫人冒名代拍，我不敢這樣做。假如沒有X-ray這道關，我的健康應該毫無問題。現在我不願意叫人知道我曾患TB，以免受人歧視，反正我是harmless的，不會害人，不願意為了出國的引誘把我「不願告人之隱」公開，所以我還是退出了，到美國來最近恐怕不可能。除非我享了大名，或發了大財，或得到一張外交護照，美國國務院非讓我入口不可，或者美國把移民律修改了（照片還沒有去

---

① Godfrey Blunden（高夫力．白倫敦，1906-1996），澳大利亞記者、作家，代表作有《莫斯科的寒夜》（*A Room on the Route*）等。

照過，但當初我的ravaged areas很大，想來看上去不會完全平復的）。女人方面沒有進展。上信所提起的人我沒有進行，可能永遠不進行。寒假時有一個大三的girl，對我表示很大的興趣，那個人長得像鍾莉芳（但腦筋似較靈活，男友較多），我嫌其腰身太粗，且體力強壯，不敢領教。你的來信說：星期天你寧可在家休息，沒有精神找女人，我也很有這種感覺，我們是不是都衰老了呢？我現在對於girls，都直承是old bachelor，不像有些人諱言其老，這樣似乎反而博得她們的尊敬。你追求現在你的那位小姐，保持自己的尊嚴，我看是很重要的。我們都不是毛頭小夥子了。我在秦小姐那裏的失敗，還是因為我演了一個不相稱romantic hero。祝

好

濟安

3/10

169. 夏志清致夏濟安（1952年3月30日）

濟安哥：

三月十日來信已收到。我們遲遲不結婚，夏氏人丁難以興旺。乾安雖已有子女，天麟雖已新近結婚，他們經濟能力有限，要他們子女爬出頭也大不易了。我們不結婚，父母總覺得心事未料[了]，不會太快樂。你同秦小姐既已無挽救可能，不妨在臺灣另找出路。漂亮的台大女生，你因為師生關係，大約不會花全力去追，追起來阻礙也很多。不妨找一兩個大學新畢業在社會和教育界服務的女子追追，成功可能性較大。我有時一人在屋裏，心中異常寂寞，我又一向無沒有事向人家走走的習慣，心中愈不高興，愈不想多交際。你雖然交際比我好，可是從內地到現在，一直一人獨宿，depression的經驗一定較我更多。所以我勸你在女人方面還是多發動一下，不要以bachelor自居，使passion的呼喚更麻木下去。我這一月來在女人方面一點也沒有發動，這兩天（星期六日）天氣轉暖，一無舉動，心中很不願，看了兩場電影（Jane Russell，*Las Vegas Story*①；Jams Mason②，*Five Fingers*③），前者異常惡劣，後者

---

① *Las Vegas Story*（《慾海狂潮》，1952），黑色電影。羅伯特·史蒂文森（Robert Stevenson）導演，簡·拉塞爾、維多·麥丘（Victor Mature）、文森特·皮爾斯（Vincent Price）主演，雷電華影業發行。

② 詹姆斯·梅森（1909-1984），英國演員。後入好萊塢發展，代表影片有《凱撒大帝》（*Julius Caesar*, 1953）、《一樹梨花壓海棠》（*Lolita*, 1962）等。

③ *Five Fingers*（《五指間諜網》，1952），間諜片，據慕吉斯（L.C. Moyzisch）小說《西塞羅之戰》（*Operation Cicero*）改編。約瑟夫·曼凱維奇（Joseph L. Mankiewicz）導演，詹姆斯·梅森、達尼埃爾·達里尤、邁克·倫尼（Michael Rennie）主演，福斯發行。

間諜片很引人入勝；讀完了Faulkner，*Light in August*④，只是kill time而已，毫不能給絲毫的快活。下星期起想好好地多在女人方面活動。

我在Yale的事，下年度可以繼續（加薪），所以在job方面，已沒有憂慮。其實我討厭寫字間生活，最近精神不振，主要原因還是多坐寫字間的結果。我同Rockefeller接洽的事（中國近代文學史），以[已]由Yale provost正式寫application，成功希望極大。此事成功，可以恢復學生時代生活的自由，比天天辦公好得多了，而且可以遷居紐約、波士頓，脫離沉寂的New Haven。我現在的boss David Rowe，對我很欣賞。他上星期去華盛頓testify against Lattimore⑤；美國遠東政策一向由左派人物包辦，現在Lattimore，Fairbank⑥失勢，Rowe兩年之內，很可以走紅，因為他一向是右派

④ 福克納的名著《八月之光》（1932），小說通過描寫傑弗生鎮十天的社會生活，表現了人類心靈深處的真實情感，包括了愛情、同情、憐憫之心和犧牲精神等等。

⑤ Lattimore（Owen Lattimore歐文·拉鐵摩爾，1900-1989），美國漢學家、蒙古學家。1920年代後，往返於美國和亞洲，曾周遊新疆、內蒙、東北各地，從事邊疆研究。1937年返美後，任教於約翰霍普金斯大學。二戰期間，曾擔任蔣介石的政治顧問，任職於戰時情報局，負責太平洋戰區工作。1950年代曾受到麥卡錫主義的迫害。1960年代又多次訪問蒙古。代表作有《滿洲：衝突的搖籃》（*Manchuria: Cradle of Conflict*）、《中國的亞洲內陸邊疆》（*Inner Asia Frontiers of China*）、《蒙古遊歷》（*Mongol Journeys*）等。

⑥ Fairbank（John K. Fairbank費正清，1907-1991），美國漢學家、歷史學家，牛津大學博士，哈佛大學終身教授，哈佛大學東亞研究中心創始人。費正清是美國最負盛名的中國問題專家，中國學研究領域的泰斗，曾任美國亞洲協會主席、歷史學會主席等職，代表作有《美國與中國》（*The United States and China*）、《東亞：偉大的傳統》（*East Asia: The Great Tradition*）、《中國：傳統與變革》（*China: Tradition and Transformation*）、《偉大的中國革命1800-1985》（*The Great Chinese Revolution, 1800-1985*）、《劍橋中國史》（*The Cambridge History of China*）等等。

的。我對目前的生活只有每月能匯錢家中一事稍感滿足。自己生活不豐富，可是能有錢support父母，也盡做人的一部分責任。

新聞處招考，學校既推薦，我想你還是參加的好。你事實上肺部很好，雖X光照片上有黑點，詳細檢驗後美國新聞處醫生或可證明是沒有復發危險的。可是你不願告人曾患TB，我也不能勸你。父親最近又來信，祖母五七時和尚七人在靜安寺會大悲懺一天，辦素菜一席，因為受禮還多，所以收支相抵。億中事還沒有結束，最近上海檢舉商人運動很盛，但願億中糾紛可早日解決，免得另起波折。

我生活為常，Hartford季小姐一月前來信一封，還沒有給回信。給她信沒有什麼話好談，假裝熱情豐富也很無聊，去Hartford找她花錢也太多。在New Haven也一無對象，找外國女孩子吃飯看戲，多來了也沒有什麼意思。最近在學校醫務處檢查了一下身體，一九四八年初我重129磅，最近只有120磅，血壓很低，所以身體還算康健。你身體想很好，祝自己保重，即請

春安

弟 志清 上
三月三十日

附上彩色近影一張。神氣還好，顏色都走了樣，西裝該是tan色的，牆壁是黃色的。

今天（三十一日）Rowe知道我Rockefeller事成功很有把握，非常着急，答應給我下年度薪金5000元；我在華盛頓那邊已稍有名譽，Rowe去Washington時，有人建議派我去高麗一月。我非美國citizen，當然是不會成行的。

170. 夏濟安致夏志清（1952年4月24日）

志清弟：

來信和五彩照片，均已收到。你神氣還同以前一樣，這樣瘦（也許這是normal）是我所意料不到的，我好久沒有去稱過，我想一定在130磅以上，我自己慢慢地在發胖，以為天下人的體重都在增加中了。

假如體胖是心廣的一種表現，那麼我的近況還好。忙著譯反共小說*A Room on the Route*，假如沒有什麼打岔的話，宋奇（代表USIS）應該在兩個月以後付我相當於US$500的港幣。他而且答應在這本書之後，還有第二本，真能諸事順利，到今年年底我可能有一千美金以上的積蓄。錢是否能到手，我不敢說，所以如何支配，還沒有想過。秦小姐那裏似乎又有了一點希望，從復活節開始，通信似乎又恢復，你知道我是不再存什麼奢望的了。在台大，我在女學生中間十分popular，我說「十分」恐怕不是誇張，她們願意聽我的課，背後說我好話，而且似乎有少數人真想追我。這許多girls中，我只對一個人發生興趣，本來她是不能同秦小姐比的，不過秦小姐同我鬧了一次意見之後，我對於某小姐的興趣已經超過秦小姐。她是大三，我已經對你說過，對我似乎也不壞，我什麼行動都不曾採取，大考過後或許去試試，但是可憐的我，還不知道該如何下手呢？

*Streetcar*電影已看過，T. Williams的劇本也讀過。Williams的深度似乎還不夠，但是英文我覺得很精彩。電影沒有好好地聽懂，不能充分欣賞。

家裏在苦渡[度]日子，想起了很難過。頂耽[擔]心的是一天比一天苦，來日方長，不知怎麼辦。父親于上海失陷後，沒有像樣做過生意，「五反」裏恐怕輪不到他。「五反」似乎專是對付這兩年做生意賺了錢的。你能寄錢回家，是對得起天地的事。現在只希望早日收復大陸，家裏受苦才可告終，否則恐怕終有不能匯款的一天。

你在美國，漸漸成名，聞之甚慰。將來我的來美國，恐怕還要靠你，現在反正不忙。Ford Foundation與Rowe之間，由你自己去挑選。照中國人看法：（一）脫離Rowe在道義上說不過去，尤其在他挽留之後；（二）跟一個boss，比較自己奮鬥容易往上爬。如Ford Foundation真有可取，也只有放棄Rowe了。再談　專頌

學安

兄 濟安 頓首

四月廿四

171. 夏志清致夏濟安（1952年5月24日）

濟安哥：

接來信已有三個星期，知道你近況還好，翻譯小說年底可有美金千元儲蓄，可派不少用場，甚慰。一月來生活沒有變化，照樣日裏在Rowe那裏辦公，Rockefeller grant已獲准，共八千元共兩年之用。假如不抽所得稅，這數目也很夠用，可是我既是Yale faculty，所得稅是免不了的。Rowe方面再繼續幫他一年，年薪五千元。明後年寫書時也可找些part time job，維持每年五千元以上收入。Rowe人很好，靠了他將來不難找事，同時二三年後我的中國近代文學研究出版，也不難在大學內找一個副教授之職。拿Rockefeller錢寫書的優點是生活自由，沒有人干涉，可以避免老是困守New Haven的沉悶。缺點是中國近代作品水準極低，多讀後一定會厭倦。同時一般外國讀者對這一門都很生疏，我的approach只好多在政治、思想上着手，對近代的Chinese mind 作一好好的批判，而減少應有的文藝分析。Columbia、哈佛中國書籍比Yale多得多，所以開始研究後，我得搬居紐約也不一定。上月寫完了一百頁chapter on中共宣傳，很得華盛頓負責人好評。下年度Rowe 經費還沒有領到，他為此事心中不大高興，所以我還是沒有sign contract。我的生活情形是：兩三年中security不成問題，可是因為接濟家用的關係，自己的生活不會太好，結婚等事，也很難着手。

我最近已好久未找女友，Hartford 季小姐日前去過一次後，還沒有給過她信，因為覺得沒有什麼話要同她講。此外同友人去過Smith College一次，見到二位新加坡華僑。一般講來，華僑的程度，相貌、manners都比國內來的小姐好得多，所以我將來的太太恐怕會是華僑。沒有女朋友，weekends過得都很無聊，不免影響精神。能克服生活無意義的恐怕只有ambition，總要時時刻刻有樁事情要做，才可安心下來。幾月來看書都是很隨便，沒有計劃，以後看書，當以寫文章做對象，才有意義。當然有適當的小姐，好好地追一下，也可打破目前的沉寂。

你同秦小姐能維持通信關係，甚好，可是你既不會去香港，也不必抱什麼野心，還是就地找人的好。你對那位大三小姐既然有興趣，不妨暑假開始後，好好地追一下，投機的話，能有一個很idyllic的夏季也說不定。今年你既可稍有積蓄，不妨把它用掉作結婚的費用。我們不會積蓄的人，錢多了還是瞎用掉（我的temptation：買西裝），以滿足一時的虛榮和興趣。所以我希望你多date那位小姐，她不答應的話，多寫情書，普通小姐都會給真情感動的。祝你好自為之。

家裏有信來，父親已好久沒接到我的信，大概有一封信遺失了。家中情形還好，吳新民那邊還可把錢轉到，所以目前生活沒有問題，希望情形能保持現狀。玉瑛妹除讀書外，還繼續練她的鋼琴。我平日睡眠太少，並且每餐祇吃一片麵包，所以體重不會增加。可是近來身體效力[率]似比上次寫信時好得多，所以每天除服維他命丸外，不吃任何藥。程綏楚已好久無信來了，近況想好，不知他出國有希望否？暑假開始後，你一定有很多時間寫作翻譯，即祝

近好

弟 志清 上

五月二十四日

172. 夏濟安致夏志清（1952年6月9日）

志清弟：

來信收到，知近況尚好，甚慰。在Rowe那裏工作，將來也可出頭。美國bureaucracy之傾向漸盛，和國務院的關係弄好，多少可佔便宜。美國缺少研究中國問題之專家，你能確立你的專家地位，這一生總會有人來請教的。

我近來很忙，翻譯*A Room on the Route*預定本月繳卷，看情形非拼命趕一趕不可。下一本書定為*The God that Failed*①的節本。*A Room on the Route*為Godfrey Blunden 原作，Bantam Book No.947，你假如找得到，看完替我寫一篇introduction怎麼樣？你的俄國小說看得較多，看後必有話講（Blunden自命學陶思妥以夫斯基），為了顧全出版方面，不妨捧捧它。假如有空，請快些寄下。

預計到本月底我就可以有五百美金的收入，我不知道該怎麼用，我相信我會節省地用。我做人一向採取道家作風：（一）有時當思無時之艱難；（二）有十分實力，做八分事情。以前我也許會浪費，現在我是變成十分prudent的人了。若諸事順利，年底該有一千元美金的積蓄。我的計劃：

（一）結婚——這是你所勸我做的。我也何嘗不想？但是問題：同誰？假如有合適對象，天送這筆錢來，豈非是要成全我的良

---

① *The God That Failed*（《失敗了的神》，London, Hamilton, 1950），編者理查．克勞斯曼（Richard Crossman），收錄了六篇反思共產主義的文章，作者都是曾經的共產黨員，如法國的安德烈．紀德（André Gide）、匈牙利的亞瑟．柯斯勒（Arthur Koestler）、英國詩人斯蒂芬．史賓德（Stephen Spender）、義大利劇作家依納齊奧．西隆尼（Ignazio Silone）等。此書出版後曾引起西方思想界的震動。

緣？其實沒有錢我也敢結婚的，浪漫的愛情至上主義的想法，在我腦筋裏還是很起作用；我相信我也有瞎撞的勇氣——例如以前的到內地去。夫妻倆互相喜愛，即使稍為窮一點，我相信結了婚也是很有樂趣的。我現在很願意結婚，可是那種cynics的主張「凡是雌的就可以做老婆」我絕不能接受，我認為天下女人能夠朝夕相處而不令我覺得討厭者並沒有很多人。我只能在很小的範圍中去挑選。這樣本來就可以使我的結婚機會減少；更有進者，近來我對於courtship 愈來愈不覺得興趣。照我的個性和我的教養（父親所給我的大影響之一是Confucian pride，爭氣，不求人），我本不善於（而且恨這麼去做）去博取任何人的favour。勉強向人低一次頭，求人家一次（頂可笑的是請女人去看電影也要「求的」）下意識中只是增加了對於那個人的恨。而且在courtship過程中所說的話，所做的事，照成熟的理智看來，大多是不誠實的。Courting 本來是一種convention，做慣的人，不加思索去做了，也不覺得奇怪。像我這樣，courting的訓練很差，現在想想又是不通的，做出來更不對。就說大三那位小姐（她姓董）吧，我常常想念她，而且我相信我假如同她結婚，雙方都可以很幸福的。但是叫我追，我不知該怎麼辦。請她去看電影？（這是台北學界 courting的慣例）。可是假如我不對她說穿，我為什麼請她看電影（說穿我愛她，我並不想同她做「朋友」，我的目的是要同她結婚的），那末[麼]非但我同她的關係要很緊張（心裏被suppressed的話要作怪的；精神用去suppress某些話了，我的行動絕對難自然），而且連請她看電影的這一句話都說不出來了。我在家裏所想的東西，我不說出來是難過的。而兩人關係如不夠深，說話說得太重，據說是courting的大忌。我同秦小姐就害在這方面。有時候需profess love 了，那時恐怕未必真有此種感覺。courting的時候，難免用種種小心計（例如知道對象幾點鐘要過什麼地方，因此跑去守候），像我這樣驕傲的人，我認為這種tricks 都是below me的，知道了也不屑做。照現狀看來，我的顧慮愈多，courting 愈不成。暑假裏會有什麼進展，我看很渺茫。我在台大女生群中，非常受歡迎，因為那些女生我是看定了不去追的。我假如把我所想追的，也把她當做我所不想追的，這樣事情進行可以順利得多。但是恐怕做不到。

（二）父母不知道現在離開上海還容易不容易，假如他們下月到香港，我至少有500美金可以給他們用，暫時苦日子也可以維持一下。以後你同我都可以接濟，父親多少也可以賺一點。你寫信到家裏去不妨暗示一下（不可說得明顯，只怕逃走不成，反而給家裏添了麻煩），共區日子一天苦似一天，現在能逃走，還得靠菩薩保佑（可是我的錢不願意匯上海去，我認為匯去了家裏用不到多少，大多要給共產黨敲詐去的）。

（三）不去用它，隨時拿出來貼補貼補。明年假如能空一點，我想好好的寫一本書。經濟穩定了，可以容易實現自己的計劃。

附上照片一張，還是去年照的。專此　敬頌

學安

兄 濟安 頓首

六月九日

173. 夏志清致夏濟安（1952年7月12日）

濟安哥：

來信及照片收到已很久了，本當上星期寫回信給你，結果臨時被一位Bill蔡拉去一同到Lake George, N.Y.玩了三天。他說五缺一（三女二男）務必要我參加，我不想因一遊而碰到好的女友（一個在紐約沒有date的中國女子想必平平的），可是有機會group玩玩，游水看看風景，也比一個長weekend（July 4th）留在New Haven好些，所以答應了他。星期四晚上出發，到紐約會合那三位小姐，另一位開車的[是]廣東佬。我見過Bill女友Irene的照片，很年輕活潑，不料做我的date的是她的roommate，一位又老又醜（戴眼鏡）的滬江畢業生，使我大不高興。那位小姐年級方面同我相差最多二三年，因為講起許多人她都認識。我同Bill不熟，那五人同我程度修養都相差太遠，加着[上]我心中一肚子不高興，結果是同他們過了最不愉快的三天。Lake George我以前從未聽到過，不料離New York甚遠，從紐約到那裏要開六七小時，風景也無特出處。美國風景的缺點是普遍的草木繁盛：不特地上都是青草。丘山上都是繁盛的樹木，一無中國名勝的疏密有致，不斷地引人入勝。回路上經過Saratoga，公園內有礦泉，規模雖較北投草山小得多，倒還可一看。一共花了四十五元，還算省的，祇好自己認悔氣做了sucker。

你*A Room on the Route*想已翻譯完了；Bantam Book雖到處都有銷售，卻這本買不到，圖書館也沒有。所以這本小說我還沒有看過，introduction祇好你自己寫了。你寫文章很快，不會費多少時候。*The God That Failed*也有了Bantam的普及版。將來書出版後，USIS想會給你翻譯人的credit的。

不久前香港選舉香港小姐，此事台灣報上想也提及。那位香港小姐但茱迪① Judy Dan即但慶棣的妹妹，figure很健美，容貌遠不如她的姐姐，後來她來美國後，居然被選為世界小姐第四名。我為此事也相當興奮了一下，很想寫封信去問問她姐姐的近況（恐怕她還在大陸），可是年紀漸大，做事impulse不夠，至今還沒有寫出。但慶棣是我最後一位癡想個[過]的小姐（Rose Liu離New Haven後，我就把她忘了），來美後還沒有碰到過像她一樣的中國小姐。我對女人的興趣也漸淡，一年來可說沒有戀愛過。我現在歡喜美國上等女校如Smith, Vassar, Wellesley畢業的女學生，她們學問又好，做人又大方，待人接物都使人很舒服，沒有一般中國教會女生的貴族習氣。看了她們再看國內來的女學生，不特相貌大半不揚，而且總覺有些小家provincial氣。中國小姐的難服侍，可稱世界第一。大約都是早年營養失調，男女之間缺乏animal magnetism之故；男女間缺乏吸引力，所以追求起來總是勉強。在美國中國男女比例相差雖然很大，可是不少女子都將漸走入老處女之路。

可是bachelor的生活不會有真正的快樂，所以你看到有適當的小姐，還是好好地追一下要緊。那位董小姐不知在暑期中和她有來往否？你現在經濟寬裕，實超過一般可追求她的同學和教員，所以不妨試試。談愛情最好確定對方對你有興趣後。我生活平平，晚上看些中國舊小說。Rowe明年的政府project沒有批下來，大約給別的大學搶去了，所以九月初即要開始我中國文學史的project。沒有一定工作的時間，生活可自由得多，此外另找些工作，或幫幫

① 但茱迪（1931-？），生於上海，長於香港，父親是著名導演但杜宇，母親是影星殷明珠。1952年獲香港小姐冠軍後，即赴美國參加了「世界小姐」選美大會，獲得第四名的成績。環球公司立即與其簽下演出合約，但是僅演了一部影片，但茱迪便退出了影壇，嫁給一位華僑，後來一直定居於美國。

Rowe，大約收入亦可以維持五千元一年。此書寫成後，大學中文部和政府機關找事都容易。

父親近況尚好，億中訟事差不多已告結束，父親要攤派到五百元美金的賠款，賠不出來，大概也不會受到處分。去香港不容易，我去信雖暗示了一下，想不會生效力，你的千元美金如不因結婚用掉，還是好好留着吧。程綏楚在報界已成寫文章的紅人，他要我代寫書評，我因為不常看新書，祇好拒絕他。電影看過*Lydia Bailey*②，根據K. Roberts③的小說，背景極exotic，此片到台後可以一看。一切自己珍重，希望好好利用暑假追追那位董小姐。照片上神氣不錯，想你也長戴眼鏡了，即祝

暑安

弟 志清 上

七月十二日

② *Lydia Bailey*（《烽火佳人》，1952），美國歷史電影，據肯尼斯·羅伯茨（Kenneth Roberts）同名小說改編。讓·尼格拉斯科（Jean Negulesco）導演，戴爾·羅伯遜（Dale Robertson）主演，福斯出品。

③ K. Roberts（肯尼斯·羅伯茨，1885-1957），美國歷史小說作家，代表作有《船長的警告》（*Captain Caution*）、《烽火佳人》等。

174. 夏志清致夏濟安（1952年9月7日）

濟安哥：

好久沒有給你信了。九月起我將開始我自己的研究工作。上一月因為政府的project將結束，公事很清閑，沒有寫多少東西。總計去年一年，除了寫了十多萬字，看了不少關於中國的書籍外，沒有什麼大收穫。可是同Rowe關係連[聯]絡得很好，將來總是有用的。Rowe是Taftman，將來的政治前途也不太大。他從小生在中國，是傳教師[士]的兒子，抗戰前去過北平，抗戰時去過內地，他是激烈的反共派。上星期起生活已不再受辦公的束縛，看完了*Moment in Peking*①和Laurence's *Women in Love*，前書描寫中國風俗習慣很可使美國讀者入勝，不過所用人物關節，都是套中國舊小說，毫無特出之處，有些地方和巴金的《家》相差不遠。中國的大家庭，tensions很多，因是好小說的材料，可是經一般小說家簡單化後，情節都可預料得到，人物都是stereotype，不再供給人性的刻劃。*Women in Love*不如*Sons and Lovers*，讀來很irritating；和習慣、道德、個人自私分離後的愛情僅是一個phantom，書中男主角Rupert Birkin，不斷追求這個phantom，發揮他的道理，不免令人討厭。

家中常有信來，最近匯款很妥速，所以經濟情形還好，這夏天還可以每天吃個西瓜。母親筋骨不好，時有病痛，都是很輕微的。玉瑛妹八月中生了三個星期的病，先是扁桃腺發炎，從[後]轉為類似傷寒症的病，現在大約已全愈[痊癒]了。玉瑛妹抵抗力薄弱，加以一年多來營養不佳，學校課內外工作繁重，生病是必然的

① 即林語堂名著《京華煙雲》。

結果。她很想念我們兄弟，上次我寄了兩張彩色照片回家，她很高興，這次我把你上次寄給我的照片也寄給她了。中國中學功課一般女孩子一向吃不消，現在共黨政府變本加厲，一般女孩子的身體將更壞。家中已重訂牛奶半磅給玉瑛，我去信勸她對學校活動採取敷衍馬虎態度，多吃葷菜，保重身體。玉瑛這幾年沒有我們兄弟在旁，一個人摸索做人的道理，一定是很吃虧的。

這暑期我也沒有追過女人，而卻覺得追求的熱情和興趣日漸減少，看到普通的女孩子都無動於中，實indication of生命上的危機。我現在覺得除非一兩年內結婚，否則結婚的urge會愈來得充[沖]淡。漂亮的中國小姐我不高興追，因為同財力豐裕的理工科學生競爭，徒是勞民傷財。而且一男一女，不能日常見面，祇是靠date來維持的關係，終帶一點勉強。我所希望的是passion的恢復，不論中外女子。如有興趣，好好地追一下，到結婚了事。你的passion一直比我強，祇是行動上不肯多有表現，或表現的不恰當。不知最近一月內同那位女生有什麼來往？下學期如你昇任副教授，在女生眼中更可增加你的重要性，你喜歡的那位小姐如對你有意思，應當熱烈地追她一下。我們理智力日益增強，愈不結婚，愈會rationalize結婚的麻煩和討厭。可是理智雖可減少麻木生命的衝動，不能否定生活空虛的存在。我目前的生活不能做你的好榜樣，可是還得勸你多多努力。

中國近代文學本身沒有多大價值，可是藉此也可研究一下近代思潮，對自己也可有長進，下星期開始，預備好好地讀一下馬力[列]主義的作品和二十世紀來的俄國文學。我曾同那位香港小姐通過一封信。回信的英文很幼稚可笑，說但慶棣已結婚而有兩個孩子，現在恐怕還住在北京。今天下午看了Eisenstein②的名片

② Eisenstein（Sergei Eisenstein謝爾蓋・愛森斯坦，1898-1948），蘇聯電影導演、

*Potemkin*③（1926，無聲），上映片子都把*Potemkin*改頭換面，加了不少第二次大戰的場面，有二流演員如Henry Hall等參加演出，使我大生厭惡。不過舊片的部分，動作的迅速，大場面的處理，實為好萊塢影片所不及。記得年輕時看過一張光浪頭蒙古人革命的彩片《國魂》嗎？最近查到這張影片英文名字叫*Storm Over Asia*④（1928），是Pudovkin⑤導演。不久前重看《金剛》⑥，仍是很滿意。再談，即祝

近好

弟 志清 上

九月七日

[又及]玉富結婚後，已產一男。

電影理論家，蒙太奇手法理論與實踐的先驅人物。代表影片有《戰艦波將金號》（*Battleship Potemkin*, 1925）、《亞歷山大·奈夫斯基王子》（*Alexander Nevsky*, 1938）等。

③《戰艦波特金號》（1925），愛森斯坦導演，亞歷山大·安東諾夫（Aleksandr Antonov）、格里高力·阿萊克桑德夫（Grigori Aleksandrov）、亨利·豪（Henry Hall）等主演，莫斯科電影製片廠（Mosfilm）出品。

④ *Storm Over Asia*（《國魂》，1928），歷史電影，普多夫金導演，尹肯金諾夫（Valéry Inkijinoff）主演，Mezhrabpomfilm出品。

⑤ Pudovkin（Vsevolod Illarionovich Pudovkin普多夫金，1893-1953），蘇聯最偉大的電影導演、電影理論家之一，代表影片有《母親》（*Mother*, 1926）、《聖彼德堡的末日》（*The End of St. Petersburg*, 1927）等。

⑥ *King Kong*（《金剛》，1933），冒險電影，梅里安·庫珀（Merian C. Cooper）、歐尼斯特·舍德薩克（Ernest B. Schoedsack）聯合導演，菲伊·雷（Fay Wray）、布魯斯·卡伯特（Bruce Cabot）、羅伯特·阿姆斯壯（Robert Armstrong）主演，雷電華出品。

175. 夏濟安致夏志清（1952年9月17日）

志清弟：

九月七日來信收到。你的生活漸漸清閑，希望仍舊有計劃做你的研究工作。去年一年所寫的，有沒有可能出版？中國人寫英文，non-fiction比fiction容易，non-fiction只要把事實和道理說清楚，對於style的要求不高；fiction所要表現的東西太多，用外國文來表達，是十分困難的。

今天早晨去飛機場送范寧生的行，他是到芝加哥大學來研究數學的。他對於數學的造詣恐怕不很高，但是對於文學卻有些很難能的研究，外文系很少人比得上他。他是我在台灣頂要好的朋友，我同他老說英文的，我的broken but brilliant English，他很能欣賞，足見其非凡也。我寫了張介紹片，是這樣寫的：

Introducing Mr. N.S. Fan, a friend of mine. Orient's most promising algebraist, gourmet, blasting bachelor, lover of Hedy Lamarr, Henry James, Alfred Hitchcock. 他寒假時也許會拿了來找你。

范寧生和我住在同一宿舍的對門房間，來往很密切。除了你之外，他是不時的勸我趕快結婚的少數人之一——程綏楚是另一位，但程性子火爆，太着急反而僨事——別的朋友我和他們大多客氣，很少會同我談起切身問題的。現在凡是誰勸我趕快結婚的，我總把他們當是好朋友，因為這才是真關心我的也。

范寧生走後，我應該更感寂寞，但在愛情方面，似乎有了一線希望，所以這幾天我並沒有消沉之感。那位董小姐（還有另外兩位女生）於8/11日來看我，沒有見到，留了條子，約8/13再來。那天我們談得很好，她們是來和我談下學期的論文的，看來她們是想找我做導師。做了導師，接觸的機會便多，自然而然會變成熟識。但我不敢表示eagerness，因為我假如太eager想做她的論文導師，反而可能把她嚇跑，她改找別人，我沒法把她搶回來了（然而照現狀觀之，我就是不做她的論文導師，關係也可以維持下去而轉好的）。此後一個月內，我沒有採取什麼行動。九月十三日我到她家裏登門求見（勇氣還不錯吧？），也會見她的父親，十五日她又同另外一個女生來回拜我。看情形，我同她的關係在暑假終了時，比暑假開始時好多了。她家裏我既然去過一次，以後隨時可去，只要我不把自己弄得太討人厭，至少intimacy是可以漸漸增加的。據我看來，她相當地佩服我，在她心目中的我，也許比實際上的我還要好一些（天才要大些，辦法要多些，energy要充沛些，etc.）。我同她雖然來往不很密切，但一個不常看見的人，也許更顯得可寶貴，更能capture像她那樣的少女的芳心（imagination）吧？當然我並不想故作神秘，不過我的shy和aloof的個性，是會把我造成給人這樣的一個印象的。

董小姐頂崇拜的明星是Joseph Cotton①，8/13日那天給我瞎猜一猜就猜到了。她頂喜歡的電影是屈賽的*Captain Courageous*，她也相當喜歡屈賽的。她認為Emma嫁給Mr. Knightly是再合適不過的了。她的taste似乎相當masculine，但為人極溫婉可喜，十足是個女性（雖然很樸素大方），年紀也還輕（她跳了一年來考台大的），不會比秦小姐大。人長得有點像秦，但沒有秦小姐的angularity和pettishness。我現在發現秦小姐頂大的毛病，（使她不能成為一個好太太的）是她自己的野心。我認為一個幸福家庭是要多少建築在女方的自願的、不知不覺的或多或少的self-denial。董小姐，so far，

① Joseph Cotton（約瑟夫・科頓，1905-1994），美國電影、舞台演員，代表影片有《大國民》（*Citizen Kane*, 1941）、《安柏森家族》（*The Magnificent Ambersons*, 1942）。

似乎不是一個self-assertive的女子。

請你不要expect我有什麼偉大的進展。我還不是一個老練的suitor，帶着一位小姐在街上走路，我至今是感覺得很不舒服的，好像前幾年我[不]大敢穿了新衣服上街一樣。我所以不大date，主要的原因，除了怕遭拒絕以外，就是怕put myself at a disadvantage。在我自己家裏，我是能侃侃而談的，走出家門，就連手都沒處放了。date而無汽車，真是受罪。

董的父親聽說是做過江蘇財政廳長的，現在在台灣恐怕是失業，住的房子並不很漂亮，我在台灣大學恐怕也領得到一幢相類的房子的（我已經昇級了）。她有一個堂兄叫董同龢②，台大教授，是中國有名的聲韻學家（Yale研究中國語言學的，該聽說過這個人，但是我同他還不認識）。她對於研究學問的人是很尊重的。我把目前的情勢分析一下，覺得很可以樂觀。這位小姐明年要大學畢業了（秦小姐始終沒有好好的讀大學，這是她心中頂氣憤的，除非她的父親送她到美國去，她總該找個歸宿了），我不必很勇猛地去追，只要不放鬆地常常表示我的sincerity和我對她的admiration，很容易establish myself as her suitor的。事情也許會很順利。但是我飽經滄桑，對於得失成敗，已經處之泰然。我現在一點也不着急——這種心理狀態也許是保證成功的條件吧？

讀來信知道家裏（尤其是玉瑛妹）這樣想念我，我很難過。我願我暫時被忘記掉，否則徒然雙方痛苦，而於事無補。我很不贊成把我的照片寄回家去，這可能會害家裏的人的。我也許神經過敏一點，但是共產黨是無惡不作的，請你還是小心為要。現在對於家裏頂好的辦法，是托一個人回去（你有同學去大陸的沒有？）傳個口

② 董同龢（1911-1963），江蘇如皋人，生於雲南昆明。音韻學家，代表作有《上古音韻表稿》、《漢語音韻學》、《鄒語研究》、《語言學大綱》等。

信（寫信恐有危險），叫父親設法去香港，到了香港以後的生活問題，有你同我的設法，也不致毫無辦法。假如留在上海，一切只好聽天由命了。

另函（平信）寄上我的小說〈火〉一篇（發表在胡適發行的《自由中國》③七卷五期），收到後請詳細批評。專此　即頌

近安

兄 濟安 頓首

九.十七.

---

③《自由中國》，胡適、雷震等人創辦於1949年，1960年停刊。

176. 夏志清致夏濟安（1952年10月6日）

濟安哥：

來信及短篇小說〈火〉都已收到。〈火〉的文字功候已到。描寫對話都很簡練，沒有一點嚕囌處，全篇形式也很端正。舅舅、舅母、趙媽對炳新的反應都能有層次的顯得他們的性格和布爾喬亞的態度。在我看來，炳新僅是個未成熟沒有禮貌的青年，他有他的fascination，又[尤]其在他弄火方面；可是他僅是一個玩火狂，他的言論——關於死、靈魂、靈感種種——只顯出他和現實的隔緣。所以我以為〈火〉是一段很好的sketch，用很完整short story的form來示出一個「革命」青年所留給中產階級的一個impact。此外再有什麼深意，我一時還看不出，我想你conceive炳新這character時，一定另寓深意——火是非常potent的一個symbol ——所以衹有請你把對自己小說的看法敘述一遍時，我可以再加批評。這篇小說，在中國創作裏，可算得是上乘的作品，以後多寫，當更有好作品問世。我偶然也有創作的urge，可是這urge所取的方面，都是autobiographical的；對自己生活的檢討和記錄。生活中不時會有幾個significant moments，那時你覺得對自己生活的觀察特別殘酷而明瞭，可是依靠這一點點illumination，不能就寫出好作品。上星期五，學校中開第一次跳舞會，有不少nursing students參加，其中一位（Hilda Lindley）生得明眸皓齒，像好萊塢前數年的小明星Colleen Townsend①，*Life*上有過她的照片，後來對宗教大有興趣，

① Colleen Townsend（寇里恩・湯森德，1928-），美國演員、作家。1948年登上《時代》雜誌封面。代表影片有《少爺兵榮歸記》（*When Willie Comes Marching Home*, 1950）等。

就退身銀幕了），好幾年沒有景慕的感覺，油然而生；那時我由友人的勸告，頗有compromise追追普通中國女子的意思；同那女子跳舞後，對這個idea就大起反感，我心靈所需要的只是一個女子，她身上每一部份都使得我死心塌地地愛她，每一分鐘同她在一起，都是豐富的生命。當天夜間，這個浪漫主義的重申，使我很快樂而興奮，把妥協式的結婚觀念完全打翻了。這種illumination，可說是生命上的創造，可是要把它變成字句，托出我幾年來的寂寞和那晚的覺悟就不容易了。我特別愛好Joyce的"The Dead"，就是因為他有這種表達的力量。

我近來的生活就是怎[這]樣。New Haven未結婚的中國女子比男子多，向她們稍花些功夫追追，都是可以結婚的。可是我是incapable of這種向生理需要和寂寞的屈服。要美貌的外國女郎心服你實在愛她，當然也是何等艱難的事情。所以我最近數月中仍將過着沒有戀愛平凡的生活。你同董小姐關係弄得很smooth，是很值得欣賀的。你既已昇任副教授，在教育界地位更穩固，一般女學生對你的天才學問抱負，祇有迎[仰]之邇[彌]高，是很容易傾心的。董小姐的論文題目已決定否？你做她的導師，接近的機會當然更多，不過最好還是能同她多date喫飯看電影之類。把說話的範圍擴大，離開學問而到互相關切的階段。你的恐懼旁人監視的態度當取消，此外我想你是很好的suitor。

家裏有信來，看到你精神飽滿的照片，大家都高興異常。這次沒有出毛病，大約上海的郵件檢查還不太嚴格。父親和我通信時都不直提你的名字，都以「大哥」稱呼，並且從不提到你在台灣，輕易不易查出痕跡。去年我寫的東西都要由政府出版的，不過當然沒有我署名的。上星期有家百科辭典托Rowe revise section on Korea，他托我代寫了，拿到$50，買了一架Zenith FM AM收音機（$70）。FM的電台中國大約還沒有，美國的FM電台都播classical music，收聽起了[來]特別清楚。我不能同時讀書聽音樂，所以聽音樂的時間每天不會太多。Yale自己有電台，專播Jazz音樂歌曲，也很合我脾胃。上月讀看了些關於馬力[列]思想和蘇聯的書。最近看完了五四運動時文學論爭的文章（在《新文學大系》②）都很幼稚。昨天起看茅盾③編的《小說》一集，想不到冰心④和葉紹鈞⑤也有兩篇較好的小說（冰心的didactic小說如〈超人〉、〈悟〉都是極壞的，不過寫少年impression的〈寂寞〉和〈別後〉都不錯），有許多東西都是不值得卒讀的。玉瑛妹的病差不多已全[痊]愈，暑期時上海同年齡的人患這種病不少，要兩個月才復原。你近來身體想好，不知今年有沒有（擔）任什麼新課。范寧生來New Haven，當熱誠照[招]待。董小姐的事，也好自為之。即請

近安

弟 志清

十月六日

② 《新文學大系》，趙家璧主編（上海：良友圖書印刷公司，1935-1936）。全書共分為十卷：《建設理論卷》，胡適編；《文學論爭集》，鄭振鐸編；《小說一集》，矛盾編；《小說二集》（魯迅編）；《小說三集》，鄭伯奇編；《散文一集》，周作人編；《散文二集》，郁達夫編；《詩集》，朱自清編；《戲劇集》，洪深編；《史料．索引》，阿英編。

③ 茅盾（1896-1981），原名沈德鴻，字雁冰，浙江桐鄉人。現代作家、編輯家、批評家和社會活動家，代表作有《蝕》、《子夜》、《霜葉紅似二月花》等。

④ 冰心（1900-1999），原名謝婉瑩，福建長樂人。現代作家、詩人。1919年始以「冰心」為筆名發表作品，代表作有《繁星》、《春水》等詩歌集，另有散文集《寄小讀者》等。

⑤ 葉紹鈞（1884-1988），字聖陶，江蘇蘇州人。現代作家、教育家和社會活動家，代表作有《倪煥之》、《稻草人》、《葉紹鈞短篇小說集》等。

177. 夏濟安致夏志清（1952年10月22日）

志清弟：

十月六日來信收到，你所關心的我的戀愛，進行得很順利。我也總算是失敗過幾次的人了，我為人本來比你prudent，現在可以說愈來愈wise了。我覺得追求失敗的原因，往往是太看重「追求」這兩個字，男的總是花腦筋費氣力地去「追」——設計如何與女的多見面，做各種事情（包括送禮請客）去討女的歡心。這樣做成功的當然亦有，但是在我說來，這種方法是試過而失敗的。我有幾點理由反對這種追求法：

一、追求需要追的一方的低聲下氣卑躬屈膝，這在能屈能伸的人也許並不難，但是一個驕傲的人每次委屈自己一次，心裏總不大自在。假如你的委屈，換來對方的青睞，那末[麼]ego也沒有話說了；假如你自以為受了委屈，對方還以白眼相加，這種hurt是相當厲害的，即使當時不發作，無形中也會使雙方關係緊張，在愛裏面產生恨出來。一個ego受損害的追求者很容易走錯路子而使戀愛失敗，因為他在下意識中是冀求他的這種serfdom的路終止的，這樣一個追求者，即使成功，可能也要向他的太太索取賠償，而成為一個虐待太太的人。（有些拼命追求成功的人，實在已經不覺得什麼愛，只是想打一個勝仗，assert himself而已。）

二、追求者往往成為一個類型，而把自己的個性抹煞。但是一個有志氣的小姐往往看不起成為類型的追求作風，而欽慕一個獨特的個性。

三、在女的還沒有愛上男的以前，男的在她面前出現次數過多，她（一）很可能覺得這個男人討厭，覺得看見他的次數太多了；（二）這種情形之下，女的往往反而看不見男的好處，而發覺他的短處一天比一天多。假如這一次兩個人相處得很快樂，為了保證下一次相聚得多更快樂起見，適當時間的兩人的隔離是必需的。在分離期間，你假如想念她，她應該多少也想念你一點的。雙方先有共同的想念，才能enjoy彼此的company，當你和她重聚的時候。

我有了這種了解之後，你可以想像我的行動很少，可是和對方相處得很快樂。我沒有做過一件事情去討她的喜歡的，因此我可以說我也沒有做過一件事情是她所不喜歡的；只要讓mutual attraction自然地發展，雙方就會覺得很快樂。迄今為止，我只請過她看過一次電影*All about Eve*①，三次晚飯。但是每星期我們平均要聚三次，都是（事先約好）她來找我的，就在我的房間裏閑聊。照我的經濟情形，天天date她去吃館子不成問題，但是你知道一個好的女孩子，同一個好的男人一樣，不願意老是被人請的。等到我們再熟一點，出去的次數自然也會增加。我從一開始就declare我的love，我說我是more a suitor than a tutor；她來也不以功課為藉口（我同秦小姐所以相處得總是很緊張，因為她是來我處補習的，她以後一直要自居學生，不肯承認有別種關係），就算是一種date；每次談完她回去的時候，我總覺得很快樂，我想她一定也很快樂。我問過她家裏知道不知道在跟誰玩，她說知道的，這樣表示她家裏至少不在阻礙我的事（她家裏我只去過9月13日的那一次）。我和異性交游以這一次為最自然順利了，我是個puritan，多少的緊張還是難免（如我喜歡哼京戲，但是在董小姐面前，我還不好意思哼，我沒有碰過她身體的任何部份），但是一切都很順利，緊張也一天一天的減少了。

我的愛情沒有你那種intensity，就好像你我的個性、文章不同

① *All about Eve*（《彗星美人》，1950），劇情片。約瑟夫・曼凱威奇導演，貝蒂・戴維斯、安妮・巴克斯特（Anne Baxter）、喬治・桑德斯主演，福斯發行。

一樣，我也許有更多的lucidity。

我最近頂忙的事情，還是幫宋奇翻譯，創作很少。翻成了*A Room on the Route*約22萬字，*The God That Failed*（節本）約七八萬字，現在翻*The Burned Bramble* by Manès Sperber②（Doubleday），預備節刪後成廿幾萬字。很多小說可以寫，但是還沒有動筆。你對於《火》的批評很對，我也沒有更深的意思需要發揮了。炳新的理智只好算是中等，他的感情生活也很空虛，假如他的理智情感再好十倍的話，他應該屬於Hamlet這一類與環境相處不好的青年的。

送上照片一張，是在我的房間裏照的，放大紙用得不對，所以顏色較淡，但神氣還好。你上回寄回家的，不知道是不是我的坐的一張照片？你沒有留意在我面前攤的是一本*Collier's*③，圖上是杜威和蔣氏夫婦？你的那位Prof. Rowe是共和黨抑民主黨？大選以後他的政治前途如何？我很希望看見你跟他一起高昇。再談，祝

好

濟安 頓首

十·二十二

② Manès Sperber（曼尼斯·施佩貝爾，1905-1984），澳大利亞裔法國小說家、散文家、心理學家，代表作有《阿爾弗雷德·阿黛爾》（*Alfred Adler*）、《草》（*The Burned Bramble*）等。

③ *Collier's*（《科里爾》雜誌），由愛爾蘭移民彼得·科里爾（Peter Collier）於1888年創刊。

178. 夏志清致夏濟安（1952年11月20日）

濟安哥：

上次來信收到已多日，你的愛情進行順利，實使我非常高興。這次你同董小姐的友誼、關係，一無勉強成分，完全順自然發展，能夠達到她每星期來找你三次的程度，證明你們的attraction是mutual的。我想你的戀愛大約將來不會有什麼困難，最要緊的還是能在不久的將來，在適當的環境下，在兩人心心相印的靜默中，向她求婚。她第一次或許不會立刻給肯定的答覆，不過這樣你倆的關係，又可進一步了。你對中國式追求方式分析得很對。外國男女date時，雙方不在婚姻問題上着想，他們祇求兩人在一起時，時間能很愉快地過去。而且女方很少存着戒心，男方也不會有誇大式低頭服侍花錢裝闊的表現。一般date的方式如飲酒跳舞都可使你忘記自我，所以雖然意氣不相投的男女，乘着酒興，憑着肉體接觸的快感，也可有很好的time。這種date的缺點當然是所追求的往往是和love無關係的pleasure。中國的追求方式，壞在男女雙方self-conscious的感覺太重。男的以得到一個date為一種勝利，女的已[以]接受一個date為一種屈伏；不管在date時雙方情感合洽如何，男的以date的次數來計算他追求的勝負；一般待嫁的女子也糊里糊塗答應幾次date就籌備結婚了。你和董小姐的關係一開頭就很自然，既無外國式的隨便，也無中國式的勉強。希望在下次信上聽到更多的好消息。

我這幾年來，falling in love的經驗愈來愈rare，不免責問自己passion的乾枯。在上海時，看中一個女孩，想她一兩年是常有的事。現在這種精神已不再有。一方面是人變得realistic，對女人的看法水準提高，一般女人都看不上眼，一方面當然是久留在New

Haven，活動太少，沒有機會和女孩子接觸，更少能看到attractive的中國女孩子。這種情形當然要換個新環境才能解決。可是搬住New York，重打新天地，也有不少困難，所以暫時大約不會走動。目前生活當然很寂寞，研究中國近代文學，差不多一天看一本書，可是中國一般著作水準太低，對自己並沒有長進，這是最大的吃虧處。中國新文學，純以文學眼光去批評它，當然沒有什麼可取處，所以祇有用中國近代思想史作大前題[提]，或可寫成一本有重要性的書。目前我對1925-27北伐和國共分裂的歷史很感興趣，我進小學時已是老蔣得天下後比較太平的時代，對以前的歷史就很渺茫了。

這次總統競選，我比較多花些功夫研究了一下。那天選舉揭曉晚上，我聽無線電直聽到早晨二時，很是興奮。在graduate school一般男生都是for Stevenson，所以想不到Ike①獲選的margin會這麼大。共和黨得勝對台灣總是好的，雖然Ike受Taft的牽制，不會有真正敢作敢為的舉動。Rowe是共和黨，他在State Department可能得到一個advisory position，可是他不會放棄教授的地位，專心在政界活動。他同Pottle，Brooks，Norman Pearson②（美國近代文學教授）都是指導我project的人，所以我還常同他見面，至於如何能高昇，還得等我這本書寫完以後。寄來的照片，神氣極好，看得出是一個忠厚君子的氣派。上次寄家裏的照片，的確是那張書桌上放着*Collier's*雜誌的，是我一時糊塗，幸沒有出亂子。家中有信來，因為匯款不斷，近來經濟狀況很好，玉瑛妹本來每天吃半磅牛奶，現

① 即艾森豪的小名。

② Norman Pearson（Norman H. Pearson諾曼·皮爾森，1909-1975），耶魯大學教授，創立American Studies。二次大戰時服務於OSS（Office of Stratigic Services），戰後協助成立CIA（Central Intelligence Agency）。

在每天吃一磅了。再談　即頌

　　近安

弟 志清 上

十一月二十日

179. 夏濟安致夏志清（1952年11月30日）

志清弟：

十一月二十日來信收到。你和家裏的情況都很好，聞之甚慰。Ike當選，韓戰有擴大可能，美國與中共的衝突機會勢必增加，我總擔憂你同家裏的通信，會隨時中斷。台灣人心都很樂觀，認為反攻大陸的日子漸近。照共和黨有些人的主張，國軍是該儘早反攻大陸的。

這幾天胡適在台灣成為第一大紅人，其popular之程度，在美國恐只有艾森豪或麥克阿瑟（初免職時）可比。今天上午在球場演講「國際形勢與中國前途」，聽眾萬餘人，無線電聽眾還不止此數。（球場叫「三軍球場」，造在總統府前的廣場上，本來專打籃球；台灣籃球很熱鬧，上次Harlem Globe-trotters①來台比賽，熱鬧得不得了，我沒有去看。）他看見我時還記得我換了副眼鏡——我的眼鏡是在香港配的。胡先生我曾給過他「苦口婆心」這句評語，現在的印象還是如此。他的話說得太慢，重複太多，說了上半句，下半句是什麼大致可以猜得出，很少精彩，我常常不能忍受；可是他說話的態度很誠懇，又使我非聽下去不可。我對於民主黨Stevenson的英文很佩服，為了國家我是贊成Ike的，但是Stevenson的英文卻真叫我由衷的欽服。兩年前Cal.的Knowland議員在台大演說，我去聽過。此人的功架氣派和聲音的宏亮，中國演說家（據我所聽過的）中無人能及。比起他來，胡先生簡直很難當演說家之名。但是Knowland的英文不過平常，不像Stevenson有那麼多的精

① Harlem Globe-trotters（哈林環球旅行者籃球隊），該隊於1926年在芝加哥成立，是一支表演花式籃球為主的美國職業籃球隊。

彩句子。

你在研究北伐時代中國的思想，我想你不妨同宋奇聯絡聯絡。宋奇在香港美國新聞處USIS主持中文出版工作，工作效率奇佳，為共黨所痛恨。他現在對於中共問題很有研究，他很想多知道些美國人對於這方面的研究，有些地方他也可以幫助你。他的地址：Stephen C. Song, USIS, 580 Garden Road, HK。他最近來台一次，我們長談了兩次。他的腦筋敏捷，做事負責，再憑他做business的經驗，美國人要找這樣一個得力的「華員」是很不容易的。他的身體仍不甚好。

董小姐處沒有什麼大發展，但是很順利。有一天我想kiss她，她把我推開了，——那天的timing很不好，在我室內，窗都開着（我並無預謀），她的拒絕，是很當然的。我很怕她生氣，結果還並不很嚴重。可是以後什麼時候我會再有這勇氣或衝動，就很難說了。我現在生活之中，除了偶然喝點酒，吃點小菜，常常挖挖腳丫之外，很少sensual pleasure。Kiss的樂趣我還不大能想像，因此並不十分追求之。我交女友，還是難免緊張，你所說的「心心相印的沉默」，我就沒有經驗過（范寧生是「心心相印的沉默」的老手），我是很怕沉默的。我最近算過兩次命，看過一次相，都說我明年大有結婚希望。這種話當然目前只能當它是安慰的話，但是我既然需要這種話來安慰我，足見我內心很有anxiety也。戀愛中的人，總怕對方會丟掉自己（這種想法，我想她也有的），worries大於任何種類的joy。假如不serious，抱吃豆腐主義，worries就可減少，但是我輩不能不——也不會不—— serious。附上我替董小姐所照的相片兩張，記得我把我的女友的照片寄給你不是第一次了，結果徒然使你空喜歡一場，希望這一次的照中人真能成你的sister。看照片，董小姐是個很恬靜而胸有成竹的人，very sensible，脾氣很好。

假如時間還來得及，請寄兩三張最精美樸素的X'mas Card，來不及也請寄來，明年總好用的。我近況很好，現在在替宋奇翻譯*The Burned Bramble*, by Manès Sperber，又是反共小說。*A Room on The Route*已出版，譯名是《莫斯科的寒夜》，第二本是*The God That Failed*的節本，不久想亦出版。我居然已經有本書出版了，可是假如沒有許許多多的機緣湊合，那本書也不會出版的。我很少憑自己的努力有什麼成功的，總是等機會送上門來，我一生生活的pattern大致可以說是如此。再談　專祝

冬安

兄 濟安 頓首

十一月卅日

今天胡適先生在台大演講，提起一本小說，叫做《醒世姻緣》②，長一百萬言（比《紅樓夢》長），大都用山東土話寫的，他認為是中國第一部偉大小說，你看過沒有？

---

②《醒世姻緣傳》，通俗白話小說。題清人西周生輯著，按照孫楷第的考證，認為「是書為留仙（蒲松齡）作說，比較可信」。凡一百回。

180. 夏志清致夏濟安（1952年12月16日）

濟安哥：

十一月三十日［來信］已於上星期收到，同時收到宋奇寄來的《莫斯科的寒夜》，是很像樣的一本書。序文已看過，寫得很好，序中引到《沙寧》、《父與子》①等書，這兩本書我今年才看過，可見你對中國近代文學的源流比我知道得多。你以前看過的不少中國書，哪幾本覺得比較有價值讀的（如有研究性的好書，臺北可買到，不妨平信寄來），不妨下次來信評述一下，也可做我寫書的根據。Godfrey Blunden的名字，這次*Time*雜誌年終書評上提到，可見他的成就不比一般美國成功作家差。《莫斯科的寒夜》在寒假中一定要拜讀，Sperber的小說也想要一讀。宋奇寄書來，這是第二次，夏天曾寄我一冊《今日世界》②，中有一篇署名唐文冰的〈論翻譯之重要〉大約是你寫的，預備寫封信給宋奇一併謝他。辦事順手也是人生一大快事，宋奇的生活是比較豐富action的，我的生活就是action太少，目前一人做研究工作，同人的接觸更少，並且在戀愛上一無打算，不是will power，很可使人沉悶得透不過氣。

你一年內可有三本書出版，是值得慶賀的事。中國大文豪和小文豪分別實有限，魯迅的譯筆極拙劣，而且許多他翻譯的東西，都是沒有什麼價值的。你翻譯幾本書後，寫一本長篇小說，十幾篇短篇，文壇上地位就可打定，雖然我知道你最後的目標還是要用英文在外國文壇上立名。因為你在教育界，文壇上基礎已打定，我想你同董小姐的戀愛不會有多大波折；少女的心理都是傾向英雄崇拜

① 《沙寧》，俄國作家阿爾志跋綏夫（1878-1927）的作品。

② 《今日世界》，1955年創刊，初為半月刊，後改為月刊，1980年停刊。

的，你有事實表現給她們看，她們對你只有景仰。你同秦小姐關係的破裂，大半因為那時你的success還是potential的，沒有驚人的表現，再加上世俗父母的壓力，也可使她對你的信仰動搖。這次你追董小姐，物質條件遠勝以前，而且接近機會又多，情感只會與時增加，據我的推測，在她畢業前，你們的愛情已可到成熟的地步了。在照片上看來，董小姐是個很serious、sensitive的女孩子，因為服飾的關係，很有些臺灣味。穿白襯衫的一張上，相貌很可愛，現在在New Haven的中國女孩子，就沒有一個比得上。在竹林的那張，因為光線的關係，臉部黑白太強烈，似乎不夠美麗。白襯衫那張上，嘴鼻眼都極端正，我想她真人一定更可愛。不知她論文寫的是什麼題目？上次你想kiss她，她沒有生氣，反應算是不錯。或者她so far還沒有接吻過，所以第一步還較困難，以後有機會在晚上散步的時候（如看電影回家）可以再實行之。多約她吃飯看電影，雖然並不增加情感，也可使她看出你的誠心，而且這樣在她的朋友看來，你倆是「已成事實」，追求更容易。

賀年片寄出四張，想已收到，都是和上年寄的差不多的。耶誕節過後，賀年片會跌價，那時再多買幾張寄給你。董小姐方面預備不預備送禮？我今年送了二十元禮，都是給New Haven吃過飯的幾家中國人家。女朋友方面，只送給了一年前提起過的沈家大小姐一本書（神學家Paul Tillich③的新書）；Thanksgiving在沈家吃飯時看到她，她現在已在紐約一家seminary念書。她這樣誠心弄宗教，使我看得很傷心，可是她仍是一個極好的女子，雖然我不會有同她結婚的可能。此外我心目中沒有一個作同她結婚想的女子，我經濟能

③ Paul Tillich（田立克，1886-1965），德裔美國哲學家、神學家，代表作有《存在的勇氣》（*The Courage to Be*）、《信仰之動力》（*Dynamics of Faith*）、《系統神學》（*Systematic Theology*）等。

力不足，特地找一個漂亮的小姐，同有車階級競爭，實大可不必，所以目前對結婚一事，毫無把握。胡世楨夫婦在Tulane University寄來一張賀年片，他們已有了一個男孩，提[起]名胡遲，「已開始學步矣」。這是一個surprise。家中情形不錯，可是最近匯款方面又不大順利。張心滄已二月多未來信，不知何故。家中又漸漸開始着急了。我十月十一月十二月款項都已放入張心滄親戚紐約的存摺內，大約轉匯是沒有問題的。附上玉瑛妹今天寄來的一信，沒有反宣傳，也可看出上海生活的一斑，別的營養較差的學生，恐怕更不能支持了。

讀中國近代歷史的書，很感興趣，可是讀作家著作時，總不能提起真興趣。讀完茅盾的「子夜」，該書雖極ambitious，反不如他早年的《蝕》和《虹》。《虹》上半段描寫一個五四運動鬧事的女子同舊式男子結婚後的情形，入情入理，不落俗套，是中國近代作品中難得的好文章。不要太努力翻譯，寒假有何計畫否？這個假期，我可算靜靜渡[度]過。《醒世姻緣》我沒有聽說過。祝

聖誕快樂

弟 志清 上

十二月十六

181. 夏濟安致夏志清（1953年1月18日）

志清弟：

來信收到多日，遲覆為歉。你的對於現代中國文學的研究，不知已完成多少？我在高中時候，作為一個愛好文藝的青年，對於文學書，亂七八糟的看了不少，現在很多都忘了。那時我求知欲強，讀書的勁也大。後來成了一個invalid，一切欲望都自己抑制，對於讀書的好奇心也在其內，讀起書來亦慢吞吞的，不求大吃大嚼，至今我還受那時所養成的習慣的影響。中國的新小說有好幾派，左派很不幸的是聲勢頂大的一個。茅盾我已經差不多二十年沒有碰了（時間過得好快呀！），因此沒有什麼意見可以發表，據我所能記得的，我覺得你的評語很對。你在美國要研究中國東西，材料可能不容易找，出名的書也許還有，但是一個寫文學史的人多少總得有些新發現，little known authors, little read books裏面可能有好的。我想你頂好先決定一下：在那一個時期裏，中國文壇上有幾派，以免把「左派」看得太重要。左派有政治背景，他們真有野心要打擊別派，獨霸文壇。他們愈是想造成清一色的局面，我們的文學史裏愈應該替別派表彰。據我所知出除了左派以外（早期的文學研究會和創造社都彙集而成左派）應該尚有這兩派：（一）京派——應該算周作人為盟主，後來就是你所認識的朱光潛、沈從文、袁可嘉他們了。有一個寫小說的叫廢名，據說有Joyce作風，周作人很捧他，很多人說看不懂，憑你現在的學養，來評這一個中國近代號稱艱深的小說家，應該是頂合適的了。（二）海派——上海以前忽生忽滅的文學雜誌很多，你記得暨南大學有個文學青年戴敦復①不是也辦

① 戴敦復，1938年秋考入暨南大學外文系。

了個雜誌嗎？上海除了左派和禮拜六派之外，是不是另外還有一派人在寫作呢？我記得當年除了一個捧魯迅的「文學」以外，還有戴望舒②、施蟄存③等的「現代」，影響亦不小。海派和京派似乎都有點art for art's sake的纖巧柔弱作風，宋奇就是在這種影響下長大的。「京」「海」之間有什麼分別，我一時也難說，似乎京派的「中國泥土氣」和「學究氣」重些；海派則「大都市氣」（包括slums裏的亭子間和霞飛路的「情調」等）和「沙龍氣」重些。他們兩派都敵不過左派，原因當然很多，我以為對於人生態度的是否嚴肅一點也有關係。左派不管他們背後的哲學是什麼（有的是只憑血氣衝動，有的是嚴格地遵照共黨─第三國際的路線的），他們顯得都關心人生，至少他們是關心民生疾苦，時代的變遷，人生路徑的抉擇等等問題的。他們恐怕是迎合了那個時候讀者的需求，雖然他們終究只成了政治的工具。可是「京」「海」兩派的high seriousness都不夠，一種是洋場才子，一種是用文藝來怡情自娛的學究。他們的文學比較personal，而且他們的personal的還只是在aesthetic的一方面，不是moral的一方面。我認為中國近代缺乏一種「不以society為中心，而以individual為中心的morally serious的文學」。Individual為中心當然仍舊可以impersonal。這些我相信也是你的主張。

我在臺灣並不很出名。翻譯的書不是用我的名字出版的，此外我所發表的文章並不多。宋奇所寄給你的那期《今日世界》裏有篇

② 戴望舒（1905-1950），浙江杭州人。詩人、翻譯家。1936年與卞之琳等人創辦《新詩》月刊，代表作有詩集《我的記憶》、《望舒草》等。

③ 施蟄存（1905-2003），浙江杭州人。作家、翻譯家、學者，1930年代「新感覺派」的代表作家之一。1932年起，主編月刊《現代》雜誌。1949年後主要從事翻譯和學術研究。代表作有《上元燈》、《將軍底頭》、《梅雨之夕》、《善女人行品》、《唐詩百話》、《北山樓詞話》等。

〈蘇麻子的膏藥〉是我所寫的，唐文冰是宋自己。最近一年來我替一本雜誌*Student's English Digest*用中文詳注了好幾篇美國新派小說（作者包括Faulkner, Eudora Welty④ ,Carson McCullers⑤, Robert Penn Warren等），注解得很詳細，而且那些小說所代表的思想風格，對於一般英文教員和文學青年都比較陌生，這工作不很吃力，但還有點「介紹西洋文化」的意義，我希望這些篇能集合成一單行本，那書就將成為第一本用我自己名字出版的書了。

董小姐的事無甚進展，但是我一點也不着急。我的個性本來比較淡泊，現在年事已大，把世事看得更平常，這次又沒有什麼參謀長從旁督促——談戀愛的參謀長往往比當事人勇氣大，助人為善的心又更使他喜歡早日看見他人好事的成就，而我可能的參謀長，像你、錢學熙、程綏楚的性子都比我還急（而且比我樂觀）——所以這一次我的作風，純是「純乎自然，不慌不忙」。董小姐本來不算是個美人，但為人極好，雖然她仍舊不時的給我一些痛苦。我覺得照我的個性要去「追」別人，是沒有希望的。若是女的不愛我，我決不能苦苦追求的去贏得對方的愛。她的論文是關於Steinbeck的，尚未開始動手寫，將分兩部：一部算是研究，一部譯*Red Pony*為中文。

玉瑛妹的信告訴我家裏經濟情形很好，我覺得這真是僥倖。這兩年虧得靠你接濟，我現在經濟情形還好（手頭現有餘款US$450），你假如要用（如買汽車等），我也可以寄給你。兩個月之後，我又

---

④ Eudora Welty（尤朵拉・韋爾蒂，1909-2001），美國女作家，曾獲普利茲文學獎、美國圖書獎、歐・亨利獎等多項大獎，代表作有《綠色的帷幕》（*A Curtain of Green*）、《樂觀者的女兒》（*The Optimist's Daughter*）等。

⑤ Carson MacCullers（卡森・麥卡勒斯，1917-1967），美國作家，代表作有《傷心咖啡館之歌》（*The Ballad of the Sad Cafe*）、《心是孤獨的獵手》（*The Heart Is a Lonely Hunter*）、《婚禮的成員》（*The Member of the Wedding*）等。

可以領到五百多元的稿費，我若不結婚，錢是用不大掉的。我的希望是經濟能力能獨立以後，可以少管閒事，閉門著作。可是我對於管閒事的興趣似乎大於著作，現在還是瞎忙一陣，一事無成。寒假除翻譯*Burned Bramble*外，沒有什麼計畫。再談　祝

好

濟安

一月十八

[又及]有人送了我一隻煙斗，送上照片一張，是我的抽煙斗之像。賀年片於聖誕前幾天收到，都已送完。如有便宜好的，請再寄些來。

182. 夏志清致夏濟安（1953年1月19日）

濟安哥：

一月十八日來信前天收到了。你對中國現代文學分析得極對，最後的結論謂中國近代缺乏一種「不以society為中心，而以individual為中心的morally serious的文學」是一針見血之語，想多讀西洋文學的人，都會感覺到這一點。我們認為好的小說劇本，都是讀過後覺得作者最後給我們較世俗看法更精細的moral perception的作品。以社會為中心儘量用stock character的也可有好的作品，如Ben Jonson的便是，但是這種作品往往超不過comedy和satire的範疇。喜劇作家給我們的是許多人物由教育、經濟、背景決定的皮毛現象，這種現象本身並無可奇，但是由於作者的intelligence和superior point of view，它們的combination也可以elicit很powerful的moral commentary。我想每一個comic character，用另一種approach徹底去explore它，便為轉成悲劇性的（在Pope's portraits或莫利哀的人物中，這悲劇性也可以領會到）。中國左派作家的最大缺點就是他們的人物都是stock characters，甚至是caricatures，而他們拼命要寫悲劇，結果當然是兩面不討好。讀茅盾、曹禺的作品，我往往覺得假如他們用喜劇的寫法，在藝術上可成功得多（《日出》中的人物哪一個不是stereotype？）。這種矛盾在巴金作品中表現得最明顯，他拼命要寫悲劇，可是他從來沒有創造一個credible的人物，他的作品當然只有未成熟的青年才會接受。我很快地把《家》《春》《秋》翻過了，祇有《秋》有幾段極eloquent，覺民兄妹和他叔嬸的對罵，充分表現在巴金的indignation，而沒有他平時的sentimentality；在這幾段對罵中，許多以前描寫過的disgusting happening都變成了對話的材料，反而得到一種

animation。我以為以馬克斯主義或社會主義批評資本主義社會，很可以掌握到幾個扼要的地方，可是Marxism同基督教不同，對人的靈魂毫無provision，可能說是否定人的悲劇性的。《日出》中陳白露、小東西的自殺，潘月亭的破產，哪一樁事是能博得我們同情心的？蕭伯納要寫喜劇，用社會主義觀點指出大英帝國的虛偽和愚笨，是他最聰明的地方。

我看的中國作家，因為受Yale藏書限制，只看了魯迅、茅盾、巴金、郭沫若諸人（郭沫若每樣作品都寫過些，可是沒有一方面是成功的，可算是中國最不deserve享盛名的作家），此外作家看到的都是些零星的選集，不過在X'mas時我去過哥侖[倫]比亞圖書館，那邊中文藏書很公平而全（有全套《小說月報》、《文學》等雜誌，海派京派作家也很多），不久或將要去紐約住幾個月，有系統地看一下中國近代作品。你指正我太着重左派作家這一點很對，我所看過的非左派作家（都是少量）有冰心、葉紹鈞、落華生①等。冰心除一兩篇寫得很好外，其餘的都太didactic而簡單；葉紹鈞有幾篇描寫都市和鄉村弱小靈魂的很不差；落華生可說是唯一對基督教道理有同情的作家，他戰後出版的中篇《玉官》，可算是篇classic，文字極謹嚴，很能運用Christian dialectic（人的自私和愛的衝突）。廢名我看到二三篇在《新文學大系》的小文，我覺得很trivial，沒有什麼重要的theme，當然我還得把他的作品整本讀。最近讀金隄、Robert Payne翻譯的沈從文的小說集*The Chinese Earth*，其中有兩篇極好的短篇，"The Husband"，"Yellow Chickens"，另外兩三篇也夠得上算好的作品。沈從文沒有sophistication，技巧很簡

---

① 落華生（1893-1941），原名許贊堃，字地山，落華生為筆名。廣東揭陽人，生於台灣台南。「文學研究會」發起人之一。代表作有《綴網勞蛛》、《空山靈雨》等。

單，可是還能保持中國人誠摯的地方，是很不容易的。至於我自己的發現，只有一位淩叔華②（她是陳西瀅的太太，我對陳西瀅的intelligence很佩服，可惜他很早就同魯迅筆戰，被逼得不寫文章），祇看過她在《新文學大系》中一篇小說〈繡枕〉。這小說有兩段，第一段寫一位書香家的小姐聽父命忙着繡一對枕套，預備明天送給有錢的白家作節禮（possible prospects同白少爺結婚），第二段寫兩年後（還沒有結婚）小姐在她丫頭手裏看見她的繡枕；枕套送去白家後，當天晚上即被賓客踐踏，染了一大片酒漬。這篇小說很有些Flaubert③的殘酷性。陳西瀅夫婦現在UNESCO做事，他們的intelligence恐怕不比錢鍾書夫婦差。

《今日世界》上的那篇〈蘇麻子的膏藥〉不知怎的，給我忽略了，這篇小說你早半年給我信上也提起過的，昨天讀後很滿意，全文很似Swift的"A Tale of the Tub"之類的古典式的諷刺，沒有火氣，文筆簡練。*A Room on the Route*也於前星期花一天多功夫讀過了（譯文沒有全讀，只隨便撿幾段對照一下），作者似乎頗受廿世紀革命小說的影響，如Malraux④、*Man's Fate*和《戰地鐘聲》。*Man's Fate*中有一位姓Chen的暗殺家捨命去炸老蔣的汽車；海明威的主角幫西班牙游擊隊炸斷一頂橋，動機都和Karl的謀害史大林相

---

② 凌淑華（1900-1990），原名瑞棠，筆名叔華。廣東番禺人。1925年加入「新月社」。代表作有《花之寺》、《女人》、《古韻》等。

③ Flaubert（Gustave Flaubert居斯塔夫·福樓拜，1821-1880），法國作家，法國現實主義領軍人物，代表作有《包法利夫人》（*Madame Bovary*）。

④ Malraux（André Malraux安德烈·馬爾羅，1901-1976），法國小說家、革命家和理論家，1920年代曾遊歷遠東，1936年加入支援西班牙共和國的國際縱隊。二次大戰期間直接領導游擊隊從事抵抗運動。戰後先後出任法國新聞部長、法國總統府國務部長、文化部長等職。1933年發表的《人的命運》（*Man's Fate*）是以1927年3月上海工人起義為背景的小說，曾獲得龔古爾文學獎。

仿。作者對人物和政治的分析都很有competence，所以我不知道該給這本小說什麼一個評價。戰後最有名的反共小說是*Darkness at Noon*⑤，以前讀過，也並不太滿意。因為全書中有幾章對主題並無大關涉，如幸運兒、黑板上的兩個字等，我覺得*A Room on the Route*是較差于*Man's Fate*而有同等性質的作品。

寄來照片上神氣很好，我已好久沒有上照了。上星期父親來信，說這星期六（一月三十一日）是他六十壽誕，希望你吃麵慶祝。這封信想星期六前可到。我近來生活平平，好久沒有追女人，這星期六或要去Smith College一次，見一位李淑志⑥，她人很聰明，不算漂亮，父親是新加坡最有錢的華僑。每次遠征，花錢太多，很不上算。自有無線電以來，多聽音樂，古典和流行的都聽，對於popular music的人物已弄得很清楚，算是增加了一樣同電影相仿的學問。X'mas過後，曾向書鋪買了幾張賀年卡，不過都不算最上等的，不日平郵寄給你。董小姐的事還得多多努力，有機會最好多date她幾次，你的美金只有準備結婚最值得。我去年除寄家用一千二百元之外，居然也積蓄了八百元，記得上次X'mas時，存摺上只有七八十元。宋奇那裏已去了一封信，希望他在香港代買幾本書寄給我。望自己珍重。祝

新年快樂

弟 志清 上

一月十九日

⑤ *Darkness at Noon*（《中午的黑暗》）為匈牙利裔英籍作家亞瑟·庫斯勒（Arthur Koestler, 1905-1983）的作品。

⑥ 李淑志為新加坡華裔富商李光前（1893-1967）女兒。

183. 夏濟安致夏志清（1953年2月28日）

志清弟：

一月廿五日來信收到。你所要的書，宋奇已經買好，恐怕已經寄出。像有你這樣equipment的人來研究中國近代文學，未免大才小用，你會愈下去愈覺得沒有什麼東西值得研究的。創作文學之外，翻譯文學似乎亦可列入你的研究範圍之內。中國近代翻譯文學很影響一般人的mentality、人生態度、imagination等，而且亦影響創作文學。中國近代所介紹的西洋文學，實在可以代表中國近代人對於文學的看法。所介紹者大概應該被認為值得介紹才介紹的，此中便有價值問題存焉。研究翻譯文學，更可發揮你的學問，亦許會有一點有趣的discoveries，只是不知道Yale的藏書夠不夠了。雖然真正能用到你的全部學問與批評能力的，該是中國的舊詩——《詩經》、《楚辭》、五、七言、詞、曲等。這個反正亦不忙，先花兩三年功夫弄弄中國近代文學亦可以。

時間很快，陰曆新年又過去了。不知道你中國新年在哪裏過的？我於除夕夜叉了幾圈馬[麻]將（不到八圈），此外也沒有什麼玩的。近來心境還好，和董小姐的關係漸漸的將達到你所謂「互相關切」的程度，以前或許還有點緊張，現在較自然，而且似乎互相enjoy彼此的company。表面上還是很平淡，但是我覺得關係是改善了。我把這幾句樂觀的話告訴你（暫時我還不告訴別人），因為我知道你是不會get excited的。這一月內有三件事值得一記：（一）有一天她來，我要請她去看*The Third Man*，我說我已經看過了，不妨去看第二遍，但是她堅決不答應，我氣得很，但是還好，沒有發脾氣。那天之後，我自以為這件事是沒有什麼希望了，誰知道其中有點誤會，她所以堅決不答應者，不是不在乎我的date，而是太在乎我的date了！她聽見我已經看過，心裏就很氣（後來她告訴我的，她的頭腦很清楚，心地亦純厚，向不耍花樣的），那時我聽見她不答應，心裏也很氣，雙方的話都沒有說明。後來我無意中流露我是在香港看過的，臺灣上演以來，我就沒有看過，她才恍然大悟地把誤會消釋了。這一點小小的波折，增進了我對於她心事的瞭解，從此以後我對於這件事的worries就減得很少了。（二）過年前她送我領帶一條。（三）我送了她Valentine卡一張，她收到了親口對我說「謝謝」。（那張卡是你買給我的，留到今年才用。）照這樣下去，應該是很順利了，但是波折以後恐怕還難免，男女間的事想是很微妙的，請你暫時不要太樂觀。她現在在翻“The Red Pony”，用的是我的書Pocket Book（Bantam？），她自己很想有一本，但是臺灣買不到。你買一本送她如何？買Pocket Book亦可以，或較好版本的*The Long Valley*①亦好，如買不到，不知Portable Steinbeck裏有沒有把“The Red Pony”全部引入？你酌量情形買一本好了，買來了由你簽名寄給我轉送她（她的英文名字：Lily Tung，中文名字：同璉）。寫些什麼句子亦隨你，但是請話不要說得過火，我們的關係還沒有到「說穿」的程度，但是她會受你這一本書的。今年新年我的情形似乎還可以樂觀。我最近在補習「樂理」（一個很和善的男先生，我用英文同他交換），學到現在，有了兩點成就：一，對於曲調的節奏稍為懂一點；二，雖然對於五線譜還很生，但是任何種調號都可以慢慢地念出來。還沒有學到「和聲」（Harmony），學到時我想買一架風琴。新近買了一架second-hand的八燈機，東西似乎比家裏的RCA還好，只花了大約US$30元，很便宜。再談　祝

---

① *The Long Valley*（《長谷》）為史坦貝克小說，1938年初版。

學安

兄 濟安 頓首

二・二八

[又及]億中的張和鈞來台，據說家裏情形很好，父親大約做了副「保長」，靠了你的接濟，家裏過的還是很難得的舒服生活。

184. 夏志清致夏濟安（1953年3月17日）

濟安哥：

二月廿八日來信已收到。知道你同董小姐的關係已有深一度的瞭解，很是欣喜。她生氣拒絕同你看*Third Man*，表示她很care，不care不會有這種妒忌式的表現的。她新年時給你一條領帶，也是相當情重的，因為普通女孩子祇有受禮物，不到感情成熟很少肯compromise自己送禮物的，所以我覺得你同她的成功性極大，祇要能進一步地「過往從密」就好了。有好電影或吃晚飯的機會時，還是多請她，最好能在週末約她到草山或北投去玩玩。她對你人格學業早已佩服，你對她的devotion她也早已看出，況且你又沒有什麼情敵，這次戀愛是可以一直順利到結婚的。Portable Steinbeck有"The Red Pony"全文，我已買了一冊平郵寄出。你叫我寫些贈語，我也寫不出來，只寫了兩句：Dear Lily Tung: Best wishes for your translation of "The R. Pony". May I have a copy when it comes out in book form? Sincerely J. H. 關心她的翻譯，並且希望它能出版，大概還算得體。

我已好久沒有追過女人，New Haven的幾位小姐都不值一看，因為不上課的關係，對外國小姐也失了聯絡，所以生活很寂寞。餘下的辦法只有托人介紹或買了汽車去亂撞，二者我都不高興做。我以前所想的女人，都是自己看中的；現在能看到女人的機會就少，更談不上追。因為自己實力不夠，也不想亂動。去哥倫比亞圖館借了不少書，看了老舍的〈趙子曰〉〈駱駝祥子〉，張天翼[①]的〈洋涇

① 張天翼（1906-1985），字漢弟。祖籍湖南湘鄉縣，生於南京。現代作家，代表作有《寶葫蘆的秘密》、《華威先生》等。

浜奇俠〉及〈圍城〉，都算是較好而有趣的小說。這幾位作家諷刺的寫法，猜想上大約和清代小說的傳統相合（《老殘》、《官場現形記》等），所以成績上還有可觀。上次信上對沈從文的稱讚，讀原文後，覺得應該打個折扣；他的文筆囉嗦，加上不恰當的亂用歐化句法，把很好的題材都糟蹋了。

父親來信，這次新年過得很好，家中買了雞兩隻，魚兩條，肉若干斤，粽子年糕都齊備，親友來賀年的也不少。上海二三年來最值得注意的事，是結婚的多；尤家昌五已訂婚，六也也結婚了。父親的友人來訪的有胡覺清、錢仲展②等。

父親血壓一度又高至190°，休息後已平復，已去信勸他好好注意調養。

宋奇來信，寫得很熱心。代我買了不少書，是很使我感激的。程靖宇寄來一冊梅蘭芳的自傳，《四十年的舞臺生活》，內容插圖都很有趣，又[尤]其讀了梅蘭芳祖父伯父輩的人物，覺得那時的中國人富有義氣，同民國來的專講圖利的不同；中國的舊道德，「忠孝節義」，其實「義」在社會上的效用最大，也最受一般小說戲劇的鼓吹。中國的正派人都是講義氣的，可惜這種人現在愈來愈少了。

你閑來學習音樂很好，我買了無線電後，起初popular music和古典的並聽，現在popular music聽膩了，差不多專聽古典音樂。近年來美國播音音樂專弄怪調，加上西部音樂及山歌的盛行，很少有好唱片。我最喜歡的vocalist是Judy Garland，可惜她的唱片現在不大聽到；Jane Froman③的嗓子很圓潤，在影片*With a Song in my*

---

② 胡覺清、錢仲展都是他們父親大棟先生的摯友。胡是當年上海金鋼百貨公司經理，商場地位與大棟先生相彷，錢仲展地位略高，也比較富有，常來夏家走動。

③ Jane Froman（簡·佛曼，1907-1980），美國歌手、演員。電影《情淚心聲》

*Heart*④中可聽到的。聽聽Beethoven，Mozart，不求甚解，心裏總是很舒服的。你下一番功夫後，一定可以好好地欣賞音樂。這幾天天氣很好，臺灣想更是春光明媚，不知有計劃多玩玩否？*The Burned Bramble*已翻譯完工否？即頌

春安

弟 志清 上

三月十七日

（*With a Song in My Heart*, 1952）係據其個人經歷改編。

④《情淚心聲》，華特．朗導演，蘇珊．海華、羅里．卡爾霍恩（Rory Calhoun）、大衛．韋恩（David Wayne）主演，福斯發行。

185. 夏濟安致夏志清（1953年5月4日）

志清弟：

來信和Steinbeck書一冊均已收到。書我已交給董小姐，她很高興，她的書暫時既不會出版，她想把她的譯稿多打一份（中文打字）送給你，我想這事太麻煩，請她不必了。我同她的關係可以說很好，但也很puritanic，我常常想，假如有機會同她跳舞，我們的關係當更可進步，但是臺北沒有機會。我們現在的關係，是「相敬如賓」的友誼關係，但我很enjoy她的company。我現在心理的矛盾：幾天不見她，就很想念她；同她來往得稍為密切一點，又有點怕真會結婚，喪失了bachelor hood的種種自由。我現在不知道離開「結婚」還有多遠，也許對方只想同我維持一個友誼關係，也許我始終提不出勇氣去propose，也許某一天（總要在她畢業之後吧）我糊裏糊塗的propose，她也居然答應了，這樣我的生活要大轉變一次了。這一切我都不知道。

說起跳舞，我其實並不喜歡跳舞，我的跳舞的程度還從沒使我能enjoy跳舞。臺北雖無舞廳（舞廳在基隆——供洋水手消遣，與在北投——所謂「風化區」，恐都低級），有時也有所謂「派對」「晚會」之類，我都沒參加過（有時我也接到請帖的），主要原因：（一）怕跳得不好貽笑大方；（二）對於跳得好的人我心底裏也許很羨慕，但我總想找點理由看不起他們（或她們），不願與若輩為伍。董小姐說不會跳，且從來沒跳過。這種小姐現在很少了，這恐怕也是我看中她的原因之一。她那一班女同學（四年級）很多不會跳的，三年級會跳的就多了，一二年級，甚至中學生，都是後生可畏，跳舞精的很多。臺北比當年上海窮得多，但是一般風俗，比當年上海更模仿美國。臺灣要普及教育，兒童強迫入小學，結果小學校裏人頭很雜，拖鼻涕瘌痢頭的很多，有些家長沒有辦法，只好把自己孩子送進給美國兒童讀的美國小學裏去了。我假如有孩子，也不願送他進齷齪學校裏去的。台大外文系的一、二、三年級每班都有一百人左右，其中對文學有興趣的究有多少也很難說，恐怕不少人是無所事事來學「洋務」的。外文系的人多風氣壞，也很難辦得好。董小姐那一班只有四十幾人，程度還整齊，有志向學的人亦較多，那是因為傅斯年在時強迫他們班上一大半人轉系轉掉之故，剩下來的都是些好的了。

我現在很忙，*The Burned Bramble*還沒譯完，這筆債不還清，很多事情沒法進行。畢業論文歸我指導的有11人之多，8人翻譯，3人研究（一篇George Eliot，一篇Dickens，一篇O. Henry①），我雖然除了文字修飾之外指導不出什麼東西來，但是還不肯拆爛汙，時間花掉不少。

最近時局變化很多，回去的日子似乎更遠了。我常常想假如我們回去的時候，還沒有結婚，真有點對不起父親母親。真是如此，我只好認為自己是一個failure，都不好意思看見他們老人家了。但是failure與否，豈是人力所能左右哉？你的近況如何，至以為念。專此　即頌

春安

兄 濟安 首

五・四・

① O. Henry（歐・亨利，1862-1910），原名威廉・西德尼・波特（William Sydney Porter），歐・亨利為其筆名。短篇小說作家，代表作為《白菜與國王》（*Cabbages and Kings*）、《命運之路》（*Roads of Destiny*）、《生命的陀螺》（*Whirligigs*）等。

186. 夏志清致夏濟安（1953年5月18日）

濟安哥：

這次好久沒有通信了，實在是生活太沉寂的緣故。接到五月四日來信，知道你生活也沒有什麼變化；我想學期告終，也是你向董小姐作進一步表示的時候了。乘着她有譯文脫稿或畢業典禮等大節目時，好好同她慶祝一下，同時向她求婚。你行為一向規矩，假如對方同你早有好感，每次同你見面後，雖然精神上很舒服或若有所得，無形中也增加了需要男性溫存的欲望。我想你的戀愛方式一下子很難轉換，祇有求婚（不管第一次成功與否）可以帶給你和她進一步男女間的親密。求婚被接受，這暑假就好好地熱戀幾個月，在bachelor生活上留下一些較有意義的紀念。過秋後就結婚，bachelorhood的自由這句話只有是對沒有責任性的公子哥兒講的。我們一向經濟不充裕，從沒有好好享受過，何況年齡已大，即使在Riviera過着被美姬包圍，Aly Kahn①式的生活，也不會感到太自在。我們對結婚所能給予的期望，大約已沒有前十年那樣的理想化，但是憑着我們善良體貼的個性，婚後的生活是不會不美滿的，除非對方野心太大，逼着我們走我們不情願走的路。從獨身到結婚只是一種轉變，一種較合自然的轉變；從我們這種每天「無可足述」的生活上講來，來一個轉變總是好的。

前面幾句話，雖然是一種互勉，其實只描寫了我目前的心境。你生活表面上較我忙碌得多——教書、翻譯、指導論文——在白日間大約總可保持一種cheerful的精神。我因為工作的單調，人事接

① Aly Kahn（Prince Aly Kahn阿里汗王子，1911-1960），阿加汗三世（Aga Khan III）之子，影星麗泰・海華絲之夫。

觸的稀少，最近就不時感到生活的壓力，因為連女朋友也沒有，這種壓力有時也很難擺得開。半年來長短篇小說讀了不少，現在想把當時隨讀隨寫的筆記感想組織起來寫成個chapter。寫起來很難討好，因為事實上很難引起美國讀者對中國作家的興趣的，除非你有Edmund Wilson②的筆法，把一本冷門的書介紹得津津有味。但Wilson的方法，用在中國作家上，我覺得有些不誠實的。我目前認為中國新小說的成就要比美國best selling level高多些；同時在興趣方面也遠勝Upton Sinclair③的；Sinclair的*The Jungle*我不能卒讀，茅盾、老舍的小說總比較能引人入勝的。缺點就是技巧觀點相仿，多讀了就厭了。我目前的心境是不想再讀一篇短篇小說，讀了反應也是漠漠然的，等於不讀，所以只好寫一陣再講。中國戲劇、新詩的成就遠差於小說，計劃中只好把它們各專論一章就算了。

家中情形，附上玉瑛妹短信一紙，可以看到一些。三月份匯款拖延了兩個月，家中很焦急，現在已匯到了。父親前次來信，提到新年時一度血壓高的情形，玉瑛告訴了我們它的起因。玉瑛妹明年升學的事情，一定也會引起你的憂慮。假如不升學的話，她不會做什麼事，而且一定會感到被少壯青年黨員學生歧視後的孤寂。升學的話，身體被國家支配，學校伙食惡劣，也一定非玉瑛妹所能忍受的。結果恐怕只有妥協，在mob主持的社會下，祇有不出頭的隨

---

② Edmund Wilson（愛德蒙·威爾遜，1895-1972），美國批評家、作家，曾任《名利場》（*Vanity Fair*）雜誌主編和《新共和》（*New Republic*）雜誌的副主編，生前被公認為當時美國一流的文學家，代表作有《阿克瑟爾的城堡》（*Axle's Castle*）、《到芬蘭車站》（*To the Finland: A Study in the Writing and Acting of History*）、《三重思想家》（*The Triple Thinkers*）等。

③ Upton Sinclair（厄普頓·辛克萊，1878-1968），美國作家，以創作「揭發黑幕」的小說而聞名，1943年獲得普利策文學獎，代表作有《屠場》（*The Jungle*）、《石油》（*Oil*）、《龍齒》（*Dragon's Teeth*）等。

眾，還能維持一線生機和安全的感覺。父親心地好和好勝，總不肯說中共壞，其實內心一定很苦悶的。億中官司已解決，除變賣億中傢具物件外，還要付二千九百萬元，兩年內償清，父親和兩位董太太各分三分之一，即父親每月要交出四十萬元，不知合美金多少。以後祇好多匯些到家裏去。四月份後在紐約匯款的方法，心滄的親戚已不再肯通容〔融〕，只好直接匯款至英國，比較的麻煩。

宋奇寄出的書，一本還沒有收到，連你的《坦白集》在內。上次胡適來New Haven演講，因為外賓很多，用英文講，英語很不順，手勢都是中國式的，遠不如他用中國話講來得親切。暑假前忙碌後，最好把董小姐的事弄停當後，好好的玩一下。我也很想休息一下，天天看書，弄得效率很差。Empson返英後，現在University of Sheffield任教授。鈕伯宏有信來，現在華盛頓*Washington Post*做cub reporter，很忙，住1838 Connecticut Avenue, Washington, D.C.，問你好。希望有好訊報告，祝

暑安

弟 志清 上

五月十八日

187. 夏濟安致夏志清（1953年5月27日）

志清弟：

五月十八日來信收到已久，遷延至今始覆，甚歉。上月把*The Burned Bramble*譯完，中間刪去了一些，湊成中文約二十萬字。這本書*Partisan Review*曾評過，不知怎麼說的，我覺得他沒有一個scene描寫得真夠入木三分，句法都很平凡，殊欠精彩，故事結構loose ends很多。作者Manès Sperber也許有一股反俄共的熱誠，但是寫作方面顯得amateurish，修養不夠。這本書的稿費還沒有收到，照合同應該有HK$3000約等US$500，但是我遲繳，不知要不要扣。還有我在香港的合同是一位姓吳的朋友代簽，我頂用他的名字（美國當局不贊成在臺灣借人，主張在香港就地取材），此人近況不佳，我已經寫信給宋奇，在我的稿費裏扣一部份謝謝他。我expect得到US$400，領到以後，預備在香港定做幾身西裝（我離開上海以後沒有做過西裝），買些零碎東西。最近我同臺北的USIS相處得也很好，暑假裏替他們譯一本*An Outline of American History*，可得酬台幣$5000，合美金約有一百七八十元。去年所剩，尚有美金四百。照我近況，結婚在經濟上是沒有多少問題。上天（pagan god）送了我這些錢，也許要叫我結婚，也未可知。董小姐已經畢業（畢業禮物：一支象牙圖章），同我關係似乎不在減退之中。有一次下大雨（端午的上一日）我們一起坐三輪車，我吻了她的手——這本來是尊敬的表示，但是我連forearm一起吻了，這可是passion了。第二天她有點冷若冰霜，但很快的，我把她的resentment消除（說服）了。我現在不知道她家裏的反應，我的計畫是等到她找到職業，她能自立了，再向她求婚（by-pass她的家）。她曾經考過「中央信託局」，憑她家裏的關係，她可能考上。我們的關係一時還熱不出來，她怕passion，我也怕passion。但是我想慢慢的來（至少這三個月內可以有分曉了），也可以獲得成功。頂要緊的是她能愛我，否則即使用心機，或拼命追，也都是枉然。我最近各方面的運氣都還不壞，只是在學問上或創作上毫無建樹，可是，我還是戰戰兢兢，惟恐要出什麼亂子，並不「得意忘形」。玉瑛妹的出路，我也很擔心，但是又有什麼用呢？我怕她會隨隨便便的結婚，甚至在我們兩人之前（這話請你不要Quote），在那種社會裏，又決不能選到一個好丈夫。我們三人之中，以玉瑛妹為最fragile，以現狀看之，也最不幸。現在家裏的情形，大致想還好，但是同母親平日燒香以求的，已經大不相同了。父親一定很不能適應那種環境。等到宋奇那邊的稿費領到了，我也預備寄些（約US$100）回家去，但是你信上先不要提。我總希望父親把債料理清了，能逃到香港去。再談　祝

　　暑安

濟安 頓首

188. 夏志清致夏濟安（1953年8月9日）

濟安哥：

來信收到已有數星期，還沒有給你作覆，實因生活太沉寂，心中不大痛快的緣故。今夏的生活過得同四五年來的夏天一樣，天天三頓上小館子，偶而看看電影，餘下的時間讀書寫作。美國人每年至少take一次vocation，換個新鮮地方環境，像我這樣六年如一日呆在New Haven是沒有的。可是自己沒有女朋友，到什麼地方去還是一樣，心境總是不會太好的。我已一兩年沒有追過人，自己經濟不充裕，也不想go out of my way向別地去物色。六月中參加一次婚禮（bride：Yale化學系Ph.D.劉女士），女客中有一位梅光迪①的大女兒梅儀慈②，生得很端正清秀，Holyoke女子大學畢業，英文系，現在哈佛讀比較文學。當時談得還投機，可是事後給她兩封信，約一個時間去Cambridge看她，都不得回音，使我有兩個星期，心中很懊喪。事實上，New Haven同Cambridge隔得太遠，追起來麻煩很多，一次遠征，住三四天，總得花七八十元以上。但是好久沒有看中過什麼女人，而梅小姐這樣的人品學問，在留美女生中，已是極難得，總希望能有下文。現在一點下文也沒有，心中總覺得對不起自己，好像太忽略自己的情感欲望了。聽說梅小姐在哈

---

① 梅光迪（1890-1945），字迪生，安徽宣城人。曾留學於美國西北大學、哈佛大學，受教於白璧德（Irving Babbitt）。1920年回國後與吳宓等人共同創辦《學衡》雜誌。曾任東南大學外文系主任、中央大學代理文學院院長、浙江大學文學院院長等職。1945年在貴陽去世。代表作有《梅光迪文錄》

② 梅儀慈（Yi-tsi Mei Feuerwerker），美籍華裔學者，任教於美國密西根大學，現為密西根大學中國文學榮休教授，代表作有《丁玲的小說》（*Ding Ling's Fiction*）等。

佛已有了男朋友了，我也不能怪她，但不免覺得自己條件不夠，沒有充裕的經濟能力，去痛痛快快地追一個女人。而我目前stagnant的情形，一年內也不會有什麼變化。

暑期已過了一大半，不知你同董小姐的事進行得怎麼樣了？很希望下次來信看到求婚成功的好訊。你經濟地位都比一般從大陸去臺灣的人較好，至少在董小姐所認識circle中的人，不會有你這樣出色的人物。她讀過一點文學，也不會自己沒有主張聽父母的話，嫁給官商界人。不過從你吻她手臂後她冷若冰霜一事上看來，中國小姐確是世界上最難服侍的小姐；中國小姐對肉體接近的回避，是世界別處少有的。不過，這也只好怪民國以來男女追求的方式一直新舊不接的，不能確定起來。董小姐「中央信託局」已考上否？

數月前，父親寄來小照三幀，上次來信，忘了寄給你。現在附上父親玉瑛合攝一張，他們神氣都很好，最近生活也不壞。億中第一筆賠款已繳出，以後每月陸續付的，為數不巨，父親可以應付了。玉瑛妹秋季讀高中三，還可在家中享福一年，明年入大學後就難說了。父親請你打聽汪仲仁大兒子的近況。滬上的親友，徐季杰已將姚主教路房子賣出，重返蘇州學士街居住；欽夫夫已患半身不遂症，方穀仍患肺病，在家修養。③

暑假來，在小說部門寫了一點，對茅盾、老舍、巴金、沈從文、張天翼、魯迅、郁達夫等，寫了幾篇三十頁至四十頁的專論，看得不全，時間匆促，寫得並不能討好。中國小說家中，我對沈從文日益佩服，他的早年作品寫得極壞，可是三十年間四十年間的作品，寫得極好，而且對人對物態度，極其humble，一無一般作家由主義出發的執着和偏見。他西洋東西方面，雖然讀得不多，卻自具

③ 汪仲仁是夏志清父親的朋友；徐季杰、欽夫夫是夏志清的姨夫；方穀是欽夫夫之子。

一副天生的聰明智慧，不為世俗意見所左右，實是不容易的事。而且好像他不斷有進展，不像其他作家，停滯在自己固定的技巧作風上，永遠repeat自己。上次宋奇寄出的《坦白集》④及其他書籍，都沒有收到，大概被美政府扣留了。Manès Sperber上星期在*New York Times* Book Section上寫過一篇關於小說的文章，認為《亂世佳人》在社會效果上遠較*War & Peace*成功，意見很庸俗。你一年來不斷翻譯，也應當好好休息一下。美國好電影極多，*Shane*⑤，*Stalag 17*⑥是少有的好片子，前半年的*Come Back Little Sheba*⑦也極精彩，MGM的*Young Bess*⑧也是宮闈戀愛片中最真摯的一部。派拉蒙靠了William Wyler，Billy Wilder，George Stevens，幾年來不斷有好片子，可惜George Stevens現在已脫離了。New Haven夏季一點也不熱，即祝

近安

弟 志清 上

八月九日

---

④《坦白集》，即夏濟安所譯《失敗的神》（*The God That Failed*），1952年11月由香港友聯出版社出版。

⑤ *Shane*（《原野奇俠》，1953），彩色西部片，喬治．史蒂文斯導演，亞倫．賴德、珍．亞瑟（Jean Arthur）、白蘭度．王爾德（Brandon deWilde）主演，派拉蒙影業發行。

⑥ *Stalag 17*（《戰地軍魂》，1953），戰爭片，比利．懷德導演，威廉．荷頓、唐．泰勒（Don Taylor）、奧圖．普明格（Otto Preminger）主演，派拉蒙影業發行。

⑦ *Come Back, Little Sheba*（《蘭閨春怨》，1952），劇情電影，丹尼爾．曼（Daniel Mann）導演，泰莉．莫瑞（Terry Moore）、畢．蘭卡斯特（Burt Lancaster）主演，派拉蒙影業發行。

⑧ *Young Bess*（《深宮怨》，1953），彩色傳記電影，喬治．薛尼導演，珍．西蒙絲、史都華．葛蘭傑、黛博拉．蔻兒主演，米高梅發行。該片以伊麗莎白一世（Elizabeth I）的早期生活為背景。

189. 夏濟安致夏志清（1953年9月7日）

志清弟：

八月十日一信收到多日，因心緒不寧，遲覆為歉。父親和玉瑛妹的照片看見了很喜歡，父親略為老了一點，玉瑛妹還是很孩子氣；使我很高興的是，他們臉上的表情都很平和，並不顯得scared或有任何persecuted的樣子，大約家裏情形確還不錯，我們至少暫時可以放心。現隨信寄上照片兩張（這種姿勢的不知我曾經寄過給你沒有？我已記不清了），一張是給你的，一張請轉寄父母親大人，我照上的神情還好，家裏看見了一定高興的。我已經托宋奇匯寄家用US100，他的回信還沒有來，但算時間應該寄到了。如已匯到，我看你可以停匯一月，因為在那邊的人恐怕不容許儲蓄，錢多了反而要招致麻煩。

我諸事大致如常。宋奇辭USIS職後，我的收入或許要減少一點，但在臺灣我也可找到一點翻譯差使，能夠每月收入夠用，另外再有一點savings，以備不時之需，我也很滿足了。頂傷腦筋的事還是戀愛。事情進行得究竟順利不順利，我自己也不知道，有時似乎還順利，有時使我十分失望。但是我確認董小姐是天下頂好的女子（雖然有時對我很cruel，然其心地十分善良），我同她的結合將是美滿良緣，所以我這一次一定得堅持到底，非追求成功不可。有過幾次crises可以使我們鬧翻的，但是我的忍耐涵養已大勝於昔，董小姐又確有golden heart，故都算平安渡[度]過。現在我們的關係並不很熱烈，但是能夠這樣維持下去（一星期平均一次date），我相信我還是有希望的。我的proposal還沒有提出來，因為她最近給我的encouragement不大，我提不起勇氣。過幾天等她待我好一點的時候，我想我會提出來的。求婚似不可預謀，當視環境及雙方心境合適時提出最為妥善。我的追求並不熱烈，因為猛烈的追求可能遭到猛烈的挫折，而我的sensitive ego會把挫折看得太認真，因此全盤瓦解的。我相信我最近的作風，確是means business，很認真steadily的在追，你聽見了想必高興的。董小姐現在招商局做事。

滬江的高樂民①女士在台大任教，我最近同她談過一次，她很慈祥地關心你的和我們家裏的一切。她的信也許先我而到，她說要替你介紹女友，可能使你認識幾位比較好的小姐。你極力主張結婚，而我認為bachelor是不妨做下去的，可是似乎你的結婚可能性並不比我的大。大抵我們都是romantics，把愛情看得太重要。你曾勸卞之琳娶一個健健壯壯的鄉下女子，不要迷戀於那phantom，其實這點我們都做不到的。假如我們把結婚當作是儒教的ritual，人生的責任，不論是誰都可以為妻的話，我相信三個月之內我們都可以成立家室了。我們以前既不如此，以後恐亦不會如此。父母亦只好空着急了。

我的8-tube radio上配了一架電動唱機（不自動換片），預備開始收藏唱片了。第一套我所買的是Gems from the Great Masters（Columbia），臺灣舊唱片偶而還有好的，但似乎遠不如你在那時的多而且廉了。那架唱機只能唱舊式（似乎76 rpm）的，但也可以配合臺灣的舊唱片市場。美國現在新出的唱片，小而且輕，看上去很可愛，但臺北不易得，有亦很貴。我現在在跟人學「和聲」（harmony）（不用耳朵的和聲，你知道我不會彈琴，且不好意思到別人家去瞎彈），根據rules做枯燥的和聲練唱。結果對於音樂欣賞，尚未增加很多，只是看五線譜的能力大進。我以後非但要買唱片，而且還要搜集曲譜，一定要把片子和譜對起來聽，才容易進

① 高樂民（Inabelle Coleman, 1898-1959），曾任教於上海滬江大學，1952年前往香港，是香港懷恩堂創辦者之一。

步。希望再過一年，我能買一架風琴（reed organ），作為練習鍵盤音樂的初步。平劇我看得很少，無線電裏則常聽。近對於余叔岩有passion，有幾張唱片真使我拍案叫絕，愈聽愈好，可惜余氏已死，唱片愈開愈毛，此曲將成絕響了。對於程派的興趣大於梅派很多。梅派太甜，程派講究音律，咬字準，節拍分得細密，腔調險怪，皆近乎言菊朋者；青衣裏還沒有像有余叔岩這樣造詣的人。余叔岩一切平穩正常，合乎規矩法度，然而surprise 層出不窮，真近乎仙境者也。你曾聽過孟小冬②而好之，孟即是學余的。電影看過一張*The Story of Three Loves*③，Pier Angeli④是我所看見的新明星中最美的一個。再談　專頌

秋安

兄 濟安 頓首

九、七

---

② 孟小冬（1908-1977），又名孟若蘭、孟令輝，老生演員，余叔岩派唯一女傳人。1950年下嫁杜月笙。

③ *The Story of Three Loves*（《人海情潮》，1953），文生·明尼利（Vincente Minnelli）、歌德弗里克·萊因哈特（Gottfried Reinhardt）聯合導演，寇克·道格拉斯（Kirk Douglas）、李絲麗·卡儂（Leslie Caron）、琵雅·安潔莉等主演，米高梅發行。

④ Pier Angeli（琵雅·安潔莉，1932-1971），義大利演員，代表影片《特麗莎》（*Teresa*, 1951），憑借此片獲得金球獎。

190. 夏志清致夏濟安（1953年10月14日）

濟安哥：

來信收到已有一個月了，因為生活沒有什麼變動，至今才給你回信。照片上神氣很好，學者風度很濃，一張已寄去家中了（以前你曾寄過穿浴衣，抽pipe的小照一張）。不久前父親、玉瑛妹來信，附上玉瑛妹照片兩張，茲將其中一張附上，看上去她還是很天真開心的。因為父親失業，玉瑛妹還在中學，家中似乎沒有直接受到共黨的管制。他們夏季的生活是很愉快的，不時的逛公園上電影院，西瓜每天開兩隻。假如家中經濟情形能保持現狀，父母可以有很舒服的晚年。我已好久沒有機會拍照了，下次來信，或可有照片寄給你。

暑期過得很平凡，沒有花工夫追過一個女人。以前追過的Rose Liu、沈家大小姐，都先後在今夏結婚了。因為心目中沒有對象，性的苦悶並不大，祇是生活太單調而已。開學後，可以不時參加跳舞會，生活上稍有調劑，不過年齡大了，也懶得花工夫同外國女孩子交際。你同董小姐這一月來進展如何？這次戀愛，有忍耐和決心，想一定可達到預期的成功。你每星期date她一次，別的suitor想很難乘隙而入，祇要時間一久，她不會不接受你的愛的。她在招商局做事，日裡的時間都在俗人中混過，更會覺得你愛她一份真心的可貴。

中國近代文學，還是不斷在寫與讀中，希望年底前把小說部門告一段落。最近沒有什麼發現，抗戰後師陀（即盧焚）出版的長扁[篇]《結婚》是部很好的小說，讀來極緊張，把上海淪陷時的生活情形描寫得淋漓盡致。師陀恐怕仍在大陸，不會再有作品問世了。不久前讀Conrad的*The Secret Agent*，確是部極好的小說，佈局、人物刻劃上似受屠斯退夫斯基影響。有空可以一讀之，Doubleday新出版的Anchor edition，祇賣七角五分。

我classical音樂常聽，對於Mozart，Beethoven，Haydn①等極愛好，雖然說不上「懂」。最近不會有工夫做瞭解音樂的初步工作，也不會買一架phonogragh。買唱機後，買唱片的temptation太大，而我目前的心境和經濟都不容許我培養這個hobby。Popular music已好久不聽，每天收聽的是《紐約時報》FM電臺，這個電臺，除了every hour on the hour有五分鐘新聞報告外，其餘的時間都廣播古典音樂。平劇唱片也已好久沒聽到，雖然想起在上海、北京那時看京戲的熱心情形，現在還是很神往的。美國的話劇，大都是好萊塢的二流明星主演的，提不起我的興趣。Opera還沒有看過，文字不通，唱做過火，對它總有格格不入之感。美國價廉的娛樂只有電影。上次到紐約，在Roxy看了*The Robe*②，Cinema Scope攝取的景物，確較普通銀幕上映出的來得有「深度」，大場面是少有的美麗，雖然影片本身很平庸。Pier Angeli我只看過一次，她的確很美麗，上過*Time*封面的Audrey Hepburn③風度與眾不同，恐怕是Ingrid Bergman後好萊塢最大的發現。董小姐喜歡什麼明星？我可以代討親筆簽名的十寸大照片。

---

① Haydn（Joseph Haydn約瑟夫·海頓，1732-1809），奧地利作曲家，維也納古典樂派的早期代表。

② *The Robe*（《聖袍千秋》，1953），聖經史詩電影，據道格拉斯（Lloyd C. Douglas）同名小說改編，亨利·科斯特（Henry Koster）導演，李察·波頓（Richard Burton）、珍·西蒙絲、維多·麥丘主演，福斯發行。

③ Audrey Hepburn（奧黛麗·赫本，1929-1993），英國演員、人權主義者，世界著名影星。代表影片有《羅馬假期》（*Roman Holiday*, 1953）、《第凡內早餐》（*Breakfast at Tiffany's*, 1961）等，曾獲得包括奧斯卡最佳女演員獎在內的多種國際大獎。

開學後忙不忙？是否仍擔任小說一門？高樂民女士還沒有來過信。她是個好人，以前她死纏要我信教，最後在上海見面一次，她還說要不斷禱告，使我相信上帝。她認識的小姐，恐怕多是滬江47、48的畢業生，現在都有二十五六歲了。不過能認識幾個，也是好的。二和叔已去世（cancer）；二和嬸的生活只好由生元④一人擔負。我生活平平，希望你下次信上有好消息報告，即頌

秋安

弟 志清 上

十月十四日

④ 二和叔，名夏毅和，是夏志清三叔祖之子，無出，領養生元為女（見信168）。

191. 夏志清致夏濟安（1953年10月26日）

濟安哥：

不久前曾來一信，想已收到。今晨接父親函，謂張和鈞托他兄送給了父親一千萬元，詳情見附信（去信張和鈞處詢問時，可不必提及父親猜測劃款的事）。我想該款可能是gift，因為你來信從沒有提起過。不過關於這事及唐炳麟欠款事，請你打聽一下，我可以及早把情形轉稟父親。宋奇的一百元，也請代問一下，他已好久沒有來信。如果家中果真有一筆意外收入，乃是極好的事。

近況想好，甚念。董小姐方面，進行如何？我生活照常，上星期六中國同學會開會，看到一位teenage高中女生，有1/4的美國混血，生得極美，身高與我相彷，figure極豐盈，頗使人可喜。惟年齡懸殊，亦只能欣賞欣賞而已。Graduate School中有同學陳文星①君，兩年來同我交情很厚，英文較差，最近考政治系pre-doctoral筆試失敗，心中極為懊喪，有返臺灣意。屆時他真返臺灣，我再通知你。他來美時日同我相彷，結果只拿到了芝加哥和Yale兩個M. A.，永不能爬上寫論文的階段。希望早日給回信，祝

近好

弟 志清 上

十月廿六日

① 陳文星（1917-2006），浙江象山人，耶魯大學政治系博士，任教紐約聖若望大學。

192. 夏濟安致夏志清（1953年10月28日）

志清弟：

來信並玉瑛妹照片均已收到，玉瑛妹天真活潑如昔，似乎未受共產教育之毒。她的服裝同台灣一般女學生的並無特別不同，神情亦還高興，這幾年來她似乎沒有長大多少，按年齡她該讀大一了，她似乎比台大的一般大一女生還要年輕。看了她的照片的確使我對於家裡放心不少。

送上父親手書便條一紙，這點錢是張和鈞代劃的，再補幾十萬元，約合美鈔500元，我已經付給張100，餘400由你陸續撥還如何？最近不知你寄錢回去過沒有？由張和鈞代劃，手續似乎最為簡便，另外400元他希望早一點收齊，不過假如你手頭不便，還是照老辦法按月寄（按月撥還）亦可。張和鈞現在台太平公司服務（董漢槎是董事長，丁雪農②是總經理，陳文貴是經理），他家在上海有一爿廠，故有寬裕頭寸。父親一起拿一筆錢，或許可以做做小生意。

本來我還可以多貼補些，最近這四個月來，沒有大筆收入，所以暫時還是由你多擔負一點。宋奇近約我翻譯一本Douglas Hyde③的*I Believed*（共黨之徒改信天主教的自白），譯成後我可以從稿費裡再抽US$100寄給家裡。這是Sperber後我的第一本書。

*I Believed*之後，他約我寫一本關於Henry James以後「美國小說」的書，寫這樣一本書你知道我的學問是不夠的，可是我相信我

② 丁雪農（1896-1962），原名丁樂平，江蘇揚州人。1929年協助金城銀行總經理周作民組建太平保險公司，1951年離開大陸前往香港，1952年赴台。

③ Douglas Hyde（道格拉斯・海德，1911-1996），新聞記者、政治活動家，《我相信》（*I Believed*）是其回憶錄，講述了他從信奉共產主義轉向信奉天主教的歷程。

可以符合他的「通俗」的要求（讀者對象是中學程度的青年，popularization，不是作高深研究）。關於立論方面，我相信還可以說得平穩。你寄給他的15元匯票，他已經退還給你，因為我在他那裡存有款項（宋奇現在替我在做西裝，買衣服，不久我可以煥然一新），你要買書由我支付沒有問題（以後亦是如此）。他希望你替我買幾本有關美國小說的書，他說他開了一張書單給你，不知開了些什麼？Joseph Warren Beach④的*American Novel*（1920-1940）和F.J. Hoffman⑤的*The Modern Novel in America*（1900-1950）我都已看過，臺灣亦借得到。*On Native Grounds*我有此書。J.W. Aldridge⑥編的*Critiques and Essays on Modern Fiction*我已借到，還有你以前送我的Tate和O'Connor⑦兩本。這四本書可暫時不必買。此外該買些什麼，由你斟酌可也。Brooks和R. Penn Warren的*Understanding Fiction*（1950年有新版），Ray West⑧，R.W. Stallman⑨的*The Art of*

---

④ Joseph Warren Beach（約瑟夫・比奇，1880-1957），美國詩人、小說家、評論家，代表作有《美國小說1920-1940》（*American novel*（1920-1940））、《亨利・詹姆斯的方法》（*The Method of Henry James*）等。

⑤ F.J. Hoffman（Frederick J. Hoffman弗雷德里克・J・霍夫曼，1909-1967），美國學者，曾任教於哈佛、史丹佛等大學，代表作有《現代美國小說1900-1950》（*The Modern Novel in America*（*1900-1950*））、《南方小說的藝術》（*The Art of Southern Fiction*）等。

⑥ J.W. Aldridge（J.W.奧爾德里奇，1922-2007），美國作家、評論家，密西根大學教授，代表作有《失落一代之後》（*After the Lost Generation*）、《追尋異端》（*In Search of Heresy: American Literature in an Age of Conformity*）等。

⑦ O'Connor，可能指Mary F. O'Connor（瑪麗・奧康納，1925-1964），美國作家、散文家，以短篇小說最為知名，她的作品有着濃厚的南方風情及天主教風格。

⑧ Ray West（Ray B. West雷・韋斯特，1908-1990），美國作家、學者，創辦《西方評論》（*The Western Review*，後改名為《洛基評論》[*The Rocky Mountain Review*]）。

⑨ R.W. Stallman（Robert W. Stallman羅伯特・斯托曼，1911-1982），美國學者、教

Modern Fiction，Mark Shorer編的*The Story: A Critical Anthology*三書雖非專講美國小說，不知合用否？Rinehart出了一本*The Art of The Novel*（by Dorothy Van Ghent⑩）似乎亦是一本合用的參考書，原來為供學生討論之用，我的書的對象亦係學生。各書的重要性，我無法決定，由你挑選頂要緊的先買下寄來可也。至於美國小說的text，美國新聞處圖書館大致還可以借到一些，Pocket Books，Signet，Bantam裡也有不少，我亦看不勝看，暫時似乎可不必由你代買。

宋奇請你用中文寫一本五四以來中國小說的批評。你在這方面花的功夫已經不少，論一般性的學問和批評訓練，中國沒有第二個人趕得上你，我希望為中國文化前途計，你答應替他寫這本書。

另附上五彩（Ektachrome）transparencies五張，照的都是董小姐，因為臺灣放大的技術不高明，所以托你在美國代為放大：

（一）Album Size的每種各兩張（我要一張，她要一張）；

（二）Parlour Size的你看有合適的隨便放一兩張。她不大化裝[妝]，如放得太大臉色顯得太黃，那末[麼]可將此項取消。

放好後連transparencies（handle them with care！）一起寄回為感。放的時候據說頂好先印成negative，這種transparencies你不妨同店裡討論討論，我亦不懂，總之希望能有頂好的效果。謝謝。（照片兩張戴黑眼鏡的是在台北新公園裡照的，三張在台大傅校長墓園裡。）

我和董小姐的關係據現狀看來，大致還不壞。我在九月十二日

育家、批評家，代表作有《史蒂芬・克萊恩傳》（*Stephen Crane: A Biography*）等。

⑩ Dorothy Van Ghent（多蘿西・范・根特，1907-1967），美國批評家，任教於哈佛大學等校，代表作有《英語小說：形式與功能》（*The English Novel: Form and Function*）。

中午向她propose（沒有下跪，僅在一家叫Rose Marie的西菜館across the table向她提出的），她沒有答應，但幾天以後她承認我是她頂好的朋友，她要盡可能的使我快樂，這些signs都還算encouraging。求婚以後不久，她允許我常到她家去走動，現在我同她家裡各人相處得亦很好，她似乎亦很關心我的痛苦，——總之，我生平還沒有這樣的intimate的女朋友。若諸事順利，我的婚事應該還有希望。但是請你慢慢告訴父母親，免得將來不成時，他們要失望。我近況還好，你聽見了想必很高興的。專頌

近安

濟安 頓首

10/28

[又及]關於電影明星照片事，董小姐所喜歡的女明星是1. Jennifer Jones，2. Pier Angeli，3. Teresa Wright，4. Janet Leigh；男1. Joseph Cotton，2. Gregory Peck，3. Robert Taylor，4. Spencer Tracy——人這麼多，你恐怕討不勝討了，你如有不便，隨便挑兩三個人即可，照片由你代收，再轉寄給我，她的英文名字Lily Tung。

程綏楚在香港每日發表數千字文章，收入頗豐，最近預備買汽車。高樂民最近沒有見面。

193. 夏濟安致夏志清（1953年11月6日）

志清弟：

來信並父親一信收到已好幾天，張和鈞那裡我因為沒有空，還沒有去過。反正事情很簡單：（一）數目合$400或$500，以後問清楚了再說，他現在並不要全數拿足。（二）唐炳麟的款子頂好暫時不要同我們的事混為一談，他現在這個辦法對家裡還算有利——他先付一筆錢，我們陸續撥還，我們不應該在這上面跟他算別的帳。當然我見了他的時候還是要問他的。

你的10月11日的錢既然已經匯出，再加上張和鈞的錢，家裡目前應該比較寬裕一點。我在上星期發出一封掛號信，想已收到。你假如有便，盼將12月以後的款子陸續歸還張君（美金匯票寄來想無問題，頂好是要在紐約付款的。）

宋奇處匯款後來沒有匯，因為張和鈞的辦法很簡單，我就沒有麻煩宋奇。

宋奇的一封信和他的一篇文章，現照他囑咐轉寄給你。宋奇對於poetry能夠始終如一有這樣強烈的興趣，是很值得欽佩的。像有他這樣修養的人，目前中國是很難得了。

他請求你寫一本關於五四以來中國文學的書，我希望你不要推辭。你所搜集的資料和你所累積的見解已經夠寫一本書，假如用英文寫出，恐怕沒有多少讀者；用中文寫在香港出版（香港的言論頂自由），是頂理想的辦法。

關於美國小說的書，如尚未買，可暫緩，因為我一時不致動筆。上封信託你代印幾張照片，想已收到。X'mas期屆，又要麻煩你買card，買四五張即可。送董小姐的一張，我還不敢用sweetheart、darling等字樣，還是落落大方的好。我希望有兩張是

特別一點的，可挑一張送給董，其餘兩三張隨便怎麼樣都可以。別的再談，專頌

學安

濟安 頓首

十一、六

194. 夏志清致夏濟安（1953年11月16日）

濟安哥：

兩星期來，因為趕寫東西，比較忙碌，十月廿八日的信，今天才給你答覆。十一月六日的信也在三天前收到了。這次寄上美金匯票三百元一張，因為張和鈞這次劃款究竟合美金多少還沒有弄清楚。俟弄清楚後，當再另匯上一百元，這樣手續交代比較清楚些。匯票受票人名分下我填了你的名字，因為我不知張和鈞英文名字的拼法，如拼錯了反而有麻煩。我想你將支票endorse後交給他即可。再，請他早日把該支票兌現或存入銀行，因為這種支票照理是不應當出國的。

你上次求婚，成績很好，使我心中大喜，我想下次再求婚時，一定可蒙她首肯了。寄來的五張transparencies上，她顯得很美麗，已早拿去洗印了。每種兩張，成績如好，再擇一兩張好的放大。她所要的影星相片，因為Peck，Cotton，Jennifer Jones，T. Wright並不隸屬任何公司，討起來，比較麻煩。已先去信M.G.M討了Janet Leigh和Pier Angeli的簽名照片。不日再寫信給Tracy和Robert Taylor，我手邊有Debbie Reynolds①，Elizabeth Taylor，Anne Francis②的簽名照片，不知她要不要？聖誕賀年片，以前買了幾張，沒有寄給你，當在一二日內再購擇好的寄上。

上次宋奇開了書單來，除他自己要看的兩本：Theodore

---

① Debbie Reynolds（黛比．雷諾，1932-），美國女演員、歌手，代表影片有《璦樓飛燕》（*The Unsinkable Molly Brown*, 1964）等。

② Anne Francis（安妮．法蘭西斯，1930-2011），美國女演員，代表影片有《原子鐵金剛》（*Forbidden Planet*, 1956）等。

Greene③，*The Arts & the Art of Criticism*和Henri Peyre：*Writers & Their Critics*已寄出外，關於美國小說的書籍，還沒有買。他開的書單沒有你信上所提到的幾本那樣新和重要（幾本重複的不算）。事實上，你幾本basic的書都已看到或借到了（Aldridge的*Critiques & Essays*我這裡有，可以寄給你），應當補充的是關於Hemingway，Faulkner，Fitzgerald等近年出版的評述和傳記。反正你最近不急，不日到書坊去擇好的寄上。美國小說，看不勝看，我看你最好擇幾個名家，他們的作品有系統地讀一下，再好好的作一番批判介紹。關於五四以來小說的批評，用中文寫比用英文寫，當然容易得多，而且可以顯得精彩，因為許多對付英美讀者說明性的材料都可以刪去了。可是我既答應了Rockefeller Foundation寫本英文書，當然先得用英文寫，將來有空，可再寫一本中文的。我幾年內既不能夠返國，出版一本書，不管銷路如何，總是很重要的，所以我想暫且謝謝你和宋奇的誠意，明年有空時再替他的出版社服務。宋奇的《紅樓夢新論》是我很想一看的書，要想知道他的見解同我的有多少出入。我很想寫一本批評中國舊小說的書。宋奇在上海時多少帶一點dilettante的風度，現在態度方面比以前成熟嚴肅得多了。他對他志同道合朋友的忠心，一向是很使我感動的。他的credo中我不能全盤同意的，是他對批判中國文學、文化「特殊標準」的堅持。我受了New Criticism的影響，認為審定文學的好和偉大，最後的標準是同一的。這不是說我們要用「Romantic」「Realistic」等categories來說明中國文學，因為目前最好的西洋批評家，不論其對象是荷馬、雪萊、Flaubert，似乎都從作品本身着手，而放棄了對於「古

③ Theodore Greene（西奧多·格林，1897-1969），美國哲學家，代表作有《藝術與批評的藝術》（*The Arts and the Art of Criticism*）、《宗教與人性》（*Religion and the Humanities*）等。

典」「浪漫」等terms的懶惰性的依賴。我們討論中國文學時，對於為什麼某時代有一種特殊的sensibility，一種特殊的idiom，可用歷史背景說明，可是說到這時代作品的本身，最後的標準似乎衹有「成熟」「豐富」（richness）等簡單的concepts。假如我們對於中國舊詩真覺得有特殊的「好」處，這好處衹有根據詩本身而加以說明的。假如我們想用特殊標準來批判中國文學，好像一開頭就存了「膽怯」的心理；其實中國詩同英國抒情詩比，《紅樓夢》同歐洲最好的小說比，我相信都是無愧色的。

聖誕將屆，不知你對董小姐在追求步驟上有什麼新準備。照片和聖誕卡下次來信時一定可以寄出。我生活如常，開學後，週末date過幾次外國女郎，所以還不算寂寞。即祝

近好

弟 志清 上
十一月十六日

195. 夏志清致夏濟安（1953年11月17日）

濟安哥：

附匯票的信剛剛寄出；照片十張已取出，成績良好，茲附原片四張一併寄還。我認為最滿意的一張已拿去放大了，兩星期後可印好。我自己也印了兩張彩色照片，下次寄上。

弟 志清

十一月十七日

196. 夏濟安致夏志清（1953年12月11日）

志清弟：

信、錢、照片、賀年片都已收到，這次害你破費很大，心中很不安。五彩照片印得很好，有人在臺灣印的，成績比這幾張差遠了。還有一張大的，尚未收到，想是寄平信來的。賀年片都很美，很可以使收到它們的小姐們覺得喜歡，而且honored。張和鈞處錢已送去，另一百元等父親那裏得到回音後再給無妨。張和鈞預備在兩三星期後結婚，新娘姓衡，是億中銀行老同事，現在電力公司服務。

你來信說對於我的近況很高興，我實在有點不安，因為我的好事還是很渺茫，最近簡直並無發展。董小姐到交通部講習會（在北投）受訓去了，已經有一個月，還有半個月（過了X'mas）可以卒業。那種受訓的辦法，美國雜誌上想也有批評的。總之，想做中國公務員，不得不過這一關。我很想念她，但很難見到她。她週末匆匆回來匆匆又去，到她家裏又沒有幾句話好講的。她家裏似乎並沒有當我future son in law看待，我只是硬着頭皮去追求而已。她曾瞞着我去考「高考」外交人員考試，居然榜上有名——我曉得她去考的（因為高考幾天她失蹤了），但想不到她會考取，因為她的程度在台大還算好，但比起當年的大學外文系畢業生如周班侯、吳新民等，實在差得很多。照當年的錄取標準，是考不取的。她考取之後，當然夢想（你可以想像得出來的）做女大使了，成家結婚之念不免要淡下去，我再要secure her affections當然更難了。我有時也問自己：我的太太假如是個女外交官，我的家庭生活會不會幸福呢？她的外交夢暫時還不能實現，因為政府規模小，外交部裏插不進很多人，至少等一兩年後才可補一個科員缺，暫時她還要待在招商局，然而她的野心大矣。董小姐其實為人是腳踏實地，很少夢想，且不善交際（從來沒跳過舞，西菜都沒吃過多次），應該沒有做外交官的幻想的，可是她家裏只有她一個大女兒，她的弟弟還在幼稚園，她父母難免把她當兒子看待，希望她增光門楣。她父母為人都很正派，不過她父親是失業官吏，未免官迷甚深，女兒之考高考，大半是他的主動。他父親自己是高考出身，故尤其把高考看重——他沒有出過國，因此他和他太太對於出不出國留學倒並不在乎的。

所以我目前的情形：同董小姐很少機會見面（她不許我去北投看她）；看遠景，結婚的可能似乎只是減少了些。我現在只愛她一個人，你可以想像我並不很快樂。好在我還算樂天知命，resignation這個virtue在我不算是一件難事。但是我現在並不打算放棄追求，你聽了也可以放心一點。

師陀的《結婚》我去借來看過，並不很滿意。根據那主角在上半部寫信的語氣，下半部應該不是那樣的一個人。作為諷刺，力量不夠（而且太亂）；作為soul drama（描寫一個人的墮落），更不透徹。對我頂有興趣的是第一封信裏的對於「佩芳」臉容儀態的描寫，那幾行寫的簡直就是董小姐。可惜她的家庭環境不是教書或是開小店的，否則我這樣一個suitor早該accepted了。

我現在瞎忙一陣——看卷子，寫雜文章（幫兩三家雜誌書店的忙）等，翻譯*I believed*已經常常湊不出時間來，研究美國小說更沒有花多少功夫在上面。那些書慢慢地買沒有關係。我至今create的夢還是存在，不知道哪一天能夠實現。

宋奇約你的書我希望你還是早一點寫——每章中文英文同時寫，是不是對你可以少吃力一點？

家裏情形想都好。玉瑛妹那裏的賀年片我不想寄了——這種「陋俗」他們一定discourage的——你給我多多請安吧。

再談，專祝
冬安並頌
聖誕快樂

濟安 頓首
十二・十一

［又及］Cary Grant的*Dream Wife*①，臺灣還沒有演。Ethel Merman②的*Call Me Madam*③只演了兩天，我去邀她看時，已經換片了。

---

① *Dream Wife*（《理想夫人》，1953），浪漫喜劇，西德尼・謝爾頓（Sidney Sheldon）導演，卡萊・葛倫、黛博拉・蔻兒、沃爾特・皮金主演，米高梅發行。

② Ethel Merman（艾索爾・摩曼，1908-1984），美國女演員、歌手，以出演百老匯音樂喜劇知名，曾獲金球獎等獎項，代表作有《風流女兒國》（*Call Me Madam*, 1953）等。

③《風流女兒國》，華特・朗導演，艾文・柏林作詞曲，艾索爾・摩曼、唐納德・奧康納（Donald O'Connor）、薇拉・艾倫、喬治・山德士主演，福斯出品。

197. 夏志清致夏濟安（1953年12月24日）

濟安哥：

十二月十一日來信已收到了，知道你在董小姐那方面進行不太順利，心中很不快。男女戀愛，表面上是男方採取主動追求，事實上主動權完全操在女方手裏的，祇要女方猶豫不決，顧慮太多，進行就不會太順利，尤其是對我們這種不會利用女性弱點弄噱頭的人。讀你來信，好像董小姐同你還沒有抱着全部sincere的態度，連投考外交人員考試的事都瞞你，如果你不斷地找機會要見她，忠實地追她，恐怕反而會引起她的反感。你的死心塌地反而降低你在她眼中的價值，因為她覺得你已是她的人，不管她對你的態度如何。所以在最近期間，我勸你不妨對她冷一冷，她反省一下，要找像你一樣誠懇溫柔，有學問可靠的人，倒也不是一樁容易的事，反而心回意轉了。男貪女歡應是mutual的，你目前的task是恢復和增加你在她眼中的吸引力。當然，如果她同她父母一樣有很深的勢利觀念，一定要爬前程做官，這件婚事樂觀的可能性很少，但是這樣勢利性重的女子，也就沒有什麼值得愛戀了。（五彩大照片，是取得第一批照片後再拿去develop的，現在尚未取回，印好後，即寄上。）

十一月中以後我一直要寫封信給你，報告我的近況，同時也很難下筆，因為我不大清楚我究竟對這學期開學後認識的一位小姐Carol Bulkley是否有真正愛情。這事進展神速，事前你一點也不知道。十一月七日我同Carol 看電影第一次接吻後，到現在兩個月還沒有到，可是就現狀看來，我同Carol遲早要在1954年結婚了。感謝[恩]節前後，一時心中高興，寫信稟父母關於這次戀愛的成功，四五天前，父親在很興奮中寫就的覆信也收到了。目前我同

Carol的愛情日益增濃，雖然在我這愛的本身就不是「一見傾心」極強烈的一種，可是Carol就一直無條件極passionate地愛着我。

Carol Bulkley今年才二十一歲（brunette），剛從Mount Holyoke女子大學畢業於古典系，成績很好，是被選入Phi Beta Kappa團契的①。現在在Yale讀古典系的M.A.，明年準備教中學。她比我矮二三寸，相貌還好，眼睛還是明朗的。Figure方面有向plump方面發展的趨向。她最不美的地方是頭俯傾的時候，有二下巴的傾向：那是因為她從小到十六歲時每年冬天頭部什麼腺發炎的緣故。可是把頭稍微抬起時，這傾向就消失了。The Bulkleys在New England是老家，據說在Mayflower上來的Jonathan Church，就是他們的祖先。Carol是獨生兒女，她祖父生前在Springfield, Mass，創辦一家水火保險公司，算得上殷實之家。她的父親（second son）仍舊在Springfield保險界服務。家庭情形很簡單。

Carol第一二次同我見面，是在開學初的兩處跳舞會上，接着我約了她看了一次電影。我同她談得很投機，據她後來自敘，在談吐中，她覺得我是她生平所遇到最聰明（most intelligent）的男子，而且和藹可親，一點沒有驕傲架子，所以很早就愛上了我。那次看電影後（*Mogambo*②），我在飯廳見到她時，也約過她兩次，不湊巧，她有一次要返家，有一次要去Holyoke，都沒有約成。她後來說，拒絕我兩次後，心中很慌，恐怕我以後不會再找她了。所

① Phi Beta Kappa，即「Phi Beta Kappa Society」，是美國著名的優等生聯誼會，肩負著「頌揚並宣導文理學科的卓越」的使命，吸納自全美頂尖學院及大學中的優秀學生為成員。這是美國歷史最悠久的以希臘字母為名稱的兄弟社團，創建於1776年12月5日，是美國最古老的大學生團體中文理兼備的榮譽社團。

② *Mogambo*（《紅塵》，1953），美國冒險／浪漫電影，約翰·福特導演，克拉克·蓋博、艾娃·嘉納主演，米高梅發行。

以我再約她看電影時（*All the Brothers Were Valiant*③），她非常興奮，我們看完電影，喝完茶（她不喝咖啡的）後，走回她宿舍時，她suggest時間尚早，不妨再去散步。在散步時，我就把她抱得緊緊的，接了一二次吻。下星期六（十一月十四日）我去宿舍接她去跳舞時，她說明天她要請她女友Helen及其男友吃午飯，請我作陪，預備的是羊肉，我說我羊肉是不吃的，她覺得很不好意思。星期天吃過午飯後，她說開車出去玩玩，在East Rock駛了一回後（她自己有汽車：Nash Rambler，Station Wagon），她忽後[然]想起下星期六Yale Harvard足球跳舞，是要穿formal的，她說她要回家去拿衣服，不知我有沒有空同她回家走一遭。在美國，女孩子把男朋友帶回家去看父母，是相當表示有意思的。我在車上就探探她口氣，說：「你是大概不想同中國人結婚的。」她回答：「那也不見得」，並謂她很喜歡我。那天到Springfield附近的小城Long Meadow，見了她父母，吃了晚飯，再開回New Haven。

星期二（十一月十七）我又去看她一次，星期四又同她看了一次電影（舊片：*Treasure of Madre Sierra*）。看完電影，在她宿舍附近接吻擁抱時，她幾幾乎要哭出來，說：這樣下去，somebody will be hurt, & it will be me。她問我我究竟對她怎樣，我說她人很好，我很歡喜（like）她，etc，她就悻悻然地回屋了。第二天星期五，我心中很難過，因為在男女關係上面，都是女人對不起我，很少有我對不起女人的事。當天晚上我打電話給她，說昨天的話並不能代表我心裏的意思，我實在是愛她的。星期六，在Law School跳舞，玩得很高興，跳舞二時結束，我回家的時候已三時了。

星期日Carol返家，星期一晚飯時，她說有話同我講。她說

---

③ *All the Brothers Were Valiant*（《四海英雄傳》，1953），冒險電影，理查·托普導演，勞勃·泰勒、史都華·葛蘭傑主演，米高梅發行。

（later in car，在East Rock上，New Haven的小名勝）她母親堅決反對她同我結婚，並以自殺威脅。在對付一個同一困難上，Carol和我關係又進了一層，星期一、二，在車中兩人打得很熱烈，她告訴我她還是處女。她在大三時曾和一個從小就認識的男友訂過一月婚，後來遭男方domineering type母親的反對，婚事作罷。大四一年，她很傷心，用功讀書，暑期中去歐洲玩了三個月。星期三晚飯後，她同我依依不捨地道別，回家去過感謝[恩]節了。

回家四天，她給了我兩封信，我也還了她一封信，她星期一（十一月卅日）返宿舍後才看到。這以後我們差不多每天晚上相聚，除非她不在New Haven。因為我對她態度上從來沒有緊張過，所以不論玩和談話，都能充分表現出我的長處。上星期三我給了她一副cultured pearls的necklace，$28，她高興得了不得。她送我的X'mas gift是一件orlon襯衫，一條領帶，合價也要十一二元左右。上星期五六，她去紐約，特地在返家前回New Haven，星期天那天同我在一起，到九點鐘才駛車返家。昨天（星期三）收到她星期一發出的信，我也當天給了她回信，她說母親的態度比以前溫和了。今年X'mas假期，我將過得很清靜，可是心中一點雜念也沒有，另有一種快樂。在美國六年，第一次有這樣一個女孩子真心愛你，待你貼體入微，就憑這一點，也是值得終生感激的。

Carol不夠漂亮，決定同她結婚，我十年來的Romantic Dream當然得拋棄了，但是我並沒有遺憾。今夏未得梅儀慈回音後，我把在美國同中國女孩子結婚的野心早已放棄了。自己資力不夠，而中國女子，面目像樣一點的，都是帶些勢利的，她們更有更勢利的父母。這次和Carol的戀愛，得來全不費氣力，但事實上也是千中得一的僥倖。所以這件事很有一些中國舊式「姻緣」的意味。Carol為人極好，對她的朋友極忠心大氣，一點沒有做作，不夠intellectual（談話不大涉及ideas），可是她精通拉丁，看得懂（並會講一點）法文、義大利文，廿一歲的中國女孩子有這樣的造就，就可說是沒有了。她喜歡做菜，有賢妻良母的典型，不需要近代中國女郎所期望於丈夫的服侍和殷勤。我在美國住下去，很可能做bachelor，現在有了Carol，生活上另有一種興趣、希望。使我不愉快的是你同董小姐的事不能同時有這樣成熟的表現。對付她的方法，我想不說[出]什麼來。因為男方所能給予是忠心熱誠的愛，假使女方除此之外，還要一些別的，祇好由她自己作主了。附上近照兩幀，家中都好，祝你

新年快樂

弟 志清 頓首

十二月廿四日聖誕前夜

198. 夏濟安致夏志清（1954年1月2日）

志清弟：

大除夕接到你的喜訊，一下子驚喜交加，人為之愕然，我本來情緒相當惡劣，突然來了這樣一個刺激，一時頭昏異常，四肢乏力，恰巧那時來了一個學生，我隨便擬了一個電報稿"Congratulations & Best wishes"叫他去給我拍了（我那時連去電報局這點exertion都做不動）。那學生回來說，電報收費以22字為準，他看我的稿子字少，再給我加上一個A Happy New Year。我想電報也該提起一聲你的Carol的，那時糊裡糊塗的忘了，不過請你告訴她：Congratulation from her future brother: She has got the best man in the world.

我替你非常高興，也替父母非常高興——我們家裡總算來了一個媳婦（不過要請父母少聲張，那邊對於華僑眷屬勒索得很厲害，你現在是做定華僑的了），抱孫有望，父母老來總算有個安慰。對於玉瑛和我自己，我也很高興有這樣一個sister-in-law：誠實大方有學問，而且真正的愛你；假如你娶了一個你所談虎色變的那種中國勢利女子，我想會影響你對我和玉瑛妹的關係的。那種勢利女子一定厲害，書讀得愈多，人變得愈cunning，更自以為是，更小氣。結婚以前虐待追求她的人，結婚以後一天到晚捧住了丈夫，想幫丈夫去爭權奪利，即使無權可爭，無利可奪，對於丈夫的哥哥和妹妹，總可能抱敵視的態度的。西洋人比較善良的為多，少猜忌，待人直爽，把世人看作都是好人。我還記得你以前幫胡覺清去和某洋人談判一筆地皮生意，你信裏說，胡覺清的精明忌刻和某洋人的真誠坦白，成一強烈對比，你那時見了很生氣，我看見了你的信也很氣，覺得那種中國人真替中國丟人，此事雖隔多年，我現在還記得。（基督教教義charity的要旨就是「不猜忌」，是不是？）你對中國女子絕望，改向外國小姐談戀愛，我本來就叫好，認為是明智之舉。我相信我們弟兄待人都很誠懇，而你尤其不容半點虛偽，自己待人誠懇，不免希望人家也以誠懇待我，但是中國女子虛偽的這樣多，你失望而從西洋女子那裏取得安慰，我很羨慕你有這種勇氣，這種機會。特別可喜的是Carol有這樣的學問而能這樣溫柔體貼，一個Latin scholar的所志只在廚房，只想替她心愛的丈夫做兩隻好菜——志清，你太幸福了。

婚期定了沒有？將來你們預備住在哪裏？Carol娘家雖很殷實，不知道你的經濟能力能不能應付婚禮、蜜月以及新房的佈置、婚後的開支等等？你的待人熱腸，遠勝於我，你愛你的Carol，是沒有問題的，用不着我來多說。可是你的tact不如我，六年不見，不知道你的脾氣怎麼樣了？我總記得你在家裏嗓子很大，常常賭神罰咒，這種脾氣可能影響婚後的幸福。六年以來，我們不斷地通信，但是我從來沒有給你什麼勸告，實在我也沒有什麼勸告你的，因為我總承認you are a much better man than I am；但是這一次的勸告我是真正由衷而發的：「夫婦之間當以忍讓為先」；「小不忍則亂大謀」，希望你能牢記我這做哥哥的忠告。看你的相片，精神十分振作，同在國內時候完全一樣，甚至於比你高中畢業時候都沒有什麼差別，仍舊是一副「少年老成」、「英華挺秀」的樣子。但是你的神情似乎還很緊張，不夠悠閒瀟灑，希望婚後能顯得多relaxed一點。

聽見你的喜訊，我當時很有點慌，偏偏我的境遇不很順利，一時拿不出什麼成績來，暫時只好讓父母以及親友們失望。按理說，哥哥應該在弟弟之前結婚，至少不應該落在弟弟之後過遠，但是我的喜訊還是茫茫無期。你信裏也承認一男一女的結合冥冥中似有前定，那末[麼]我的遲遲不成也許「因緣」尚未成熟之故。

但是我現在也並不着急，你的喜訊大約不致會precipitate我的喜事。我的社交生活，as ever，比你狹小而凝滯得多。來臺北後，非但沒有跳過舞，舞池邊上都沒有坐過。雖然不斷似乎也有一些女孩子向我垂青，但是我對於她們沒有興趣（憑直覺，憑考慮，我對於她們都沒有興趣），因此也不去encourage她們，那些可能的romance，就都胎死腹中了—— have never even got the chance to see the light。我現在只愛一個人，那就是董小姐（對於Celia有時還有點留戀，但難得想到她），要結婚也只有同她才有可能。追求董小姐既然如此吃力，一時恐怕就難有好消息了。

董小姐的學問同我相差很遠，我娶了她回來，在中文在英文方面都不能給我什麼幫助——我寫的文章她不能suggest更動什麼，我的學校課卷她不能代我看，我要寫的應酬文章她也不能代我「作刀」。反正我從來不想娶一個「女學士」或是「女文學家」，這點我是不計較的。她對我最大的魔力是她的臉容儀態，這在別人看來也許不過如此，但對我是特別的美。她的臉容儀態反正你看過她好幾張相片，我這裏也不描寫了；又師陀《結婚》裏面對於佩芳的描寫，對她很適合，我在上信中已經提起過。還有她的聲音很好聽——清冷、響亮、平穩、纏綿，我聽了很着迷。她的興趣很廣，對於文學、思想、人生、erudition各方面都大有興趣，我的一肚子東拉西扯的東西，碰到她恰巧是「貨賣給了識家」（她對於電影的taste也遠勝於一般女學生）。她的為人大約同我有點相像：外貌和順，心裏清楚，胸有成竹，難得動感情——關於這一點我們兩人也並不完全一樣，因為她的學問修養不如我，所見所思恐怕沒有我那樣周全透徹，既然胸有成竹，自恃聰明，恐怕有「聰明反被聰明誤」之危險。但是一般而論，她的是非感還是很強，性格裏有善良的底子，我認為同她結婚可以給我最大的幸福。但是為什麼她的野心這樣大？那也許是在中國這個不安定的社會女子要求security心理的畸形發展，不能怪她一個人。那些女孩子找丈夫，無非要找安定的生活，但是怎麼樣的丈夫才真正的能給她們安定的生活呢？她們意識中思索不出一個答案來，下意識中恐怕也不能具體地幻想出一個夢中丈夫來。她們只是看現有的suitors個個不順眼罷了。想想丈夫靠不住，還是自己來「自立」罷，因此讀大學、謀留學、找好差使，但是青春一過，覺得沒有丈夫總還是個「不安定」。這大約同社會的不安定有關，因此「安定的生活」才成為如此一個可怕的obsession，我們中國前清時代以及美國目前，社會比較安定，少有凍餒窮困之險，女孩子的野心就比較小，就以嫁得如意郎君為滿足了。但是董小姐自己承認「不唱高調」，她認為professor是很好的職業，女的不該在事業上同男人去爭平等，我認為她是sincerely這麼說的。假如社會安定，我又在事業上大有成就（譬如說，做個相當有面子的官吧），她會退入廚房去做賢妻良母的。現在毛病是她的父母都有官迷，兒子才進幼稚園，希望全寄託在女兒身上（她這次受訓回來，被勸加入了國民黨，因此一部分時間就得去辦黨務了）；她自己不是個聖人，多少有點虛榮心，假如有風頭可出，何樂而不為？於是愈逼愈深，我的influence在她生活裏還起不了什麼作用，只好慢慢地看她從我的生活圈子裏滑出去，很難把她拉得回來。

以上是元旦日寫的，最後一段關於我的近況和與展望，嫌寫的不好裁掉了（關於我的近況和展望，我再三考慮，還是糊裡糊塗，很難下筆），重寫如下，這幾點我相信我還是有把握可以說的：

我上面說過（我以前也再三說過）我只愛董一人，我認為同她結婚才能給我快樂，因此我很想此事能夠成功，即使不能積極有所作為，至少消極方面，極力避免破裂。你知道，當追求陷入困境的時候，追求者不知不覺中，就產生了破裂的欲望——寧可一刀兩斷，不願零碎受苦，我既然明知有這樣一個大的惹禍的temptation，自該小心謹慎，力免破裂。

我對於董的愛會不會改變？我想很有可能。我所嚮往的是一個安定的家庭生活（哪一個男人不呢？），我希望我的妻子安份守己，頂好不出去做事，要做事頂好做一種可有可無，沒有什麼責任，沒有什麼前途，不成為career的事。董假如正式進入外交界，我對她的興趣即將大減，因為我相信她不能帶給我我所希求的幸福了。當然我自己進外交界也非無可能，但是即使我自己成了外交官，我絕不希望我的太太也是一個外交官。太太應該只有一個職業：housewife。

我現在已經開始對她冷淡，她expect我陽曆新年會到她家裏去，我昨天未去，今明兩天也不會去，但是我不希望得罪她。我總還希望她能覺得我的愛，而還我以相等的愛。

總之，我一切小心翼翼，不走極端，此事關係我幸福太大，她又是我所心愛的人，當盡力使她快樂，使她覺得同我相處能夠給她最大的快樂。這事談何容易，當看我如何好自為之。目前對她冷淡幾天，給她一個反省的機會，也是很需要的。

願上帝給此事以最好的安排。專頌

年禧

濟安　頓首

一月二日

Carol前均此問好　God bless you both.

電影明星照片討來後，望與五彩大照一起寄來。E.Taylor等照片，你如要留為佈置新房之用，可以不必寄來了。X’mas我送她*Hollywood Album*（英國出版）一本，內有精美照片多種，她很高興。

199. 夏志清致夏濟安（1954年1月20日）

濟安哥：

今年元旦那一天過得真興奮，大除夕在中國友人家裏打撲克，贏了五元六毛錢，早晨九時半起來上廁所，回房還沒有脫下浴衣時，有人敲門，是Western Union的messenger boy。一向沒有收到過什麼電報，很有些驚異，一看原來是你的賀電。雖然Congratulations, Best Wishes & a Happy New Year. Brother 沒有幾個字，卻意味深長，逼人迴思，而且字句中看出你打電報時興奮情形，你的愛我之深，使我又快樂又感動。我躺在床上，直到十二點鐘才起來，Yale假期中campus附近一向是靜悄悄的，去吃早飯時看到街道店戶，似乎另有一番清新氣象。早飯後去Yale Station，又收到兩封Carol的信（她在家過新年），下午就給她寫回信。一天無所活動，晚上同中國友人在中國館子吃晚飯。回房後開無線電聽聽音樂，不讀什麼書，心中卻另有一種充實、快樂、buoyancy。

上星期收到你的長信，知道你為我這事的興奮，更有勝於當局人者。年初二（星期六）又收到Carol的信，敘述小年夜她母親同她爭吵的經過。我看了又生氣又為Carol在家受氣難過，一下子寫了十頁長信，這封信可說是我同Carol愛情史上的最高潮。她星期一（年初四）返New Haven後，我這種澎湃的情感反而沒有了。年假後天天晚上見面，愛情反而轉為平淡。我遲遲不把和Carol戀愛的消息告訴你的原因，大概是我心中所剩留下的一點scepticism，至今還不能磨滅掉。我對Carol的愛情沒有你對董小姐的那樣絕對，你能把董小姐的好處美處一樣樣肯定地說出來，我對Carol總還是帶一點批評態度。事實她對我再好不過，死心塌地的愛我，我應當感激滿意。上星期開始，她病倒在Infirmary（一種virus作怪的病，叫mononucleosis），我天天晚上去看她，對她的熱情又提高了一點。星期五她回家後，我已給了她四封信，恢復了新年假期時的興奮。不知這次她回來後，我對她的態度會不會保住現在這種情形。主要原因恐怕是Carol不夠美，不能一下子在心底栽着很深的根：培養這根生長的是她的virtues，她對我的愛，及其她一切談話行為等。不過，「美」對於我仍佔在先決條件之列的。她家中對這婚事的意見是，母親仍舊帶哭帶怨地堅決反對，父親勸Carol先在中學教一年書再說，如果她那時（一九五五，夏季）仍一心一意地愛我，再結婚也不遲。他的意見是sensible的，我想Carol在一年中也不會變心的，在一年能動搖的還是我自己。所以最近二三月中，我的戀愛不會有什麼進展，我將仍和Carol玩、談、厮守着，希望會有一段特殊的經驗，使我的心轉到everlasting year的態度。假如仍沒有這種心理改變，我可能會冷淡下去，雖然這樁婚事也引起你的和許多親友的熱望，而且很可能將來我不會再碰到這樣的機緣。

你讀了上一段，請不要掃興或失望。我只想表明一下心跡，很可能因為惰性或「捨勿得」的關係（雖然我的心沒有全部肯定的愛她），我仍會和她結婚的，甚至在今年六月裏。我待人一向溫柔，Carol的心底[地]又好，這段婚事在世俗標準講來，應該是很成功的。不過最近反省之下，總覺得「sincerity」第一，如果馬馬虎虎結婚，總帶一些「自欺欺人」的嫌疑。留美中國人中，對前途或有把握的，或經濟狀況惡劣的，欲求這種結婚而不可得的，真不知多少。我這種態度想法，好像很perverse，其實我心中也想能夠專誠地愛她，和她早日結婚。

六年來，我的脾氣比以前好得多，同母親賭神罰咒還是高中、大學和大學初畢業的事。外國同學、教授我都能維持較深或較淺的友誼關係。中國同學間能夠老老實實沒有虛偽講話的，我對他們友情也不錯。我最不擅長和不屑學的是圓滑式，心中存着「向上爬」

式的交際和應酬。看見圓滑的中國人，心中就討厭，在美國大家都實行「個人主義」，更沒有obligation去敷衍他們。至今還沒有養成「闖人家」的習慣，到人家去聊聊天、吃頓飯，每年X'mas買些禮物，向在New Haven幾家中國人家分送，他們也邀請吃飯，大家盡了禮，平時很少打擾他們。我這種態度，在中國做教授，恐怕也很難坐穩，難免遭人家猜疑、攻擊。我的幽默和講笑話，有時幼稚，有時聯想太快，超過普通人的瞭解，在中國學界商界都不大適合的，在美國人前倒頗被欣賞。其實我人是很social甚至convivial的。同學間有什麼party，我總是很興高采烈的，講話較人多而loud。可是幾年來，有時心中煩悶的時候，從不肯向中國人家走動一下（好像走動一下，是我向他們「有求」或「屈服」），在房抱着書本死啃，或是去看一張電影，雖然電影所供給的娛樂，很少是夠遣散心境的。歸根結底，因為大學畢業後，從來沒有在社會上奮鬥一下，我至今還是「怕人」的（「人」是指中國人，上海的親戚，父親的同事，台灣的重慶去做公務員①，北京的朱光潛、袁家驊等），以前去對付上海的親戚、北大的教授，都是你陪我去的，我一個人絕不會去走動走動。至今還是這樣，例外的是Yale的幾位教授，因為他們的態度誠懇可親，給我一種「平等」的感覺。我在Yale幾位中國朋友（有的返中國了），都是比較無權無勢無背景的；手面弄得開的，態度上帶滑頭的，我都不願意多接觸。我的本相如此，以後大概也很難改變。

我對《結婚》的看法稍有不同：寫第一二封信的胡去惡是中國小說中typical未成熟的青年，我覺得師陀在第一封信中態度有帶開玩笑、諷刺性質。胡的「疾惡如仇」的態度，巴金式的熱情，都經

① 指抗戰時在重慶，戰後去台灣的公務員，夏志清1946年在台灣航務管理局的同事，大部份都去過重慶。

不起同現實接觸的。假如他對「林佩芳」真有愛情，對自己的純潔真有把握，以後的發展就不通了。或再看《結婚》一遍，決定它的價值。

新年中，你對董小姐實行silent treatment後，不知有沒有產生效果，甚念。希望你有patience，好好地把局面挽回過來。我想董小姐心底上是老實人，她會接受你的愛；她的野心好像不應該和她的愛情生活有什麼衝突的，因為任何一個女孩子，外表裝得很硬，內裡仍是軟弱的，寂寞的。新年中曾平寄一盒半價買到的賀年片，不知已收到否？那張大照片，至今還沒有印好，恐怕被Yale Coop寄錯地方，弄遺失了，明天再去查問。Pier Angeli等三張照片，收到後，即同我現有的幾張一同寄上。Carol把「*Lili*②」看了三遍（大約她對片中Leslie Caron③的helplessness，在沒有遇到我以前，是身感同受的），我對她在*An American in Paris*的舞藝也很欣賞，這次她在紐約登臺表演ballet，也買了兩張票，在Valentine那天同Carol去看。Audrey Hepburn和Mel Ferrer④（*Lili*的男主角）將在二月在紐約上演*Ondine*⑤，根據法國Giraudoux⑥所改編的，劇本身不一定

---

② *Lili*（《孤鳳奇緣》，1953），查爾斯·華特斯導演，李絲麗·卡儂、米爾·法拉（Mel Ferrer）主演，米高梅發行。

③ Leslie Caron（李絲麗·卡儂，1931-），法國及美國電影演員，在1951至2003年中，她參演了近45部電影，出版有自傳《感謝上天》（*Thank Heaven*），代表影片有《花都舞影》等。

④ 米爾·法拉（1917-2005），美國演員、電影導演及出品人，奧黛麗·赫本之夫，代表影片有《戰爭與和平》（*War and Peace*, 1956）等。

⑤ *Ondine*（《惹火女郎》，1954），百老匯戲劇，阿爾弗雷德·倫特（Alfred Lunt）導演，米爾·法拉、奧黛麗·赫本領銜主演。

⑥ Giraudoux（Jean Giraudoux讓·季羅杜，1882-1944），法國小說家、散文家，被認為是一戰與二戰期間最重要的劇作家之一，代表影片有《金屋春宵》（*The Madwoman of Chaillot*）、《惹火女郎》等。

好，可是我極喜歡Audrey Hepburn，認為她將是以後二三十年持久不變的大明星，也訂了座，準備四月同Carol去看。百老匯的話劇我都很不屑看，演員除舞臺上老人外，都是好萊塢的二流或失意明星（最大的如亨利方達，也引不起我的興趣）。劇本大多很惡劣，少數寫劇人對心理方面有深刻觀察，但所tackle的themes，又小又狹，喜劇更trivial庸俗，成就上遠不如musical comedy。這次看Audrey Hepburn卻是抱了看平劇名角的心理去看的。

Rockefeller方面，又延續了一年（至一九五五[年]九月），可以有充裕時間寫書，還可以有時間多讀些要讀的書。宋奇那裡已好久沒有去信了，準備明天寫信。我所追求的中國女孩子：Rose Liu已於去夏同洋人Butt Hall結婚，沈家大小姐Corinne已同華盛弟[頓]華僑王某在十一月份結婚，丈夫曾在Yale讀過建築。近況想好，即祝

近好

弟 志清 上

一月二十日

200. 夏濟安致夏志清（1954年1月29日）

志清弟：

二十日來信收到。你的好事不能早日成就，我聽了未免失望。關於你的sincerity問題，我除了希望你同Carol多多接觸之後能十足convinced of她的可愛之外，沒有什麼可說的。我們雖然到處追求不成，事實上也曾辜負不少小姐們的好意。至今還有小姐們向我垂青的，但我的作風太穩健，好像是俏媚眼做給瞎子看，事情根本上就開不出一個頭。不過我認為還有兩點，也都可算是moral consideration，不妨寫下供你參考：（一）中國傳統的婚姻很少有romantic love的成份：結婚是子女對父母以及祖宗的責任，這個制度也居然使中國人種延綿了下去。乾安結婚之前還見到一下新娘的相片（以後還有幾次glimpses of新娘本人），伯父結婚之前，恐怕連伯母的照片都沒有看見過。（二）天下本來沒有十全十美的事——一個人的maturity大約就是認清這點事實，所以才有disillusionment，才有compromise，才有「接受現實」。我自己至今浪漫之夢未醒——非娶到一個我所愛的而在追求時曾經使我大痛苦的女子不可；平平淡淡的，我恐怕寧可不結婚。我們兩人間，不知道誰更「浪漫」？但我決沒有勸你「不浪漫」的意思，一個人行為最好的guide，還是「行我心之所安」。不過我希望你能return Carol的愛。

我自實行silent treatment以後，成績不差。現在來往稍疏，但是很明顯的，她本人和她家裡都不願意同我斷絕。別的好的跡象，目前還看不出，但是我本來頂怕的是她及她家對我indifferent，情形既並非如此，我也暫可安心。不過我在實行新戰略之前，已經橫了心：即使如此結束，我也並不覺惋惜。心這樣狠了一下，我的passion比一月以前，已淡了很多。以後我的作風無疑可以愈來愈自然，愈大方，但是追求這股子勁比以前就差多了。把成敗得失看穿了，是不是就能成功，我很懷疑。

收到這封信後，請立即寄兩張 Valentine cards來，好嗎？所以要兩張者，可以讓我挑選一張，假如你挑定了，那末[麼]一張也夠了。平寄賀年片想日內可到，謝謝。

你對《結婚》的看法，是我所沒想到的。不過寫頭兩封信的胡某，是不是腦筋顯得很活潑，而以後就成了個傻瓜了？假如作者要把胡某一起諷刺在內，書的價值是要比我所看到的要高得多了。不過我讀的時候，並不覺得師陀有這麼深刻。

父親生日那天，我同董小姐去吃了一頓西餐，她還toast（用茶）一下呢。很多別的話，下回再談。專頌

新春如意

濟安 頓首

一月二十九日

201. 夏志清致夏濟安（1954年2月1日）

濟安哥：

上次寄出的信想已收到。Carol回來後，每晚廝守，玩得極好，上信所述之一切疑惑，全已消除矣。Carol如此溫存忠厚體貼，亦我的福氣也。X'mas曾送她珠項圈，二月七日她生日，預備再送她一些手[首]飾（bracelet或耳環）和趙元任①太太著的《中國蒸[烹]調術》。你同董小姐進行如何，甚念。放大照片已取到，特航快寄上，你自己保存或送她作Valentine禮（底片暫留我這裡，如要再印一份，請告我）。程綏楚一星期內連來兩信，除對我的戀愛加以欽佩外，囑我為他代寫英文情書，他這位小姐年紀太輕，一向在香港生長，對程不一定會欣賞。家中有信來，已於上星期寄出二百元作三四月家用。欽夫夫已於一月初逝世，方穀身體仍不佳。玉瑛預備入華東大學讀音樂，我很贊成，她的second choice是醫科，我已去信勸她改讀文學、教育、社會學，醫科功課繁多，非玉瑛妹能勝任也。不知你意見如何。匆匆　即頌

年禧

弟 志清 上

二月一日

舊曆新年中，同董小姐將如何玩法？

---

① 趙元任（1892-1982），字宜仲，江蘇常州人，語言學家，曾任教於康乃爾大學、哈佛大學、柏克萊加大等名校，代表作有《中國話的文法》、《現代吳語研究》等。其太太為楊步偉（1889-1981），曾留學日本東京帝國大學，著有《一個女人的自傳》（*Autobiography of a Chinese Woman*）、《雜記趙家》（*The Family of Chaos*）、《中華食譜》（*How to Cook and Eat in Chinese*）等。

202. 夏濟安致夏志清（1954年2月14日）

志清弟：

各信與大照片，Valentine cards，X'mas cards均已收到，謝謝。你同Carol的事情發展很正常，你亦漸漸增加對她的愛情，聞之甚慰。你的疑慮讓它存在也無妨，即使不能全部消滅，恐怕也不致影響你的婚姻幸福。十足的愛——或者發現某一個人是十足的可愛——在adolescent時容或有之，在我們這個年齡恐怕是不可能的了。愛情的過程中，doubts、misgiving，等等妨害愛情的感情，是不斷地會產生的，不過常常愛情也不怕這種妨害，Love adulterated is still love。能把愛情的敵人想清楚了，也許有助於愛情的滋長。我始終覺得獨身生活頗有可留戀之處，還是不大捨得放棄之而進入結婚的生活：你則似乎很羨慕結婚的生活，不知道你下意識中，對於這樣一個大轉變，是不是也有一點恐懼之感？看你來信，你似乎也有點無可無不可，並不很着急的等結婚，你這樣不着急，該使愛你的人很傷心的。

對於你的事，我沒有什麼勸告，只是best wishes——等着聽好消息，我自己的事，似乎略有進展。進展的原因我想不出來，也許由於你所說的silent treatment。但是略有進展之後，我又很embarrassed：因為既有進展，我當然不應該繼續silent treatment；但是進展極微，離開我所希望的happiness，還是遙遠得很，下一步該如何推進呢？我現在正在束手無策中。在沒有辦法的時候，恐怕還得繼續我的silent treatment。

我的極微的進展是表現在下面幾點事實中：（一）董小姐家裡托我在香港買了些東西，我在短期內托宋奇買好送來，給她家的印象相當好。她們所以托我買東西，至少表示她們家裡不討厭我去追求，否則何必同我多有糾纏呢？所買的東西：一是她母親需用的鎮定神經（安眠）藥；二是她父親的羊毛背心，三是手錶買一雙——買來了她才告訴我是她父親送給她的畢業禮物，該錶現在她的玉腕佩上。（二）過陰曆年，她送我ash tray（銅質——因為年前我大整理屋子，下面再講）和Tennessee Waltz唱片一張（我現有並不很好的電唱機一架），這就她的income說來，已經相當的破費了。但更親切的是大除夕晚上十一點鐘，她家傭人送來她家自己包的「包子」十餘枚並年糕麵條，這是她們家送給我的年禮；對於一個普通的朋友，她們家用不着送什麼東西；對於一個她們想巴結或報答的朋友，她們不會送家裡自製的點心；只有長輩對於小輩、親戚，才有這樣送法的。（三）她帶同她的小弟弟一起來拜年的——她說她們姊弟二人只去三家人家拜年，一是小弟弟當年的奶媽，二是他們的堂兄——董同龢（well-known philologist），三是我這裡。（四）她家所掛她的相片本來是照相館所照，現在換上我給她照的了。——前面這一切並不表明她對我的愛情有什麼增加，只是我在她家的地位略見改善而已。她對我的心也許本來就很好（她的心是誰都看不透的），只是現在更為「表面化」而已。究竟發展到了什麼階段，我不知道，而且認為頂好不加顧[過]問，還是由其自然發展。我只知道我如恢復積極進攻，仍舊要碰釘子。至於這樣懶洋洋地下去，要拖到哪一天，我也只好以don't care的態度對付之。我現在常常感到痛苦，不在目的之不能實現（反正目前是out of the questions的），而是在追求的技巧上面究竟如何才能使「熱情」、「大方」雙方兼顧？我若熱烈追求，固足以表示我的熱情，但一熱烈，則言行動輒得咎，就顯得不大方。若要表示落落大方，言行得體，則熱情又何由表示？這是我的dilemma，現在最大的困難（我現在的作風仍舊偏於「大方」一面）。還有一點痛苦是，我很難同她維持一個愉快的關係，我同任何人都可以相處得很愉快，可是同她的關係總是很緊張：去看她固然常常慌慌張張，說話都常常說錯；不去看她，一個人壓制自己也是緊張，而且這種緊張更造成下次見面時的緊張。我現在不敢想使她愛我，只要使她覺得我這個人很可愛，於願已足，可是就是這點小慾望，都很難實現。我最大的痛苦，是有時我覺得我並不愛她。

所以你一旦決定追求一個人之時，就是痛苦的開始，左也不是，右也不是，進退兩難。我現在戰戰兢兢地同董小姐維持一個友誼的關係，唯恐破裂。因為我已深知追求之苦，這回假如再破裂，我相信我是不會再去追求什麼女人的了。

還有兩三個星期是董小姐的生日，我已買好一對Sheaffer（snorkel）禮筆，很漂亮，價US$34.4，但是該不該送去，我還未決定。那對筆太名貴，送去了恐反而增加兩人間的緊張。我想送些糖果去也夠了，筆留到以後再送。

除了戀愛以外，我的生活別方面都很好。宋奇替我在香港做了兩套新西服，很英俊挺括。我現在新襯衫有一打之多，「行頭」齊全，站出來很像樣，母親見了一定很高興的。年前我定做了一座衣櫃（可掛西裝大衣，並抽屜很多）並一座新書架（厚玻璃，sliding door），都很漂亮，可算上等家俱，放到上海任何人家去，可以無愧色的。為了迎接新傢俱，我的宿舍房間粉刷一新，佈置得井井有條，非但整潔，而且還可以說得上「美觀」。這是我生平第一次對於房屋整潔發生興趣，這是母親所不能相信，而且知道了要十分引以為榮的。我的衣食住行，除了行還是一部舊腳踏車以外，都很舒服。此外在事業方面、經濟方面，立腳很穩，而且有很好的prospects（我還不至於有smugness，因對自己的學問很不滿意）。就各種世俗條件看來，我是很有資格結婚的了。

寄來的V-card，我已把cupid的一張給了董小姐，這一張的taste確是很好，可以說是「熱情」「大方」兼兩有之；X'mas card

裡面國畫花卉（Ma Ch'uan作）和古瓷兩張我很想把它們掛在墻上，但是兩張太少，掛起來太稀，不知道你能不能再覓到一張國畫或古瓷的？你以前寄來的一張古瓷給我送了人了。若有兩張國畫，或一張國畫配兩張古瓷，掛起來就很好看了。此事並不重要，你有便到文具店去問一聲即可。不掛中國藝術，我這裡也有西洋畫可掛。西洋畫的縮印本台灣有售，故請不必寄來。董小姐那張五彩照片，底片請暫存你處，以後要添印再說。明星照片如已討來，請寄（不要航空）「臨沂街63巷五號轉」，別的信件仍寄溫州街可也。因為這裡的信箱太小，大型信件有被折疊的危險。

玉瑛妹學音樂是不得已中最好的辦法。至於醫科和文科，我贊成醫科（或則理科），他們的文科一定滿是毒素。音樂應該是頂少indoctrination 成分的一種學問了。玉瑛妹學琴已有四五年，成績想已很可觀。我也學了一年和聲（harmony），像數學似地做練習，枯燥異常。我現在會做四部和聲的題目，只是什麼和聲是什麼樣的聲音，我並不知道，因為我沒有在琴上彈，是在紙上演算。據說有我這樣的「和聲學」基礎，以後學鋼琴時可便利不少。我很想學鋼琴，但是手邊要做的事情太多，顧此失彼，沒法顧得周全。

二叔叔欽夫夫都已去世，聞之很為不歡。以後回去，能夠看見的熟人一定很少了。台灣最近也有不少黨國元老（吳稚暉①、吳鐵

---

① 吳稚暉（1865-1953），名敬恆，字稚暉，江蘇武進人。政治家、教育家、書法家，中央研究院院士。1905年在法國參加中國同盟會，1924年起任國民黨中央監察委員、國民政府委員等職。1963年聯合國科教文組織第13屆大會上被舉薦為「世紀偉人」。代表作有《上下古今談》、《稚暉文存》、《吳敬恆選集》等。

城②、鄒魯③等）去世。

我在臺北很少社交生活，頂要好的朋友只有一個：劉守宜（publisher），他家我可隨時闖去吃飯，不必顧及客氣問題。宿舍裏有幾個young bachelors，跟我相處得倒很好。我現在經濟略有基礎，求人之處很少，同大教授、官以及父親的朋友們都往返極少，董漢槎去年一年只見過兩三次。同董小姐的往來也不密，所以我幾乎沒有什麼社交生活。從沒跳過舞，電影也不常看，也不郊遊，京戲三年多大約看了不到十次。我之喜靜厭煩，恐尤勝於你。我之厭惡鑽營，大約也不在你之下。

總之我現在的生活相當安定，只是並不快樂。

希望你同Carol的事能夠順利地進行。專頌

春安

濟安 頓首

2月14日

附上《今日世界》所載宋奇文章一篇〈論倪煥之〉。

---

② 吳鐵城（1888-1953），廣東香山人，生於江西九江。政治家，早年追隨孫中山先生參加辛亥革命，北伐後曾任國民黨中央海外部部長、國民黨中央秘書長、立法院副院長、行政院副院長兼外交部部長等職。1949年赴臺灣。

③ 鄒魯（1885-1953），字海濱，廣東大埔人，政治家、學者。早年追隨孫中山先生，後來先後任國立中山大學校長、國民黨中央執委委員、監察委員、中央評議委員等職。1949年赴臺灣。代表作有《中國國民黨黨史》、《教育與和平》、《鄒魯文存》等。

203. 夏志清致夏濟安（1954年2月22日）

濟安哥：

上午收到二月十四的長信，很是高興，因為我正要告訴你，我在星期二（二月十六日，正月十四）同Carol訂婚的消息。二月七日是Carol的生日，那天她要返家，我和她的兩位女朋友就商議在六日替她過生日：由她的女友辦了一桌steak dinner，同時我送了她一串價18元的bracelet（cultural pearls因鍍金，我自己不太滿意，可是較貴重的jewelry價太高，以後送禮，預備多送較實用的東西）和趙元任太太著的《中國烹調術》（要一本Chinese cook book，是她自己suggest的）。當天晚上，她同意下星期到珠寶鋪去看看有沒有合適的訂婚戒指。星期一至四她下午都沒有空，星期五下午（那天天氣清高奇寒）我們到了一家在New Haven老牌子最靠得住的Michaels看了半小時。我預備花費三百至五百的數目，Carol看中了一隻不到半carat鑽石，白金platinum band的戒指，價$375（連taxes），當場我就決定把它買下來。在紐約猶太人小店內，同等價格或可買到較大鑽石，或以廉價買到同樣大小的鑽石，但貨色不一定靠得住。Carol手指細，大鑽不大合適；反正訂婚戒指是表明一番誠意，不同平常日用品一樣有所謂便宜不便宜。這戒指樣子如下圖：。當時付不出現款，答應星期二交錢。Carol就說何不那天晚上呷香檳慶祝一下，就算正式訂婚了？我看她如此高興，也就答應了。因為沒有她父母的同意，根本沒有法子籌備像樣的訂婚儀式。（上次寄上大照片，不知有沒有受損壞？）

星期六（二月十三日）是我的生日，那天下午Carol要回家去喫喜酒，就在星期五買戒指的那天她給了我一個surprise Birthday

Party。前一天她說星期五晚上同屋印度女友要煮咖喱雞給我們喫，我信以為真；不料六時許到她宿舍去，檯面擺好，一切都是Carol自己下廚動手的。正菜是中國式的紅燒雞（同桌裏有洋人三位），是Carol根據趙元任太太的receipt做的，雖然做得並不太有中國味，她的一番誠意就太使我太感動了。Dessert是她自己做的生日蛋糕，上插33支小蠟燭。來美後，每逢生日，都毫無慶祝，默默過一天，事前父母親讓我自己喫麵慶祝，其實我包飯在學校，往往麵都不喫。這次吹蠟燭喫蛋糕，還是生平第一次，心中又快樂又感動。感動的是身邊有一個心愛的人，生活的確不同了，而Carol這樣真心的愛我待我，實在是一種福氣。飯前還有西洋拆禮物包的舉動：Carol給我一條真正Alligator的皮帶和三雙襪子。當天Carol和我看了Disney的動物片，*The Living Desert*①，也非常滿意。

星期六Carol返家後，星期日上午即回來，因為要趕上我們去紐約看Ballet的date。Ballet de Paris以前我看過一次，雜亂無章，音樂惡劣，遠不如我在上海看的古典Ballet能夠悅人耳目。這次去看的是Leslie Caron，她眼睛很大，面上表情很愉快，可惜表演的是一齣喜劇式的東西，顯不出她舞蹈的真功夫。晚上在李國欽下手Arthur Young家裡吃飯，楊氏本身我不大喜歡，可是他的洋太太（法國種）為人熱心，待人極好；Carol在那裡也可領悟一些中西婚姻的美滿狀態。果然Marguerite給Carol極好的印象，他們也約我們三月六日再去參加他們在China Town舉行的宴會。那天去紐約乘火車，去的時候，Carol要抽空準備功課，我也只看看Sate Post登載的Bob Hope的自傳。回來的時候，她累了，把頭靠在我左肩熟睡，只有車在小站停時，她被振醒，向我微笑，接着又合眼了。我

① *The Living Desert*（《沙漠奇觀》，1953），自然紀錄片，詹姆斯・阿爾格（James Algar）導演，迪士尼出品（Walt Disney Productions）。

在她身旁，輕輕撫摸她，心中有說不出的高興，同時發現在她睡着時臉部的純潔和美麗。

星期一晚上，本來約定同Carol看Yale上演的*Merry Wives of Windsor*②。那天晚上她趕寫paper，抽不出空，我另同一名洋人去看。Yale的戲院設備極好，舞臺上的說話全場都聽得到。莎氏的劇本我以前只看過兩次：一次蘭心上演的*Richard III*，一次紐約Olivier的*Antony & Cleopatra*。看完後，總覺得看戲不如讀劇本。這次*Merry Wives*是出人意料地滿意，也可說是我在美最滿意的一次theatre經驗。Scenery極樸素美觀，有伊麗莎白時代戲院的簡單和intimacy。這次上演是二百多年來第一次照莎翁當時英語發音的（根據Kökeritz③的*Shakespeare's Pronunciation*），發音大部分和近代英語相似，可是特別給人一種舒服的感覺。*Merry Wives*本身，除文字滑稽外，本來並無可取；可是真[正]因為如此，導演可以把它interpret許多scenes，本身並不太滑稽的，演起來卻有聲有色，令人發笑。Master Ford，the Jealous Husband，讀起來平平，可是那位演員面部表情豐富，演來滑稽而有含蓄。離國以後，不大看戲，看了這次*Merry Wives*後，興趣大為恢復，很有多看莎翁劇本的野心。

星期二（十六日）上午，到珠寶店取出戒指，下午到wine shop（早一日買的，放在那裡冰藏）取出兩瓶香檳（法國好香檳，八元一瓶，一瓶是陳文星同另一友人合送的，陳文星已准予復考，仍在Yale，心境極不好）。五時許在我房裡，把戒指戴在Carol手指上。晚上在party者六七人，我呷了四五杯香檳，極為高興，手舞

② 即莎士比亞的著名喜劇《溫莎的風流娘兒們》（*Merry Wives of Windsor*, 1602）。

③ Kökeritz（Helge Kökeritz黑爾格．克格里斯，1902-1964），耶魯大學教授，代表作有《莎翁音韻》（*Shakespeare's Pronunciation*）等。

足蹈，信口瞎說，同時由陳文星拍了四五張和Carol的合照（有接吻，切蛋糕，呷香檳等舉動），印好後當寄上。

這次訂婚，大事已停局了。我沒有後悔，Carol實在是個（好）女孩子，為人忠厚kind，待我體貼入微，是她最大的好處。三個月來，我同她沒有quarrel過，有一二次稍有口角與意見不合的地方，但過幾分鐘，她的氣就平了。她心中沒有城府，不記怨恨。性格較我更明朗，這是結婚成功的極優越條件。在我，特殊充滿情感的supreme moment雖不多，但同她在一起，我們談起來總極投機，從沒有沒話講找題目的感覺。我們在一起，也不須要外界節目（如跳舞、看戲）的支撐來使時間愉快地滑過；講講話，吻抱幾下，坐下來喝杯茶，一切都極自然。Carol對practical方面（如煮菜、洗衣）極善處理，而且有興趣。Intelligence也相當高，可惜沒有受過的批判式的訓練，假如她讀英文文學，多受近代批評的薰陶，思想也可成熟些。古典系好像仍舊注重讀死書，對近代思想少有聯繫，這是她較吃虧的地方。但critical intelligence是可以訓練的，在我指導之下，一定會漸漸提高。她生病的時候，我送了她一本*Karamazov*，她看後大為激賞，雖然對於Ivan的個性不大瞭解。她會彈鋼琴，可是在音樂方面的taste也不如我，我最喜歡Mozart（幾乎全部愛好）和貝多芬（他的quartet我還不夠資格欣賞）；她喜歡Tchaikovsky（favorite：*Piano Concerto No.2*）。我們兩人相同的地方是大家都有些孩子氣；她全部接受我的幽默，我的正經話和瞎講，她都愛聽。目前我對她極滿意，只是有時覺得陪伴她的時間太多，妨礙我的工作；她年紀青[輕]，對接吻擁抱有inevitable的興趣，相較之下，我對這方面的興趣較淡。

這次訂婚後，一個月後，她再通知家裡。想來必定又有一番爭吵。可是這次爭吵完畢，她母親的氣一定可以平一平，結婚反而好辦了。Carol估計到在X'mas時候結婚；不過這次訂婚後，暑期結婚的可能性是很大的。我需要結婚恐怕最主要的原因是需要一個人代分我的苦樂。在美國，我沒有知友，許多中外友人，都是泛泛的[之]交，一個人的寂寞有時很難支撐，對前途缺乏把握。這次有了Carol後，心境的確好得多，有話向Carol講，心中不存什麼東西。照目前我的情境看來，好像前途只有光明和幸福。

讀來信，新年的幾次人事禮物來往都可看出董家很有意思當你作女婿看待。我想你在Valentine Day送禮物後（有沒有送Sheaffer的鋼筆和鉛筆？這次不送，下次有機會待情感完全成熟時送也好），silent treatment可以停止了，恢復到熱烈的作風。或者social接觸時仍保持君子大方的態度，而暗地下給她熱烈的情書。不要以為日常容易見面，覺得寫情書不需要。其實沒有一個女子不愛讀情書的，我同Carol雖日常見面，仍寫一兩封情書給她，她讀信後，總是非常高興。你同董小姐一起時，舉止行動上要做出lover的態度來，因為你太self-conscious，太怕受人恥笑，和中國式追求太講究decorum的關係，恐怕不太容易。可是寫起信來，便可熱烈勇敢得多，憑你的文字學識，那會不打動對方的心？而且中國式追求convention上，有寫情書一個節目，這些情書所表示的熱度往往遠超過男女間的真正的感情，而女方對這些信札是不會討厭的，假如她對男方沒有特殊惡感的話。中國女子，受電影和小說的影響，極歡喜文字上所表現的熱烈的愛。現在董小姐和她父母對你都有好感，而你不知道如何使她死心塌地地愛你，寫情書是最好的辦法。每星期伴她大大方方地玩一兩次，同時給她二三封信，訴述你愛她的苦衷。見面時，你是erudite，witty，casual，a gentleman；書面上，你是缺少她不能活下去的lover。不知你覺得這個辦法如何？我想一個月後，她會支持不下，行動上或在回信上會給你極溫柔的表示的。看你的來信，我想你的婚期也不遠了。

你生活極好，我極高興。文具店如尚有X’mas卡出售，當寄上。香港做的西服，想仍舊依照英國式的，較美國式狹小不舒服。不知jacket的長度夠不夠遮住臀部？做西服時，對裁縫應當指示的有下列幾點：jacket要長；shoulders不可有padding，全部natural；胸部不可有硬襯（中國西服胸部都襯帆布、馬鬃）；single breast style，三鈕二鈕均可，但三鈕是preferred（穿三鈕jacket時，僅鈕middle button），這樣tailored的西服，又輕便又好看，同上海做的專講「挺」的不同。*Esquire*所介紹的styles都太花巧，不算上乘。*New Yorker*上的幾家衣服鋪（如Brooks Bros）廣告，倒都是in good taste。我最近也買了些衣服，一件J.Press的sports jacket（原價$60，sale price $50），兩套西裝（一套灰flannel，一套brown worsted）在較小鋪子買到的，只花了七十元（原價兩套須$150），連半價都不到，而式樣皆極正宗，頗使我高興。我目前的wardrobe有：三件sports jackets；兩套上述西服；一套灰色worsted（Saks 5th Avenue半價買到）；一套青色sharkskin；一套tan gabardine；一套青色夏季西服；二套美國購已穿舊的夏季和春季西服，一件半價購得的Harris Tweed冬季大衣（Saks）；一件gabardine春季大衣；中國帶來沒有穿完的衣服，因式樣outlandish，都不動了。平日僅穿sports jackets，故suits都很新。

宋奇的文章已看過，兩月前看過人民出版社出版的《倪煥之》，覺得前後不調和，而且葉紹鈞在1920'不是肯定的黨人，很是奇怪；原來中共已把該小說大加修刪。上學期聽Herbert Reed演講"The image in the 20th century poetry"，極為滿意；他講Eliot、Pound，述及他們的Eclecticism academic vanity，硬造myth諸點，都極有道理。他說Eliot's poetry最真切的地方是他的根據personal memory的imagery，也很對。Reed是目前最重要的romantic critic，早年他受Eliot影響太大，自己道路摸不清。他現在顯然接受Wordsworth、Coleridge的衣缽，重申浪漫主義的重要，對想把中世紀基督教搬進現代文學的復古派，表示反對。*Scrutiny*已在去年十月停刊了，Leavis 為了這雜誌辛苦了二十年，仍得不到英國Academic circle的同情和協助（Leavis在美國很紅），終而被迫停刊，是很可惋惜的。

玉瑛妹讀音樂，希望被中共准許，讀醫科，就怕她吃不消功課繁重，而且耗時太久，可能影響到結婚。最近家中沒有信來。我訂婚日開始，New Haven氣候已轉為春天，陽光極好。希望你下次來信，有更多的好訊報告。電影明星照片尚未收到，即祝

春安

弟 志清

二月二十日，二十二日寫完

程靖宇那裡代寫情書已寄出。他的熱誠可嘉，可是這樣追法，很難有成功的希望。

Audrey Hepburn的*Ondine*在紐約已上演，極得好評，觀眾踴躍買票情形，為百老匯Ingrid Bergman登臺表演*Joan of Lorraine*（1949）後第一次。

204. 夏濟安致夏志清（1954年3月11日）

志清弟：

二月二十二日的長信收到已有好幾天，你的訂婚順利實現所給我的興奮，你可以想像得到，因為興奮，反而覺得難說話了。現在你們的好事，唯一的阻力是女方的家長，這也不過是很微弱的阻力。你們雙方相親相愛，都有自主能力，結婚是絕無問題的了，只要挑選合適的時候而已。你能娶到這樣一位賢德的妻子，能夠安定地成家立業，未始不是夏氏門中祖上積德之故，父親母親在上海雖然不能大規模慶祝，心中當然高興得不得了。可歎者時局擾攘，父母一時得不到兒子媳婦的膝下承歡耳。今年年內你的喜事已是定局，不知道你對於居住和經濟問題，作何準備？是不是準備搬進apartment裏去住？父母的家用我以後想多擔負些。張和鈞還預備匯父親一百元（湊滿五百），我這裡隨時可以付給他，他最近沒有錢可劃，不過他在努力設法中。這一百元錢如匯出，由我來負可也（對我沒有影響）。聽說上海最近買豆腐都要排隊，生活一定很苦。

二月二日我交平郵寄上香片（jasmine Tea）四聽，這種香片算是台灣頂好的茶，Carol想一定能欣賞，你也可以教她如何品茗（林語堂書中有專章論茶道的）。可惜茶葉的鉛皮聽很難看，不能代表東方藝術，頗以為憾。今日又交航空寄出幾件台灣產貝殼小玩意兒，東西很不值錢，但是美國可能沒有，其中耳環一副，別針一個，算是我給Carol的紀念品。另西裝袖釦一副，蓆編香煙盒一個，是我送給你的。另澎湖（Pescadores）產文石一塊，也許沒有什麼用處，你看該鑲戒指還是別針，由你決定可也，或者不鑲什麼也可以。

董小姐的生日已過，那對筆還沒有送走——因為在台灣這個地方，卅幾元美金的禮物顯得太重，我同她似乎還沒有這點交情。但是我的禮送得也不輕：計蛋糕一塊，玫瑰（fresh）兩打（一大束），英國出品紀念coronation的糖果一盒（盒面是大幅女王肖像），另卡一張，卡有*Atlantic*雜誌那麼大，也是英國出品，措辭還平淡，但是有with love兩字。這幾樣加在一起，我相信也很夠表示我的情意了。

我自己的事情沒有什麼進展。你勸我寫熱情的信，這的確是很好的辦法，我相信可以產生奇妙的效果。但是我還沒有試過，因為人必須在「骨頭輕」的mood中，才寫得出那種信（程靖宇便常常「骨頭輕」）。我現在的心情老實說還是沉重的時候多。心情沉重的時候，不願意提起自己多麼痛苦，更不喜歡講什麼愛不愛的。而inhibitions一多，fancy難以翱翔自由，談情說愛的信恐怕也寫不好。情書不寫，別的也沒有什麼辦法，所以我的事情，暫時沒有什麼新進展。（你給程靖宇寫的信，他寄給我看過，又有學問，又eloquent，我大為佩服。）

我的心情所以沉重，原因當然還是由於對方給我的encouragement不夠。上一封信使你很樂觀，這一封信又沒有什麼好消息給你。Chinese girls恐怕就是這麼的愛play fast & loose，反正我總是堅持下去，情形也不會有什麼惡化。目前我除常常覺得沉重以外，並不覺得有什麼acute pain，因此日子過得還好。

最近買了幾本*Pocket Library of Great Arts*，把裡面的畫裁下來掛在牆上，現在掛的是一張Cézanne①，一張Dufy②，兩張Utrillo③。

---

① Cézanne（Paul Cézanne保羅・塞尚，1839-1906），法國畫家，後期印象派代表人物。

② Dufy（Raoul Dufy勞爾・杜飛，1877-1953），法國野獸派（Fauvist）畫家。

③ Utrillo（Maurice Utrillo莫里斯・郁特里羅，1883-1955），法國畫家，擅長街景畫。

Dufy的畫色彩十分鮮豔，構圖也很奇特，其刺激迷人與「怪」，大約可以和音樂中的jazz相比，我很喜歡，不知你覺得怎麼樣？

我這幾年內，雖然常常瞎忙，但是在學問和思想方面很少下工夫做嚴格的訓練，故進步很少。慢慢地就成了像袁家驊之流的名教授，靠聲望名譽吃飯，名氣愈大，自己愈覺得空虛。我現在很怕出名，愈出名，閒事愈多，愈沒有工夫管自己的學問了。我生平得益頂深的時候，還是光華畢業附近的兩年，昆明一兩年，北平一兩年，此外幾年都是瞎混的時候多。現在對於個人前途還有自信，對於環境並不滿意。我一直不參加任何政治活動，現在仍然如此。不過我對於政治的興趣，似乎比你強一點。這一期*TIME*（McCarthy封面，Mar.8）有Formosa的報導，裏面的話我大多同意，但是我對胡適之流並不抱多大信心或希望（此事請不必來信討論）。環境不如理想有時也使我不大快樂。

宋奇曾有信來，希望我到香港去幫他的忙。他辦了個出版社之外，還擬替李麗華④（她自己成立一家麗華影片公司，又，李是天主教徒）辦編導方面的事，又擬替USIS及Free Asia辦一個英文季刊，很需要我去幫忙。此事誘惑很大，我目前難置可否，宋奇最近也沒有提起這件事。不過我暑假後去香港的可能性還是存在的。台大待我不薄，我還有點留戀，宋奇（他寫的《紅樓夢新論》頗有點考據上的發現）為人非常熱心，但是有點難服侍，我怕和他共事。以後的發展如何，我不知道，我現在也不大關心。再談　專頌

春安

④ 李麗華（1924-），原籍河北，生於上海，出身於梨園世家。電影演員，代表影片有《三笑》（1940）、《萬古流芳》（1964）、1968年去臺灣主演《揚子江風雲》（1968）等。

Carol前問好並向她祝賀

濟安 頓首

三月十一日

［又及］那張大照片給摺了一下，因為是plastic的底子，所以沒有弄壞。

另平信寄上介紹中國電影明星歐陽莎菲⑤、林黛⑥、李湄⑦、劉琦⑧的文章四篇，林、李、劉三人你恐怕都沒聽見過的。

---

⑤ 歐陽莎菲（1923-2010），原名錢舜英，江蘇蘇州人，電影演員，代表影片有《天字第一號》（1946）、《烽火萬里情》（1968）等。

⑥ 林黛（1934-1964），原名程月如，藝名林黛為其英文名Linda之音譯，祖籍廣西賓陽，代表影片有《金蓮花》（1957）、《江山美人》（1959）、《不了情》（1962）等。

⑦ 李湄（1929-1994），原名李景芳，黑龍江哈爾濱市人，演員、編劇，1967年告別影壇，移居美國。代表影片有《名女人別傳》（1953）、《龍翔鳳舞》（1959）、《桃李爭春》（1962）等。

⑧ 劉琦（1930-），北京人，演員，1960年代息影後移居加拿大溫哥華，代表影片有《海誓》（1949）、《孽海情天》（1953）、《半下流社會》（1957）等。

205. 夏志清致夏濟安（1954年4月4日）

濟安哥：

三月十一日及航郵寄出禮物同日收到，距今已差不多三星期了。禮物解開時，看到珠光寶澤的耳環、袖扣、珊瑚別針、文石，我心中的快樂和驕傲是可想而知的。而且，和上次電報一樣，是個沒有expected的surprise。見禮物，立刻到Carol宿舍去找她，她不在，過一會，她自己來了，她見了同樣的高興和proud有怎樣一位好哥哥。她的謝信現在附上。我的婚期已不遠了，請不要太破費買貴重的禮物，稍微表示一些意思即可以了。耳環和袖扣的光彩實在好，這貝殼性的東西恐是mother of pearl。我沒有French cuffs的襯衫，預備買一件，在婚禮的時候穿上，再戴上你的cuff links。耳環的setting我覺得不夠好，到珠寶店花了三四塊錢，另配了一副銀的耳環腳，更可顯示出mother of pearl的靚麗。

訂婚不久，我們就決定在六月五日星期六下午四時結婚，地點在耶魯大學附設的小教堂Dwight Chapel，牧師也見過，惟房子還沒有找到。一切力求簡單，因為當時想不到Carol父母會贊助的。Carol寫信回家，通知訂婚時，並沒有把婚期告訴他們，因為一下子恐他們所受的shock太大。三月二十七日星期六Carol返家過春假，把結婚的事告訴父母。起初她父親恐時間短促，一時不能把母親勸過來，希望我們能延遲到聖誕節附近結婚，那時他保證出面主辦婚禮。Carol來信把此意轉給我，我堅決不答應，覆信給她說，她母親如能reasonable，目前即可reasonable，何必等這許時日；況且一旦讓步後，她母親一定沾沾自喜，認為score一個victory，到聖誕節一定作梗，再求破壞。她母親找一些親戚朋友，希望得到同情，不料他們對她的position都不贊同。經Carol父親規勸後，她也同意於六月五日的婚期了。Carol後一封來信，說她昨天星期六（四月三日）要返New Haven來看我一次，不料那日她父母都到，請我一起到著名菜館吃lobster，事情進行得順利，比我預想更好，心中大喜。飯後在Carol宿舍商談婚事的準備，一切婚禮費用（除了新娘，bridesmaid用的bouquet，牧師的酬勞）當然婚禮女家任擔，此外銀器、碗蓋、銀盤、傢俱、床、沙發、洗衣機，家中都有，不必另置（also：立地radio-phonograph、地毯、Carol自有的鋼琴、五佰元cash gift —— The Lafatt information），Carol父親還預備代我們付第一月的房租。所以這次結婚成家，我一點沒有多開銷。否則一切家用物件，我自己去買，實在是吃不消的。我所要買的只有結婚戒指一，藏青西裝一套，黑皮鞋一雙，打扮成一個像樣的新郎。此外kitchen所需及其他日用東西，Carol家的親戚，想都會當禮物代買。朋友們及在New Haven的中國colony，我預備邀請的約有八十人，所收禮物也很可觀。Carol自己小朋友也有三十位（她父母及近親都到），預計約可有百人左右參加婚禮，也不算太簡陋了。婚期距今只有二月，希望那天能和董小姐同喫喜酒，慶祝一下。Carol父親為人極夠得上generous，這次婚事進行順利，他的功勞不小；Carol待人態度，大半是父親那裏遺傳來的。New Haven有一位教中文的朱某，同獨生洋女結婚多年，已有兩個男孩，可是幾年來，她父母一直不理他們，當她已死的一樣。我的情形在美國可算是很僥倖的。父母那裡，已知道我的婚期，可是詳細情形，還沒有知道，知道後一定是更會高興的。

吃了六個夏天的館子，已經恨透。今夏可以自己有家，生活嶄然不同，在去年夏天時，是做夢也想不到的。董小姐那面進展得怎麼樣？甚是關念。其實你的條件比在臺灣一般未婚男子優越得多，她和她父母也應該滿足了。最近約她白相，比新年後勤些否？有沒有給她信？程綏楚那裡不斷來信催寫情書，最近寫了兩封塞責，他英文不佳，人帶土氣，追香港小姐，是很難成功的。宋奇有信來，不知他編季刊的事情進行得怎樣了？我覺得你留台灣較妥，有空幫他寫文章翻譯書，比直接在他手下做事好得多。他的許多prospect，很少能長命的，出版社就很難辦好。台大副教授職位，錢雖不多，名譽仍是很好的。Dulles最近的演講，應當給台灣居民打不少氣。

玉瑛妹習鋼琴，準備考音專，極忙；父親近況大約不錯，閒時看小說散公園；以前信上報導，他看過Balzac、屠格涅夫的小說，現在在讀《圍城》。家中冬季養了些臘梅，接着有水仙、蘭花，玉瑛養了幾尾金魚，所以還能保着些有幽[悠]閒的形式。雲鵬伯已雙腿痲木，前途也很慘。國內親戚消息，老的病死，少的拼命結婚生子，抗戰時年輕人不敢結婚，表示對前途還有信心，目前這批的結婚，是對前途絕望的表現也。

Dufy我沒有多看過，隨便不敢批評，預備買一冊大開本的平郵寄給你（附幾張電影明星照片，上次幾張requests，都毫無音訊）。我初來美國時，很喜歡Renoir，後來對Matisse①也很感興趣，其實Matisse一部分作品，都雜亂無章，說不上好，他的鋼筆sketches倒實在好。我牆上掛的兩張Matisse坐着的女子，兩位Renoir裸女，嫌它們太feminine，很想換掉它們。在紐約看過Van Gogh的展覽會，着實喜歡，他想像奇特，着色（啡黃色）鮮明，可能是近代最好的畫家。意大利文藝復興時代畫家的真跡，都不能impress我，Rembrandt的真跡我也不喜歡。真正給我pleasure的畫家恐怕都是印象派及以後的畫家。

附上訂婚時所攝照片一張，底片比印出來的顏色要好得多，但

---

① Matisse（Henri Matisse亨利．馬諦斯，1869-1954），法國畫家、雕塑家、版畫家，野獸派的創始人，以使用鮮明、大膽的色彩而著名。代表作品有《戴帽的婦人》、《舞蹈》、《紅色中的和諧》等。

照片上仍可以看到Carol的風采，她手指上發光者，即訂婚戒指也。結婚時攝的照片，當再寄上。我近來很忙碌，但也很少成績表現，要看的中國東西太多，英國文學原著已好久不讀，有空看些批評雜誌，算不上讀書。這種情形，只有把書寫完後，再可矯正，目前，實分不出時間也。你在春假有沒有玩過？董小姐方面，希望有好消息報告。張和鈞方面的款子慢慢劃出也無妨，不久前我已把五六月家用匯去了。即祝

春安

弟 志清 上

四月四日

香片四聽尚未收到，Carol專喝茶，不喝咖啡的，她的喜歡當然是可以預料的。關於電影明星的文章，想也在路上；林黛、劉琦的照片在雜誌上見過，其中一位極秀美（恐是林黛），李湄的照片未見過。

206. 夏濟安致夏志清（1954年4月13日）

志清弟：

多日未接來信，甚以為念。接程綏楚來信，知道你六月間可能結婚，想定必諸事順利，可喜可賀。胡適博士在臺時，我見過他一次，他還盛道你在西洋方面的成就，並且希望錢思亮校長延聘你到台大來擔任（至少）一年工作，錢也十分贊成。台大將與清華基金合辦Graduate School，希望你來幫忙。這個建議Carol聽見了一定很高興的，我和你好久沒有見面，能夠和你再共處一年，一定使我在求學和做人方面得益不少，解除我的寂寞還是小事，不過我從大處着眼，還是覺得此事應從長計議。你所要考慮的是：來台灣以後，再返美國是不是有問題？很多國民大會National Assembly旅美代表都為了這個顧忌，不願回台灣來開會。我覺得就目前情形而論，你的家和你的事業基礎都應該放在美國。到台灣來只好算是度假期，我們當然不可使度假影響了正式事業。假如不妨害你的事業，在台灣住一年半載（當然同你的太太），未始不是好事。

我同董小姐的事情，已近尾聲，大約不久可告完全結束。這樣一個結局，我心理上準備已久，所以現在並不痛苦。以前所以舉棋不定者，還是自己的心腸太好，只怕事情做得太辣手，我的突然對她太冷淡，可能會hurt她的feeling太厲害。現在這種顧忌已不復存在，我對她已無留戀，所以可以很輕鬆地把事情擺脫了。她對我的冷淡，事實上已經到了indifference的程度，因此我對她也不可能更特別明顯的冷淡了。陰曆年初二帶了她弟弟來拜年之後，就一直沒有來過（她同我頂好的時期，一星期來三四次），隔了兩個月才來了一次，那一次是中午，是她在午飯以後上班以前匆匆來坐一個鐘頭，而且就算這麼短短的小坐，還是我去了幾封信「摑求苦惱」的結果。這期間我們看了三次電影，第一次年初五，電影前後還在咖啡館坐坐，玩得還痛快，後來兩次，都是中午的一場，趕在她上班之前，匆匆而去，匆匆而返（事前我要挑週末或weekdays的晚間，可以玩得時間長一點，她都不贊成），我乏味之至，因此也不再找她去看電影。事實上，要找她，她也千方刁難，未必乾脆答應。最近Apr.3/4/5三天，台大春假，我希望她能夠抽一個時間同我來玩玩，她雖然只有Apr.4（是星期天）一天沒有空，但是別的日子的晚上也可以陪陪我，結果我三天什麼地方都沒有去玩，她則Apr.3在外面吃晚飯，Apr.4在外面玩了一個下午，又在外吃晚飯，回家很晚，害得她弟弟沒人陪伴（Apr.4是兒童節），在家大鬧。昨天星期天（Apr.11），有人看見她在碧潭同一男子划船，回來告訴我，我的決心方才確立。照這樣情形，她即使不願跟我斷絕（中國近代女子大多希望追求的男子愈多愈好，寧可備而不用，乾脆斷絕則並不願意），我也不願甘居「小星」（one of the satellites），所以還是斷了的好。以後也許還有一兩次date（都是老早講妥而尚未履行者），但是我決不自居是suitor了。我的情形你聽見了，一定很同情，追求如是之苦，真可令聽者為之心寒。其實我沒有什麼待虧她，她對我如此capricious（可說faithless），我不免有點恨她，深悔當初識人之錯也。我前幾天還下不了決心的緣故，因為她家待我還好，她母親總是敷衍得我很好的（也許是真心，因為我對付老太太們常常很成功），她的小弟弟更是和我好得不得了，常常想念我，看見了就不放我走，拿頂好的東西給我吃（他今年照中國歲數是七歲，尚在幼稚園，因有心臟病，不能運動，沒有小朋友，在家裡非常寂寞）。我忽然同他們斷絕，至少有人會很痛苦。她現在對付我的策略是拒絕我的date，鼓勵我上她家去向她「朝見」，由我陪她小弟弟玩，陪老太太聊天，她則在「交際」。憑她家裏的態度，假如她再待我一好，這件事就算成功了。

我決心同董小姐斷絕之後，想起了有個某小姐待我真好，因此心裡很難過。某小姐于1952 X'mas就織了一條白色羊毛圍巾送我，我當時非常感激。她後來知道我的心另有所屬，就漸漸後退。但看見了我總是表現由衷的喜悅，非常enjoy我的company，而我不能陪她。她在我面前曾大哭過，不是為了我，而是為了別的委屈的事情。我待她也還好，總出力幫助她，可是我的態度十分aloof，因為不能讓她來作為我同董愛情間的阻礙。這兩天我老想起她，覺得人生有個女子如此對待我，也算是一大幸福，今後我恢復自由之後，總得好好地去安慰一下為我suffer的女子了。但是我也暫不abruptly地去進行，以免我的目標轉移如是之快，引起人家的疑心。我猜想此人也許會成為我的Carol的。

總之我現在雖然有點恨董的無情無義，也恨自己的看錯了人，但是我對整個人生的態度並不bitter，也不cynical，不過romantic love的夢也許就此幻滅，以後也許反可以切切實實地做人了。

以上是四月十二日寫，今天心情又有些改變（經思索及與友人討論的結果），可再補充幾句。

我同董暫時還不斷絕，只是保持一種非常冷淡的師生關係。我手裡有一種雜誌，本來每期由她翻譯一篇文章（材料由我選，譯文由我改），這個關係還維持下去，但是除了信札（on business only）往來之外，我不再去找她，即使她來找我，除了學問之外，我什麼別的也不談。

此外我還認識幾個台大有美人之稱的女生，我得多date她們。她們待我本來都不壞，我以西裝畢[筆]挺談笑風生（不想追求就容易談笑風生）的姿態出現，她們一定喜歡和我在一起玩的。

上面所說的第一點是你所推薦的silence treatment徹底而有決心的執行。上次的silence treatment我只是不date她，不上她家去找她而已——有三四個星期之久——可是我同她信裡還是無話不談，且表示我的苦悶，所以並未silent得夠。第二點表示沒有她，我的日子還是可以過得很好，反而比以前更活潑，服裝更挺。——這一切無非要促使她的覺悟。假如相當時期之後，她仍無強烈的思念我的表示，這種事才可以算「吹」完了。（做人如此勾心鬥角，真是何苦！）

至於某小姐，我暫時還不同她來往太密。跟她一好，結婚的可能性就大增，我這麼大的年紀，聽見真要結婚，還有點怕，目前還想「浪漫」一個時候。——從這一點上，我可以推想董之所以同我冷淡，也可能是怕結婚的關係。同別人瞎白相，沒有什麼嚴重的consequence（至少她以為），可是同我再好下去，我是declared-suitor，無形中就是答應我的求婚了。我現在所走的路子是：她快有lose me as a friend的危險了，且看她要不要take me as a lover吧。

我現在並不苦悶，因為我的心本來比你「狠」，叫我狠心來對付一個人我是做得出來的。反正我也不做任何事去傷害她，只是doing nothing而已。近年我的涵養功夫很好，就這麼空等着，也無所謂。可是關於這件事的本身，以及進行方法等，還在等待你的comments和suggestions。

此外我的近況沒有什麼變動。上海聽說生活愈來愈苦，張和鈞還有$100付不出，就是因為他在上海「頭寸」太緊的緣故。家裡情形不知如何，很以為念。送上我的近影一幀，添印後擬再送上一幀，你可以先把這一張寄給家裡。美國用不用蓆的？我想送你一床好的台灣蓆，你以為如何？再談　祝

春安

Carol前乞代問好。

濟安　頓首

四、十三

［又及］明星相片如討來，仍可寄給我，如何利用，以後再決定。

207. 夏志清致夏濟安（1954年4月19日）

濟安哥：

今天接到你四月十三日的來信，同時收到父親給你的信。現附上，信的調子是沉痛的，季杰①如此翻面無情，使我很生氣，立即寫了封信吳新民，叫他先撥匯百元給家中，償清了季杰處的舊賬，以後再由我在心滄處轉匯給他。父親給我的信，都着重愉快的方面，看戲，逛公園，親戚間來往等，大約他不要我為家事多操心（父母最近看過一次童芷苓），想不到他債務這樣的多。這次張和鈞那裡劃款不成，我想你還是托宋奇或吳新民寄家一百元，但是不必太急，因為我已給信於新民了。你的儲蓄也不多，每年寄一兩百即可，使母親高興些。此外的還是我按月負擔，不要你操心。Carol身邊有四五千元（U.S. Bonds），我自己目前只有七八百元，寄家用還是敷餘的。下半年Carol在中學教書，年薪有二千七百元，維持小家庭足夠，我的錢可夠匯家中。你的照片已寄去（房間的確很整潔），戀愛情形也同父母說了一遍，父親對董小姐有些不滿意，這次吹了，家中也可釋念。

今天同時收到你的和父親的信，心中大有感觸，只有寫信，才可把心境平定下來。我給你關於董小姐事的勸告是：「塞翁失馬，焉知非福？」她既然同你這樣冷淡勉強，把weekend和晚上的時間，都運用在別的男友身上，而同你敷衍幾個lunch dates，很明顯的，她有野心找更闊的或更有辦法的丈夫。即使她在別的男友方面

① 徐祖藩（1895-？），字成德，號季杰，江蘇吳縣人。曾任吳淞商船專科學校校長。1946年任臺北交通處港務管理局局長，期間曾請夏氏兄弟的父親夏大棟（徐夫人的堂兄）任航務管理局秘書兼總務組長，協助其工作。文化大革命時，自殺身亡。

退陣下來，回到你的懷抱裏，她的心境也是勉強的。如是你事業上稍有不順的話，她會nag，埋怨。在她看來，你至多是second best，而不是the best；她目前不能把她整個生命前途交給你，將來同你結婚也必定出於無可奈何的心境。不死心塌地愛你的女人，都是不肯共甘苦的。你四月十三日的續信上，好像有回心轉意的態度，所以我給你以上的勸告。當然目前友誼還得維持，她投稿的文章，還是替她删改，有閒吃吃飯看看電影也無所謂。我猜測的或者是不正確的，你以前信上一直說起她為人很好，她可能會向你表示愛意。不過同時你可放膽追追台大的美人，表現表現手腕，同時也出出兩年來屯積的氣。那位贈你羊毛圍巾的小姐，對你已一往情深，人也很忠厚，你何不多找她玩玩？你可把你追董小姐的情形詳細講給她聽，像Desdemona聽Othello故事一樣，她對你的愛情更為油然生發。如果兩年中，她有了些戀愛糾紛，也不會動搖她對你初戀的痴心。你對結婚還有些畏懼，其實在順利的戀愛過程中，這些畏懼，自會消滅。我們正經人，「浪漫」起來，也極平淡無奇，為是抓住一位小姐，互相忠心相愛，生活可豐富得多。

我上次的覆信，寫得較遲，甚歉。程綏楚那裡，因為我代寫情書，倒把婚期早先通知了，那封信，你想已看到了。上次Carol的信，比較perfunctory，因為比較還帶些客套性質，請你不多怪。茶葉四罐已收到，謝謝，祇品過一次，味香都很好，婚後當經常喝它。Dufy畫冊及明星照片當于這星期內平郵寄出。香港電影明星寫照也於今天收到，還沒有細讀。Carol父母、舅父母，上星期六來過一次，同喫了一次飯，這次婚事進行，想不再會有什麼曲折。Carol父親還要給我們蜜月費二百元，我懶得動，大約要到華盛頓去幾天。Carol家裡，房子並不大，汽車也只是Chevrolet（Carol自己的是Nash Station Wagon），外表看不出，Carol最近告訴我，家產確有四五十萬；十年後祖母給Carol的trust fund，也有六萬；我下半生的經濟，大概已沒有問題（這消息我祇告訴你，請不轉告程綏楚等友人，寫信家中恐受共黨敲詐；在New Haven的中國人知道了，一定要眼紅拍馬屁，徒添不少麻煩）。我當然還是弄自己career，好好幹去，Carol沒有絕對困難，也不會找父母幫助的。Carol一無奢華習慣，用錢也很節省。不過有了這經濟後盾，對世界已不太恐懼。最希望父母因此能過到較好的生活，不知有沒有辦法能逃出共區，你和玉瑛妹日後當然可以過較舒服的生活，因為我和Carol幾十萬美金是無法花盡的。這一切都是將來的事。胡適和錢校長居然講起要聘用我，我感謝他們的誠意。不過今秋初婚，一定不會離開美國，明年秋天，如果找不到事，可能來一次（結婚後，取得Permanent Resident的資格，已不成問題）。現在當然不定，還是美國事業有基礎後來臺較好，有進有退，否則來臺以後，就不容易在美找到事。紐約的China Institute幫在美學者找事很努力，今春有小大學請我去任英文系Assist. Professor，不過薪金太低，給我拒了。明春找事，大致不太困難。今天晚上，Carol在房中坐了一些時候，她覺得那位小姐給你圍巾，一定很有誠意，自告奮勇，寫給你一封信，現在附上。我來美後，一直沒有看過牙醫，一月前去找牙醫檢查一下，已有cavities三十枚，現在都補好了，幸虧門牙都很完整，不傷觀瞻。你暑期有空，不妨看一下牙醫，上星期看*Ondine*，極感失望，全劇一無是處，反不如中國抗戰期話劇也。董小姐處，我不勸你決裂，她能回心意轉最好，但別方面多發展，總不會錯的。今天買了黑皮鞋一雙，藏青西裝（tropic worsted）一套；想買Dacron & Worsted的，沒有配身的。再談，祝

自己保重。

弟 志清 上

四月十九日

［又及］台灣蓆我極喜歡，祇恐Carol不習慣，美國夏季床鋪是仍用被單的。婚禮送簡便些即可，如想不出什麼別的東西，台灣蓆我想Carol也會喜歡的。

208. 夏濟安致夏志清（1954年4月14日）

志清弟：

昨日發出信，今日即接到你的信，知道非但婚期已定，而且女方家庭肯出力，擔負這許多費用，使你安安逸逸地做新郎，我非常高興。你們的訂婚照亦已看見了，Carol很有忠厚善良的福相，一定可以做你的好太太。照片雖然印的不夠清楚，但是她的神態很喜悅活潑，眉目也很帶秀氣，膚色也朗淨，是值得再向你道喜的。我上月寄出的trinkets，在台灣便宜得不得了，不過別地方也許少見罷了。Carol同你會這樣高興，我倒覺得很難為情。

昨天的信也許會使你替我擔憂，但是我現在心裡很快樂。在你信到之前，我就在一個cheerful mood中。今天上午台大有第一美人之稱的女生到我這裡來了，她同我一向很熟，她的畢業論文正由我指導中。此人追的人當然很多，但是據外面傳言，她所屬意的只是我一人，這個不一定靠得住，但她現在恐怕沒有男朋友，而對我的確不錯。我已經約了她星期天出去照相（我一提出來，她立刻答應，以前在學校裏也同她照過），想必可以玩得很痛快。這位小姐是湖州人，很帶太湖地區女子的秀氣和文靜，中學是在北平念的，她的ambition可能比董小，人也沒有董那麼緊張，我認為如能同她結婚，也很幸福的。董小姐的事在我心裡縈繞盤繞了好幾個月，已經成了一個死結，現在我恢復我的自由身，心裡也有極大的relief。好在我沒有同董吵翻（我的冷淡已經夠是警告的了），隨時仍舊可以date她（即使同她破裂，我也不覺得遺憾），以前只是一味自作多情地愚忠，現在可以行動自由，也許這反而是做人的正常辦法。我心目中還有別的女子要date，可是我心裡並無半點報復心理。我本來比你喜歡瞎交際，可是從來沒有大規模地交女朋友，從今以後，也許可以好好的enjoy一下life了，主要原因，還是經濟上可以自立，否則怎麼敢去四處瞎date呢？因為我對於這種生活的prospect，很是高興，所以心裡充滿了forgiveness。照我現在的心情，非但不會跟任何人吵架，而且wish all the world well。你聽見了也可以高興了。別的再談，專頌

快樂

濟安 頓首

四、十四

[又及] Dufy的畫請不必買了（小本的我已有），我上次信裡說喜歡Dufy不過隨口說說，你知道我對我任何東西很難得有深好，看得都很平淡的。

209. 夏志清致夏濟安（1954年5月24日）

濟安哥：

上次發出信後，隔日即接到四月十四日的信。最近一月多，你沒有信來，甚念，近況想好。台大美人date後，結果滿意否？那位送你羊毛圍巾的女生，你找過她否？董小姐那裏仍維持舊關係否？一切都待看你的來信。父親信附上後，一定使你很upset。最近父親來信，徐季杰方面已答應緩期，我最近又寄去了兩百元，希望他能還清一部分債務。你預備匯家中的一百元，不知已匯出否？張和均那邊劃款不便，還是托宋奇轉匯的好。

婚期離今僅十二天，所以相當的忙。不久前忙着找房子，足足忙了十天。現在已找到一所apartment，在Humphrey Street 34號，離Yale不遠，十五分鐘即可走到，同時離Carol秋天教書的地方也很近。地點很清靜，房東為Kinsey老夫婦，年齡六十以上，沒有子女，已退休，以養魚為副業，他們房廳中放滿了熱帶魚。我們的apt有living room一，臥房一，kitchen一，bathroom一，除廚房較小外，足夠運用。床、傢俱furniture還不錯，月租80元，式樣如圖，佈置好後，一定很不錯。六月後通信，即可寄新地址。

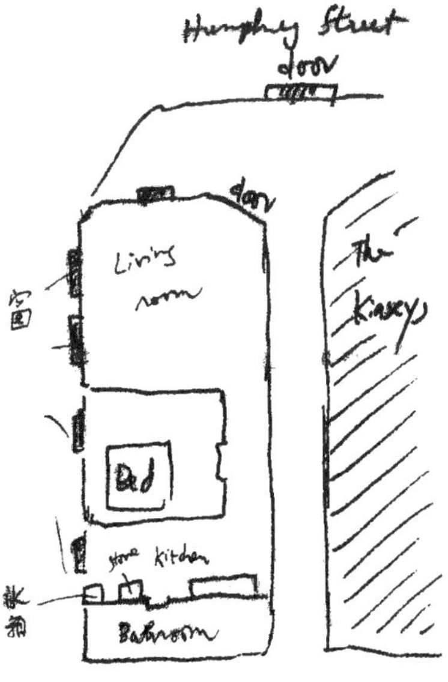

婚後預備在華盛頓蜜月四天，旅館已由Carol家定好。

禮物也已收到了一部分，宋奇送一套抬[枱]布（夏布鑲藍龍花），程綏楚送一件象牙玩意兒，都在路上。不知你已買了什麼禮物，如想不出別的東西，臺灣蓆是很精緻而實用的。David N.Rowe八月初動身來臺北，至少要留下一年，他做Committee for Free Asia駐台的director，同時要在台大研究院擔任一門功課，你同他見面的機會一定很多，我已把你的住址給了他。他人很好，可以幫忙的地方很多。他的中文根底不太好，可是在許多美國遠東專家中，他反共是最徹底的，這一點就值得佩服。他走後，我在Yale少一個聯絡，明年找事比較要麻煩些。

上次寄出的影星照片已收到否？暑期間希望你同那位跟你寫論文的美女保持聯絡，她既有意於你，結婚不是沒有希望的。上星期看了一次中國電影，彩色片《流鶯曲》①，主角是李湄，攝製方面仍同以前一樣幼稚，情節還是老套，其中一位流氓，相貌頗似愛德華羅賓遜。心中很雜亂，不能多寫，希望看到你來信後，再給你長信。Carol考試、paper等已趕完，今天起要回家數天，趕辦婚事，匆匆，即頌

近好

弟 志清 上

五月廿四日

---

①《流鶯曲》（1954），趙樹燊、陳煥文導演，李湄、黃河、麗兒主演，麗兒彩色影片公司出品。

210. 夏濟安致夏志清（1954年5月23日）

志清弟：

四月十九日來信收到已有多日，因為匯款剛剛辦妥（由宋奇代辦），遲至今日始覆，至以為歉。匯款情形已詳稟父親信中，請你參看，此處不再贅述。季杰處債務為數不多，我們還可以應付得了，不過在上海久居，總不是辦法，種種苛捐雜稅「公債」、「獻金」等，一定層出不窮。父親信裏都不便說的，假如不能逃出魔窟，以後的麻煩還有很多，思想及此，令人憂慮無已。

昨天交西北航空公司寄上pajamas男女各一件（一件請交給Carol），另女用繡花鞋一雙（尺寸不知如何？）、手提包一隻，亦請交給Carol，另茶托八件，那是給你們佈置新房的。這些禮物真是微不足道，但願能在喜期之前趕到。

臺灣的朋友董漢槎、張和均將各有電報一通來致賀，其他我的朋友亦有想拍電報的，我都勸阻了，因為他們不認識你，拍來了你亦不知道是誰拍的。高樂民說要寫信來道賀，不知已收到否？

董小姐買了一張卡來給你們道賀，我還是給她轉寄了。我雖然已經不認為她是我的女朋友，但她要表示好意，我亦不必堅拒，表面上我們還是客客氣氣（Muffler girl我還沒去找她，因為我還沒有決心要結婚）。

董漢槎（稱他為Uncle）、張和均（H.C. Chang）、高樂民、董同璉四處，你不妨於婚後各送親筆簽名婚照一幅作為紀念。亦是答謝他們的好意。

附上五彩底片四張（底片如髒，請店裏代為潔淨），請有便放大（2¼×4¼即夠）後寄回，各放兩張或三張，其中坐在水旁的姓殷，是台大校花（長得很像張君秋），紅工裝裙子的姓周，綠衣服

的姓宋（臺灣人）。我的一張請多放一張寄給父母。再談　祝

好

濟安

五／二十三日

211. 夏志清致夏濟安（1954年6月4日）

濟安哥：

來信及婚禮都已收到。Carol極愛你給她的睡衣和slippers，可惜後者太大，不合腳。Carol極愛collect各式各樣的鞋子，以後有空，畫了她腳的圖樣送給你，平郵請你寄一兩雙繡鞋來，茶托、手提袋都極有用。兩套pyjamas都很配身。四張底片都已拿去洗了，女的各兩小一大，你的四張小的。你給父母的信已寄上海了。

明天結婚，一切無形中緊張起來。希望明天能安然渡過。星期天將由Carol駕車往華盛頓蜜月。So far，收到的禮不少，今天收到宋奇的tablecloth，是很細緻的東西。董漢槎等的電報還沒有來，其實他們不打電報也可以，免得破費他們。明天你將有何等慶賀舉動？希望你同董小姐或照片上任何一位小姐一同到館小喫一頓。我和Carol的覆信，婚後再寫，匆匆，即祝

快樂

弟 志清 上

六月四日上午

212. 夏濟安致夏志清（1954年6月6日）

志清弟：

昨日是你的大喜之日，我中午請董同璉（我同她講明這是專為celebrate你們的婚禮的）吃的午飯。晚上在台大教授Dr. Lilian Chao（混血）家裏吃晚飯，打了八圈麻將，贏了兩元錢（不到US$0.1）。我的麻將技術同在上海時差不多，不能登大雅之堂，平常也不打，逢到過年過節等喜慶日子才偶一為之，昨天能贏錢，手氣已經很不差了。

午飯吃得亦很愉快（在一家叫Rose Marie的西菜館）。我同董之間，並無quarrel，亦無scenes，反正我已fallen out of love，不再自尋煩惱，對她毫無所求，心平氣和，我對她的態度恐怕比以前還可愛些。她是聰明人，明知我已不再以suitor身份對待她，她也許有點resentment，但遮掩得很好，仍舊談笑很歡。語不及love，天南地北地瞎聊，也談了兩個多鐘頭。She is still a very entertaining talker。

前天（四日）晚上，我請了一桌簡單的中國菜，算是替你祝賀的。請些什麼人並無計畫，事前亦沒有發請帖，臨時拉了十個人（比較都是我的好朋友，可是同你都不認識的），湊滿一桌。董漢槎、陳文貴、張和均是認識你的，但是我沒有請他們，他們來了，空氣恐反而不這麼愉快了。菜館叫做「玉樓東」，是湖南菜，湖南菜的特色是菜盤奇大，味道濃，很豐富實惠。結果吃了台幣390元，很經濟，大家興致都很好。

你結婚那天我沒有發電報，因為電報費至少得台幣$100，我認為花[划]不來。這個decision想必獲得Carol同你的原諒吧。

我同別的girls關係都維持得很好，可是談不上什麼發展。上月

24的信已收到了，知道你已經租了一家很清靜舒適的apt.，甚為欣慰。此信到時，想必你們已是蜜月歸來，開始婚後的快樂新生活了。Carol喜歡做菜，你在外面瞎吃也有好多年了，現在能夠吃到自己家裏的菜，心裏一定特別的高興。日常生活一定更有規律，工作一定更有精神，可喜可賀。

電影明星照片已經收到。謝謝。其中E. Taylor、D. Reynolds兩張預備送給董（昨天忘了帶去了），M. Monroe①一張預備送給我們的系主任英千里。其他三張我自己保存。最近看的*Mogambo*很滿意，Ava Gardner的演技大有進步，無怪去年列名Oscar候選人，可是我還是喜歡Grace Kelly②這種比較幽靜一點的美人。看過*Houdini*③後，對於Janet Leigh的好感亦大增。我現在所喜歡的電影明星中，Janet Leigh所占地位很高—— She reminds me of Maureen O'Sullivan。Audrey Hepburn的片子還沒有看見過，雖然已經久聞大名。Anne Francis看過一張*Lydia Bailey*，她這種嬌小玲瓏賢淑貞靜的type，你可以想像我是很喜歡的。Mitzi Gaynor④來過幾張跳舞片，我一張也沒有看，不知怎麼樣。中國電影最近只有退步，並無

---

① M. Monroe（Marilyn Monroe瑪麗蓮·夢露，1926-1962），美國演員、歌手、模特兒，曾獲金球獎等多項電影大獎，1999年被美國電影學會評為「百年來最偉大的女演員」第六名。代表影片有《巴士站》（*Bus Stop*, 1956）、《遊龍戲鳳》（*The Prince and the Showgir*, 1957）、《熱情如火》（*Some Like It Hot*, 1959）等。

② Grace Kelly（葛莉絲·凱莉，1929-1982），美國演員，1956年與雷尼爾三世（Prince Rainier III）結婚後稱為摩納哥王妃。代表影片有《紅塵》、《蓬門淑女》（*The Country Girl*, 1954）等。

③ *Houdini*（《魔術大王》，1953），傳記電影，喬治·馬素（George Marshall）導演，湯尼·寇蒂斯、珍納·李主演，派拉蒙發行。該片講述了哈利·胡迪尼（Harry Houdini, 1874-1926）的一生。

④ Mitzi Gaynor（米姬·蓋納，1931-），美國演員、歌手，代表影片有《娛樂至上》（*There's No Business Like Show Business*, 1954）等。

進步。看過一張李麗華的喜劇《拜金的人》⑤，廣告上說可以和《假鳳虛凰》⑥媲美，看後大失望。非但不覺其「喜」，而且很不舒服似的。

我在21日寄出的gift parcel和厚信一束，想已收到，為念。上海家裏不知如何慶祝你的大喜？父親欠徐季杰的債務不知道能不能清理了？再談，專頌

新婚雙喜

兄 濟安 頓首

六、六

Heartiest Congratulations to Carol.

---

⑤《拜金的人》（1952），喜劇，李應源導演，李麗華、鮑方主演，永華影業公司出品。

⑥《假鳳虛凰》（1947），劇情片，黃佐臨導演，石揮、李麗華、嚴肅主演，文華影片公司出品。

213. 夏志清致夏濟安（1954年6月26日）

濟安哥：

六月六日來信蜜月回來即收到，知道你為我結婚很高興，請董小姐吃午飯，並請十個朋友聚餐了一頓，我聽了也高興，就恐你那桌菜花費太大了些。父母親及玉瑛妹結婚那天大約在七重天吃飯，並看一場京戲。婚前收到父親五月廿七日的信，得悉你匯給宋奇那裏的第一筆五十元已收到了；七月份我多匯了一百元，季杰那裏債務想已還清。董漢槎、張和均賀電我上次給你信後即收到，先請你向他代謝一聲，照片添印後，當寄他們每人一份。

六月五日那天天氣很好，午飯後我宿舍裏聚了不少人，都是中外老朋友，從別處趕來參加我婚禮的。換好衣服後，三時左右由best man，Rufus Bellamy（英文系同學）伴我走到chapel，在chapel休息室都沒感到什麼，四時附近，開始緊張起來。四時鐘一響，隨牧師、best man，從邊門進教堂，教堂人已差不多坐滿，新娘走近altar時，我心跳得厲害，可是外表很鎮靜。Ceremony很簡單，十多分鐘即完畢，可是當其時，Carol 和我都有莊嚴穆肅的感覺。教堂結婚，參加婚禮的客人沒有什麼可看，當事人的確體會到一種sacred的experience。在reception時，向人堆裏各處周旋，mood漸漸鬆懈下來，拍照，切蛋糕，擲花圈等等節目和別的結婚沒有什麼分別，可是自己是新郎，覺得樣樣新鮮。

七時許，和Carol在離New Haven不太遠的名菜館Weathervane吃飯。六日上午，我們駛車出發，晚七時左右抵華盛頓。住在Sheraton Park Hotel，每夜十一元左右，是華盛頓頗出名的大旅館。星期一、二、三，到處觀光，Carol兩年前到過華盛頓一次，所以地段還熟悉。華盛頓氣派很大，各政府建築皆白色，而且大多是大理石砌的；街道極寬敞，而且白宮及其他重門office buildings好像就situated在公園內，環境極好。National Gallery of Art名畫極多，從Renaissance到近代，應有盡有，看不勝看。華盛頓附近華盛頓的故居，可以看到當年plantation的規模，也很有趣。

結婚後，生活當然有radical的改變，幫Carol做菜，洗碗，整理家務，可有一種樂趣。我們apt.沒有一隻書桌，很感不便，現在托朋友定做一隻大書桌，不日即可完工。這封信，還是在一隻portable card table上寫的。上星期起，Carol開始在Yale Institute of Far Eastern Languages內學習國語。Yale教中文，很得法，三個月後，一般美國學生都可操純北京音的普通會話，咬音比我們江南人還正確。教授方法不着重漢字，而着重會話的drill，用的課本。（以上六月廿五寫）

（六月廿六日）今晨十一時Carol得其母長途電話，得噩訊，Carol父忽于今晨十時許得heart attack而去世。Carol悲痛萬分，我們得趕快去Longmeadow辦理一切。一切以後再寫，附上添印的照片。底片暫放我處，匆匆　即頌

暑安

弟 志清 上
六月廿六日

214. 夏志清致夏濟安（1954年7月13日）

濟安哥：

上次信沒有寫完，得到Carol父親的噩耗，匆匆寄出。一星期後得到你的電報，Carol及我對你的關切，很為感謝，其實這樣花費是不必需的。附寄上的照片和父親的信想已妥收，這次附上兩張結婚小照，不算是太好的，下一批有好的，再寄上。結婚時我們沒有請professional photographer，可是親戚朋友所攝的都是五彩的，添印起來，花費也相當大。董漢槎、張和均那裏的照片，下次來信，一定寄上。

六月廿六日那天，我們expect Carol父母來New Haven，那天岳父在backyard整理了一下花草，回到屋裏，休息一下，準備出發。不料循環系統突然流通不周，雙臂發青，半小時後即去世（上午十時半），醫生來時已無能為力了。致死原因想是heart attack，岳父平日一無病痛，惟平時飲酒過多（五年前始戒絕），可能發現血管硬化的現象。岳父為人極好，雖讀書不太多，酷愛自然和兒童，沒有市儈氣，是很可親近的長輩。本來他可幫忙我處很多，這次突然去世，是意料不到的。當日下午我們趕回Longmeadow，遺體已送殯儀館，晚上選定棺木，星期天遺體陳列了一天，讓親友來弔喪。星期一下午在殯儀館舉行簡單service後，即將棺木送往cemetery，是日天氣很陰沉，小雨不斷。Carol及其母都很傷心，我第一次看到殯儀館化裝[妝]過的死人，也頗有異樣感覺，流淚一二次。奔喪那次，我在Longmeadow留了八天，起初岳母對於我的幫忙和同情，頗為感激；住久了，因為她牢騷滿腹，脾氣古怪，頗使我不耐煩，祇好先返New Haven，讓Carol在Longmeadow伴着她母親。目前安排每星期Carol住娘家四五天，週末返New Haven。上星期五Carol返New Haven，同往Long Island參加她朋友的婚禮，星期一我在Longmeadow留一天，岳母態度頗見改變，好像對我的不多住幾天，很感失望似的。按中國規矩，岳母祇有Carol一個獨養女兒，當然理應同我們住。假如她來New Haven，我們換一個較大的apt.，由她幫忙理家，煮菜洗衣，可以騰出Carol不少時間，也無不可。可是岳母因為她的親戚鄰居都在Longmeadow一帶，不肯動。同時她一向深居簡出，幾年來連買菜都是由丈夫女兒代理的，世事一點不懂，一個人實在無法獨住。她不會開汽車，Longmeadow差不多純是住宅區，店鋪極少，萬事不方便。最近親友們一致勸她學開汽車，似乎也頗少效力。暑期間大約祇好讓Carol commute，秋天後再另想辦法。岳父生前保了不少人壽險，岳母生活憑此即無問題。遺囑上財產都歸岳母，她去世後再歸Carol。岳父財產，除房屋不動產外，約有股票十五萬元，不算太多。前次信上述及的五六十萬，想係Carol臆測，或因岳父不如他兄弟們富有，向Carol瞎吹的。但靠了十五萬股票，每年也可穩拿數千元紅利了。

一月多來，瞎忙了一陣，沒有做什麼事，這星期開始非得努力工作不可。結婚後，雜事無形中多起來，時間不易受自己支配。張心滄去秋開始在劍橋大學教中文。他在愛丁堡大學拿到博士學位後，在那裏三四年（Spencer專家Renwick①是英文系主任）工夫，研究Spencer，寫了一本書，最近來信，愛丁堡University Press已答應刊行該書。我們朋友間，用英文寫書出版，可算他第一人了。

你最近生活怎樣？甚念。你同董小姐的關係，我想最好依舊保持下去。你倆感情不差，至少很談得來，不要因為我同Carol以前

---

① 威廉林賽·倫威克（William Lindsay Renwick 1889-1970）：生於英國Glasgow，1911年Glasgow大學畢業，論文即研究史賓塞的詩。二次世界大戰時曾任英國駐華領事館訪問教授，1945年即至愛丁堡大學任教。

表［對］她有不滿的表示，故意冷淡下去。中國小姐大學畢業前後，總得堅持不下，找一個條件完美的良人。但堅持不久，心慌起來，那時舊的男朋友已漸疏離，祇好瞎找一個男人結婚。我想董小姐對你是有情的，慢慢拖下去，她對你祇會增加好感。我想她畢業一年，軟化的時期已近成熟，或者不久就會向你公開表示愛意的。照片上的三位，除那位臺灣姑娘外，都很美麗，不知你近來常常同她們來往否？

以前寄上的電影明星照片不一定代表我喜歡的。記得有一次寫信給福斯公司討Anne Francis等數名starlets照片，末了稱讚了一下福斯的大明星如Peck，Ty Power，M.Monroe，B.Grable，Susan Hayward，Mitzi Gaynor（那時她很有希望），結果收到十張照片，都是大明星的。（初來美國時，我極喜歡June Haver，可惜她歌舞天才不夠，至今不能出頭。）看了*Lydia Bailey*後，對Anne Francis的美麗大為欣賞（這experience comparable to第一次看到Linda Darnell in *Daytime Wife*②；Hedy Lamarr in *Algiers*；E.Taylor in *A Place in the Sun*），可惜她近來在銀幕上不大多見，最後一次看到她是在Cagney的*Lion is in the Streets*③，仍是嬌豔欲滴。Grace Kelly我也認為是最近特出的美人，Audrey Hepburn我也很喜歡。Janet Leigh六七年來看了她不少片子，看慣了，不覺得她怎麼樣。Maureen O'Sullivan最後一次在銀幕上演出是在Ray Milland主演的*Big Clock*，不知見過否？我最喜歡的明星恐怕是Gene Kelly，他的才藝有勝當年的Fred Astaire。此外Bob Hope，Bing Crosby等喜劇

② *Day-Time Wife*（《白晝夫妻》，一譯《鬥氣夫妻》，1939），喜劇，葛列格里．萊托夫導演，泰隆．鮑華、琳達．達尼爾主演，福斯發行。

③ *A Lion is in the Streets*（《霸海英豪》，1953），劇情片，拉烏爾．沃爾什導演，詹姆士．賈克奈、芭芭拉．海爾主演，華納發行。

性歌舞明星我都愛好。Jerry Lewis④確有喜劇天才，他的comedy我極喜歡，可惜他的搭檔每張片子中，浪費時間不少；Jerry Lewis如能獨樹一幟，必有更好成就。即頌

暑安

弟 志清 上

七月十三日

---

④ Jerry Lewis（傑瑞．李維斯，1926-），美國喜劇演員、歌手、電影製片人及導演，曾與狄恩．馬丁（Dean Martin, 1917-1995）長期合作。

215. 夏濟安致夏志清（1954年7月29日）

志清弟：

來信並照片兩張均已收到。你做新郎的姿勢很瀟灑，一點也不顯得nervous，尤其是挽手同carol走路的那一張，看上去真好像世界是屬於你們兩人的，表情上顯出快樂和自信。我小時候印象頂深的一次婚禮是漱六①的，我覺得他看來狼狽而又疲乏，因此我對於做新郎很有反感。以後看見許多次文明結婚，又不覺得有什麼喜氣（有點敷衍了事）。周銘謙的婚禮似乎同漱六的一樣elaborate，周銘謙那天看來也很苦，你那天的表情倒使人很欣羡的，做新郎的應該像你這樣快樂而大方。Carol也十分快樂的樣子，她真是個純正端麗的賢妻良母型，程靖宇評得很對。照片如有添印，請簽名送Miss Lily Tung一張，她很希望你們送她一張，董漢槎、張和均等不送也可以，因為他們對你的關心，恐怕還不如Miss Lily Tung也。

我同董小姐的關係，現在比較疏遠，但是我沒有說過一句話或做過一件事是hurt她的，她也沒有表示要同我斷絕。我只是不再主動追求，能否重修舊好，全由她決定了。我們現在見面時，還是可以談笑甚歡。

香港那位秦小姐，同我一直沒有斷絕，今年我過生日她送來了Swank牌的cuff link一對，necktie clip一個，這種禮物出諸女孩子之手（而且她不是個輕率的人），至少表示舊情還沒有全斷。她現在想到美國去讀undergraduate，不知道你能不能幫她的忙？上次你說過有一所小大學要請你去担任教職，你推薦一個學生給他們，他們想不會拒絕的。頂好有scholarship或其他補助，否則就是

① 漱六，夏濟安的表哥。

admission也好。Celia在香港讀過貴族化的中學Diocesan Girls' School，英文程度不在台大外文系畢業生之下。目前不要辦什麼事，我希望你同她通一封信，表示你想幫她的忙，信（用英文寫亦可）不必長，（千萬不要代我說什麼好話，我只是想幫助她，不想求她什麼。你就是某人的哥哥[弟弟]好了。）只是她以後可以找你時有個憑藉。她的地址：Miss Celia Zung, 66 Fa Hui Street（花墟道）, Kowloon, HongKong。她以前曾表示願代我向上海轉信，我一則來台以後，不願多同上海寫信，再則我不願意家裏知道我還有這樣一個比較intimate的女朋友，免得父母日後又是空歡喜一場，因此沒有麻煩她。不過她還是我的好朋友，希望你量力而為的幫助她。她家裏境況還好，拿得出三千五千美金來自費留學的。（你在信裏不妨提提你曾經代她討過Gregory Perk的相片。）

你的岳父突然逝世，是大可痛惜的。他是你的知己，據你以前的來信所說，沒有他的幫忙，你的婚事還不會這麼順利。有他在上主持，非但「老家」與「小家庭」之間的關係可以融洽，而且你在美國有一體面紳士照應，各方面都可以便利不少。現在他的死，真是你很大的損失。我已經打了個電報請你去安慰Carol，同時希望你同你的岳母可以相處得來。凡事希望能讓岳母三分，她是個可憐人，Carol要去侍候她，你就在New Haven忍受寂寞吧。

下半年我有來美可能，我現在並不抱很大的希望，但可能性之大為從來所未有，這總是個好消息。美國State Dept.不是有什麼grant嗎？今年台大保薦我去，我聽到了這個消息很惶恐，別的不怕，只怕臨時visa簽不出，瞎忙一陣，頗花[划]不來。但是錢思亮校長認為我的case並非無望，我現在X光照片的批示，據台大醫院院長研究下來認為去美如為三個月考察，照我現在的情形，簽證決無問題，如留居一年以上，還有些問題，但事前可先做六個星期animal test，如證明病已痊癒，今年仍可走成。否則明年再驗，如這一年內病況無變化，即表示病已無害，明年可能性就非常之大。Animal test 是什麼東西，我還不知道，如一定要做，我預備去做一下。我對於自己的健康情形，很有自信，只是以前聽說美國人認為「once TB always TB」，以為今世留美無望，胡世楨以前來信不斷叫我去美留學，嚇得我不敢同他通信了。此次得錢校長之鼓勵，勇氣大增，就是今年不成，以後的可能性還是很大，我的生活遠景就此改觀，人亦變得快樂多了。我如能走成，當然來Yale，同你和Carol可以常常見面了。此事目前尚未定局，請你不要太興奮，亦請少告訴別人，如程靖宇。家用事，張和均說已去信撥一百七十萬，希望你稟告父親一聲。別的再談，專頌

暑安

Carol前代候

濟安

七月二十九日

216. 夏志清致夏濟安（1954年8月19日）

濟安哥：

七月二十九日來信收到已多時，得悉你來美可能性很大，非常興奮，希望你今年趕不來，明年準能來。我們在北京分別後，至今已七年，光陰過得真快。這次你是由學校保薦，不是自己去活動，我想體格檢查方面可以鬆得多，X光照片上的舊疤，醫生當看得出是不再會發作的，所以經過六星期animal test後，你可很快拿到visa。你來美國，是算State Dept的客人，各方面都不會有麻煩，要住下去，也不會有問題。這項消息我祇告訴Carol一人，她聽了也非常高興，從她的來信可看得出。

看到信後，我即寫信給秦小姐，告訴她我願意代她辦入學手續，並略述一下美國大學狀況，使她在選擇學校方面，自己有個定奪。假如她中學成績優良，進什麼學校都不成問題，決定條件還是經濟，和秦小姐個人對於城市或鄉村生活的愛好，和喜不喜歡多和中國學生在一起。秦小姐這次送禮，表示感情未斷，她和Lily都可算你很好的女朋友，這在你生活史上，幾年以前是沒有的。我想沒有家庭作梗，她們兩位自己有主張，可能其中一位早已同你結婚了。目前你同她們兩位維持友誼關係很好，此外另找別的女孩子玩玩，建立新的友誼，你不久要來美國，暫時不會想結婚。最後結婚的決定，還是女方主動占多數。

一個多月來，每個weekend，不是我去Longmeadow，就是Carol來New Haven，平日我在New Haven，Carol伴着她母親。Carol不在的時候，自己煮菜，有時很感興趣，有時很覺無聊。中國菜並不難做，每隻菜炒或煮的時候，加了蔥、薑、酒、醬酒[油]，就會有中國味，可是平日還是用罐頭食品、frozen food、現成熟肉的時候多。我同卡洛兒母親的關係不算壞，我每次去Longmeadow，她總預備一隻大菜；中年婦人，看到下一輩的「小夥子」，總是比較會興奮，覺得生活上有生趣的。這星期起，她同她妹妹一家到康州不著名湖邊去避暑兩星期，所以Carol這幾天住在New Haven，許多送禮的朋友，都得邀請吃飯，又得好好地忙碌一番。今天請了三位中國朋友，明晚要來一個cocktail party，邀請的多是外國朋友。

送給Lily的照片，這次寄上；答應董漢槎、張和鈞的下次再寄。附上鞋樣一雙，有空可代Carol買一雙（平郵寄上），顏色方面以淡藍和淡綠較適宜。玉瑛妹音專已考過，成績自稱很滿意，不過鋼琴系名額祇有三五名，錄取把握很難說；八月十五日統考出榜，玉瑛妹錄取與否，家中下次來信，當有分曉。張和鈞撥款事，明日寫信家中時當提及。代程靖宇寫情書已半年於此，他成功的希望極渺茫。你近來譯作想極忙碌，不知在開學前，有沒有什麼vacation的計畫？這封信匆匆寫成，下次當好好寫封信給你，即頌

暑安

弟 志清 上

八月十九日

217. 夏濟安致夏志清（1954年9月11日）

志清弟：

我出國可能性已大為增加，你想必很高興聽見的。寄給國務院（它的一個附屬機構叫做Institution of International Education）的初步健康報告，連同其他表格等，約可於明日由此間USIS寄往美國。那報告只說我有pulmonary fibro-calcification，並沒寫TB字樣，我的體格評定為good（次於excellent，優於fair& poor），在「申請人的體力健康是否能應付長期攻讀」問題下，醫生的答覆為Yes。如此看來，國務院想不致因健康問題把我擯斥。簽visa時，還要體格檢查一次，希望那時更好，則來美可無問題。惟我們的手續辦得太晚，我們至早亦得於十月中旬才可成行，希望下月能夠同你在美見面，而且亦可以見見Carol了。

本月內趕得一本Manes Sperber的*The Abyss*①，譯完後有四五百美金的收入，除寄一部份孝敬父母外，我行前（假如成功）手頭亦可以寬裕些。Carol的鞋子我希望能自己帶上（很輕便，坐飛機亦不費事），謝謝她給Lily的信。她這封信寫得太好了，我很感謝。信與照片我已交給Lily，她寫不寫回信，我也沒有問她，你們的地址我已抄給她，她有信想會直接寄上的。

今天是中秋，不知道你們如何消遣？我晚上有八圈麻將之約。我一年大約打四次麻將，總是在過年過節的時候。因不常打，出牌很慢，很費腦筋。

有空再給Carol寫回信了，謝謝她的信和她的對於我的事情的關切，希望你們過一個很快樂的中秋。專頌

---

① 全名*The God That Abyss*，夏濟安譯為《淵》。

秋安

濟安 頓首

九月十一日

218. 夏志清致夏濟安（1954年9月21日）

濟安哥：

上星期收到你的信，興奮非凡，出國想已不成問題，希望你十月中能成行。Carol也同樣的興奮。飛機停西岸時，我們不會來接，祇好在東岸相見了。來美後是否想在Yale研究院註冊一年，或作其他讀書旅行的計劃？耶魯九月底開學，十月中去選幾課，遲不了多少。Visa已簽好否？這次體格檢查想比上次更好，希望兩星期內聽到你的好消息。

Carol有孕已有兩個月，這喜訊在兩星期前我已稟告父母了。他們聽了，一定高興，母親廿年來抱孫的欲望總算達到了。我明春要做父親，自己事業經濟基礎沒有打好，想想不免有些恐懼。但心頭仍是很高興的，Carol發覺有孕後，自然增加了做母親特有的快樂和驕傲。她上星期回New Haven後，不再返娘家了，今天她開始在中學教書，七點鐘就得起身，我很擔憂她身體會支持不下。下學期當然只好辭職不教。她的母親邀了她的一位妹妹在Longmeadow同住，不會太寂寞。

秦佩瑾的種種申請入學文件已收到，她希望在南部或北部讀書，費用可省些。我想代她申請New Orleans的Tulane University，有胡世楨在那裡，手續容易辦，並且住讀在那裡，也有個照應。她成績不算太好，要進東部的著名女子大學，恐怕不太容易。不知你意見如何？在紐約或New Haven附近弄一個小學校，則見面的機會較多，我想申請入學也是不難的。你抽得出空，最好寫封短信給秦小姐，告訴她文件已收到了，申請入學，正在進行中。假如她真的「舊情未斷」，而你對她還有意思，我想還是進New England學校較好。

張和鈞撥款170萬事，父親到他父兄家裡去取款，未得要領，因為他們沒有收到張和鈞的筆據。你出國前，最好到張和鈞處交涉一下，他應補我們多少，寫了筆據，由他父兄歸還。附上小照兩張，一張給董漢槎，一張給張和鈞，回謝他們結婚時發的賀電。

玉瑛妹音專沒有考取，她第二志願是外國語言，被送上海俄專，三年畢業，俄專地點在江灣。玉瑛妹能着着實實讀一些俄文也是好的，每星期六，可能回家，不曉得能不能過夜。在上海讀書，總比遠派別處好得多了。

你出國前，在董小姐方面會不會有個交代？她家慕出國的虛榮，或者可能答應你同她訂婚的。其他小姐方面有沒有進展？出國前想依舊在校擔課。我結婚後，雜事忙碌，寫作很難專心，Carol教書後，希望一切上規［軌］道。下次信上，希望看到你確定的出國日期。*The Abyss*已譯完否？專祝

秋安

弟 志清 上

九月二十一日

Carol代筆問好

219. 夏濟安致夏志清（1954年9月26日）

志清弟：

前上一信，想已收到。我的出國事，尚無回音，如Health不成問題，則至遲明年二月可以走成。我想送Carol一件旗袍，茲送上詳細尺寸圖一張（頂好把體重亦寫下，作為裁縫的參考），請照次序量好，連原表（還要給裁縫去看）盡速送回。她所希望的料子（我想買緞子繡花的）、顏色、花紋等也不妨告我，以便選料時作為參考。請慢慢的道謝，等收到東西了再謝可也。

九月底以前我在趕Sperber的*Abyss*（此書稿費拿到後，我又可以寄些錢回家去），較忙，過幾天當再有信給你。專此　敬頌

儷安

Carol前代候

兄 濟安
九月廿六日

[又及]畫這張圖的是一位殷小姐，其人有台大第一美人之稱，對於服飾平素很講究的。

220. 夏志清致夏濟安（1954年10月11日）

濟安哥：

九月廿六日來信已收到了，旗袍尺寸已量好，附原表寄上，Carol有孕已三月，胸圍腰圍都較婚前擴大，所以Carol本人覺得按目前measurements做的旗袍，分娩後恐怕不會太fit。我的意思是，假如你買了材料，要請教裁縫做，花費太多，就請不必了；假如殷小姐或其他女友肯自告奮勇，代為裁製，那麼從選料開始，你會同她有很多接觸，無形中增進友誼，不妨放手做去。料子、顏色、花紋方面你自己決定，只要in good taste就好了。緞子比較dressy，wool比較實用些，不過在臺灣，wool一定很貴，還是緞子較適宜？顏色方面，一色brown or deep royal blue即可以，如有花紋，以不觸目的小花紋為較宜。以上祇是參考，你看到便宜適用的料子，自己作主好了。Carol對你的誠意，極為感激，希望不要為了這事，花費你不少時間。

上次來信，想已收到了。秦小姐入學事，胡世楨方面已有回音，他預備代她apply Louisiana State University，他有學生在那裡當副教授，辦手續較方便，Tulane學費太貴，在L.S.U.有六千元，四年可以渡[度]過了，我已有信通知秦小姐。希望她明春可以走成。

Visa已簽出否？甚念，希望下次信上能告知出國的日期。昨天星期天耶魯中國同學會開會，遇到一位傅樂什麼的台大歷史系教員，現在耶魯讀Graduate School，另外兩位很醜的nursing students,和一位較cute的化學系研究生周侶雲，都是台大畢業生，他們都知道你，譯書寫作很有名望。姓周的皮膚白嫩，為人很pleasant，讀書也用功。今年Yale另外有一位中國女生叫Joan Hsu許，生在上海，來自香港，在南方小大學讀了兩年英文系畢業，現在讀準備中學教英文的M.A. degree。她相貌出眾，為New Haven幾年來所見不到的，人較sophisticated，但也客氣可親。你來New Haven，社交生活方面要比早一兩年來好得多。

*The Abyss*想已譯完，父親來信仍問及張和鈞那筆款子，希望你同他交涉一下，叫他寫信給他父兄，把應欠的數目償清。Carol九月底開始在Hamden Hall中學教書，早晨七點起身，下午四時許返家，一星期五天頗是勞頓。Pay極低，所以我希望她早日輟教，免得把身體弄壞，影響到胎兒。美國中學較中國的鬆得多，下午沒有什麼功課；可是美國家家有TV，返家不能讀書，下午有自修課，強迫學生們準備功課。累忙的倒是先生們，監督他們讀書。我近來很好，工作已上規[軌]道，不像暑期時那樣的定不下心來。玉瑛妹在江灣俄專住讀，還住得慣，飯菜據父親信上說還可以。週末已返家過兩次，希望她能把俄文讀通。父母身體都好，母親聽到要抱孫，非常高興。專候你出國好訊，即頌

近好

弟 志清 上

十月十一日

221. 夏濟安致夏志清（1954年10月27日）

志清弟：

信收到多日。旗袍料子挑選的是淡綠色輭緞，上面繡兩朵玫瑰花，現在正在繡花中，尚未送交裁縫去做。來信主張用羊毛與深色料子，我的顧問殷小姐不贊成，她說臺灣好的羊毛料很貴，深色料子比較耐髒，以日常穿着為宜，但日常穿着應該備有十件以上，才夠替換。她主張如做一件，不如把它做成禮服（中國去美的女留學生都帶一兩件繡花旗袍作為禮服的）。她還主張用純白料子，我對於純白並不反對，可是跟你信裏所說的Brown或Royal Blue相差太遠了，才來一個compromise：淡綠。Carol以前表示過她喜歡這個顏色。但是臺灣現在好的繡工很難找，希望不要繡出來太俗氣。尺寸問題，據說女人分娩以後，腰身會略粗，也許現在所量的，以後還是可用。緞子、繡花、旗袍都是「國粹」，我希望Carol能夠喜歡。但是東西沒有收到以前，先不必道謝。

臺灣繡花鞋很便宜（每雙不到美金$1.50），如方便也不妨量一下令岳母大人的腳樣，我也可以送她一雙。

Carol快要有喜，我還沒有向你們道賀呢。現在還是少勞苦的好，關於胎教方面，我相信母親一定有很多話好講，現在既然不能就便請教，那麼你們還是多聽從你岳母大人的指導吧。

我的出國還沒有確定消息，這學期我在台大沒有開課，這幾天我也漸漸有點焦灼起來。我的肺部X光照片已寄國務院，普通留學生是不需要這一步手續的，多了這一重麻煩，希望似乎又黯淡了一些。這裏的visa標準較鬆，據醫生說，通過希望極大，但是國務院的標準就難說了。這幾天隨時可以有回信，如有好消息，當立即寫信告訴你。

除了出國的事情令人懸揣之外，我近況很好。體重達135磅，想起以前父母多麼希望我能達到120lb；現在我已經有發胖的傾向，他們一定更高興了。但是我希望能止於140lb，再胖恐怕就要行動顢頇，有別種麻煩了。

美國新聞處約我編譯兩本*American Essays*（上冊止於Civil War，下冊直至近代，編選方面以後還希望你多幫忙），稿費在US$1000以上（按現在的匯率，他們是付台幣的）。明年的經濟情形當比今年更好，因為我可能接到一兩本別的書的合同，所以我假如不來美，日子也可過得很好。

張和鈞的錢，他屢次說已經寫信叫他們付，我相信他沒有說謊。他家裏所以不付者，他說可能他們實在付不出，要請我們原諒。我逼他也沒有用，等*The Abyss*的稿費領到後，我當再匯些錢到家裏去，請父母親大人放心可也。

玉瑛妹到江灣去讀「鬼子」文，我大不贊成。並不是「鬼子」文不值學，但是在那種環境下面，還是不讀書的好。

秦小姐的事，蒙你同胡世楨幫忙，很感激。我還是喜歡她的，至於是否恢復追求，現在因為毫無頭緒，暫時還不作決定。尤其不願意讓她知道我因為向她有所求才央請你們幫忙的。她的成績是不好，但是臺灣大學的許多畢業生程度還不如她，居然也在美國留學，她這樣的高中畢業生，也不會替中國人丟臉了。

董小姐那邊，最近沒有什麼來往。謝謝Carol給她的信，她的回信似乎最近才寄出。她現在外交部實習，交際想比以前更忙了，因此我也懶得找她。我的出國之事，我從來沒有向她透漏一點口風，我們之間的疏遠可想而知。

那位美人殷小姐，家庭環境和我們很相像（其父為浙江湖州人，前為北平郵政儲匯局Postal Bank經理，和董漢槎、唐炳麟等認識，現留大陸未出；其母為蘇州人，在臺灣），為人很直爽正派，對我也很好，但是我頂多只能拿她當sister看待，不能愛她，也是奇怪。也許她的皮膚太白皙，而引起我愛慕的女子，一向都是比較長得黃黑一點的。

*The Abyss*譯完後，看了很多次電影，還看了一次申曲：頭本年羹堯（即《血滴子》）。劇本不知是以前什麼人編的，開頭氣派很大。順治皇帝因失戀（愛董小宛）出家，在山上（五台山？）遇見老尼，老尼乃明末崇禎皇帝的女兒長平公主，現在道行精深。一僧一尼講起清朝興亡因果，老尼乃以prophetic tone講起年羹堯。佈景一變，就到了年府的花園，那時一個男僕正在調戲一個丫鬟，這個丫鬟後來就是年羹堯的母親。這個戲如叫上海海派京戲院演來，一定好看得多，玉瑛妹很欣賞曹慧麟的《血滴子》，你想記得。申曲因為唱詞不好聽，班裏人才太差，故不大滿意。再談　專頌

儷安

濟安 頓首

十、二十七

Carol前請代問好，不另作書，甚歉，過些日子當再寫給她。

222. 夏濟安致夏志清（1954年12月2日）

濟安哥：

十月廿七日信早已收到，拖延了四星期沒有給你的回信，很關心X光照片寄國務院後反應如何，因為一有好消息，你早已會寫信告訴我了。希望這重難關能順利通過，俾可早日出國。中共野心勃勃，攪擾臺灣海峽諸小島已數月於此，假如美國態度繼續軟化，中共對臺灣的威脅只會增加，所以希望出國能早日進行。美國國務院同美國駐港臺發言人往往缺少連絡，辦事不大妥當。前年有一位陳國廉①，抗戰後曾任外交部駐滬主任、丹麥公使，被國務院邀請來美，在Yale呆了一年，國務院並不替他設法找job，後來只好重返香港，兩三月前聽說已全家溜入大陸了。陳國廉思想常左傾，但美國既請他來，而不能好好的安插他，只怪美國辦事的失策。

旗袍料子已選好，繡花剪裁，想都已完工，Carol和我都覺得花費你不少時間金錢，頗感不安，只好先向你道謝。在殷小姐前，也請代致謝意。如最近期間你暫不出國，我想聖誕節送你一些禮，算Carol屢次受你禮物表示還[回]敬的意思（預備送你一條alligator皮帶）。春天寄上的賀年片不知夠不夠用，這次想再寄幾張。淡綠顏色Carol極喜歡，將來旗袍上身，一定會給她一個big thrill。程綏楚最近寄來兩雙繡花鞋，Carol穿來很配腳，外加他送我領帶六條，我很不好意思，想還送他幾條領帶。

上次父親來信，附上小照數幀，兩張是給你的。照片上可看出父母和玉瑛妹神態都很好，玉瑛妹天真活潑的樣子，顯然還沒有受到中共的毒。她在俄專，週末可以回家，在學校裏祇有三門功課，

---

① 陳國廉，廣東台山人，1948年被任命為丹麥公使，1949年到任，1950年離任。

俄文、體育、政治，可是清早（5:40得起床）到晚忙個不堪，俄文會話方面，由蘇聯人任教。玉瑛妹說體育方面的要求極高，希望她身體能支持得下去。董小姐已有過信來向Carol道謝，秦小姐方面胡世楨已托人弄Louisiana State University，秦小姐不久前來信說已將報名表格填好寄去，想入學證書不日即可到手。

Carol教書已於昨日起停止，我早已要她輟教，她想多掙幾個錢，勉強維持到十一月底。Carol身體檢查正常，惟容易疲倦，冬天怕寒，現在可以好好休養了。結婚後，負擔增加，生活較以前節省得多。我每月收入333元，寄家用一百，房租八十，所餘無幾。明春Carol進醫院，又要花一大筆錢。加上目前就得開始找明年的job，所以覺得問題重重，心境沒有做bachelor時的自由自在。婚前的苦悶早已忘記，新的anxieties盤繞心頭，雖然Carol和我非常恩愛，生活總不夠痛快。感謝[恩]節返岳母家住了四天，她脾氣古怪還是老樣子，我同她兩人之間談不上一點感情。帶了本Dos Passos②的*U.S.A.*去，看了一半，Dos Passos描寫美國生活極親切，惟多看了，因為各種人物遭遇，平鋪直敘，頗有沉悶之感。Dos Passos介紹角色，每人數章，很少organize聯繫，作風頗似中國武俠小說。

你*Abyss*翻完後，得到別的合同兩三件，我很高興。編譯美國散文集，現成American prose教科書可供參考的一定很多，想很容易辦。稿費拿到後，已匯出一部分否？如托宋奇轉匯，請把家中地址開清楚，712弄107號，據父親說上次宋奇電匯，把家中門牌弄錯了。這學期不教書，自己的時間想較多，常同殷小姐玩否？殷小姐既然家世同我們相仿，為人又好，又是出名的美人，相處稍久，

---

② Dos Passos（John Dos Passos多斯．帕索斯，1896-1970），美國小說家，畢業於哈佛大學，代表作有《美國三部曲》（*U.S.A. trilogy*）等。

可能友誼會轉成愛情。離國七年，對京戲仍頗思念，中國飯自己偶而[爾]煮一次，倒也無所為[謂]。紹興戲在上海似乎仍舊很紅，父母不時去聽，在家時收聽無線電彈詞是母親惟一的消遣。她的favorite是龐學庭③、汪菊韻④的《王十朋》，龐學庭是蔣如庭⑤的徒弟，汪菊韻想是新出道的女說書。下次來信，希望聽到好消息，再談 即頌

近安

Carol代問好

弟 志清 上

十二月二日

③ 龐學庭（1918-1991），江蘇吳江人，彈詞演員。16歲師從蔣如庭、朱介生學《落金扇》，有「小蔣朱」之稱。1949年後，加入蘇州市評彈團，一度任教於蘇州評彈學校。代表作有《王十朋》、《四進士》、《篤窮》等書目。

④ 汪菊韻，彈詞演員，生平不詳。

⑤ 蔣如庭（1888-1945），江蘇蘇州人，彈詞演員，曾與朱介生長期合作。代表作有《三笑》、《落金扇》、《玉蜻蜓》、《落霞孤鶩》等劇碼。

223. 夏濟安致夏志清（1954年12月4日）

志清弟：

多日未曾通訊，你想必在等待着我的好消息。現在此事已經凶多吉少，希望還有，不過已經很小。美國的Public Health Service決定不准我入境，但是我在八月裏做了一個Animal Inoculation Test，到十一月（三個月後）始有結果，現在得到報告，成績很圓滿，可以證明我的TB確實已經停止活動。現在把那報告又補寄上去，請他們覆議，究竟如何，尚不得而知。

現在問題的關鍵，是在Public Health Service，他們對於我的X-ray films的看法也許和臺北 Center Clinic（美國領事館指定醫院）不同，Center Clinic認為我已經鈣化，PHS認為也許還沒有完全鈣化（詳細判文不知）。

對於模模糊糊的X-ray films，專家們意見容或不同，所以美國領事館（臺北）規定凡是肺部有問題的，統統要做一次Animal Test，一定要這個test能通過的，方才可以得到Visa，現在我已經通過了。

假如血沉澱過快，表示白血球還在和病菌作戰，Visa還有問題。可是我的血沉澱正常。

現在我經領事館指定的醫院判定：（一）X-ray照片表示完全鈣化；（二）Animal Test沒有不良反應；（三）血沉澱正常。所以我要申請Visa，至少不會因TB問題而遭拒絕了。

可是假如PHS認為有問題，我還是得不到State Dept.的研究獎金，這幾個月的期待，將成泡影。

假如早一點被擯，我還可以置之泰然，現在鬧了幾個月，最後假如還是不成，心裏難免懊惱。而且我的走不成有點冤枉，因為普通申請去美國的用不着經過PHS這一關。

我現在希望PHS能夠尊敬臺北領事館所指定醫院（當然也得到PHS認可的）的意見，根據新的證據，重新審查，准我入境。

這事結果恐怕還要等一個月以上（美國人做事的red tape也很可怕），假如不成功，我心裏恐怕很氣。

我現在請你幫我一點忙：假如State Dept.的研究獎金不成，我預備自費來美。請你先替我弄一個admission，隨便什麼學校都可以。不必Yale，因為上次你已經替我申請一次，結果我沒有去，現在再去申請，結果假如再不去，你在那邊的信用恐怕要受影響的。

現在附上照片五張，作為填表格之用，表格上其他data請你代為一填：若把表格寄臺北，恐怕往返費時。（我從1952秋季起任台大副教授。）

研究計畫也請你代擬：就說我要研究美國近代文學好了。

校長、院長、系主任替我寫的介紹信都已寫過，現在只要再照打一份，請他們簽字就是了。也許下星期寄上。假如不需要他們的recommendation更好，由你一人recommend可也。

我希望能夠得到美國任何學校的admission，1955年春季學期開始。（請不要申請「獎學金」，怕多審查，耽誤時間。）

拿到了admission，國民政府的護照，大約可以沒有問題。還有visa：需要2,400 US$存款證明，此事我想請你轉懇Carol幫忙，設法弄2400元替我開一個戶頭，這筆錢我不會替她花掉的。

我說「自費」，我有什麼把握「自費」呢？我現在只有宋奇那裏的五百元稿費（還沒有去領來），這筆錢只要在黑市賣掉一部分，來美的旅費就可以解決。這裏的輪船、航空公司的rate都照官價外匯算。

到美國以後的生活費用，短期內要請你暫墊，但是我半年之內一定有力償付。我答應替臺北USIS編兩本anthology，編輯費新臺幣$20,000，稿費按字數計算，大致可以估計也有$20,000，一共四萬新臺幣，現在台北美鈔黑市約為二十八元合一元，共有一千四百元美元。

我這一學期台大沒有開課，只有論文指導，下學期請假沒有問題。我在美國只預備耽半年，一千多塊美金也可以馬馬虎虎對付了。

同時還可以托宋奇在香港USIS再弄一本書來翻譯，又可以收到五百元美金的稿費，回國的旅費也有着落。臺北USIS方面我要多譯兩本也可以，但是臺北的稿費沒有香港的多。

這一切請你秘密進行，除Carol以外不要告訴任何人，因為只怕有人向台北美領事館告密，說我是PHS不准入境的。照我的計畫，即使State Dept.的獎金落空，仍可以按照合法手續來美。當然頂好是State Dept.能讓我去。

你不妨先考慮考慮，看看這個辦法能不能行？專此候覆　即頌

儷安

濟安 頓首

十二月四日

Carol前均此候安。

224. 夏濟安致夏志清（1954年12月10日）

志清弟：

上星期的一封信，想已收到，現在寄上錢校長的推薦信同式兩份，推薦信寫得很有分量，申請admission想已夠用。中國大學只有「副教授」一種rank，相當於either美國的Assistant Prof. or Associate Prof.。錢先生的信上，只說我在*Free China Review*投稿，其實我在1951年曾任它的Acting Editor in-Chief。

華盛頓官場辦事緩慢，我的case的再度審核至少還要等一個月，我希望你替我辦的Admission能在他們的回信前面寄來。有了Admission，我可以立刻着手申請護照，華盛頓方面如OK，那麼那張護照還可有用，如不OK，我還可以想到別的辦法，自費出國。

可是如要自費出去，頂好要Carol能幫忙：借2,400元替我立一個存款戶頭，這筆錢我不會動用；1955年上半年我有US$1,200以上的收入，而我如請不到別種經濟補助，是只預備在美國留學半年。她如果有困難，我只好向宋奇、董漢槎等處舉債，東拼西湊，就比較麻煩得多。

我上次提及的旗袍，現在花已繡好（淡綠色輭緞上繡紅色玫瑰花），尺寸有點問題，故尚未動工。照殷小姐同裁縫研究下來的結果，前身（上半身）較後身（上半身）長三寸，是否太多？白種人胸脯發達，與中國的平胸小姐不同，也許沒有量錯，但是反正不等着穿，請你不妨再量一下告訴我。

程綏楚來信說已經定做了兩雙繡花鞋子寄上，現在想已收到，我預備寄上兩雙織棉緞的，定下星期航空寄上。

Carol有身孕，近況想好，一切望多保重。我不希望我的事情給她麻煩。你知道我是個樂天知命的人，對於什麼事情（包括出國留學）都不大在乎，如有麻煩，我絕不願意人家為難。

*The Abyss*的稿費我預計是US$500（按字數算），結果拿到了US$650，款現存宋奇處。家裏不知等不等錢用，如等，我寄去150元，可說對我毫無影響。要寄，又得要用你的名字。如不等用，則等我出國事情有了眉目再寄如何？我如拿到State Dept.的獎金或乾脆出國不成，我還可以多寄些回去。如要自費出去，那麼我的錢的用途又得另行支配。一切照你的吩咐辦好了。張和鈞的錢，據他說已經了結了。再談　專頌

儷安

濟安

十二月十日

225. 夏志清致夏濟安（1954年12月15日）

濟安哥：

十二月四日來信上星期五收到，十日來信昨天收到。當天即持錢校長信及照片往見主持Yale研究院admission的Alan Ferguson①和英文系研究院director E.Talbot Donaldson②。Ferguson一向是foreign student advisor，我同他很熟，所以一談就成功，准你明春來Yale。昨日他已將forms寄出，我本來預備代你填寫，他說信件來往花不了兩星期工夫，還是由你自己寫好。除照片和錢校長介紹信外，還要兩封介紹信，你請系裏的熟人寫寫即可以。另一封研究計畫書，寫得簡單些即可以，說你有興趣研究近代文學，預備選Cleanth Brooks的Twentieth-Century Literature和Norman Pearson的Development of Twentieth-century American Literature，此外根據你的興趣可旁聽或選修Gordon S.Haight③的The English Novel，Frederick A.Pottle的Age of Wordsworth，Charles N.Feidelson, Jr.④的American Literature，William K.Wimsatt的Theories of Poetry，Brooks和Pearson都是極善良的君子人，同他們交往很容易。讀

---

① Alan Ferguson，耶魯大學博士，長期在耶魯大學工作，編著有《俄國史散論》（*Essays in Russian History: A Collection Dedicated to George Vernadsky*）等。

② E. Talbot Donaldson（托爾伯特·唐納森，1910-1987），美國中世紀研究專家，曾獲得美國人文與科學獎。

③ Gordon S. Haight（戈登·S·海特，1901-1985），耶魯大學教授，代表作有《喬治·艾略特傳》（*George Eliot: A Biography*）、《喬治·艾略特書信》（*The George Eliot Letters*）等。

④ Charles N. Feidelson（查爾斯·N·菲德爾森，1918-1993），耶魯大學文學教授，代表作有《象徵主義與美國文學》（*Symbolism and American literature*）等。

MA要take四課，加上考拉丁，一學期絕對不容易辦到，所以你的admission帶些Pre-doctoral Fellow性質，主要目的是見見人，看些新書，開開眼界。如經濟能維持下去，秋季學期再正式讀degree不遲。Ferguson對於你的case頗表同情，勸你去看看David Rowe，他同State Dept.人頭熟，或可有辦法幫你弄到那筆獎金。Rowe同我很熟（我幫他弄的project已出版了，title是*China: An Area Manual*，封面上有我的名字，可是我寫的東西大部分在Vol. II，還沒有出版），他office是Asia Foundation, Inc. 139A.Yen Ping Nan Lu，你去見他，他一定很歡迎的。

關於經濟方面，也不成問題。Carol在Springfield有$2,500一個存摺，這次Christmas回家，把存摺轉在你名下，再由銀行出一個statement給你，證明你在美國有這麼多儲蓄，visa簽出想已不成問題。我自己幾年來的儲蓄，老是維持一千元上下的水準，婚後開支增大，每月出入差不多相底[抵]，更不想再有節蓄。現在開始找明年的工作，想到明年做父親後的責任，頗感頭痛。

State Dept.方面希望兩三星期內有好消息，我為你這事，也感非常氣憤。可是自費來美後，生活是不會有問題的，住宿都很容易解決，就是平日生活方面要較在臺灣時簡省些。你的六百五十元，假如旅費花掉一百五十元，餘下五百餘可以維持三四個月，一個學期可以度過了。假如明春我們搬進一個較大的apartment，你同我住宿在一起，你更沒有什麼開銷可言。我想假如你來美抱着遊歷目的，住上一年半載，是一個辦法，假如想讀degree，花上三年工夫埋頭讀書，另是一個辦法。你來美後住了一兩月，自己再作決定好了。值得考慮的是：中美簽訂security pact後臺灣的安危問題、自己的事業婚姻問題。美國的生活是很寂寞的，打出頭非常困難。不過目前這些問題用不着worry你，是抱了短期遊歷的態度，買了飛機票來美好了。Yale春季開學在二月七日，時間還充分，遲到幾天也無所謂。

　　這次又勞你送來兩雙織棉緞的鞋子，預先謝謝。Carol前後身重measure後，結果是前身18″，後身16″。上星期我寄出Expanso牌Alligator皮帶一條，X'mas Cards四份，想都已收到。家中我按月匯百元，想生活可以繼續，你決定出國，自己手頭不便，不必再寄家用了。下次來信一定把Bank Statement附上，你回Ferguson的信寄來我這裏也可以，或者手續方面可以快些。Carol懷孕以後，身體較前健康得多。還希望你State Dept.的獎金能夠到手。匆匆
即頌

　　年安

弟 志清 上

十二月十五日

226. 夏濟安致夏志清（1954年12月14日）

志清弟：

今天寄上女鞋兩雙，男拖鞋一雙，預計X'mas前可寄到。接Dec.3來信，知道你同Carol要送我皮帶一條，不知已寄出否？其實我認為可以不必買，我要什麼東西，我會寫信來討（以前就是如此），你們假如特別破費，我要於心不安的。程綏楚同你的領帶往來，使我想起母親送六姨母兩盒冠生園月餅，六姨母送回兩盒老大房月餅這種「禮尚往來」。你以前寄來的X'mas Cards，我還存有近十張之多（一時用不完），所以今年沒有寫信來討。今年我沒有什麼要討好的女友，送卡也不求漂亮了。

上兩封信提起自費留學的事，也許使你傷了一點腦筋，此事我現擬暫時擱下（一切請暫停進行）。State Dept.的獎學金尚未完全絕望，如成功，我可以很快樂很寬裕（聽說有九元一天）地來美，如不成，我擬暫留臺灣，以後公費自費機會還多得很，何必急急？那幾天因滿懷希望有忽遭打碎的可能，心裏有點氣，故信裏措辭顯得很急迫，害你恐怕也一起着急。這幾天我已心平氣和，此事已不大放在心上，不願再多傷腦筋了。自費來美，一切還太拮据，我這點錢在臺灣花用，可以過得很舒服，何必到美國來受苦呢？這是我平日做人一貫作風，你想會瞭解的。

父親母親玉瑛妹的照片都已經收到，他們顯得都很正常，母親似乎更發福了，看見之後，我非常homesick。（我上次的半身照片，如有餘，請寄一張回家。）我已寫信給宋奇，叫他匯900元港幣給家裏（約合US$150），擬分三次匯，家裏如無急用，你可以停匯一個月，陰曆年關前，擬再匯US$100回家去。Carol分娩前後，不宜做事，你的負擔也重，老家裏的生活，我也可以量力而行，同

你分擔一下。再談

Merry X'mas to you both!

濟安　頓首

十二月十四日

[又及]我們的系主任英千里生病，我要代他的課，freshmen的「西洋文學」（for this term希臘文學），我雖外行，亦只好草草準備了去教了。

227. 夏濟安致夏志清（1954年12月23日）

志清弟：

前天接到Yale U的信，知道你已經在替我代辦手續了，不勝感激。現將所有文件都寄上，錢校長的介紹信前已寄上，想已收到。

張和鈞說他願意全力支持我；$2400存款證明，他說董漢槎可以代辦（借用名義而已，不動他的錢。董漢槎現是太平保險公司董事長，丁雪農總經理，陳文貴經理），我需用$1200，他說可以借給我，等我拿到稿費再還給他（not later than July 1955）。這樣子，我的膽為之大壯。張和鈞為人我不大瞭解，也許是個好人。

事情既然已經辦到這一步，我只好等Yale的Admission了。State Dept.方面，尚無最後答覆。我拿到了Admission還是進行辦理護照。

郵局有張包裹通知，我無空去領，大約是你寄來的，先此謝謝。卡四張也已收到了。再談　祝

Merry X'mas & Happy New Year to you both!

濟安

十二月二十三日

［又及］宋奇已匯HK400回去，別的他說要慢一慢，錢太多了反而引起家裏的麻煩云。那麼你暫時也請慢慢的匯款吧。

旗袍尺寸有錯誤否？盼賜覆。尚未動工。動了工至多一星期就可以完成了。鞋子配腳否？

228. 夏濟安致夏志清（1954年12月30日）

志清弟：

星期一發出電報一通，想已收到。那天只知道我的事情已被批准，趕緊來通知你。今天接到正式公函，知道我被派入Indiana大學，不能到Yale來了，不勝悵悵。Indiana的英文系已久聞大名，暑期學校似更為傑出，對於我的讀書研究計畫，Indiana似亦頗合適。Yale方面同情我、願幫助我的幾位先生，請代為致謝。來美之期，如無其他阻礙約在舊曆年後（Jan.底）。此外還有很多話要說，兩三天後當再發出長信一封。專此　敬頌

儷安　並賀

新禧

濟安

十二月三十日

Carol前均此（grant是$242一月）。

229. 夏濟安致夏志清（1954年12月31日）

志清弟：

今天是除夕，晚上接到你們的電報，很高興。臺北冬天不斷的濛濛細雨，我沒有到哪裏去玩，只是在宿舍裏打了四圈麻將。

我的行期現在還難說，有好幾道手續要辦的：

① 護照：教育部轉行政院轉外交部——約需兩星期。

② 出境證：至少三天。

③ Visa：又需三天。

假如能在三星期內把這些手續辦妥，已經算很快的了。此間美國新聞處希望我在三星期辦妥一切，真要如此，我也得很辛苦地各處奔走一下。今年陰曆大除夕是Jan.23，我希望能在舊曆年內走成，舊曆新年在臺北過很無聊。到各家去拜年吃飯（我在外面零吃，新年期間吃食店不開門，非上人家去吃不可），也是很吃力的。

Indiana大學聽說是Feb.3開始註冊，我想不致晚期。Indiana大學的內部情形和當地風光（我只聽說過他們的暑期學校和Senator Jenner），你若知道不妨先告訴我一些。

這幾天心開始有點亂，怕的是（一）各處奔跑，（二）整理行李。行李不多，但是我這間房間要整理清楚，歸聚一起，寄存他處，也很吃力的。

我的飛機票（來回）由此間USIS代買，動身之日，送$300，一個月以後，每月送$242。好在我自己還有點錢，手頭不致太窘，到了美國，不預備像你那樣自己提行李，有腳夫我一定要找腳夫的。

照合約，我于明年六月三十日以前一定要離開美國返回臺北。這種合約臺北的美國官員非常重視，但是據說華盛頓方面反而馬馬虎虎，任人延長居住。我是否那時返台，現在還不大去想。假如不很費事，我也許在美國住長；假如困難太大（經濟方面或官方的催趕），到時也許就返台，以後再想法出去。

照現狀，我的來美應該沒有什麼問題了。但是意外的困難可能還有，我總是不大敢樂觀的。

我很想via Hong Kong，但飛機票既由人家買，臨時也許不讓我由香港走。香港方面的錢我預備大部放在宋奇那裏，由他陸續接濟家用。以後你該少寄些錢回去，共匪又在發行「公債」，多寄了恐怕反而要受剝削及別種麻煩。

Anthology我本定編兩本，現既去Indiana讀書，似乎不應該在翻譯上多花功夫，應該多讀讀書，所以只預備做一本了。（Civil War以前。）

臺北沒有什麼使我留戀的地方。就我停留時間的長短來說，它已經是我的第三故鄉了（第一，蘇州；第二，上海）。教書的職業我倒不大捨得放棄，我精神上的self-independence不如你，埋頭苦幹有點不耐煩，只有教書可以得到immediate applause，而我似乎很需要applause來支援我的精神。

美國生活的枯燥，我常聽見人說起，耽擱久了是有點可怕的。在美國的中國男人大多俗氣，中國女人大多醜陋，也在意料之中。要適應美國的環境，我恐怕遠不如你：我prefer中裝to西裝，白粥to牛奶，白米飯to麵包，中國人的aloofness to美國人的親熱。但是我另外有一個conviction，在美國有錢還是可以過得很舒服。

殷小姐（名「之時」，Jeanette Yin）將來Morgantown的West Virginia University讀social work的M.A.。她的行期比我決定得早，當她告訴我快要動身時，我當時自己的一切都還渺茫，一時覺得惘然若有所失。那是我認識她以來第一次覺到的deep feeling，可是我那時只是冷淡地敷衍她而已。幾天之後，我自己的好消息來了，我才起勁地同她去討論在美國的生活。她的Visa尚未簽出，但已定好Jan.7從日本開出的中國船「渝勝」號（"Chungking Victory"），七號以前她一定要飛日本的。

幾個月以前，那時她已經在進行出國了，我告訴她我也有機會出國，她的immediate response：「我們一起走多好！」事實上，即使她願意同我一起走，也不容易辦到。她要自籌旅費，她現在坐的船祇要兩百元美金（官價外匯，只合黑市一百元美金），我坐的是飛機，叫她一起坐飛機，她的破費太大了。

殷小姐「熱情」的話，還不止那一句。昨天我去看她，一起看地圖。我說我要到West Virginia替她去照相，她對旁邊的一個親戚說道：「請記住：夏老師要來替我照相的，他假如不來，我們以後問他。」她說，我去Morgantown她要煲雞粥、豬肝粥招待我。我說起我連皮鞋都不會擦的，在美國生活多不方便，她說：「我來替你擦皮鞋好了。」

殷小姐不是個coquette，她這是心直口快，有時候我覺得她說話太不考慮。她有強烈的成見，她所反對的人，她批評得很凶，我也覺得過份一點。我同她所以這樣相處得好，有個消極的原因：我從沒有「追」過她；我的言談態度在她面前通常都是瀟灑自然的。你的原理：中國女孩子是世界上最難服侍的人，在她一樣的能適用。我如當初追求了她，現在也許已經弄得焦頭爛額了。到了美國，環境轉移，我當看情形試一追求，也未可知。

她現在拿到West Virginia University很小額的獎學金（免學費），另外有某教會給她的boarding和lodging，但是有個條件，她不許離開Morgantown。她將來的生活一定比我還要枯燥。我來美以後，當常常去看看她。

殷小姐四年以前比現在更美，現在已略顯蒼老（她是1931年生的），但仍不失為一美人，看照片可知，那是在我房間裏照的。

你說的話不差：美人是不該多讀書的。

你很關心我的戀愛問題。現在可能追求的對象，只有兩位，一是殷，一是秦。秦小姐對我似乎也未能忘舊，但她的近況我不大知道。明後天我當寫信給胡世楨，一則報告我的好消息，一則問問他替Celia辦的admission怎麼樣了（她已來催我）。

董小姐的事，已全成過去。我走前去不去告辭，都還沒有一定。此事我始終瞞着她，她在外面聽見很多人說我要出國，跑來向我問起，我才告訴她的。

皮帶還沒有去領來，很抱歉。這幾天郵局領包裹的排着浩浩蕩蕩的長蛇陣，一去要等好幾個鐘頭，我等過了年清淡了一些再去。我寄的鞋子領到沒有？尺寸合不合？鞋子很便宜，我來時還可多帶兩雙來（這次擬做軟底的）。此外要什麼東西，現在寫信來通知還來得及。旗袍還沒開始做，殷小姐自己在定做很多旗袍，她的裁縫要等她的貨交齊了才做我們的，反正我們還不等着要用。再談　恭賀

新禧

濟安　頓首

除夕，1954

230. 夏志清致夏濟安（1955年1月4日）

濟安哥：

十二月十四日信、二十三日掛號信前後收到。上星期三從紐約回來，接到電報通知單，想是出國已獲State Dept.許可，星期四到電報局取出電報，固不出我所料，心中大喜。當晚在New Haven菜館同Carol吃了一頓飯以示慶祝，正月底前後想可以出國矣。預備乘船抑飛機？希望不日收到你的信，通知你的行期。你所填表格信件等，上星期因學校放寒假，Ferguson不在辦公，到昨天（星期一）始交給他。我本來要他發份電報，他說沒有Yale大學的Stationary，恐怕美國官方不會承認，還是寫信的好。此信到時，想你已經收到Yale的admission了。你這兩天臨行匆匆，一定忙碌異常，餞行的同事朋友，想必很多，Yale春季開學二月七日，一定可以趕上。

看到你電報後，即發出回電一封，想已看到。記得去年元旦，我收到你的賀電，一年之後又收到你出國的電報，你心中的興奮，是可想而知的。皮帶一條想已收到，不久前收到你男女鞋子三雙，都很配腳，給Carol的兩雙，質料design皆好，Carol極為喜歡。你附上的賀年片，較我寄給你的精緻得多，現在掛在living room牆壁上。

家中有信來，情形很好，玉瑛妹在校每晨有牛奶一杯，還不算虐待。我聖誕節時在岳母家住了兩天，廿七日到紐約去參加Modern Language Association年會，廿九日返。目前忙着找事，美國大學很多，找事不算難，惟要插進好大學，確相當費事。Carol身體很好，她不久可看到你，心中非常高興。秦小姐出國事大概弄成功了，因為她寄給我一張很大的X'mas卡。專候你通知出國確定

日期，即祝

快樂

弟 志清 上

一月四日

231. 夏志清致夏濟安（1955年1月13日）

濟安哥：

年底兩封信都已收到。知道你被派入Indiana大學，不能來Yale，以後不能日常見面，這是相當掃興的消息。可是今年夏天後我大概不會留在Yale，為你着想，Indiana的地點或者比New Haven較好。New Haven同東部許多城一樣，歐洲移植人民較多，比較雜亂髒（New Haven城內一大部是義大利人），而Indiana都係美國農民居住，空氣環境絕然不同。我沒有到過Midwest，不過據說，那邊一帶的少女都很健康活潑美麗（New Haven很少看到美女），住在那裏，尤其在大學campus上，生活上可充滿一種esthetic pleasure。Bloomington人口只有兩三萬，Indiana大學當然是中心。Indiana的英文系相當好，系主任James A. Work①（Yale Ph.D.）辦事很認真，所以有蒸蒸日上之勢。查看它的Catalogue，教授出名的不算多：一位Herbert J. Muller②是常寫批評文的，另一位Whitehall③，在語言上研究頗有成就，常在*Kenyon Review*上寫文章的。暑期的School of Letters當然是另外一回事，那時名批評家彙

---

① James A. Work，1934年在耶魯大學獲得博士學位，畢生致力於英國文學研究。為紀念他對英國文學研究所做出的貢獻，印第安那大學英文系設立了James A. Work講座教授的席位。

② Herbert J. Muller（亨伯特．J．米勒，1905-1980），美國歷史學家、作家。1959-1980年間任教於印第安那大學。代表作有《過去的價值：歷代社會的側影》（*The Uses of the Past, Profiles of Former Societies*）等。

③ Whitehall（Harold Whitehall哈羅德．懷特霍爾，1905-1984），語言學教授，代表作有《英語結構要義》（*Structural essentials of English*），編輯出版《韋氏新世紀美語辭典》（*Webster's New World Dictionary of the American Language*）等。

集，跟他們聽課，確是一種privilege（去夏Empson在那裏，日常穿了中共制服，鬧了不少笑話，Empson擔任英Sheffield大學英文系主任）。Indiana和Iowa相像，和Yale不同的地方是Creative Writing的着重，你要練英文，寫小說，確是極好的地方。Indiana研究院gives M.A. in creative writing，到英文系，你有興趣，可以在這方面發展。我請Pottle寫了封推薦信給Work，前兩天寄出，問他英文系有沒有空額。雖然希望不大，我可能秋天會來Indiana也不一定。

這幾天你一定忙碌異常。你這次留美，殷小姐、秦小姐都能同時出國，我認為頗有些天意。秦小姐對你舊情未斷，而殷小姐一直對你有好感，這次出國，恐怕她也動了情感，至少從你信上看來，她極value你的友誼而對你的response是極好的（以前我信上提及過楊耆蓀，好像她也在Indiana）。West Virginia中國人一定很少，殷小姐人地生疏，你好好地追她，我想一定會成功的。秦小姐進Louisiana State University, Baton Rouge，已經出國了，也未可知。殷小姐照相上看來，不特美麗，而且很intelligent。

我這兩星期，為了下半年謀事，寫了二三十封信，瞎忙一陣，mood不太好。目前較有希望的是U. of Oklahoma，那邊地點冷僻，Pay較小，我不太高興去，但假如別的地方沒有希望，Oklahoma有聘書來的話，也只好屈就了。今半年來，自覺腦筋遲鈍，工作效率差，頗感傷心。在美國能出人頭地，只有靠自己能力聰明，目前覺得自己不如以前，自信心頗為動搖。在中國時，我一向迷信補藥，Hormone藥片不斷，在美國除維他命丸外，沒有醫生配方買不到什麼補藥。你這次來美，要帶給我東西，還是買兩三瓶「維他賜保命」之類的丸藥。這種丸藥，以前對我很有用，婚後想仍有用的。Carol鞋子已很多，請不必再買了。

父親有信來，宋奇寄的港幣四百元已收到了。行期想已決定了，你到Indiana後，我同Carol一定乘火車來Bloomington看你，

Carol產期將近，要她開汽車，一定很累。時間來美後再決定。初到美國時，有一種新鮮的感覺，多住了就wear off。美國吃東西，味道較差，可是有幾項食品，我想你會愛好的：orange juice，lettuce之類的salad，都是在中國不常吃的。和殷小姐臨別時，情形如何？這封可能是出國前最後一封發給你的信了。一路上自己珍重，即頌

旅安

弟 志清 上

一月十三日

232. 夏濟安致夏志清（1955年2月4日）

志清弟：

來信並Carol的信均已收到。我的手續已經大致辦妥，定下星期一簽Visa（Feb.7），星期三中午飛Tokyo（東京可住一夜），星期四清晨搭PAA機飛美，Via Honolulu。抵美後擬在San Francisco盤桓兩天，那邊我有兩個朋友在Stanford，預備招待我一下。再在St. Louis耽擱一天，那邊Washington University也有一個朋友（范寧生），也可以一同玩一下，然後再去Indiana。

謝謝你關於Indiana大學的情報。此去雖只定半年，但我也可以藉此好好用功一下。我看見了State Dept.給USIS的電報，他們所以沒有給我弄Yale，因為Yale沒有creative writing的Facilities。Ferguson你先去替我賠罪，明後天我再寫封信去表示我的歉意。

你說你們要到Bloomington來，我很不敢當，尤其Carol有了身孕，應該少勞動。還是讓我先到New Haven來，以後你們再來Bloomington如何？

鱷魚皮帶拿到已有一個多月了，非常高貴漂亮，上飛機我預備拴着他[它]，作為我的Mascot。謝謝你和Carol。

我出國的消息，家裏假如尚未知道，請即代寫信稟告父母。我到美國後當詳細寫信回去。

藥當代買。不知San Francisco的海關會不會沒收。我想交郵寄一部份，自己帶一部份。

臺北方面的行期如不拖延，我預備到東京後再寫信。

別的再談，專此　即頌

春安

濟安 啟

二月四日

Carol前代致候。

233. 夏濟安致夏志清（1955年2月10日）

志清弟：

我於Feb.9（星期三）下午六時半離台，晚一時半抵東京，東京住Shiba Park Hotel，為小型歐化高尚旅館，膳宿均由航空公司負擔，生活舒服，一切平安，請釋念。今晚十時三刻坐PAA機（Flight824）橫渡太平洋，Friday可抵舊金山，詳情再告。

在舊金山預備住兩天，生活想亦由航空公司負擔，以後轉TWA機，TWA以後還要換兩家小公司，茲將路程錄下，供你參考：

Lv. Tokyo	Feb. 10（Thur）	22：45	
Ar. San Fran.	11（Fri）	06：30	
Lv. San Fr.	13（Sun）	11：45	TWA92
Ar. Kansas City	14（Mon）	00：20	
Lv. Kansas	14（Mon）	06：50	TWA10
Ar. St. Louis	14（Mon）	08：25	
Lv. St. Louis	15（Tue）	08：45	AAL232
Ar. Chicago	15（Tue）	11：00	
Lv. Chicago	15（Tue）	17：05	LCA137
Ar. Bloomington	15（Tue）	18：51	

你不必來接。我到Bloomington後住了兩三個禮拜，擬即來看你同Carol。專此　即頌

春安

濟安　頓首

二月十日

Carol前均此，今年Valentine日，我不送任何人Card。

234. 夏濟安致夏志清（1955年2月11日）

志清弟：

晨五時半（夏威夷時間）抵火奴魯魯，順利入境，今晚七時可抵舊金山，PAA不負擔旅館費用，但仍擬照預定計劃住兩夜。餘再告，專頌

近安

Carol均此

濟安

二月十一日

235. 夏濟安致夏志清（1955年2月12日）

志清弟：

今在Wake Island小憩，時間為中午十二時25分（東京時間上午九時25分）。剛剛得到消息，在Wake Island島將停留五小時以上。Tokyo所發信想已收到。在San Francisco如PAA不代付旅館賬，擬少住一日。祝

好

Carol前均此

濟安

二月十二日

［又及］飛機（“Strato” Clipper Nightingale）上有臥鋪，尚舒服。

236. 夏濟安致夏志清（1955年2月12日）

志清弟：

今晚七時三刻安抵舊金山，即晚宿旅館，洗澡休息。星期日再飛。專頌

近安

濟安

Carol均此。

San Francisco的Airport十分漂亮，worth seeing。

237. 夏濟安致夏志清（1955年2月13日）

志清弟：

抵舊金山後，住Colonial Hotel，乃一舊式Victorian式旅館（傢俱都老式，牆上還掛*Pickwick*小說裏的插畫與風景畫），$3一天，我住兩天。旅館尚幽靜，隱隱約約傳來電車聲與汽車聲，使我想起上海。San Francisco很像上海，不知道你有沒有這種印象。

第一天到舊金山已晚，就在downtown附近走走看看。第二天Stanford的兩個朋友王哲夫與朱光玉來看我①，在Chinatown吃早飯、午飯。下午由他們的同學張君駕車去Stanford參觀。舊金山市區很舊式，Macy's頂多只好比上海大新公司，但舊金山市郊的公路熱鬧，很能代表美國新興文化。Used cars，Motels，Drive-in的吃食店，各式新型住宅，大Shopping Center，那些都是上海看不到的。

Stanford似乎不比清華大學大多少，環境尚幽靜，建築（中心部份）很美：以教堂為中心，四面有極長圍廊。晚飯在中國學生宿舍吃他們自己煮的中國菜。回市區已晚，舊金山就參觀了這些東西。金門大橋、Berkeley以及新開幕的Auto Show都來不及看。

今天（星期六）一早到飛機場，先飛Kansas City（Mo.）。Kansas City的機場很小，四周也很荒涼，看不出什麼來。再轉飛St. Louis，由航空公司介紹住Hotel Desoto，這是一家新式旅館，五元一天，有private bath，外面很冷，似有微雪，但室內穿了單衫還嫌太熱。明天飛芝加哥，轉Bloomington。詳情以後再告。請轉告Carol：我對美國印象很好，每個美國人都待我很好。專此　敬頌

---

① 王哲夫、朱光玉，夏濟安的朋友，生平不詳。

近安

濟安

二月十三日

［又及］來信再寫C/O Dr. Leo Dowling（他是Foreign Student Adviser）, Indiana Univ. Bloomington, Ind.

238. 夏濟安致夏志清（1955年2月16日）

志清弟：

今晚七時已安抵Bloomington。Bloomington機場甚簡陋，該地人口只兩萬餘，原不足怪。機場外無cab，無limousine service，有一I.U.之學生，在該地郵政局半工半讀，在飛機場上接了郵包，送進鎮上去，順便把我帶去。機場上人推薦我住I.U.的Union Club，那位工讀生就把我送來此處。此地派頭儼如是一家旅館，房間3.50一天，設備也還好，就是無private bath，而且公共浴室中只有蓮蓬頭（其實那頭也不是蓮蓬，作⊙狀，水可調節，有時從邊上一圈流出來，有時從中間一點噴出來，噴得甚急，作細霧狀），稍覺不便。那天晚上Big Ten中的Minnesota與Indiana比籃球，我請那位工讀生去喝酒，在酒店（B鎮上）裏TV上看籃球，我看不出他們的籃球有什麼特別精彩之處，同中國差不多。（以上二月十四日）

星期二在campus四處走走看看，地方太大，對那些有汽車的人，非常羨慕。校園佈置頗具匠心，故意弄出些邱[丘]陵樹叢小橋流水（現在是灰暗的冰）的樣子。英文系是一排木屋，門前是一道木橋，這樣使得有汽車的人也要下車步行才能去上課。我倒希望柏油路能直通各教室門口，這樣可以省時間不少。

註冊填很多表，也頗費時間。選課尚未定局，可選的課不多。我已經遲到，而國務院關照我是單旁聽不讀學分的。我怕旁聽不用功，預備讀幾個學分作為刺激，再則將來或有往下讀學位的可能。

晚上在graduate student的宿舍Rogers Center去吃飯，他們那裏生活也很舒服，而收費低廉，膳宿一起，一月72元，我想明天搬過去。

在學校附近看了一張電影*Ugetsu*①，故事有點像中國的聊齋。Work是個精力很充沛的人，他對我說起你想來，我沒有問他他已作了什麼決定。暫時寫到這裏為止，再談　即頌

近安

濟安 頓首

二月十六日

家裏請你寫信回去，告訴我已到，我俟宿舍選課弄妥後再寫。臨時通訊處：C/O & Leo Dowling, Indiana Univ., Bloomington, Ind.

Carol前均此不另。

四月初放春假，我那時到New Haven來看你們，如何？

---

① *Ugetsu*（《雨月物語》，1953），日本黑白片，據上田秋成（Ueda Akinari）同名小說改編，溝口健二（Kenji Mizoguchi）導演，森雅之（Masayuki Mori）、京町子（Machiko Kyō）主演，大映映畫株式會社（Daiei Film）。該片1954年在美國上映。

239. 夏志清致夏濟安（1955年2月18日）

濟安哥：

臺北二月四日所發的信收到後，這星期繼續收到你自東京、Wake Island、火奴魯魯、舊金山、St. Louis寄出的旅程報告。每封信和卡，好像重要的News Bulletin，讀來很興奮。今晨又收到你自Bloomington寄出的信，看到你請那位在郵局做事的學生吃酒，看TV，知道你同美國人很交談得來。他們大半都腦筋較簡單，心地較正直，諷刺幽默，都不會使他們生氣，我想你在Bloomington住上一兩星期，會發現很多同學對你發生興趣。你一路順利，住得很好，甚慰。我在舊金山時，看過兩場電影，到Berkeley看了一次湯先生，在Chinatown吃了一次飯，其餘什麼也沒有玩。舊金山給我印象很好，只是街道slope得利[厲]害，為別地所未見。在上海，汽車慢而鬧，不斷揿[撳]喇叭，初到舊金山，覺得美國汽車靜而速，不知你有沒有同樣感覺？你來美一星期，足跡所到之處，已經比我多了。二月初殷小姐自芝加哥寄給你一信，沒有拆封，現在附上。她可能已到North Carolina上學去了。秦小姐尚未來美，恐怕要明秋才能趕到。胡世楨覺得她在Diocesan School的成績太平平，沒有繳上去，另編一個故事，說她讀完新亞後，在商科學校讀了一下，現在學校方面要討她的商科成績單，所以入學證至今沒有領到。

Joe Nerbonne上次結婚，說要來參加，結果未到。去年耶誕節我寄他一張卡，沒有回音，他想仍在華盛頓報館做事，他家裡的地址是30 Thorny Lea Terrace, Brockton, Mass。你想知道。

家裡已去信通知你要來美，但還沒有告訴你動身的日期，和旅途的情況。謝謝你代我帶藥，想海關檢查沒有麻煩。我近來生活極正常，三四月來在性生活方面很少有舉動，而且不感有需要，所以漸漸恢復以前的efficiency。去年暑期時，人很勞頓，精神振作不起，頗以為苦。回想十年以前在臺灣的時候，我性的衝動極大，簡直換了一個人。但是因為沒有需要，也沒有什麼regret。但是總覺得，要結婚還是早結的好。你元氣較我充沛，能追到殷小姐，最到[多]年內就定局。再過幾年，生活上outgrow結婚的需要後，就不會再有一股追求的衝勁了。

China Institute代中國人找job，把四五家小大學需要英文教員的通知寄給我。所以較好的大學弄不好，小大學方面job想是不成問題。Oklahoma方面還沒有信來，Pottle寄Work信後，尚未接到他的回音。

已搬進研究生宿舍否？一月膳宿72元，很公道，在Yale每月包飯恐怕要六十元以上。你預備春假期間來Yale很好，如有機會早來，離Carol生產期較遠，Carol可招待你周到些。我很想一個人坐火車來一下，Carol大約不應該多動了。我New Haven的電話是State 74667，你下星期可打個電話來，所費想不多，已七八年沒有聽到你的聲音了，Carol也可同你談一下。選課已定了否？Ferguson方面已代你抱歉了。匆匆，再談　即頌

旅安

弟 志清 上

二月十八日

240. 夏濟安致夏志清（1955年2月17日）

志清弟：

抵Bloomington後作一書想已收到。現遷至Rogers Center（graduate學生宿舍）W113號，信箱353號。每月膳宿在內72元（尚未付），膳食很好，住則一人一間，也很好，惟暖氣太熱，加以西曬太陽，房間裡已覺太熱（室外尚有冰），晚上睡覺什麼都不蓋。住在學生宿舍可較經濟，本月各處瞎闖，用費較大，下月起當可節省。

選了四門課：Edel①（紐約大學來的Visiting Prof.）的Henry James與Symbolist Novel（Joyce，Proust，Woolf，Faulkner），Wilson的Creative Writing，Mills的Shakespeare（*Anthony& Cleopatra*），共十二學分。各課內容以後再向你報告。學費按學分算，共約一百五十餘元，我已叫他們向國務院算，但國務院初意只叫我來旁聽，肯不肯付，尚成問題。如不肯付，只好按月撥還給他們。我有240元一月，無論如何是夠的了。四門功課我想不會使我太忙，只使我不太閒散就是了。我性子很懶，現在住定之後，又什麼地方都不想去了。New Haven將於四月初來，你們走一趟，花費很大，加以Carol有身孕，還是不動的好。

昨天晚上學校裡有學生的會議（I.U. Forum），討論臺灣問題，因主講人之一鄧嗣禹②前在北平紅樓認識（他住在許樂[魯]嘉的對

---

① Edel（Leon Edel里奧・埃德爾，1907-1997），美國批評家、傳記家，代表作為五卷本的亨利・詹姆斯傳記（Philadelphia, Lippincott，1953、1962、1969、1972）及《現代心理小說》（*The Modern Psychological Novel*）、《布魯姆斯伯里》（*Bloomsbury : A House of Lions*）等。

② 鄧嗣禹（1905-1988），湖南常寧人，歷史學家、文獻目錄學家，1942年獲哈佛

門，大反對許樂[魯]嘉的荒唐，記得嗎？），我不好意思不去捧場。不料他把我向大眾介紹，我乃不得不起來向大眾發言多次，虧得我現在臉皮較厚，居然用英文侃侃而談反對共產黨，第一次講完，全場掌聲，最後全場還向我鼓掌致敬。我不想出風頭，只是臺灣問題美國人都很關心，我才從臺灣來，所以特別引起人家的興趣了。

如有信請照上開地址寄來。行前我托宋奇每月寄HK$400回家，我想最近半年你如不寄，家裡也可勉強夠用。你如要寄，隔三個月再寄一次就夠。這種犯法的事情，我想你還是少做。並不是我不孝順，但共產黨的匯率定得太低，錢讓他們賺去，我是不甘心的。家裡的信還沒有寫，我總希望父母和玉瑛妹搬到香港去。

Carol健康想好，念念。我剛剛住定，欠家人的信很多，以後當一一補上。專頌

近安

濟安 頓首

二月十七日

[又及]昨天上午有個記者找我談話，今天發表出來了，特寄上博你一笑。明天還有個女記者要找我談話，今天電話約好的。

Henry James 現在讀短篇小說，不久要讀*Ambassadors*。Symbolist Novel現在讀*Ulysses*。又關於Joyce、Proust……等的參考書，你如不用的，暫借我一用如何？請用郵政寄下。

大學博士。曾任芝加哥大學東方研究院院長、印第安那大學東亞研究中心主任等職。代表作有《中國考試制度史》、《太平天國新論》（*New Light on the History of the Taiping Rebellion*）、《捻軍及其游擊戰，1851-1868》（*The Nien Army and Their Guerrilla Warfare, 1851-1868*）等，並與費正清合著《中國對西方的反應，1839-1923》（*China's Response to West, 1839-1923*）等。

241. 夏濟安致夏志清（1955年2月18日）

志清弟：

昨日發出平信一封，想已收到。剛到此地，心緒不寧，頂不舒服者有兩端：（一）Campus太大，常常迷路，一失方向，就要多走許多冤枉路；（二）宿舍太熱（弄得人很疲乏）。現在道路漸漸摸熟，宿舍溫度也已解決。昨晚有一李啟文（菲律賓華僑，廣東人）來談，他教我如何關閉暖氣之法，立刻覺得頭腦清爽。我們宿舍不用steam，而是用一種heated air，我的房間隔壁是heated鍋爐室，頂上熱氣不斷噴來。我才搬來時，還不懂如何開窗子，悶在裡面，室內大約達九十幾度，而且乾燥異常。斜對門住一位韓人林君，我請教他如何開窗，室內熱才稍退，但晚上我又不敢開窗睡覺，昨天晚上把heated air入口關掉，室內才溫度正常（穿shirt正好），不覺亢熱燥烈。中國人很怕over-heated room，你記得上海的大光明戲院嗎？母親反對生病住洋人的醫院，主要的objection也是太熱。今天上了H. James，已討論過*The Pupil*，現在讀*The Jolly Corner*，將要讀*The Beast in the Jungle*，這個course上過，讀書時可養成更細心的習慣。我想用心讀去，並不很難。可惜你送我那本Matthiessen沒有帶來。Edel的態度平穩，大約不要驚人言論，只要你細讀小說本身就夠。我很需要這種訓練。此地圖書館的書很多，參考書不成問題，昨天我向你借書，此事並不亟亟。

今天上午一位新聞系三年級的戴眼鏡小姐Katherine（?）Neff，約我談了四五十分鐘，此人很serious，似乎開不得玩笑的樣子。她似乎連上海在什麼地方都不知道。我說以後她如要研究中國問題，我可以幫她忙。

近日心緒不寧，不大想女人。Campus還沒弄熟，一時不想離開Bloomington。有一樁事情，我沒有告訴你：我走的那天上午，Lily來了，而且哭了。此事的significance我還看不透，但是我相信她是sincere的。我很窘，至少我們的交情還得維持下去。一路上我至少發了四封信（明信片）給她，到了Bloomington後還沒有寫過信，今晚上可能寫。那天的事情使得Lily多少又恢復了她的地位。Jeannette我不大想她，暫時還不想去找她，雖然我是promise的。Celia如下半年來，我也很難去找她，而且可能她來美國時，我又要回臺灣了。My girl is again Lily now, please tell Carol that。

附上一信，請轉寄父母親大人為感（如通信無問題，以後當由我直接寄去）。專此　敬頌

近安

濟安

你的藥買了八小瓶，都是日本貨。帶來了兩瓶，餘六瓶我在臺灣托人郵寄給你。

Carol前均此候安。秦子奇①（他畫的「竹」很有名。父親的朋友）送你們伉儷「竹」畫一幅（已裱好，由我帶來），是他畫的，希望你寫信謝謝他，稱他子奇老伯可也。信可由我轉。如中文稱呼麻煩，用英文寫也可，Uncle Chin（？），他懂英文。

［又及］Ferguson那裡的信還沒有寫，你看我要不要寫？

① 秦子奇，畫家，曾出版《秦子奇畫竹》（1948）。

242. 夏濟安致夏志清（1955年2月25日）

志清弟：

長途電話以後，又好久沒有接到你的音訊了。我把*Anthony & Cleopatra*退掉之後，心上似乎稍為輕鬆。現在的功課：Henry James不難，他的英文與我所擅長的Victorian Prose相去不遠，讀起來還容易。Symbolist Novel——買了一本Stuart Gilbert①的*Key to Ulysses*（$5），因此膽也大壯。我還得寫一份關於Stephen Dedalus的報告，我也不怕。Seminar我將主講Proust，Proust似乎比Joyce容易，因此也不大怕，只是費時間。Creative Writing——也可說頂輕鬆，也可說頂難。如糊裡糊塗在打字機上寫，也可敷衍了事，認真寫則是拼命的工作。總之現在心裡已不如初來時慌張。

下學期的Assistantship得獎人將於四月一日公佈，我因初來成績毫無表現，不擬申請，要申請則也來不及了。Assistantship約有$150一月（改大一英文卷子），其實也夠用了。今天遇見一個印度同學Chowdri，他說他也申請了，我想他如能申請成功，我若申請一定也會成功的。我現在還是Exchange Visitor的Visa，並不是Student Visa，這點如未能與國務院辦妥，Committee一定也不會award我什麼獎金的。等到你下學期的事情定了，我明年春季再到你的學校來申請什麼獎金，你看如何？

不知道你現在忙不忙？我來美時曾答應替臺北USIS編譯美國essays一冊，並將目錄寄上，你如有空，隨便抽幾篇翻譯一下如

① Stuart Gilbert（斯圖爾特・吉爾伯特，1883-1969），英國文學學者、翻譯家，《尤利西斯》法文譯者，代表作有《〈尤利西斯〉指南》（*Key to Ulysses*）、《亨利・詹姆斯〈尤利西斯〉研究》（*James Joyce's Ulysses: A Study*）等。

何？如早日譯完，錢可能用官價匯到美國來，對我們大家都好。如我回臺北後再譯好，則拿台幣，再換黑市美匯，就吃虧很大了。全書連譯文，Biographical or Biographical notes，Introduction共約25萬中文。你譯不必譯全文，省略幾段也無不可。全書的待遇是新臺幣二萬元，黑市外匯約六七百美金，我希望你現在手頭不很忙，能夠同我合作。如你一人把它弄完（我看這上半年我是沒有空弄的了），我也是求之不得的。你做多少，錢拿多少，如何？

星期三有個青年畫家郭大維②來這裡開畫展，郭是齊白石的學生，畫得也很像齊白石。鄧嗣禹請他、我，還有幾個洋人吃飯。鄧嗣禹是娶美國太太的，他的家庭生活，不妨一談，請你轉告Carol為要：

他的太太名叫Margaret，相當瘦弱，那天恰逢他的岳母也來探望女兒女婿，岳母住Utah。他們有兩個女兒，大的（尚未及學齡）名叫Elizabeth中美（我還以為叫June May呢！），小的名叫Dorothy華美。

他們家住Campus附近，獨宅小洋房，有客廳，無飯廳，飯在廚房裡吃，廚房餐桌可坐八人。客廳裡鋪地毯，懸有齊白石、徐悲鴻（畫馬）的畫，董作賓③的甲骨文。有無線電及唱機，無TV。我們到了，他太太還特別開一張廣東國樂唱片，後來我們要講話，鄧

② 郭大維（David Kwok, 1930-），北京人，齊白石弟子，1977年獲得美國紐約大學博士學位，出版有《大維畫集》（*Modern Chinese Painting by David Kwok*）等。

③ 董作賓（1895-1963），字彥堂，號平廬。河南安陽人。甲骨學家、古史學家，並長於書法篆刻。1928-1934年，曾8次主持或參加殷墟的發掘，1948年當選為中央研究院首屆院士。1949年以後任教於臺灣大學、香港大學、崇基書院、新亞書院等學校。代表作有《甲骨文斷代研究例》、《殷墟文字甲編》、《殷墟文字乙編》、《殷曆譜》、《中國年曆總譜》等。

把唱機關了。

他們不用下女。那天的菜是由鄧一手做的中國菜。他說他本來不會做，慢慢trial & error弄出來的。菜裡有線粉，據說是芝加哥Mail Order買來的。

那天電話裡得知Carol有小恙，不知現在已痊癒否？甚念。殷小姐信裡說，她可能留在芝加哥，讀天主教的Loyola University④，近況不詳。

別的再談，專頌

近安

濟安 頓首

二月二十五日

Carrol前均此。藥兩瓶已交郵寄上。

---

④ Loyola University，即芝加哥羅耀拉私立大學，是一所四年制私立天主教大學，創辦於1870年，是美國規模最大的耶穌會大學。

243. 夏志清致夏濟安（1955年2月26日）

濟安哥：

到Bloomington後的三封信都已看到了，知道你宿舍生活已漸習慣，選讀了四課你有特別興趣的courses，甚慰。臺灣寄出的一本*Free China Review*，也已收到，你的那篇書評文筆清麗，毫無做作或拖泥帶水之處，大為佩服。（你在Creative Writing那課上，不知習作散文抑小說？）兩瓶藥亦已收到，看日文好像是腦下垂體中所提煉的荷爾蒙，在美國生活多年，舊習慣不免無形中改變，看到那些粉紅色的藥片，心中頗有「怕勢勢」的感覺，不敢亂吞，祇喫了一顆，沒有什麼反應，這兩天沒有動用。我想還是看醫生配專方的好，謝謝你聽了我的話，買了那八瓶藥，我過一些時候或者會服用的。程綏楚來了一封給我們兩人的信，茲附上。我把他那封三月份的情書已寫了，講的都是花草春景，給Carol看了，她大笑不已。他以前寄我的兩本《紅樓夢新證》，月前忽都收到；該書仍在老派紅學裡面鑽，所有考據結論都非常dogmatic，令人難以相信，不知何故程綏楚對該書如此熱心也。

上次電話通話，說起Carol不適。這星期她臥床休息的時間較多，看了兩次醫生，服了配[盤]尼西林藥片，已好很多。惟究竟她為何種virus所hit，還沒有弄清楚。去年一月間，她患過mononucleosis，我恐她這次復發，但查血後發現並不是。自去秋教書以來，Carol身體一直沒有同普通人一樣健康過，總是疲倦的時候較多。她懷孕期間和將來收[接]生的那位女醫生，我看不大高明，她所recommend的都是美國人減輕體重時所採用的常識（如飲skimmed milk等），好像Carol其他健康方面應留心的，她全不介意。四月間生產時，但求mother & child皆安全，而child體質較好，不易受病菌侵犯，否則把小孩領大，是相當喫力的事。

Lily在你臨走那天，居然哭了，是我想不到的。在中國，女人的苦悶當然比男人大，她對你戀戀不捨之情，當然是真的，但究竟有沒有勇氣和誠意同你結婚，祇有看她以後來信的語氣和筆調，才可斷定。或者，同普通中國小姐一樣，在日常見面，同住一個城市所不易表達的話，離別後靠了紙筆反可披露出來。Jeannette方面已通信否？我覺得Jeannette、Lily、Celia三位都是極好的中國小姐，同任何那一位結婚，你都會幸福的。現在只好看你情之所鍾了。你有意於Lily，也是她前世修的福氣。

秦子奇先生那幅「竹」我還沒有見到，無從落筆寫封信謝他。我想寫英文信不太妥，不如寫文言的好，你寫客套信的修養比我好得好[多]，只好請你擬一封信，寄給我，我抄好後再轉寄如何？所費的時間不過一個星期。這幅畫確是非常welcome的gift。

你托宋奇寄回家這樣一大筆，恐怕自己手邊儲蓄反而沒有了。下兩個月（即三月初）我仍預備寄兩百元；五六月份我預備少寄一百。這次中共收回舊人民券，另發新票，我們一定又要吃虧不少，但是我多了一兩百元，生活還是照樣的窮，不見得為[會]改善多少，還是寄回家，父母就用得多。Joyce、Proust方面我沒有參考書，祇好你自己撿最實用的買幾本吧。好像Stuart Gilbert那本*Ulysses*，已有paper edition，可以買。我近來買書很少，Yale出版那本*First Folio*①以後還沒有買過別的書。再談了，即祝

① First Folio，即「第一對開本」，是指1623年以對開本形式出版的第一部莎士比亞作品集《威廉．莎士比亞先生的喜劇、歷史劇和悲劇》（*Mr. William Shakespeares Comedies, Histories, & Tragedies*），收錄莎士比亞36部作品，目錄全世界僅存約230餘部。該對開本是莎士比亞研究最權威的版本之一，後來由諾頓、耶魯等出版社多次重印。

近好

弟 志清 上

二月二十六日

244. 夏濟安致夏志清（1955年3月1日）

志清弟：

接到26日信，很高興。我在這裏，其實很寂寞。同住在一排上的人（大約十人），我只認得三人：Rim（韓國人），學數學，我已經同他可以略為幽默一下；Flashade（Nigeria的黑人），學視聽教育（audio，visual），人長得相當可怕，但為人恐怕十分善良；他們都住在我的對面。我的隔壁是Washington D.C.來的一位美國青年Newsom，學商科，聲音很低，常常嘆氣說睡了覺爬不起來，未曾跟他深談。不住在同一排的，有兩個中國人，一名袁祖年，也學視聽教育，我在臺灣就同他有一面之緣（他比我早到兩三個禮拜），上海St. Johns畢業（比我小一歲），為人極「克實」善良，但不能成為酒肉朋友，因此難以深交。一名李啟文，是菲律賓華僑，很愛國，proud to be中國人，學商科，他比較個性向外（此地的中國學生會是他組織的），為人也好，無黨派色彩，不出風頭，很熱心。雖比較好玩，但年紀太輕（24歲），他愛玩的（如打球等）同我都拍合不上，因此也未能深交。他們兩位在飯廳上未必能天天見面，另外還有兩位菲力濱人，一位日本人，一位英國人（名Grosevenor，牛津出身，在此地當政治系助教），一位印度人等，見面時也談話，不見面或者大家忙的時候，就算了。美國朋友可以說沒有，同系的除那位印度人外和我也很少有交談。我自信耐於寂寞，交際手段也不錯，所以請你不要替我擔心。上次提起的那位Katherine E. Neff小姐，她描寫我的文章於上星期六（26日）發表了。想不到這位小姐還有點幽默感。文章現在附上，供你和Carol一笑。照片是另外一個新聞記者照的，他叫我手放在窗上，我不知是何用意，不知還有這麼一個trick。我已寫信去謝她。文章需要訂正者有數處：（一）第一段：我談話時用了一個figure of speech，她沒有聽懂。我說房間熱而燥，就像你們的dryer一般。我房間隔壁是heater room（熱氣總樞紐）不是laundry。第二段的neighbor就是Rim君。（二）第五段：她把工學院（Engineering）聽成English了。（三）第六段：臺灣人口是8-10 million之間，她也聽錯了。（四）第八段：關於我的逃難史，也有錯誤。我到Bloomington只有兩個星期，大名已經在報上出現過六次（我自己看見四次，另外兩次是登在兩張我所沒有見到的報上，是人家告訴我的），也算出風頭了。

現在的功課情形，大致已經於上信中說了一說，想已收到。Symbolism Novel我上過兩次seminar（兩次我都噤若寒蟬，因無充分準備，不敢瞎講），第一次是一個同學報告Stephen的心理，這位同學名叫Sparks，相當精彩，至少有宋奇那點。第二次另一人報告Bloom，那位大個兒同學情形很慘，似乎沒有看原書，只是拿Stuart Gilbert裏所講的再報告一下，因此追根問柢[底]時，就瞠目不知所對了。我相信有了Gilbert，再有一本大字典（我又花了$25買了一本韋氏New International），*Ulysses* can be read with pleasure。下星期討論Molly和*Finnegans Wake*，都輪不到我，我用不着緊張。這兩個星期在寫一篇短篇小說（這篇小說裏有大段心理描寫，以後再請你指正），相當吃力。Edel的*The Psychological Novel 1900-1950*下月15日將由Lippincott出版。藥八瓶中四瓶是腦下垂體，四瓶是睪丸製劑。你什麼時候有神農氏嚐百草的興趣，什麼時候就吃它罷。三月初我勸你不要寄錢回家去，因為宋奇那邊一定會寄的。家裏現在不容許儲蓄，錢多寄了只是糟蹋（你知道他們的regime是怎麼一回事）。請你暫時留下，你如一定要寄，請先關照宋奇那邊停寄。我的主張：寧可把錢留在香港或美國，慢慢地按月寄。由我們代父母儲蓄，是不是勝過由他們去儲蓄呢？秦子奇那邊的信慢慢再說吧。Jeanette現在芝加哥Loyola大學讀書，來信很歡迎我去玩，我擬春假時去。我同她的關係如是之好，主要的原因，恐怕是我從來沒有同她提起過愛。再談　祝

安好

濟安

三月一日

Carol請多多保重

[又及]程綏楚那邊我當另覆他。

245. 夏志清致夏濟安（1955年3月2日）

濟安哥：

前天收到二十五日信。Visa延期的事，最好在四月間請系主任或教務長寫封信給State Dept.，說你在Indiana讀得成績很好，請求獎學金延期一年，我想國務院可能會答應的。你自己也可寫封信，說原定fellowship時間一學年，因為出國前檢查身體種種麻煩，事實上來美讀書祇有一個學期，學不到多少東西，請求至少按原訂計劃，在美國有讀一年書的機會。並可說明決定要讀個M.A.，對自己資格方面及教導學生方面都有好處，我想這點情理，也是說得通的。Yale方面，寫信Ferguson時，可說在Indiana讀一學期後，可能按原定計劃，秋天時再來Yale，這樣也多一條活路。下學期你想靠學校給的獎學金或assistantship生活，一定很苦，而且這種獎學金不一定拿得到。只有向State Dept.請求，最名正言順，你以為如何？讀了一年書，有成績表現後，明年春季再請求別的獎金，就比較容易了。Leo Dowling一定經手過外國來的exchange students請求延期返國的同樣情形，最好從早同他商量。我這幾月來在修改、整理、重打我《近代中國文學》那本書的稿子，所以相當忙碌，可是編譯美國essays的事，我是想幫你忙的。我翻譯方面沒有經驗，手頭沒有《綜合大字典》，辭彙方面一定會感到缺乏，只好選平易的文章譯兩三篇。Irving、Hawthorne的長句子我一定譯不來，Emerson的那股勁，亦非我所能duplicate，所以我幫忙的話，擬譯Franklin、Thoreau①和Poe如何？以後每星期六日花兩天，試譯一

① Thoreau（Henry David Thoreau亨利·大衛·梭羅，1817-1862），美國作家、詩人，代表作有《湖濱散記》（*Walden*）。

下，如能勝任，再多幫些你的忙。如譯文不夠水準，只好你自己多譯些，或另找別人幫忙了。錢的方面，我也不需要，還是你自己拿吧。這學期主要還是在Indiana英文系那邊留下個好印象，翻譯的事，留在暑期。美國一般研究生，年齡很輕，文學理解力比較幽[幼]稚，寫英文的時候，拼法都有問題，你打倒他們是不很困難的。我job方面，有四五處學校在consider，這兩三星期內，想可有正式通知了。前天在圖書館碰到柳無忌太太，她在南開中學教過楊耆蓀英文，楊耆蓀來美後，也特來New Haven拜訪過柳太太。她說楊耆蓀今年仍在Indiana讀Ph.D.，夏季可讀完，尚無男友。我想楊知道你在Indiana，一定會來看你的。不知你同她在campus上已見過面否？Carol服用配尼西靈後，這星期身體已轉好，食量也增大，望勿念。我在紐海文住的地方，既舊又小，毫無「派頭」，比較寬大的房間祇有一間living room，furniture各色各樣，不成體統，你來紐海文看到後，就會知道。平日吃飯也很馬虎，Carol對中國菜不太欣賞，我也好久不做了。Carol再有七星期，即要分娩。你有沒有什麼favorite英文名字，或中文名字，或男或女，可供參考？我已寫信給父親，請他代為起名，讓他老人家share the excitement。你讀書時間支配想充裕，甚念，即頌

近安

弟 志清 上

三月二日

246. 夏志清致夏濟安（1955年3月9日）

濟安哥：

看到你三月一日信中附來的clipping上的大照片，很為高興，神氣舉止全是學者的樣子。Carol看到好幾張你的照片都是手執煙斗，以為你真是抽pipe的，我告訴她，你拍照時拿着煙斗，僅是裝樣子罷了。你的黑邊眼鏡，在Yale也非常流行，比我的淡黃邊的眼鏡有神得多。

你重新回到學校讀書，一定感到緊張新鮮。Edel對James和心理小說都有專書發表，學問想必不錯。我以前跟Brooks讀*Ulysses*，花了幾個星期，除了最後一章沒有標點的monologue外，讀過一遍，覺得不算太難，雖然「不求甚解」的地方是很多的。最後寫paper，我想不出什麼特別題目，祇寫了十一頁，陳述了一些我的意見。全書最精彩的當然是妓院的那一章；頭一二章，Stephen在海邊meditation文字極好；Nausicaa一章寫得亦緊湊動人；其餘許多章文字方面的parody，我覺得僅是小聰明而已，不是小說的正路。Proust在中國時候讀了第一本*Swann's Way*，以後一直沒有讀下去。你寫的那篇小說，不知取什麼題材，寫好後務必一讀，我對創作一直沒有訓練，毫無自信，你十多年來寫小說的念頭一直未斷，將來一定會有很好成績表現的。

父親最近來信，謂我正月初寄出的那筆錢還沒有收到，頗有些焦急的意思。陰曆新年收到宋奇匯去的港幣五百元。你三月一日的信沒有收到時，我已把四五月份的兩百元寄出了，你如覺得匯去的錢已太多，不妨關照宋奇在四月初停寄一月如何？我上星期寄出的那筆大約要在四月中才可收到。六七月份的家用（五月初寄出）我預備只寄一百元，如宋奇月寄四五百元，我想家中一定很夠用了。

宋奇選譯美國近代批評，一定要一篇Douglas Bush的文章，我上星期寫信去討，昨天收到了兩篇，一篇Bush自己沒有reprint，送了我一篇打好的copy，打得很淡，也不大齊整，好像是自己動手的，美國大學者待人的態度，我很admire。

昨天收到Celia來信，謂admission已拿到手了，附給你的一封信，茲寄上。程綏楚又有信來，經過鄧太太的關係，Ada方面已稍有苗頭，我硬了頭皮，又代他寫了兩封情書。（去年代Celia報名，有一張報名照沒有用掉，暫存在你那裡吧。）

我在Pittsburgh有一位好朋友，猶太美國人，名叫Avrom Aaron Blumberg（化學系，現在Mellon Institutes），我同他同住宿舍一個corridor四年，非常熟，他聽說你已來美，很想來看你一下（同時他在Indiana大學自己有朋友，幾次邀他去玩）。我給他回信後，他可能會來，他為人很有趣，你同他談話後，一定會曉得許多我在Yale的生活情形。

我在人多的地方，頗「人來風」，可是見不到人，自己不會出動找他們。所以住在宿舍數年，相當popular，結婚後，見人的機會不多，生活漸漸地冷寂下來。Carol帶向內性，交際也不太擅長。換了地方後，我想把我怕見人的習慣改過來。Job方面，還沒有確定的消息，Carol兩星期來身體很正常。Lily已有信來否？甚念，即頌

近安

弟 志清 上

三月九日

翻譯散文，預備這星期開始。

247. 夏濟安致夏志清（1955年3月9日）

志清弟：

來信收到。謝謝你的建議，可是暫時還不想同國務院去辦交涉。因為我在這裏還沒有弄出什麼成績來，沒有交過一份paper，沒有讀過一份報告，只是木頭木腦隨班上課，目前還不好意思向教授們去開口求助。可能我在這裏就木頭木腦地把這學期讀完了，但是我希望能夠impress洋人一下。現在別的paper還不忙，希望於短期內能把那篇短篇小說寫成。我不大考慮到將來。下學期在美國，則可以集中精神于讀書作文；如在臺灣則有很多朋友，我的talents很受人欣賞，也未始不可。

上星期寫了封信給華盛頓英國大使館「英國新聞處」，希望他們能幫忙我進英國的Summer School。英國暑期學校的佈告，Yale想也有張貼；我想進牛津，換換環境，過一個涼爽的夏季。正當的手續是該通過美國的Institute of International Education（New York），但是我想bypass它。因為按我現在的身份，我是受I.I.E管轄的，他們只知道照章行事，到時候把我送返臺灣，恐怕不許我到英國去。事情也很難說，明天預備找Dowling去談談。

我目前的計畫是暑期到英國去（這裏據說熱到105°之多，因此對我很少引誘），再經英國歐洲飛返臺灣。這個計畫能不能行通，我也不大關心。

國務院如有這裏的教授強力推薦，也許還讓我留下去，但也未必。又，這次的獎金為期是只有半年，一批共五人，現兩人在哈佛（全漢昇①——經濟，殷福生②——Symbolic Logic），一人在

① 全漢昇（1912-2001），廣東順德人，歷史學家，中央研究院院士。曾任台灣大

Berkeley（楊樹人③——商業），一人讀化學的，不知在哪裏，他們都只比我早動身一兩個星期。

我在這裏的朋友正在逐漸增加中。我大約很喜歡「談天」，講起話來精神十足（母親常常勸我說話少費這麼多精神，記得嗎？），現在初到新地方，沒有人跟我談天，生活裏似乎也少了一樣東西。但是我也怕成了潘家洵之流的人物，自命得意地拿俗套或不大幽默的話向half-willing ears裏去倒。我還能甘心寂寞，但最近談話的機會漸多。同美國人談話，常常一兩句簡單的寒暄話，反而聽不清楚，聽清楚了也不知如何答覆。可是三句客套之後，談起任何問題，我的英文還可以滔滔不絕地說一大套。

Kathie Neff的文章，你想已看到。我倒還常常想念她，雖然她是怎麼樣的長相，我已想不大起來，似乎有人長得像她的，我也不敢上去瞎打招呼。大約她是我到美國以後，另一個給我feminine sympathy的陌生女子。星期一她忽然打了個電話給我，說星期四她們新聞系要放映有關臺灣的教育電影，問我願意不願意去替她們出場解釋。我欣然奉命，那天精神之好為我到Bloomington以來所未有。一個電話就有如此魔力，男人恐怕畢竟還是需要女人的。電影解釋是在明天，我想我去一定也不會緊張。因為我很喜歡同美國人

學教授、香港中文大學教授、新亞書院院長等職。代表作有《中國行會制度》、《唐宋帝國與運河》、《明清經濟史研究》等。

② 殷福生，即殷海光（1919-1969），湖北黃岡人。哲學家、邏輯學家，曾任台灣大學哲學系教授，並任《中央日報》和《自由中國》主筆，被稱為臺灣自由主義的開山人物。代表作品有《中國文化之展望》、《思想與方法》、《自由的倫理基礎》等。

③ 楊樹人（1907-2004），江蘇江都人。外交家、經濟學家。曾任職中華民國駐蘇大使館、柏林公使館、古巴使館等。1949年經港赴台，曾任臺灣大學教授、國科會執行秘書、中央研究院總幹事、商務印書館總編輯等職。代表作有《國際貿易理論與政策》等。

長篇大論地談，表現我的vocabulary、wit與sense。你和Carol恐怕要勸我去date這位Katherine了，這一層我倒還沒有想到（我現在pocket money很富裕）。我對她的興趣其實還不是很強，你想她的「芳容」我還不大認識呢。

還有一位陌生美國小姐打過電話給我的，叫做Dorothy Door，她是「長老會」團契的負責人之一，請我去吃過一次晚飯，談談臺灣問題。她倒是一個很活潑、善良、坦白的小姐，一點沒有傳教婆的虛偽做作，可是團契這一類的組織我很怕，因此不大想她。

昨天下午情緒很壞，壞的原因下文再談，虧得昨天晚上柏林交響樂團來此演奏，我早已定座，屆時去聽，聽得非常出神，而且跟了大批美國聽眾一起熱烈鼓掌，精神大為鼓舞。自從Pearl Harbor 蘭心戲院關門之後，我就沒有好好地聽過一次交響樂團，昨天一聽，覺得其動人之處，勝過一般電影（力量似乎直搗「丹田」），可惜Bloomington小地方，聽交響樂的機會不多。昨天的節目：Mozart的NO.35交響樂，Richard Strauss④的*Don Juan*，Beethoven的第五，本來到此為止，因為觀眾熱烈鼓掌（我的手都拍酸），他們又演了一個曲子，今天看報知是華格納的Der Meistersinger之overture。

我對音樂的造詣比上海時略為進步，但仍不夠。上次Dave Brubeck⑤的爵士四人樂隊來此演奏，我因在臺灣時看過*Time*的介

---

④ Richard Strauss（理查·史特勞斯，1864-1949），德國作曲家、指揮家，創作有《唐·璜》（*Don Juan*）、《堂·吉訶德》（*Don Quixote*）、《英雄生涯》（*Ein Heldenleben*）等九部交響詩及其他管弦樂曲。1900年後專心於歌劇創作，創作了《莎樂美》（*Salome*）、《玫瑰騎士》（*Der Rosenkavalier*）等十四部歌劇。先後擔任過慕尼黑歌劇院、柏林愛樂樂團、維也納歌劇院等著名音樂團體的指揮。被公認為德國浪漫派晚期最後一位偉大的音樂家。《唐·璜》是作者創作於1888年的交響詩式作品，靈感來自於奧地利詩人尼古拉斯·雷瑙（Nikolaus Lenau, 1802-1850）的同名詩作。

⑤ Dave Brubeck（戴夫·布魯貝克，1920-2012），美國音樂家，尤擅爵士樂。

紹，也買票去聽了，結果聽了毫不受感動；因怕鄰座的人對我白眼，跟了他們一起敷衍拍了幾下手。據我的瞭解，Dave Brubeck的樂曲，都是「漁樵問答」式，先是「漁」—— saxophone的獨奏，然後「樵」—— Dave的鋼琴去答覆他；答覆時，「樵」拼命賣弄他的技巧，拿「漁」的theme不斷變化（improvisation）。因我對於theme還聽不大出來（悲多汶[貝多芬]第五等則已相當熟悉），很難欣賞Dave Brubeck的天才。而且鋼琴似乎也很難像Artie Shaw⑥，Benny Goodman的Clarinet那樣的熱烈。Shaw和Goodman是不是算old timers了？昨天我覺得柏林樂隊的tone很pure，今天Edel的評語似乎與我也有同感，我相當高興，似乎我對於音樂還不至於完全沒有希望。

昨天下午情緒之壞的原因，我想下信再詳談。大致是接到一封臺北的信，信的內容過幾天再抄給你。但是此事與我career絕無關係，請你不必多事猜測。此事說來很長，我現在還有點怕談起它。楊耆蓀在伊立諾哀，我離臺北前問過她的親戚劉教務長的。今天情緒已恢復正常，上午上了課，下午睡了一個鐘頭午睡，睡得很好，寫了這封信，等一下就要去寫小說了。專頌

近安

濟安
三、九

[又及]謝謝你答應代我翻譯essays，綜合字典我於動身之前已托朋友自臺北付郵寄給你了，不久可到。翻譯也不必忙，有空就做，沒有空可不必理它。

⑥ Artie Shaw（阿爾蒂·肖，1910-2004），作詞家、樂隊領隊、作家。

248. 夏濟安致夏志清（1955年3月12日）

志清弟：

剛剛收到來信，很是快慰。我是常抽pipe的，以前信裏從未提過，無怪你不知道。假如沒有抽pipe的習慣，拍起照來拿在手裡也不會這樣「登樣」（蘇州話）①。抽pipe的好處：（一）較香煙更能減少或代替fidgets；（二）抽後嘴裡沒有抽香煙那麼乾燥。在臺北時，有人來找我談天，我總是抽pipe，功架十足，讀書時也抽。出門時不帶，因占地太多，而容易燒壞衣服，再則此物需要常常通刷，帶了出去也麻煩。寫文章時不抽，因手忙腳亂，照顧不及，香煙則拉起來就是。讀書太緊張時也不抽，亦因照顧不及之故。我現在每天20支煙plus幾筒煙斗，可算有中等之癮了。

星期四（前天）的演講很失敗，心裏不大高興。一到那裏就同新聞系的教授們敷衍（他們也稱我為Professor），其中有一位教授，恐怕是左派人物，大罵Luce（那張電影*March of Time*是Luce②拍的，1951年版）、Knowland等他所謂China Lobby人物，我不得不為他們辯護，且為Gimo辯護。此人很瞭解我的liberal立場（因為我確為一liberal），但對於蔣以及美國的擁蔣分子，似乎仍是成見很深。這麼一來（熱烈辯論，又要和很多人敷衍），我根本就沒

① 登樣，蘇州話中最早是指登臺亮相的樣子，現在泛指得體、好看、漂亮、俊美、有風度等。

② Luce（Henry R. Luce亨利．R．盧斯，1898-1967），生於中國山東，15歲時才回到美國，1920年畢業於耶魯大學。後來創辦了《時代週刊》、《財富》和《生活》三大刊物，成為美國新聞業的巨頭。1931年開始製作系列廣播《時代的進程》（*The March of Time*），1935年還攝製了同名的電影新聞片。盧斯被公認為20世紀最具影響力的媒體人之一。

有機會同Neff小姐談話了。心裏因此更氣。（我不願意為Gimo辯護，講的話理由很牽強。）

Neff小姐這一次我把她看清楚了（假如再隔兩個星期不見，她的長相我又要想不起來了），她長得算是plain的，但年紀很輕，很fresh，身材不大，瓜子臉，帶[戴]眼鏡（什麼邊？我沒有注意）而眼睛似有醚淒狀，嘴唇很薄。大約那幾天我在campus上和音樂會上所注意的幾位帶[戴]眼鏡瓜子臉美國小姐，長得都比她美。但是她還是我目前想念得頂多的女子。我的個性已經有一部份reveal給她了（on her request），我還有很多方面也想表現給她看一下，可是就是沒有機會。演講完後，我去downtown喝了一杯scotch & soda（這是我來Bloomington後第二次喝酒，第一次是抵Bloomington那天晚上請那美國青年一起喝的），我現在酒量很好，大約喝三四杯都沒有問題。一杯威士忌不起什麼作用，只是把精神稍微振作一下而已。回到宿舍寫了封短信，只是說我今天講了許多我不願意講的話，要講的話反而沒有機會講了，因此成績未能滿意云。第二天我把那封信帶到Ernie Pyle Hall（Pyle是印州人），預備交給樓下的收發小姐轉交，那位小姐說Daily Student的辦公室就在樓上，我可以直接送上去。可是我連這點勇氣都沒有，道謝後退出，還是回來貼了郵票再投入郵筒。

我相信我並沒有fall in love。不過Neff小姐恰巧在我感情很空虛的時候出現，因此她很快地佔據了一塊很大的空間。這塊空間會不會縮小，甚至於無形消失或她竟被迫退出，以後自會分曉，至少我目前不想努力使它擴大。我的信很短，且很像business letter，她不一定有回覆的義務。她不回，我也無所謂，因為我根本不想製造機會。下一步有什麼舉動呢？我已經有了一個仍是很不積極的主意。昨天在書店看見有St. Patrick's Day③的卡，我不知道這是否是專限寄於愛爾蘭人或天主教徒的，向書店小姐請教了，她很和氣地告訴我什麼人都可以寄，而且跟我談了什麼Mardi Gras④（昨天）和Texas的什麼節日（她，書店小姐，是Texas人，她告訴我）等等。我預備在St. Patrick's Day之前寄一張卡（尚未買）給Neff，目前我只想做到這一步（也許根本不寄）。

請你和Carol不要push我上前。我現在愈來愈像Henry James小說中的人物，前面兩段報導裏就有一兩句頗有點Henry James味道。讓我來hesitate，步步反省，分析自己的感情和動機吧。我現在寫作中的小說，卻沒有借用James的技巧。這是中國一篇佛教舊故事的改寫，沒有戀愛，我添了許多感覺描寫和Flash-backs。只是我怕montage沒有弄好，我的句法還是太像Victorian Masters，太完整，各句和各段之間很難融成一片，文氣可能是通暢的，但是小說的組織，不該靠文氣的通暢。我現在只能做到這一步——還是這句話。這比較可以算是一篇philosophical的小說，主要是對兩種文化——儒家的與佛家的——的批評。今天晚上擬把它寫完，明天打字，恐怕打不完，等Mr. Wilson看過發下來後再寄給你。

現在要講到星期二不愉快的事了。那天接到臺北一個朋友的信，說道Lily和人家結婚了。這件事情對於你和Carol，也許是一個大的surprise，對於我，還多少是在意料之中的，因為我沒有把

---

③ St. Patrick's Day，每年的3月17日，是為紀念愛爾蘭守護神聖派翠克而設立的「聖派翠克節」。該節日5世紀末期起源於愛爾蘭，美國從1737年3月17日開始慶祝。聖派翠克節這一天，通常要舉行遊行、教堂禮拜和聚餐等活動。美國的愛爾蘭人喜歡佩帶三葉苜蓿，用愛爾蘭的國旗顏色——綠黃兩色裝飾房間，身穿綠色衣服，並向賓客贈送三葉苜蓿飾物等。

④ Mardi Gras，天主教的節日，在復活節前的四十七天。通常慶祝活動會持續二個星期之久，氣氛一天比一天熱烈，一直持續到Mardi Gras Day那天達到高潮。Parade（遊行）是Mardi Gras的重頭戲，每天都會有數場的遊行，人們會從遊行的花車上向路旁的群眾拋散各式各樣的珠子、假硬幣、塑膠杯和玩具等。據說每年都有超過二百萬人參加Mardi Gras，是美國一年一度最大規模的盛會。

我所知道的全部告訴你們。且聽那位朋友怎麼說的：

「附上剪報一則（《中央日報》「囍」字廣告），報導消息耳。知吾兄早已五蘊空澈，一念不生，不致牽動心魔，亂人清思，惟有一事弟不可解者，彼姝送君行日，尚且唏吁作態，欲以邀君子愛憐者，種因何在？何物妖靈，臨去秋波，豈猶圖最後之一逞歟？」

關心我的人中，反對Lily的很多，這位朋友可以算是最激烈的一個（消息只有他一個人來報導，別的朋友大約怕傷我心，都未提此事），但是我至今還是原諒Lily的，她不愛我，早已對我說明，我本不應妄圖僥倖。

且說這「唏吁作態」吧。我本不願意告訴你（她哭）這件事，因為我還沒弄清是怎麼回事，後來很晚才告訴你，因為你（還有Carol）太關心我的感情生活了。你的interpretation是「戀戀不捨」，這點也許是事實，但你該記得我信裏是怎麼說的，我說：「此事的significance我還不大明瞭，但是我相信她是sincere的。」也許我這個significance用得太重一點（應該用signification？），但是我不敢在這上面寄託很大的希望！我要研究的是這件事的significance，就像你信裏所說的，等她來信「以觀後效」。可是我也不能做得太殘忍，我至少也該給她一點response。因為我很capable of殘忍，你想還記得我在臺北曾發一封信告訴你，我不預備把行期告訴Lily，甚至行前都不預備到她家去辭行。

她的哭的significance，據我當時分析，大約有三種可能：

（一）就是你所說的「戀戀不捨」。

（二）她埋怨我不該把消息瞞她瞞得這麼緊——因為我同她已經好久沒有來往，別人都早知道我快要走了，她還蒙在鼓裏。她的同學都不向她提起我的，就像她們在我面前不提起她一樣。到八號，她來找我，我不在（大約是到航空公司去了），她留了一個條。我想不好意思做得太「狠」，那天晚上我到她家裏去坐了五分鐘，算是辭行。她不在，我根本沒有問她上哪裏去了。第二天早晨（即九日，我動身那天），她來了，說了沒有幾句話就哭了。哭得還很長久，低了頭，我那時只有一個反應——窘。她還說了幾次要上機場去，但我反對。她還送了茶葉和臺灣土產、別針等給Carol的。

（三）她已決心跟別人結婚（這方面我的情報有不少，對方就是去年四月開始同她出去玩的那個人，是她家裏撮合的），但是我既然待她這樣好法，她覺得很對不起我，以後很難見到我，因此難過而哭起來了。

至於那位朋友所說的「妖靈」（witchcraft？），我根本是不相信的。

她的與別人結婚，我是常常考慮到的，今年不發生以後也還發生。她似乎很願意我做她的朋友做下去，我則考慮她如不愛我，就該一刀兩斷，免得牽絲攀藤。那就是我「狠」的緣故。但她假如有愛我的表示，I am ready with response, response也不會多，就是她給我這麼多，因為我不願意再做fool了。她這一哭，所從我這裏引來的response：（一）對自己，我承認我還是愛她的——沒有對別人說，只有在你信裏提一筆；（二）對她，我在路上寫了三四封很短的信和明信片，到了Bloomington後發過一封信（10¢ Air Letter），沒有touch到感情，只是報導一些上課學校等情形，也沒有請她寫回信等話。我還是相當「狠」，她如沒有信來，我預備就不再寫信。因為她如沒有那點臨別表現，我根本就不預備寫信給她的。

還有一件事，她母親和她曾托我在港代買兩隻手提包（幾個月前），我沒有理會，那天經她一哭，我已經寫信給宋奇代買了。宋奇今日有信說尚未買，現在恐怕已經買了，我想買了就算了，但是送是叫他不忙送去了。

這件事情這樣結束，也了了我一樁心事。她如不「唏吁」一下，我會把它看得更平淡，這麼「唏吁」一下，我一時稍覺難受。現在，我相信已經完全不當它是一回事了。她這點「唏吁」居然仍舊叫我心動，真不可以不說是「妖靈」。

別的girls我真不想念她們，奇怪。Jeanette在芝加哥Loyola大學，我似乎已經把她忘記乾乾淨淨了。Celia也然，她今天的信和照片，我看見了，一點無動於衷（當年她使我suffer得很厲害），回信預備寫一封，敷衍敷衍而已。這樣沒有良心，又似乎太不像Jamesian Hero⑤了。

楊耆蓀在Illinois大學，那個地方現在是我頂不願意去的地方，next only to鐵幕後的國家。因為我追求李彥，楊耆蓀知道得很清楚。現在在Illinois的還有兩個中國女生，她們都是Lily的同班同學，她們假如同楊耆蓀一compare notes，我也未免顯得太慘了。這裏的中國女生，下次再描寫，人不多，我對之毫無興趣。我對於中國小姐，已經有點disgusted的感覺——胃口倒掉了。但是我只告訴你這點事實，這句話並不infer我要和美國小姐結婚。

家裏的錢，宋奇說要寄四百元回去的，下月我擬叫他暫停一月。

我進行暑期去英國的事，已得華盛頓英國大使館回信，說，牛津方面請我直接同Institute of International Education N.Y.去接洽；另外British Council也有暑期學校，也叫我寫信到倫敦去問。London的信已發，I.I.E.的信還沒有寫，我還是怕I.I.E.會不讓我去。British Council方面情形也許簡單一點。那封信說，如入學獲得許可，visa問題很簡單。

Joyce: *A Portrait*裏面（chap.IV）引了一句詩：

⑤ Jamesian Hero（詹姆斯式的主人公），指亨利．詹姆斯筆下那些智性、聰明、優雅、講究尊嚴的主人公。夏濟安非常欣賞這類人物，所以常常自奉為Jamesian Hero。

A day of dappled seaborne clouds ——

我想在paper裏稍加發揮，不知道出典哪裏，你如知道，請回信告訴我。我不去問Edel，因預備在paper裏impress他一下。Dappled這個字我記得第一次讀到它似乎在Milton的L'allegro（?），什麼dappled dawn, chanticler等，對不對？以後再華茨華斯、丁尼生等詩裏似乎也談到過，現在都忘了。

關於功課方面還有很多話好講，以後再談。總之，一切都如你意料一樣的平穩。情感方面，虧得有位Neff小姐其人，使得我還有點「輕愁」和「憧憬」，否則我的生活就很像槁木死灰了。

謝謝你代譯essays。又，秦子奇老伯的畫，你去買張Thanks的卡（15¢的那種就可以），簽上你和Carol的名，上款「子奇老伯」，中間寫

承賜墨寶敬謝

自稱「侄」亦可，寫給我由我轉寄可也。Thanks的卡，臺灣從未見過，老先生收到了，也會收藏起來，認為回覆得很隆重，而在你則免寫一信了。你看如何？專頌

近安

濟安 頓首

三月十二日

Carol聽見了我這許多故事，是否能解她的悶，覺得比小說還好玩？可惜如叫我用英文來寫這麼一封長信，費時太多，只好請你代講故事吧。

Carol近來體力已復原否？甚念。起名還是讓父親決定吧。我沒有意見。

249. 夏志清致夏濟安（1955年3月21日）

濟安哥：

讀三月九日的信，知道你情緒突然轉壞，想和Lily有關係，卻料不到她這樣快就結婚了。你三月十二日的信雖沒有以前報告李彥那封信那樣長，但也可看出你情感上頗受震動，希望你在Bloomington新環境之下，漸漸平定下來。假如Lily結婚時你還在臺北，我想你精神上一定受不住。李彥以來，你在女人身上喫的苦也不算少了：一兩年的時間，身心完全被一個女子所佔據，臨末了，一無所有，這種經驗，我以前也是有的，最後強烈的一次恐怕就是北大的那位但慶棣小姐。來美以後，因為看不到中國美女，心也漸漸死了（劉祖淑架子十足，她離New Haven後，精神上對我毫無影響；沈家的Corinne的確是好人，至今仍很欣賞，但她在宗教方面太虔誠，談不投機；前年暑假那位梅小姐，雖是一面之緣，卻想了好一陣），graduate school的外國美女，為人都易親近，我也不抱什麼野心，至今仍維持友誼關係，可是一開始就沒有猜忌緊張，在飯廳見面時談談笑笑，所以無所謂愛情。我在上海時，家裏這樣窮，邀一個date都不可能，所以想了二三個美女，根本友誼上沒有建立關係的可能，僅是苦悶空想而已，所以無所謂受打擊。

我在上海時想的幾位小姐，恐怕你姓名都不知道。一位廣東小姐張慶珍，她的芳容你在滬江年刊上見到過的。一位是我同班同學福建人葉如璣的小妹妹葉如珍，她們住在邁爾西愛路，離我們的弄堂不遠；那時葉如璣在玉瑛的小學內教英文，我曾到她[家]去過一次，看到那位小妹妹，那時還是初中三，在家裏彈鋼琴，驚為絕人，以後一直沒有機會見到。從北京返滬那夏天，看到報上有葉如珍在兆豐公園有獨唱表演，時間是晚上，我買了最貴座價的票子去聽了。在晚上她的面目看不清楚，普通觀眾都是購次等票的，我坐在頭幾牌[排]，看到葉如璣和她的家裏人，此外想必在那裏捧場的男友親戚不少，我窘得非凡，concert一完就溜走了。Concert上什麼節目，一點也記不得了。另外一位劉金川①，寧波人，在滬江讀書時我沒有注意到她，後來轉聖約翰。有一次比我低兩班的滬江女生（她們也畢業了），慕我的大名，請我去參加她們的文學討論會，在那裏碰到她。她活潑輕雋的樣子，雖然人相當高，使我頓時傾倒，回到家裏，心中異樣的快樂。那時是夏天，躺在鋪在地板的蓆上，說不出的舒服。以後文學會也不開了，沒有機會見到她。有一次在路上碰到她，她從虹口游泳回來，又一次，在皇后大戲院見到她同男友一起看日戲（那天童芷苓反串黃天霸，《連環套》，送台《王寶釧》，紀玉良唱《斬黃袍》，聲高入雲，紀玉良從來沒有唱得那樣好過，戲目極硬）。以後我在海關的時候，不知怎樣找了什麼藉口，到她愛多聖路的office，午飯後去坐過幾次。其實她那時已訂婚了（她戴的戒指，我也看到），那位我見到的男友是她的表兄。後來我在張心滄夫婦前提到了她，丁念莊請她去談了一次，知道她訂婚事由，我也不找她了，最後寫了她一封英文情書。我到她住宅附近散步的次數，恐怕也不下近來程綏楚追Ada的情形。這三位小姐，到去臺灣前，一直在我腦中盤繞。

你同你的女學生，見面的機會較多，情感上留的根也較深，灌溉了兩三年，枯萎下去，或連根拔去，是比較更可惋惜的。這次你對於程Lily心理上早有準備，消息的shock過後，心境的轉移可以較快。Kathie Neff 同你既然很有興趣，談話很投機，不妨多找她玩玩談談，吃吃咖啡冰淇淋之類，或學校裏有什麼跳舞、賽球、演講

① 參見夏志清，〈初見張愛玲，喜逢劉金川〉（載《聯合報副刊》1999年3月21、22日）。

等節目，事前打電話通知她，她有空一定會答應的。我們憑空去找小姐，心中不免有些nervous，打電話亦然。電話機在美國小姐是最重要的一件東西，她們的popularity由此維持，即是她們心目中不喜歡的男孩子打電話給她們，她們亦客客氣氣地應付，絕不會得罪人的。所以你有什麼節目，不妨打電話給Neff或其他你比較有興趣的小姐，問她有沒有空，閒聊一下。屆時你去宿舍接她，她一定已換了裝在會客室等你，你也不會緊張了。普通女生宿舍晚上下午總有一位小姐派定在那裏接電話，她可以代take message，絕不馬虎，或給她你的電話號碼，叫某小姐回打，更是省事。Yale研究院貌醜、性情古怪的女學生究占小半數，Indianaundergraduate女生，對婚姻方面，都有自信，待人方面一定更周到。美國男子對女人態度較現實冷酷，你這樣一位談笑風生的君子人，美國女生很少能resist的。我以前同女生會面，都是吃飯的時候較多，不知Rogers Centre，女生來不來吃飯？一日三餐，同不同女子談談，也是人生較pleasant的experience。Neff方面St. Patrick card寄出後，見過面否？甚念。

Lily方面，我想她的丈夫並不是她最中意的。因為家庭撮合或有經濟安定依靠的緣故，她同他結婚了。臨結婚以前，覺得你人品學問，在在都比她的[丈]夫婚事強，可是她已沒有勇氣change，所以大哭起來，也不一定。你瞞她出國，可是她瞞你結婚，不給你請帖，是她的錯，你沒有對不起她的地方。目前你沒有可replace Lily的人，可是這chapter已結束了，再看你以後的發展罷。

父親給你一封信，另外臺北友人轉來一封信，茲附上。父親很希望我們多寄錢去，好像中共方面對匯款並不統制很嚴的樣子，美金67元合共幣170元，上海生活程度高得相當可觀，不知一般人怎麼活的。

你我香煙抽得都很兇（我每天一包以上的，約一包半），都是性格方面較nervous的關係。你的癮想必是多寫文章引上的，在北京的時候，你抽的數量較我少，而且悠然自得，很enjoy的樣子。現在多抽了，那時的樂趣恐怕反而沒有了。Pipe上口太兇，我一直沒有學會。我一年多來，抽的都是filters，比較可減少些cancer的威脅，現在叫我抽Philip Morris，我一定會感到太兇，抽不慣了。

你暑假學校的事情辦得如何？甚念。我覺得一去英國，再來美國就非常困難，不如留在美國，下學年或者可以再讀一年書。你一去英國就好乾脆回臺灣了。我其實也很想去臺灣，最近找事不大順利，接洽的都是小大學，心中氣得很，終日鬱鬱不樂。去臺灣教書，地位較高，心境可舒暢得多。在美國生活也苦，去臺灣也不會苦到那裏。唯一的考慮，就是沒有錢接濟父母，他們stranded在上海，簡直沒有辦法。Carol生了小孩後，我做了美國公民的家長，來去美國，想不大會有問題。你同台大人通信時，探探口氣，英文系要不要人，我可能真想回去的，把Carol的儲蓄一併寄去香港，上海的生活也可維持兩年多，暫時不用愁。在美國住下多，為生活牛馬，心境不通[痛]快，活着也無味。上星期Tennessee一家小大學叫我去New Jersey一個小城去interview，這種小地方，job可能會有的，可是一去以後，自己無顏見人，與人更加疏遠，精神會更頹唐。那天Carol也去紐約，晚上在Peking Restaurant吃一頓，很滿意。Carol對中國菜大感興趣，尤其對於水餃之類的點心，特別愛好，可惜我燒的中國菜，她仍舊不大熱心。

來美以後，好的concert我沒有聽過，每年Yale有一個concert series，請的都是Boston Symphony，Orchestra，Rubinstein之類，因為票價太高，沒有去聽。聽過一次Marian Anderson②，去年暑假

---

② Marian Anderson（瑪麗安・安德森，1897-1993），美國黑人低音女歌唱家，1963年獲得「總統自由勛章」。

聽過一次Tanglewood concert，Munch conduct的Berlioz，郊外聽音樂，聲音分散，不夠精彩。你聽的那次Berlin Orchestra，上過*Time*，想必是不錯的。Dave Brubeck等新爵士我沒有聽過，想來也（不）太會欣賞。鋼琴dominate的爵士樂隊，我也覺得不夠勁，Duke Ellington③就不如Benny Goodman很多。鋼琴音樂只有貝多芬、Mozart等的piano concertos才夠勁。前年我同那位Blumberg在New Haven聽過一次Goodman和Amatory兩樂隊的表演，相當精彩。Goodman、Artie Shaw在late thirties，early forties時最紅，後來兩人因為swing music不流行，都去學classical music了，最近swing好像又紅了，Goodman、Amatory的樂隊生意很好。去年那張電影*Glenn Miller Story*④，把Glenn Miller⑤的music又紅了一下。我最愛的爵士music是female vocalist 獨唱，由swing 樂隊伴奏，一種world-weary，melancholy的風度，加上熱的情調，動人心坎，非近年來專靠噱頭、gimmicks來吸引觀眾的popular music可比。有機會聽一張Goodman唱片，就可以知道。美國三四十年來的動聽的songs，我以為有*Body and Soul*，*I'm in the Mood for Love*，*Night &*

③ Dukc Ellington（艾靈頓公爵，1899-1974），美國作曲家、鋼琴家，原名愛德華・甘迺迪・艾靈頓，因其優雅的貴族風度以及在爵士樂領域的崇高地位而被稱為「公爵」。他是最偉大的爵士樂作曲家，一生中共寫作了千餘首歌曲，他的樂隊在長達半個世紀的時間裏，一直都是美國最好的樂隊之一。

④ *The Glenn Miller Story*（《戰地笙歌》，1954），安東尼・曼（Anthony Mann）導演，詹姆斯・史都華（James Stewart）、瓊・愛麗森主演，格蘭・米勒（Glen Miller）作樂，環球影業發行。

⑤ 格蘭・米勒（1904-1944），美國音樂家、作詞家，他的樂隊是1940年代最受歡迎的爵士樂隊之一。

Day, Begin the Beguine（Cole Porter's⑥），*Always*（Berlin⑦'s），*Manhattan*（Rodgers⑧ & Hart⑨），*As Time goes by*，*It Had to be You*，*Embraceable You*，*Since You Went Away*等，這些歌都帶大都會的憂鬱氣氛，目前composers都已不能夠recapture了。*Body & Soul*我有無線電後，哼了一年多，不知你聽過否？近年來流行歌曲，我很少滿意的，*Tennessee Waltz*自成一格，很好，去年流行的*Hey There*，尚可以一聽。

何時放春假？請告知確定來New Haven的日期。要不要先去Loyola看看Jeannette？你選的散文，我還沒有動手，目前心境不好，需待有確定job後再開始。Joyce所引詩已查出否？我手邊無*A Portrait*，一時不能identify。明天代你查，並把那Thanks card買了，一併寄給你，專頌

近好

弟 志清 上
三月廿一日

---

⑥ Cole Porter（科爾·波特，1891-1964），音樂家，曾為百老匯主要詞作家，代表作有《跳起比根舞蹈》（*Begin the Beguine*）、《吻我·凱特》（*Kiss Me, Kate*）等。

⑦ Berlin（Irving Berlin歐文·柏林，1888-1989），美國詞曲作家，在60年的創作中，留下了近1500首歌曲，被認為是美國歌曲史上的傑出人物。

⑧ Rodgers（Richard Rodgers理查·羅傑斯，1902-1979），作曲家，創作了超過900首曲子，曾獲得艾美獎、葛萊美獎、奧斯卡獎和東尼獎。

⑨ Hart（Lorenz Hart勞倫茲·哈特，1895-1943），詞作家，曾與理查·羅傑斯組成詞曲創作團隊。

250. 夏濟安致夏志清（1955年3月25日）

志清弟：

收到你的長信並轉來父親之信，很是快慰，這幾天天天想給你寫信，結果還是等你的信來了再寫回信。所以要給你寫信者，無非要告訴你最近心情很愉快。在女朋友方面毫無發展，可是除此之外，各方面都很好。

我上一封信是三月十二日所寫，十三日中國同學開聯歡會，我居然心情很輕鬆，到會的幾個中國女生我看了都很舒服（有兩位是以前沒有見過的），長得都不差，覺得都很nice。上一天我剛剛寫下對於中國女子有點disgusted之感，可是那天我就覺得並無此感。我的態度很正常，並不特別gallant或骨頭輕，也不故作驕傲或憂鬱之狀，很enjoy那個會。那天吃了一頓中國飯（同學中會弄菜的人做的），談談說說，看看人家打紙牌，飯後音樂，只有一兩對人下去跳舞，總之，一切都很平靜的舒服。那天回來我知道我心情已經恢復正常。

最近雖然並無女友，可是朋友漸漸多起來了。一天到晚，幽默的話不知要說多少，美國人跟我談話的，總是被我逗得哈哈大笑（宿舍裏的美國朋友以為我是一天到晚穿pajamas，抽pipe，喝茶，閒談不讀書的「蕩客」）。我的幽默主要是wit與nonsense，隨機應變，瞎七八搭（好在還不敢repeat myself)，可惜沒有女朋友欣賞。飯廳裏的中國小姐長得都還可以，但我同她們保持一個禮貌的距離。

Kathie Neff處還沒有寄卡去。Easter該不該寄卡，有沒有送禮的習慣，請來信指示。無緣無故打電話date，心裏總有點怕勢勢，暫時還不敢。其實我最近不大想Neff，undergraduate裏面恐怕美人很多。Rogers Center飯廳裏有女生，但是美的很少，美人少倒也無所謂，只是醜女太多，美國人倒不大醜陋，可是我們飯廳裏據說有六十二國學生之多，別國人大多醜陋，如菲律賓人和我們中國人很親善，而菲律賓女生都蒼老而醜陋，我真不願意和她們同桌吃飯。我吃飯時大多和男人同桌，如同桌為生人，即不開口吃完就走，如為熟人，即信口開河，硬滑稽的幽默一陣。飯廳裏美人也有，有一個長得很像Deborah Kerr，還有一個很像Miss Rheingold[①]（一年一度的啤酒美人），那樣的美人我是不敢同她們去做朋友的。飯廳裏現在我看中一個人，大約是美國小姐，服飾很樸素，不塗口紅，年齡大約快三十歲了，但是我覺得她長得很美，尤其眼睛很善良而智慧（Lily和Celia的眼睛都很兇，Jeanette的眼睛有點浮），談話的姿態也很大方可愛。此人我看並無男友在旁追隨，吃飯時與和一班老太太型的女生在一桌，星期六星期天也在飯廳吃飯，足見date很少，我倒很想同她交個朋友。假如有你和Carol在這裏，可以就近介紹，現在我不知從何着手。既不敢吃飯時湊上去和她同桌，又不敢把心事confide to我的那幾位美國朋友。但是我的心思很平淡，抱着可有可無的態度，所以並無痛苦，只是覺得：「要交朋友，此其人也」（Neff的長相似乎也很「兇」）。那位小姐有一輛舊式（很舊）汽車，有一天我看見她拿鑰匙開汽車門的。我們班上的女生，以後寫信再談，我對她們無甚興趣。

那篇短篇小說相當成功，前天剛剛打完送上去。長達八千字，題目是"The Birth of A Son"（我只怕Carol讀了會有nightmare），要下星期五才發下來，可能下星期六寄給你們看。我打了三個copies，

① 從1941年到1964年，一年一度的Rheingold啤酒小姐的評選，曾經是僅次於美國大選的投票人數最多的評選。每年由六位候選人來角逐"Miss Rheingold"的桂冠，最終獲此桂冠的Miss Rheingold，也因此成為美國世俗狂歡的偶像。

一份在教授Wilson處，兩份在同學處傳觀，看過的人都說like it very much，對於我的command of English都似乎有點「出乎意外」的驚奇。分數我已看見過，是AAAAAB+BB，我們的小說以字數論分數，八千字故有八個分數。前面五個A是我模仿Victorian Masters，句子相當漂亮，也許特別博得教授欣賞。下面也許稍弱，因為我忽然改變作風，模仿Faulkner來了一句長句子，長達兩頁之多，好像交響樂裏的Finale似的，把前面的themes一一重複。到底好不好，我也不知道，聽教授和同學們（我們是seminar）和你和Carol的意見後再說。最後幾頁我的句子較短，因為稍有action（前面是全部心理描寫），句子沒有前面那麼elaborate，也許較弱，反正也是試驗性質，因為寫到後來，我對於Victorian Masters式的句法有點討厭了，想改變一下作風。我現在對自己英文很有自信，因為只要貫徹我的Victorian作風，拿A很容易，再則我在班上也許已經是分數最高之一，別人也頂多AB參半，有許多還從未拿過A呢。上信我提起的那位文學青年Sparks，他現在是Teaching Associate，兼*Folio*雜誌（印第安那大學的*Kenyon Review*）的Associate Editor，他正在寫一篇長篇小說，他的文章（與分數）我看頂多同我伯仲之間耳。我這篇"The Birth of A Son"，論哲學意味，論rhetoric，論symbol之豐富，論texture，我相信班上無人能及，因為他們的東西我都拜讀過了。我怕我的東西很多地方還要修改，等你和Carol看過後春假時再來跟你們詳細討論，假如你們認為滿意，我很想投到雜誌裏去試試。今天之前，我沒有聽到人家的意見，還不敢作投稿之想，現在自信已經增加很多了。如有足夠的鼓勵，也許會嘗試novel也未可知。Victorian的句法較長，寫短篇小說施展不開，還不如寫長篇的好。

Symbolist novel課上，我已經報告過一次，題目：The Personality of the Narrator（Proust），這是Edel給我定的「容易」的

題目，我的報告恐怕大出他的意外。我先把此人的Moral Side，Religion Side，Sexual life，Social Life統統dismiss掉了，認為無足輕重，然後選定他的Aesthetic side of his life大加發揮，用了很多哲學jargon。作為論文而論，這樣一篇東西是站不住的，可是作為seminar的報告，我認為已經抓住了要害，相當brilliant。Edel只說了「so well done」這樣的字眼，但是好幾位同學都說very good report，大約我的報告相當使他們「過癮」，不像一般報告那樣的枯燥平凡。

功課相當忙，而成績還算不差，這就是所以我的閒心事很少，而心情還算愉快的主要原因。春假是四月六日到十三日。春假以前我要繳一篇關於Joyce的paper（你的詩查不查得到，都沒有關係，我不要你查，只是問你知道不知道而已），四月六日上午還有一次Henry James的小考，這兩樣東西我都不怕，不過下星期還是相當忙，那是可以想像得到的。

春假我想先到New Haven來，頂好能夠搭到同學的便車（他們會在飯廳貼條子的），可以直接把我送到你家門口。到了紐海文我想住旅館，因為我怕在你家裏大家沒有好好休息，弄得大家筋疲力盡，尤其是Carol快要生產的時候，而我坐了長途的汽車，也需要好好休息。在紐海文住兩三天，再想到紐約去住兩天。我現在讀了*N.Y. Times*的星期版後對於紐約的嚮往，不亞于小時候在蘇州看了新聞報本埠增刊後對於上海的嚮往。我不知道你會不會開汽車，據這裏的美國青年說，開汽車極容易，現在的車子都沒有gears（排檔），只要（一）發動（二）轉盤盤就可以了。你假如會開車，我希望能到哈佛與普靈斯頓去看看，你假如不會，也許就作罷了。我很懶，其實是很怕旅行的。

在紐約擬去看胡適博士。有一位殷福生，他在哈佛研究symbolic logic，台大副教授，和我同受國務院獎金來美的，他來信說他已見過胡博士，胡願幫他弄China Foundation的獎金，而他歸心如箭（他有太太），並未接受。我想也同胡博士談談，他假如肯幫忙，可能成功，如有獎金，下學期留在美國的可能性就比較大了，暑假也許就不去英國。但是我也並不在乎，因為我這次來美，自己也沒有費多少力氣，糊裏糊塗就這麼來了。此事我覺得冥冥之中似有前定，因為你知道我決不願意去瞎請求什麼獎金，這一次完全是台大錢校長、臺北美國新聞處和中心診所的醫生三方面的自動熱心幫忙，湊在一起，把我送到美國來的。到印第安那來，事前更是做夢也沒有想到，你說這裏面有沒有命運？去英國的申請書已經寄去紐約，兩封recommendation，一封Edel的，據他說是"very strong recommendation"，一封Wilson的，據他說是寫了很多"pleasant things"，照我的資歷等等，英國人也該歡迎我去的。如能去成，也許英國能請到獎學金，能在英國讀下去也未可知。總之，我現在可說毫無計畫，不去考慮將來，走一步算一步。

去了紐約，回來時可能去芝加哥看Jeanette。我同她的關係是很cordial，但是我現在去看她，自己覺得有點尷尬：（一）怕有追求嫌疑；（二）怕談起Lily。我們一向算是師生，現在readjust到朋友的關係，我覺得也很吃力。到了芝加哥後怎麼樣呢？兩個人出去玩？我要不要在芝加哥住一夜？兩個人玩一天，我看也沒有多少話好講。男女二人，如不談愛情，玩起來是沒有興趣的。這些大約都是Jamesian Hero的考慮。

你的出路，我極力反對回臺灣。你想你都希望我留在美國，你自己何必回去？台大我看還不如美國的小大學。你去之後，跟美國更疏遠，以後回美更不容易。不如先在小大學混一年，然後想辦法再打進大大學或改行。這些問題春假時長談吧。

張和均是個puzzling character，我至今不知道他是好人還是壞人，可是把他寫進小說去，很不容易。再談　專頌

近安

濟安 頓首

三·二十五

Carol前請問好，並函寄上中文「小菜書」一本，請仔細研究。散文翻譯不急，慢慢來好了。

［又及］今晚Men's Quad（本科男生宿舍）有盛大舞會，演奏樂隊為Louis Armstrong②，我未參加。

---

② Louis Armstrong（路易斯·阿姆斯壯，1901-1971），爵士小號樂手、歌手，被認為是世界上最偉大的小號演奏家之一，也是爵士樂史上永遠的靈魂人物。

251. 夏濟安致夏志清（1955年3月31日）

志清弟：

收到來信，放下Joyce的研究，趕緊覆你一封。本星期沒有什麼大事可記，大致同上星期差不多。便車尚未接洽到，佈告上沒有到New Haven或New England的車，我或者坐便車到紐約，再換bus到New Haven，或者坐greyhound或火車來New Haven，現尚未定（定後當航空信報導）。

昨晚同幾位美國青年同看TV，欣賞Academy Awards，我們八點半就去了，先是一個Winston香煙的節目，叫做I've Got a Secret , 九點為NBC介紹華德·白里南的生平，九點半正式節目上場，Bob Hope（MC）幽默萬分，可惜他的話我不能全部聽懂，聽懂的幾句我都很欣賞。我所認識的美國青年都擁護Brando與Judy Garland，反對平克，理由是他Damn Rich，反對Kelly，因為她機會很多，來日方長，而Judy Garland需要鼓勵。結果Judy Garland沒有得獎，有人還很氣。（關於TV，有一天晚上我看過一次Lux主持的偵探故事，Joseph Schildkraut①主演，平時我不看TV。）

十一點鐘TV散場，我拿臺灣紅茶招待，茶葉裏有玫瑰花瓣，美國青年見所未見，皆大欣賞。糖和電爐（燒開水）是他們準備的。很多青年都沒有女朋友，有兩位帶了女朋友來，在lounge裏他們玩得很高興。那兩位小姐都相當蒼老，粗眉大眼，有點像墨西哥人（一位叫Rosalyn，一位叫Marian）。十二點鬧完，我十二點半睡覺。這裏星期三晚上，可算是個「小週末」，很多人都喜歡玩一

---

① Joseph Schildkraut（約瑟夫·希爾德克勞特，1896-1964），美國電影、電視演員，代表影片有《左拉傳》（*The Life of Emile Zola*, 1937）。

玩，很多遊藝節目都排在星期三晚上。

看Academy Awards的時候看見好萊塢與紐約鬢香釵影紳士淑女的熱鬧的情形，我很想念上海。上海本來也可以同美國一樣快樂，而我們住在上海，當然要比美國快樂得多。

我同宿舍裏的美國青年，相處得都很好。女朋友方面，還是毫無開展。Neff處不知如何進行，也許慢慢的就完了。飯廳裏那位小姐，我還是很欣賞。年齡也許不到三十歲，但至少有廿五歲了。她不打扮，衣服顏色也drab（常常穿件土黃色的上衣），頭髮更是「老大」得很（暗棕色），背後是這樣的  ，小姐們梳這種頭的恐怕很少。但是皮膚很白很細，臉上線條也明淨得很，你也許會聯想到一個蒼白的老處女，但是她的儀態很活潑，眼睛有神而能表情（我上信已經描寫過了），笑起來還有三分像Grace Kelly。身材也是輕盈的，沒有健美女子那麼「挺」，但在中國人看來這種身材可以說很正常。臉上的缺點恐怕是鼻尖與鼻圈一帶微紅，紅得很淡，假如不是凍出來，那末[麼]她臉上的紅生錯地方了。因為別的地方都很白，嘴唇的紅都不大明顯的（很暗）。這樣一個小姐，假如沒有人追求，我真想不出是什麼道理。你也許反問了：為什麼我不去追求呢？我只可以拿「等機會」來推託。但即使機會等到了，我有一天同她坐在同桌吃飯，只怕我因nervous而不會有好的表現。追求還是很難。

說起寫小說，為什麼你不試為之呢？我是個懶人，雖說對於英文寫作很有興趣，真正寫起來很吃力，我一直都很怕寫。我的長處，除對英文文字本字[身]很有興趣（這種興趣，是和Shakespeare，Dickens，Joyce等共有之的，喜歡pun，play on words，別出心裁的句法phrasing等），其他可說的是，我還有wit，flexibility of mind與perception（這是Lionel Trilling認為Henry James所具有，而Dreiser等美國so-called Naturalist School所沒有的）。我有的這些條件，你都具備，而在文字方面，你要熟練得多了，只要看你替程靖宇寫的信便知。我現在對於idiomatic usage還無十分把握，所以我很想交一個對文字有興趣的美國朋友，頂好是女的，我有「天才」，而她能polish我的文字，這樣便大有助於我的寫作。我現在的小說便儘量避免「對白」，如要「對白」寫好，我看我在美國再住一年都不夠。我現在讀Henry James，覺得他的心理描寫，我也能達到，只是他的對白（很精彩，針鋒相對）我無法企及。我相信你的小說假如寫的話，寫出來一定很好。

你我的taste相同處不少，有兩點我都是早有此感，而你先寫下來的：（一）你說鋼琴曲子只有Beethoven和Mozart的concerts可聽。（二）你以前一封信中的說：Cezanne以前的畫看來都無興趣。這種taste並不orthodox，恐怕還需要修正與擴大，可是你我都同有這樣narrow的taste，我認為是很奇怪的。

到華盛頓開會結果如何？甚念。我想你如同美國的一輩「中國通」混，專寫與中國有關的文章（如Alsop②在*Sat. Eve Post*所發表的論中國民族性等），在美國出名也不難。美國人現在恐怕很需要「中國通」來指導他們（美國人其實很可憐，什麼東西都天真地相信專家，但所謂專家往往不過如此），你如做成「中國通」，比做English professor恐怕要更「名利雙收」。我在這裏，暫時只可以說是「求學」，多讀兩本書，多練練英文，將來還是想做「中國通」（做「中國通」比做Creative Writer容易）。臺灣的生活，瞎忙而浪費時間很多，美國有意思多了。

給秦子奇的卡，選得很好，臺灣的人看見了一定非常高興。

---

② 應該是指約瑟夫·阿爾索（Joseph Alsop, 1910-1989），美國頗有影響力的記者與專欄作家，畢業於哈佛大學，二戰時曾在重慶生活，是飛虎隊陳納德將軍的得力助手，後來曾參與中美建交談判。

小說也許明後天寄上，也許我自己帶來。旅行之前，當再有信報導行期。專此　敬頌

春安

濟安

三月三十一日

Carol前均此候安

今天晚餐據說是Easter Dinner，有燭光等佈置。

252. 夏濟安致夏志清（1955年4月2日）

志清弟：

文章寄上。文法錯誤尚未改正，Wilson的copy（錯誤改正）已發還，春假時當帶來與你研究。

行期尚未定，決定後當航函或電報通知。專此　敬頌

春安

濟安

四月二日

Carol前均此

253. 夏濟安致夏志清（1955年4月5日）

志清弟：

行期已定。星期三（明天）下午約兩點鐘（2p.m.）啟程，星期四下午可抵紐約。車為1953或1952的雪佛蘭，駕車者為Albania人，他在這裏教Albanian文。中國同學袁祖年同行，一路想不會寂寞（袁君當去過紐約）。

New York－Bloomington Round Trip $22，較坐火車便宜多了。那位Albanian人也想去New Haven觀光，他說他可能把我直接送到New Haven。如不直接送到New Heaven，我於紐約下來後，當不停留，改坐火車或bus前來，星期日晚上當可相見。

既然決定坐「便車」來回，芝加哥只好以後再去。

行期將屆，心情很興奮，讀不進書去，雖然明天上午還有一堂考試（Henry James）。

小說於星期六寄出，想已收到。餘面詳，專頌

近安

濟安

四月五日

Carol前均此候安

254. 夏濟安致夏志清（1955年4月10日）

志清弟：

回去後何時抵家？Carol健康如何？心情如何？是否已望穿秋水？甚念。

今天瞎白相一天，晚上在家休息不預備出去了。晨九時起身，在附近greyhound車站吃早餐，十點鐘逛到5th Avenue問警察Easter Parade已過否（今晚*N.Y. Mirror*①報載Easter Parade參加之人有二百萬名）？他說走來走去的人就是Easter Parade，別無其他形式。我在5th Avenue St. Patrick's附近徘徊了一兩個鐘頭，照了很多相，今天帶照相機的人多極了，還有人在巨型crane似的架子上拍電影，St. Patrick's附近警察大約有幾十名，有好幾條街汽車根本停駛。教堂裏恐怕早已客滿，擠在外面的恐怕不少是信徒，裏面的樂聲禱告聲外面聽得很清楚（恐怕是裝loudspeaker的），有一中年紳士跪在人行道上（膝下墊白手帕）隨眾（inside）祈禱，我想替他照一張相，可是等到我對好光，他已經站起來了。

教堂門前照完，再到溜冰場去照了兩張（今天天氣好得很，陽光充足而溫暖），然後跟大隊人馬到Radio City，Music Hall，我沒有看清楚票房的種類，買了一張票，結果是三層樓（$2.00 mezzanine）的票。其實前排只貴兩三角錢，很後悔。

Music Hall 確比印第安那大學的大禮堂還要宏麗精緻。遊藝節目不大高明，米高梅巨片*Glass Slipper*②較*Lili*相差遠甚，不大輕

① 即*New York Daily Mirror*。

② *The Glass Slipper*（《仙履奇緣》，1955），音樂劇，節選自《灰姑娘》，查爾斯·沃特斯導演，李絲麗·卡儂、邁克·懷爾登主演，米高梅出品。

鬆。故事進展甚慢，毫無「奇情」之處。Wilding演小生，還不如Edmund，Leslie Caron還美麗。（兩個妹妹也不差，二姐很好。）

接着一張華納卡通，倒有點別開生面的諷刺意味，和Walt Disney的老套子不同。

接着是五大歌舞雜耍節目，第一項是復活節大彌撒，佈景偉大逼真，共舞臺大舞臺的佛殿佈景，瞠乎其後。第二項是「狗戲」，幾隻小狗比中國走江湖的小狗更乖更靈。第三項青菜蘿蔔ballet（人化裝成各種蔬菜），美女不少，我已開始後悔沒有買前排。第四項「練武功」，上海百樂門舞廳亦有類似的節目。第五項為Spring in the Campus，真正美女如雲，玉腿如林，那時我願意花兩倍的票價，坐到前排去。

享受了大眾化的娛樂之後，進50th street的地下station，我那時想回旅館，不想去Times Sq.，那個車站很大，我在裏面先吃中飯（Hamburger, Malted Milk, Orange Drink—55¢），坐上Downtown的車，想不到那輛車子（IND line）的終點是Coney Island，我想反正沒有事，34th street過了也沒有下來，一直坐了三刻鐘才到Coney Island，一角五分真是坐出本錢來了。初進Brooklyn時，地底電車鑽到地面上來開（Manhattan最後一站叫做Carroll Street，那站上牆上寫的是Carroll，樓上寫的都是Carol），大出意外，遠處海外可以望見自由神像。過了一會，又回到地下，可是在Brooklyn大段路程直至終點，都是在地面開的。

Coney Island熱鬧非凡，女人打扮都有點小家碧玉之狀，衣服特別豔麗，頭上還紮了flower band 

，黑人不少，中學生型的人也很多。我沒有去試騰雲駕霧的機器，只在各處瞎走，專等美女或有趣的人物走過來，替他們拍照。海灘上也去拍了兩張，我自己也留了一張影。有一個Long Island農工學院的學生，帶了High

School的女朋友（不美）在玩，他們請我替他們拍照（我對他們說：很像*From Here to Eternity*③），我請他們也替我拍了一張。

現到五點鐘，坐原車IND回到三十四街。這次到紐約來，玩的都是低級趣味的玩意，反正我也有低級趣味的side，因此玩得也很快樂。晚飯在YMCA吃的（Main Dish是魚）。

今天在街上大衣脫上脫下，把你送給我的那張地圖丟了。胡適的地址我早已抄下，只是沒有電話號碼，電話簿上也沒有。Manhattan電話簿上一共有七個姓Hsia的，有一個叫做Lily Hsia—incidental intelligence。China Institute的電話與位址我都查到，今天打電話去沒有人接，明天早晨當再打去。

明天的節目，大致是上午去看胡適，下午去看張歆海（假如能找到他的地址的話）。

昨天晚上我是坐Taxi回YMCA的，Fare 60¢ plus 10¢tip。回來後看*N.Y. Times*，發現Gimbel's的Dacron-cotton shirt只賣$3.99一件，sport shirt 賣$2.98一件，明天我想去參觀一下，假如滿意，當再買兩或三件sport shirt。經濟力量還能應付得下，請你不要擔心。

這次假期過得很滿意。有很多話要跟你說（正經話已說得差不多了，都不是正經話），可是話實在說不完。例如你喝水的時候，我總想起你在上海大光明喝自來水的情形——喝自來水你是早就在中國開風氣之先了。

請轉告Carol：很感謝她的hospitality和種種troubles，請她多保重。她給我的印象是安靜與善良兼而有之，這是rare combination，我還想不起我所認識的中國女子兼有這兩種qualities的。

---

③ *From Here to Eternity*（《亂世忠魂》，1953），劇情片，佛萊德·辛尼曼（Fred Zinnemann）導演，畢·蘭卡斯特、法蘭克·辛那屈、黛博拉·蔻兒主演，哥倫比亞影業發行。

假如你們不能到Bloomington來，我預備六月七日左右（那時學校應在關門）再來New Haven，下一次恐怕要耽擱兩個星期，那時更可以長談了。別的俟到了Bloomington再寫，專頌

安

濟安

四月十日晚

我鋼筆的墨水怕不夠，花了29¢買了支ballpen，似乎比買瓶墨水便宜。

255. 夏濟安致夏志清（1955年4月11日）

志清弟：

昨日一信，想已收到。今日遊蹤與昨日不同，昨日坐電車，今日大致坐公共汽車，昨日低級趣味，今日稍有文化意義。

上午去看胡適，照你的指導坐subway去的。時間尚早，到central park（E. 86th Street）照了幾張相，照完出來，想不到Metropolitan Museum就在附近，走馬看花地看了一下。沒有看見Modern Art，只是從文藝復興看到十八世紀。買了四張明信片，同式兩份，現在寄上一份，我雖草草挑選，想你亦會喜歡的。

胡適和善道地如舊，我結果沒有同他談起China Foundation的事。因為一則我不喜歡我的拜訪帶有business的性質，他看見我去很高興，我若有事求他，他的高興會打折扣的，我若純為友誼而去，他的心裏也可以覺得溫暖一點。再則，國務院規定得很嚴，我同丁先生（Yale）談過以後，已經不大再作繼續留美的打算。這樣少了鑽營的念頭，心裏也可以快活些。

胡適指導我坐五馬路的四路[號]公共汽車，直達Penn Station。到旅館，把房間換好（1208H），價$2.00，下午出去找張歆海。

上午在胡適家裏已經打了一個電話到張家，傭人（名叫阿寶，當年我讀書時她已在祁齊路服務），說張先生駕車去Harvard Club，張太太去聯合國辦公。下午打電話到Harvard Club找張，未找到，找到了張太太，乃向UN出發。去UN：在YMCA門口坐16路cross town 公共汽車，到E. 34th Street First Avenue（終點）換坐up town的公共汽車，到四十五街下車，即是入口處。UN大樓對42號街。

在UN先找到張太太。她擔任廣播的事情，相當忙。由她打電話找到了張先生，再由沈昌瑞①陪我在大樓四樓的Cafeteria喝茶，一會之後，張先生也來了。張近已不在Long Island教書，每天送太太上班，自己到Harvard Club去埋頭寫作，他似乎在寫一部小說。他勸我寫一本*Taiwan in History*，他說market有此需要，寫出後有暢銷可能。我想他的話不無道理，這一兩年來，美國人相當在意臺灣問題，你現在這本書打完以後，花兩三個月功夫「knock off」一本臺灣報導，可能有生意。我的英譯中不忙（已接到臺北USIS的信），希望你暫緩動手，先寫一本正經的書頂要緊。希望你仔細考慮。

從UN回來，在Gimbel's買了幾樣東西：一、Dacron Cotton的白色sport shirt一件，價$2.95，似乎微有「極光氣」，所以只買了一件；二、Arrow牌Flannel sport shirt 一件，價$2.98，色分灰、黃、青三種（無花紋），我選了一件灰的，這也許是Bargain；三、Stretch的尼龍襪子一雙，價39¢，價錢也便宜得「出格」；四、Dacron與Egyptian cotton混合的汗馬甲兩件，每件50¢——這也是特別便宜貨。希望你下次來紐約，順便到Gimbel's的Ground與Basement去看看。明天又要趕上征程，行前還可以去參觀一下哥倫比亞大學。Carol望多多保重，別的再談，專頌

春安

濟安 頓首

四月十一日

[又及]程靖宇又送了你一本《紅樓夢新證》，托胡適轉交，胡適想借用（他已有了很多本，都給別人拿走），我已代你首肯，替你做了個人情了。

---

① 沈昌瑞（1920-2010），江蘇吳縣人，畢業於上海光華大學，在聯合國秘書處任職多年，於1981年退休。

256. 夏志清致夏濟安（1955年4月14日）

濟安哥：

青年會寄出兩信附畫片都已收到，這次你來東部，除了來回坐小汽車太辛苦外，想玩得很好，我上星期四、五、六三天也感到很痛快。那天回家，十二點還沒有到，Carol已入睡了。她那天也返了娘家（新房子在Conn. Wethersfield，離New Haven 不到一小時），晚上八九時許返家，也並不感到寂寞。火車上坐在我走廊對面一位小姐，淡金髮，dark眉毛，貌酷似Jan Sterling①，身穿好像赴舞會的dress，批[披]上一件純白的coat，打扮得極道地，沒有男人作伴，看不出她是什麼樣的人物。New Haven站她沒有下來，恐怕是到Hartford或Boston去赴約了。星期一收到劉球葉寄來的兩本字典，幾本雜誌（*Free China Review*，《自由中國》等，內附賀爾蒙藥片八十片，你去信時，請代道謝）和你寄出的張愛玲小說兩本。綜合字典從H到K缺了一百數十頁，給我偶然發現。字典後面的補編，發現軍事、科學、slang terms極多。張愛玲的《秧歌》我覺得寫得很好，最後的高潮處理得稍弱些。《赤地之戀》則比較庸俗，近報導體。張愛玲有幾篇短篇寫得極精彩，她以前在《西風》徵文上投稿過一篇〈天才夢〉，後來單行本發表，不知你記得否？所應寄上的書籍當於明後天寄上，《綜合字典》我一時也不會用，也先寄給你吧。

把照相機研究了一下，已能運用自如了，可惜我把裝軟片的門

---

① Jan Sterling（賈恩·斯特林，1921-2004），美國電影、電視及舞台演員。活躍於上世紀五〇年代影壇，代表影片有《生葬古坵墳》（*Ace in the Hole*, 1951）等。

打開，漏了光，在汽車近旁拍的幾張照，只好犧牲了。上次幾張台大美女的底片你放在我sport coat的口袋裏，忘了拿去，這次一併附上。Celia來一封信，也寄上。返Bloomington後，預備再去芝加哥否？

胡適去夏來Yale演講過一次，已好久沒有見到了。China Foundation的錢請求起來，還是清華人佔優勢，你沒有提起，也無所謂。你的計劃，我以為還是由Indiana教授和你自己向State Dept.請求延期一年，如告不准，先回臺灣，埋頭寫本小說，出名後，再來美國。你的"Birth of A Son"，我讀了大為佩服，多寫後，句法結構方面處理更易，寫本長篇小說也不費事。我自己一向中上資質，讀起書來，可使錢學熙、李賦寧之類佩服吃驚。去夏以來，腦力漸漸衰退，寫文章落筆遲緩（一九五二年跟Rowe做事時，兩星期內寫一百pages，毫不費力；去春代程靖宇寫情書，五分鐘，十分鐘一揮而就，最近寫同樣的信，就要多花時間），自己是「熬張志氣」的人，有苦說不出，心中只有氣得發慌。你勸我寫本臺灣的書，其實我對寫中國東西，自己毫無conviction，能夠不花時間knock off，換來聲名金錢，未嘗不好，但依我目前的competence，寫本通俗平易的書，也要相當費工夫的。大約近兩年來，中文書看得太多，英文名著看得反而少，style及command of words無形中deteriorate；追求Carol時，陪她的時間太多，起初一改往年習慣，感到相當guilty，後來洛氏獎金繼續一年後，覺得寫完那本書，大有把握，精神也就鬆弛下來，婚後重新努力，效率方面就不如從前。婚後同Carol講的英文都是家常瑣屑，沒有機會同洋人長篇大論瞎講，文字方面也不免生疏起來。所以我寫好那本五四文學的書後，只有重新大練英文，不論通俗體，academic體，都要寫得熟練，否則在美國不論教書做事，都不會有出頭機會。我們都是有pride的人，庸庸碌碌生活下去，一定不會快樂。目的[前]找job方面，宋奇那邊的信還沒有寫（其實我也不好意思有求於他），Yale教授方面下星期再走動一下，不知有沒有希望。有一家teachers agency我也登了記，可能像China Institute一樣，有小大學的offers，假如真的沒有job，我想刻苦一年，多讀書，練英文，對將來事業也有幫助的。

Carol照過X光，結果是胎兒雙腳朝下，生產的時候，「踏蓮花生」，至少要十餘小時，Carol必定要受相當苦楚的。危險大概不會有，真的不能落地，來一下caesarian operation也是極平常的事。Carol為人的確極好，待我再忠愛沒有，只是她比我更shy，as a hostess，不會談笑風生，招待客人。我在人多的地方，雖然亂說一陣，心中很高興，個性還是向內的，要我拜訪人，無緣無故打一個電話，好像總有東西牽住我，不允許我這樣做。這方面Carol工夫似乎比我更差。她只有在她極熟的女同學方面，可以completely a tease，今年Yale方面，她好朋友一個也沒有，生活有時也不免很寂寞的。

Radio City的美女排隊跳舞，多看了就會覺得沒有意思的。我有時坐在前排，看她們舞罷以後的「嬌喘」，覺得滑稽而同時也很可憐。Coney Island我數年前在大熱天去過一次，人擠得滿滿的，毫無意思。那些騰雲駕霧的roller coaster，絕對不要嘗試。我初到New Haven，夏天時同一位朋友在較小型的roller coaster坐了一下，那位朋友也沒有坐過，兩人都不知厲害，結果機器一開動，緊張萬分，大有心肺跳躍欲出之勢。過後，整個暑假，我總疑心左胸隱隱作痛，至秋季開學後，才漸漸消除。美國人崇拜速度，一般teenager女子坐在那裏，一方面膽小，一方面覺得有刺激，giggle不至，同座的男友便可表示他的鎮靜勇武，且可乘機揩油（如兩人坐小船，穿過黑暗的tunnel of love等），美國機器化的低級娛樂，作用不外乎如此。美國遊藝場，每城都有，都不出乎打靶子，坐

roller coaster，gypsy醜婦算命之類，你電影上也見到。

兩張畫片我都很喜歡。昨天晚上看了Elia Kazan的*East of Eden*②，總覺得美國近來的drama，運用Freud太mechanical，沒有舊式悲劇有回味，O'Neill③，Tenn. Williams等都逃不出Freud的掌握。Kazan導演還是一貫作風，Jimmy Dean④年紀太輕，不算怎樣了不起，Julie Harris⑤第一次見到，表情倒是很subtle的；她的*Member of the Wedding*⑥不知你看過否？飾母親（妓院老闆）的Jo Van Fleet⑦，也是第一次見到，表情也很impressive。

返Bloomington後休息停當，想已重做學生了。那位Quaker美女，務必和她同桌吃飯。你近來精神充沛，無處發揮，追她一下，說不定會同她結婚的。她既無其他男友，對你的友誼一定會格外珍

---

② *East of Eden*（《天倫夢覺》，又譯《蕩母癡兒》，1955），據史坦貝克同名小說改編，伊力·卡山導演，詹姆斯·狄恩（James Dean）、茱莉·哈里斯（Julie Harris）、喬·范·弗利特（Jo Van Fleet）主演，華納影業出品。

③ O'Neill（Eugene O'Neill尤金·奧尼爾，1888-1953），美國劇作家，1936年獲得諾貝爾文學獎，代表作有《長夜漫漫路迢迢》（*Long Day's Journey Into Night*）。與田納西·威廉斯、亞瑟·米勒齊名。

④ 詹姆斯·狄恩（1931-1955），美國演員，代表影片有《養子不教誰之過》（*Rebel Without a Cause*, 1955）、《巨人》（*Giant*, 1956）。

⑤ 茱莉·哈里斯（1925-2013），美國舞臺、電影演員。曾獲五次東尼獎、三次艾美獎和一次葛萊美獎，1994年獲得美國國家榮譽藝術獎章（National Medal of Arts）。

⑥ *The Member of the Wedding*（《婚禮的成員》，1952），據卡森·麥卡勒斯（Carson McCullers）同名小說改編，弗雷德·津尼曼導演，埃塞爾·沃特斯（Ethel Waters）主演，哥倫比亞影業發行。

⑦ 喬·范·弗利特（1914-1996），美國劇場及電影演員，演藝生涯長達三十年，曾以《天倫夢覺》中的表演獲奧斯卡最佳女配角獎。代表影片有《鐵窗喋血》（*Cool Hand Luke*）、《怪房客》（*Le Locataire*）等。

祝。那套Sharkskin的西服，已拿去裁縫鋪改了，jacket、褲子都放大，只花四元，下星期一定寄上。再談了，即祝

春安

弟 志清 上

四月十四日

257. 夏濟安致夏志清（1955年4月13日）

志清弟：

在紐約發出兩信想已收到。昨日下午二時離紐約，今日上午五時安抵布魯明敦。那位保加利亞女子未同行，後座稍空（美國青年Jim坐到前面去了），腳腿稍可稍展，晚上睡得還好，請勿念。明日無課，還可以休息一天。今天精神很旺盛，絲毫不覺疲倦。

今天晚飯同那位Quaker小姐坐到一桌去了。並不是我有些勇氣，偏偏她坐在頂近counter的一桌，她平常還要「深入腹地」，我貪懶總在靠入口處坐下的。她和一位小黑女（negress）在談天，我去時似乎已經談了很久，她的一塊pie擱在盤子裏不吃，很久以後才動它。先似乎是談的假期經驗，後來似乎是談的學校功課。她們兩人好像讀的是教育系或是圖書館系，討論的是實習等等，我也沒聽清楚。她的說話快，音調thin，口音是美國人是可以斷定的。

我相當窘，但還好，臉沒有紅。先上去，把butter掉到桌子上去了，我也不怕髒，還是把它塗在roll上了。帶了一本*Time*，也不敢看，因為是Gimo的封面，Gimo已成了我的bad conscience，我頂怕人家拿我identify with Gimo。再則我看書要拿掉眼鏡才舒服，這樣又怕「吃相」太難看。我的眼睛當然照你指示，注意她的手，手上沒有戒指。她說話時表情手勢是很豐富的，也許被我看得她的兩隻手（很瘦）沒有放處了。我不知如何是好，也沒有機會去插嘴，但我覺得she is more self-conscious than 小黑女。等我吃完（plus一杯茶一支香煙），她們還在談。後來我吃完，回到臥室，拿了書到圖書館去還書，那時天已黑，看見她一個人踽踽走過，披了那件drab的coat，不知到哪裏去，總之是和我背道的。

我用了這許多文章來描寫今晚的經驗，並不是我感情有什麼異狀。I am much saner than 程靖宇 after his encounter with Ada，但是以後談話的機會還有，至少對那位小黑女，我是很有勇氣去approach，隨時都可以去找她（黑女）去同座瞎談的。

關於紐約，還有很多話好講。昨天到了袁祖年（我在他家吃中飯——吃麵）的妹妹家裏等車子。袁的妹妹相當漂亮，妹夫姓翁（我沒有見到），在RCA做工程師，據說忙得常常連早餐功夫都沒有的。她們一家說蘇州話，據說住在哥倫比亞大學附近的上海人很多，和南城的China Town遙遙相對。那些上海人還組有票房，在哥倫比亞大學借戲院禮堂正式表演京戲呢。我可以想像那幫上海人的生活大致同香港的上海人差不多，自成一小天地，但是生活比較安定，因為紐約的「投機」引誘不大，單單叉叉馬[麻]將是不會把家產叉光的。我又想起Jeanette，對她頂合適的生活，也是這一類的中等生活，將來她也可能嫁一個克實忙碌的工程師，在紐約住一個小公寓（九十餘元一月，有三大間，一kitchen，一bath），她穿了旗袍（那位主婦穿旗袍的），快樂地操作家務，在上海人之間瞎交際。這些當然都是幻想。

再講那位短小精悍的阿爾巴尼亞人。在這短短幾天之內，他駕車遊歷了New Haven、費城和華盛頓。昨天早晨五點鐘就起身，從費城駕車來紐約，再開一天一晚的車，趕返印第安那。這種人的身體真是鐵打的。美國青年Jim代他開了兩三個鐘頭車，就要大大的睡一會，而阿爾巴尼亞人似乎永遠精神抖擻。

回到學校，展閱一星期內所有來信，有兩件事值得向你報告：

（一）宋奇說，他很想去東海教書，東海校長已發表為曾約農①，他向我打聽情形。回信我等一會就寫。關於此事，我的意見

① 曾約農（1893-1986），湖南湘鄉人，為清朝名臣曾國藩嫡系曾孫。教育家。早年留學英國，獲倫敦大學博士學位。歸國後，投身教育，創辦藝芳女校，後又

和情報是：

a、曾是台大英文系教授，曾文正公的孫子或曾孫，英文好得不得了（從小在英國長大的），為人十分厚道，長袍白髯，滿面紅光，全副中國gentleman的作風，獨身。信Quaker教。

b、宋奇去，他會歡迎的，必要時我可以保薦一下。雖然我的力量很微薄，但我同他在台大是同系同事，我的實力與為人，他也有點知道。（曾是否就校長職，尚在考慮中——臺北方面的情報。）

c、東海前途如何，很難講。臺灣的行情低落，美國教會辦學的興趣會減退，這是很可能的。東海和香港的崇基是同一組織所辦（各駐華教會大學聯合辦事處），崇基也沒有辦好，美國人所promise的錢並沒有捐足。東海的事情拖延了已經很久，我看美國人缺乏誠意。假如美國人拿辦燕京滬江的精神出來，東海是有前途的。假如東海成了another崇基，東海教書就沒有什麼意思。

d、你假如想去東海，情形和宋奇又不同。宋奇是燕京培植出來的，你可以說是北大培植出來的，至少你owe胡適something，而胡適希望你回台大去，那天他還提起此事，我說我不能作主。你不回臺灣，還有話好說。回臺灣而不去台大，在道義上似乎說不過去。

e、東海的待遇如何，尚不可知。

（二）第二件事是關於Yale的丁先生的。于斌拿他薦給台大的英文系，此事本來很合理想，甲、丁先生的學問與資格都沒有問題。乙、台大英文系很缺好先生。丙、丁先生和我們的系主任英千里都是天主教教友。可是有人作梗，作梗者是國務院派來的教授

任湖南省立克強學院院長。1949年赴臺灣，受聘為臺灣大學教授，1955年被推舉為東海大學首任校長。

Marvin Felheim②，此人是Missouri大學（？）的Ph.D.，Michigan大學的教授或副教授，人極善良，不知怎麼會很看不起丁先生。Felheim當然無權決定，但是他的意見是受人尊敬的。他說「丁博士於口試時，對問題不置一辭，僅于最後主持人（Bush）問他有何打算時，才說了聲：I go back China, I teach.」Felheim本不用管這些事情，是台大英文系去請教他，奇怪的是他怎麼會知道這位丁先生，而且知道他的口試情形，難道Felheim也是口試委員之一？我已經寫信給台大，根據你的話，替丁先生說好話（丁先生恐怕不知道我在台大英文系的說話是很有力量的）。你見到丁先生時，向他探詢有無去台大誠意？這點很重要。因為他去總是開高級課，等到課開出來，人不去，系裏將要啼笑皆非，因為高級課程臨時到哪裏找人去代？問他認不認得Felheim？F對他不利的批評，你也不必告訴他。只要他有誠意去，我的意見就可以推翻F的意見的。但是他同F的關係，頂好先澄清一下，台大方面才可心服。因為F到底是國務院派去的名教授，他的話也很有分量。

你的job還沒有決定，心裏難免不安。我勸你也不必着急，機會總是會有的。到台大去是retreat，做人不到必要時，不要retreat。我在國內時後來不去光華也是這個道理。張歆海說他過了兩三星期要到Yale來看你，他最近似乎失業，未必有苗頭，但為人很可以做朋友。

Carol產期日近，請她多多保重。你們在春假期的招待，我非常感謝，而且十分滿意，放了暑假一定再來叨擾。

---

② Marvin Felheim（馬文・費爾海姆，1914-1979），密西根大學教授，後來密西根大學以他的名字設立了「Marvin Felheim傑出校級教授」的席位。代表作《奧古斯汀・達利的戲劇》（*The Theater of Augustin Daly: An Account of the Late Nineteenth Century American Stage*）、編著《喜劇：劇本、理論與批評》（*Comedy: Plays, Theory, and Criticism*）等。

今天已經穿了你那件sport coat各處走，我想那位Quaker小姐見了我也許覺得我特別英俊吧？再談　專頌

儷安

濟安 頓首

四·十三日

258. 夏濟安致夏志清（1955年4月14日）

志清弟：

今日上午發出長信一封（平信），不久想即可收到。剛剛接到*Asian Student*關於「東方名著」翻譯計劃，特剪下寄上（我知道你也訂閱*Asian Student*的），希望你能參加這個工作。如何進行，你想必知道得很清楚，照你的資格，幹這種事情，再合適也沒有了。如能成事，我認為比教書有意思。專此敬頌

近安

濟安 頓首

四・十四日

Carol前均此候安

不要害怕你的「文言」不行，你敢擔保別的translators對於文言文都有研究嗎？厚着臉充專家好了，中國古文其實亦不難，多備些參考書，決無看不懂之理。

259. 夏濟安致夏志清（1955年4月21日）

志清弟：

來信與字典兩本都已收到。你的種種計劃我都很贊成，雖然我並不相信你的精力有任何退步的地方。我的精力從來不曾充沛過，只是我從來不曾over worked過，不讓自己疲倦，因此也很少覺得jaded。坐汽車一日一夜之類的事情，其實並不傷身體，至少腦筋不大活動，精神也不緊張，所以過後我並不覺得疲倦。讀書與作文則傷身體得多，這是我親身體驗之談；好在我對於道家「養生」之道比你認識清楚（也是我責任感不如你強的地方），我總不使讀書與作文影響我的整個生活的pattern，疲倦了就不讀或停筆。你那天讚美vitamin A的功用，但是我現在還是take no pills，假如我覺得眼睛疼痛或出水，我就停止工作，我認為這是nature的warning，不是病，不必去cure它。不吃維他命，反而可以多留一點margin of safety（or deficiency in vitamins）。這種生活習慣，基於我幼時的體弱多病，但是我現在知道如何take care of myself。我並不勸你也照我這樣做，各人的生活習慣到了我們的年齡，也很難再有大的更動。例如idleness可以充實我的精神生活（我可以更敏感，更富於想像），而你是緊張工作慣的（在上海與美國都是如此），一閑了下來，反而覺得腦力要退步了。所以我贊成你的種種加強工作的計劃。

寫小說大約是比寫non-fiction費時間。假如我寫non-fiction，只要胸有成竹，有材料，天天可以寫，至少天天可以寫成幾行或幾句。寫小說則有時候真會沒有東西寫。我的第一篇“The Birth of A Son”的確有一個excellent theme（在execution方面需要更動的地方很多，這個以後再弄它）。我的第二篇小說就很難以為繼。可寫的東西很多，但是總覺得theme不夠強，今天早晨我才決定寫什麼，明後天可以開始在打字機上工作了。這一篇將比較realistic，背景是香港，theme與戀愛有慣[關]（很殘酷，這樣你更得拭目以待了）！其實這個故事（my own invention）在我腦筋裏盤旋已有數年之久，在香港時就想寫，到了臺灣後寫了一個很失敗的中文version。惟其因為曾經寫過，此次我更sure of success。字數不在第一篇之下，很長，預備花一個月的功夫完成之。所謂好的theme包括哲學意義的depth和suitability to my creative powers。奇怪的是，我這幾個星期一直在瞎想一個故事，而這個我已經嘗試過的故事，反而到今天才想得起來。

星期一晚上我去看了一次double feature：派拉蒙兩大巨片*Sabrina*①與*Rear Windows*②（50¢），一共演四小時，看後一點不覺疲倦，足見片子的成功（*GWTW*我在臺灣又看過一次，每次總覺得它「冗長」）。*Sabrina*是很庸俗的slapsticks，satire，sentimentality什麼都有一點，結果什麼都不是，Billy Wilder不是個天才，他也不知道他將拍出一部什麼樣的片子出來。鮑嘉與霍登都是糟蹋人才（Edmund O'Brien or Ronald Reagan③與Robert Young④ or Dennis Morgan一樣可以演），夏萍（廣東人的譯法）也無從「可愛」起，因此顯得也不美。這種小姑娘假如沒有好故事，好part，好導演，也會沒沒以終的。*Rear Windows*很精彩，Hitchcock的鏡頭運用，真

① *Sabrina*（《龍鳳配》，1954），浪漫喜劇電影，比利・懷德導演，亨弗萊・鮑嘉、奧黛麗・赫本主演，派拉蒙影業發行。

② *Rear Windows*（《後窗》，1954），驚悚片，希區考克導演，葛莉絲・凱莉、溫戴爾・柯瑞（Wendell Corey）主演，派拉蒙發行。

③ Ronald Reagan（隆納德・雷根，1911-2004），美國第40任總統（1981-89），第33任加州州長，1937-1964年間曾參演電影。

④ 羅伯特・楊（1907-1998），美國電影、電視演員，以參演電視劇知名。

叫人驚心動魄。Hitchcock知道自己要拍什麼樣的片子，而在藝術上完成了他的任務。Grace Kelly在這裏雖然並無什麼個性，我都想不出什麼女明星可以代替她。

那天晚上大約受了*Rear Windows*的影響，夢見了很多蛇，星期二早晨就想用蛇做題材，寫一篇小說。那時我想了兩個題目：

1、蛇被人殺死了要「討命」的—— symbolist恐怖小說。可以發揮rhetoric與Conrad及Graham Greene式的恐怖（人物——中國外省人在香港）。

2、上海人在香港不敢吃蛇肉，最後還是吃了—— acceptance of reality。可以寫得很subtle。

結果這兩篇小說我都不敢動它們（還沒有把它們想「通」），也許太難寫了。昨天晚上到圖書館中文書部裏去參觀了一下，借來了一函《古今圖書集成》，關於佛教道教「神異」的書，睡前看了一兩個鐘頭，看得很滿意。好的中文讀了真舒服，尤其是舊詩，但是這裏不能詳談。今天早晨忽然決定了寫我的這篇realistic的小說。

功課方面，我的Henry James考卷得94分。自己也覺得好笑，假如我是教授，我的卷子大約只配打八十幾分。現在我在Henry James班上的地位已經確立了——沒有人比我考得更好，沒有人比我對Henry James有更深的瞭解。星期一我給了一次class report，大獲讚美。這不算是什麼光榮，拿我的身份去吃癟Under-graduate的小姑娘們也不算是什麼成就。但是Edel是服了我了。Edel的"foremost authority on Henry James"的頭銜是Edmund Wilson給他起的，其實這種搜集材料的工作，配合了lucidity of mind，只要花時間上去，你我都可以做到這一地步。

女朋友方面，毫無進步。對Quaker小姐（她吃飯前是禱告的）並未作進一步的追求，很抱歉。星期天晚上中國同學集會，我又很快樂，這次比上次更快樂，可以說是在Bloomington最快樂的一晚

（我在這裏太少social activities）。我打了麻雀，又打了Bridge。有一位廣東小姐（美國土生女，家住Georgian，她母親是香港來的，在美國已四代），名叫盧秋聯（Toni Lu），同我做Bridge的partner，我很欣賞她的美與談吐。她知道我在美國不能久留，她說"I hate to see you go"——這種話讓我這種Jamesian Hero聽了，應該是很多感觸的。她才不過是sophomore，年紀很輕，major in psychology，而我的學問與幽默，的確在一般中國男人之上。星期一我去看派拉蒙兩大巨片，我想去date她，結果沒有進行。星期二晚上去看英國義大利合作巨片*Romeo & Juliet*⑤，又沒有去約她，現在又慢慢地把她忘了。她有一個妹妹，長得比她黑，也很美，在這裏讀教育。她排行第三，她妹妹第五，她家一共有十七個兄弟姊妹。

下月中旬Met. Opera來學校上演，我很希望帶一個女朋友去。First choice當然還是Quaker小姐。那時假如再是「獨溜」，那就太洩氣了！

你不願意同宋奇討論job的事，可是很抱歉的我已經替你先提了。我信上說「志清的R氏獎金如不繼續，將考慮到別種opportunities」，希望他貢獻意見。他給你的信中可能會貢獻意見的，希望你不要對我的meddlesomeness見怪。

送上照片六張，我們三人的合影，我已去添印，可以寄回家中，或寄給程綏楚等朋友。別的有趣照片很多，以後帶給你們看吧。Carol的信，輕鬆而誠懇得很，我很欣賞，回信請轉交。別的

---

⑤ *Romeo and Juliet*（《羅密歐與茱麗葉》，1954），據莎翁同名劇本改編，雷納托·卡斯特拉尼（Renato Castellani）導演，勞倫斯·哈維（Laurence Harvey）、蘇珊·斯丹達爾（Susan Shentall）主演，蘭克電影公司（Rank Organisation，UK）發行。

再談，專頌

近安

濟安 頓首

四月二十一日

［又及］Celia的信也收到。她知道我春假要來看你們，才把信寄紐海文的。

260. 夏志清致夏濟安（1955年4月24日）

濟安哥：

四月十三、十四日兩信收到後還沒有給你回信，想你一定在盼望了。哥倫比亞大學已寫信去問Jacques Barzun①，並請Pottle寫了封介紹信。這項翻譯工作能夠接洽成功，也是好事，可是希望不大。哥倫比亞中國學生要比Yale多得多，拿了degree後留校做研究工作一定不少，Barzun就近選人，恐怕不會需要外面人。可能我資格較好，Barzun會consider也說不定，接到他的回信後再告訴你。丁先生方面，我已把Felheim作梗的事由陳文星間接告訴他，他絕對不認識Felheim，覺得他說的話，完全空口造謠，頗有些生氣。丁先生講英文，口齒比我們清楚，在哈佛讀了兩三年書後，不可能在口試時會瞠目無一辭相對的。和我一同出國的程明德，數學很好，可是英文極壞，他口試時教授准他另請一位中國數學系同學在場做interpreter，這種情形是有的，可是對問題不置一辭的情形是inconceivable的。丁先生很感謝你代他說好話，他有決心來臺，還托你代問問開courses，英先生方面有什麼意見。

我job方面，在正二月寫了一大堆信，結果都不生效力，頗有些灰心。我覺得台大和東海方面任擇一校可以進行一下，否則真的入秋後沒有job，有了妻子，不免要為柴米着愁，精神更易頹唐。

---

① Jacques Barzun（雅克．巴贊，1907-2012），法裔美國歷史學家、教育家、批評家，自哥倫比亞大學畢業後，即留校任教，並擔任十年的教務長，一直到1967年榮休。其寫作主題廣泛，影響深遠，曾獲美國總統自由勛章。代表作有《美國教師》（*Teacher in America*）、《柏遼茲和浪漫主義的世紀》（*Berlioz and the Romantic Century*）、《從黎明到衰頹：五百年來的西方文化生活》（*From Dawn to Decadence: 500 Years of Western Cultural Life, 1500 to the Present*）等。

我為人頗sensitive，心境好，同人往來較多，一不得意，就怕多和人接觸，生活更加寂寞。台大、東海，我無所謂，你覺得哪一方面進行容易，就請你寫信給英先生或曾先生試問一下。如你所說，美國是一個人成名後最理想的住所，未成名前先怯陣退卻，當然表示自信不夠，所以下半年我有job，當然還是留美的。不過沒有辦法時，去台灣教書住兩三年也是好的。台大和東海我比較喜歡台大，滬江讀書時，就對教會大學的教授們，大半不感興趣。不知弟兄在一個系裏教書，會不會引起旁人批評？宋奇那裡我欠他一封信，Allen Tate的文章我想明天攝影寄給他。

五彩照片昨天取出，一張空白外，餘十一張皆令人滿意，先將Carol最滿意的四張寄上，它們的底片已交給店鋪去添印兩份，一份寄家。Mamiya有此成績，一定不比Kodak35差。有了孩子後，照美國規矩，得每月攝影，記錄他的長大。上次寄上字典雜誌想已收到。最近又收到《淵》一冊，我沒有看到《草》，所以只把它翻看了一下，覺得你的譯筆流暢。這本書想你自己還沒有看到，當明天寄出。

Carol食慾沒有一般孕婦那樣好，平日吃得不多，所以星期五supposedly產兒到期，還沒有「做動」，大概有一兩個星期的延遲。那套Saks Fifth Ave灰色西服，花了四元上下身都已改寬，你穿來一定合身，已於前兩三天寄出。

你China Foundation的錢既沒有請，不知英國暑假school方面有沒有消息？State Dept.我看還是請求一下延期。如不蒙答應，你同State Dept.的人仍舊可維持很好的關係的。Quaker小姐同桌吃飯後，最近交談的機會想多。你同她及小黑女吃飯，「悶聲不響」，人家也不好意思同你交談。以後預備和女孩子同桌吃飯，未入座前，先微笑請求同意，“May I …” or “Is this seat taken?”之類，一入座，立刻自我介紹，這樣禮貌周到，大大方方，女方覺得你舉動同美國男子一樣，談話就容易了。美國人沒有通過名姓，照例是不交談的。介紹認識一次後，以後每次見面，雙方就要打招呼，表示很熟的樣子。你這次同Quaker同坐，勇氣已比我預計的高。

這次信寫得太遲，想明天一定可收到你的信，看了信後，再寫了。第二篇小說寫得如何？祝

好

弟 志清 上

四月廿四日

261. 夏濟安致夏志清（1955年4月27日）

志清弟：

來信、字典兩本、雜誌、西裝、照片，都已收到。頂快慰的是五彩照片，色彩很美麗，神情躍然，比黑白照片好看多了。（黑白照相頂適宜於*On the Waterfront*①，*The Third Man*這類的題材，我以前寫過一篇小品：「黑白電影裏的世界」）。Kodak color是「負片」（negative），添印較便宜，顏色亦準。據我知道，這種底片亦可印在黑白紙上（可更便宜），不妨和店裡談談，試印一兩張，送朋友。Mamiya是很好的照相機（counter有毛病，請注意），據玩照相的朋友們的意見，日本相機的國際地位在美國相機之上。你以後去店裡添買燈泡時，可再請教他們一次，關於光圈速度等等。

兩身Saks西裝（你送我的那一身，簇嶄全新，和新做的一樣）都非常挺括合身。我們宿舍裏的美國青年，都很provincial，對Saks Fifth Avenue久聞大名，從來不曾看見過他們的西裝到底是怎麼回事。現在看見了，都表歎服。有人問我：「要一百五十元一身吧？」唯一遺憾為沒有女朋友，挺了也沒有人欣賞，上課吃飯，我只是穿sports jacket而已。Sports jacket穿了十分舒服，而且也大方，好處為不必conscious of它的挺不挺，態度可以更自然。

Quaker小姐處，最近一定會上去交談的，她最近覺察到我很注意她，她似乎也注意我起來了。她的response似乎仍很和善，因此我的勇氣最近似乎已略有進步。只是在等候一個頂自然，頂不awkward的機會。她名字似乎叫Ruth，姓不詳，我把全校女生姓名

---

① *On the Waterfront*（《岸上風雲》，1954），犯罪電影，伊力·卡山導演，馬龍·白蘭度、卡爾·馬登（Karl Malden）主演，哥倫比亞影業發行。

翻過，有很多Ruth，最可能的是RUTH. A. CORBITT。

對自己的出路問題，不大關心。Oxford的回信大約四月底五月初會到，State Dept.的回信（我只請求到歐洲去，沒有提在美國延長，或多要些錢的事）不久亦可以到，下月就可以大致決定。英國去成，要多花些錢，去不成則少花些錢，因此似乎各有利弊。

我的論Stephen Dedalus的paper又拿到了一個A，自信心又略微增加。這種paper打分數並無標準，其實要給B也無不可。本學期還有三篇paper：一、論James的*Aspern Papers*（due下星期一），二、關於*The Ambassadors*；三、關於Faulkner的*As I Lay Dying*。②這種東西憑我的小聰明，即可應付，故不大着急。

上星期以來，頂傷腦筋的不是女朋友問題，不是下學期出路問題，也不是assignments，paper等問題，而是creative writing。我既已做出牌子，第二篇小說很難進行。可寫的故事很多，但是能寫得好者很少。面前的pitfalls：①寫得sentimental；②寫得像Maugham；③故事太離奇（神怪小說倒不一定不近情理，現實小說也很可能不plausible）；④太poetical，堆砌太多，專門在文章上用功夫，盡量描寫，忘了故事。（「淵」不是一本好小說，還不如我自己所寫的。）

上信所講的故事，試了幾個pages，覺得還是不行，決定取消。昨天苦想了幾個鐘頭，決定另一個題目："The Jesuit's Tale"，講一個從大陸逃出來的Jesuit神父所講的故事（沒有女人），相當恐怖，但是symbolically的恐怖，不是sentimentally的。沒有第一篇那麼rich，這一篇將相當bare，但很值得一試。全文佈局大致已定，約長四五千字。假如是四五千字，那末[麼]本學期結束以前，還

② 三篇作品分別是亨利·詹姆斯的《阿斯彭文稿》、《奉使紀》和福克納的《我彌留之際》。

得寫一篇四五千字的。

我的"The Birth"也給Edel看過，他大為欣賞（尤其欣賞裏面的tone），稱為perfectly done，他鼓勵我去投稿*New Yorker*。那篇東西我是一定要去投稿的，不過在投稿之前，先得好好地修改一下，而修改我希望在放了暑假之後——目前先換換題目寫別的東西，回過頭來再改"The Birth"，也許可以有更好的成績。你以前一封信裡的話說得不差：假如我對創作真有自信，回到台灣去閉門著作亦可成名。

你去台灣的事，到七八月間再決定如何？台灣很缺人，你回去（any time，明年春天都可以）是一定大受歡迎的，而我在台大以及台灣的文化界，說話頗有分量（弟兄同系，絕無關係），現在不必慌忙。再等兩三個月，其時：①你可以make sure美國究竟有無更好的差使，我頂希望你能把Jacques Barzun的路子打通；②請得美國的permanent residence；③時局亦可以略為澄清。丁先生既有決心，下次寫信去我當極力推薦。功課：①十七世紀，②另一門由系裏決定如何？——較淺的「英國文學史」之類。

宋奇說已有信給你，他似乎也在苦悶中。他的興趣太廣，做的事情太多，主要還是「吃老本」。你假如寫信給程綏楚，不妨問問「崇基」有沒有機會。崇基他拿七百元一月（講師），約合美金$115，你去名義不同，可拿美金$150-$200，香港別的收入（寫文章）的機會很多，而香港的生活假如錢多（我以前在香港太窮了），是非常舒服的（可能比紐海文舒服）：①food便宜，不到美國一半；②一切奢侈品日用品便宜；③傭人便宜；④房屋有一切衛生新式設備，你現在出$80一月房租，香港出$50即夠。Carol在香港一定住得慣，而且會覺得生活很豐富，很刺激。

Carol既然食慾不振，胎兒地位又不正常，尚望多多保重。你這次遲遲來信，我還以為Carol已經生產了，現在仍在盼候佳音中。望代為致候。

宋奇又代我匯出HK$400，他認為$400太多，「恐要引起疑心，反為不妙」云。反正今年上半年我將暫時停匯，到下半年再說了。家裏去信時，請代請安。專頌

近安

濟安 頓首

四・27

262. 夏志清致夏濟安（1955年4月26日）

濟安哥：

昨日（廿五日）午時Carol開始發動，一時半乘Taxi駛往醫院。三時許肌肉開始contract，至晚十時送進delivery room，十一時二十分欣獲一男，經過極良好，小兒自動下來，醫生未用forceps。Carol精神很好，臉部紅潤，無電影上產母weak，emaciated的樣子。樹仁眼睛很大，五官端正，相貌如何，一時還看不出來，很乖，不作哭聲，僅張大眼睛很好奇地向四周望。重七磅四ounces，詳情明天報告。

來信照片已收到，匆匆，即祝

近好

弟 志清 上

四月廿六日

263. 夏濟安致夏志清（1955年4月28日）

志清弟：

昨日剛發出一封信，今接航函，知樹仁已安然誕生，Carol亦平安，甚為欣慰。現送上賀卡一張，孩子眼睛亦張得大大的，想必就是樹仁那樣子。父親母親是一定喜歡頭生男孩子的，家裡信想已寫去，父母玉瑛妹一定皆大歡喜。樹仁的英文名字，我主張由Carol或你的岳母代起（用你岳父的名字如何）。詳細情形等你的第二封信。專此　敬頌

快樂

濟安　頓首

四月二十八日

April 28, 1955

Dear Carol:

You have made us all so happy and proud. I am especially gratified since you had a safe and easy delivery. Shu-jen must be a very good-looking boy. What English name you will give him? I wish I could come to New Haven and hold my nephew in my arms.（pao ta 抱他）。

My congratulations!

Affectionately,

Tsi-an

264. 夏濟安致夏志清（1955年5月6日）

志清弟：

多日未接來信，甚以為念。Carol產後想必身體健康，不知何日可出院？樹仁近日活潑如何？體重增加多少？不知起了什麼英文名字？我想送他一件禮物，正在等他的英文名字。這件禮物是music box photo album，免費燙金字，album揭開來，奏Rock-a-bye Baby之曲，想必很好玩，而很有永久紀念價值。

請你不要替我擔心「破費」，我如英國去不成，手頭很寬裕，這種小東西在我經濟上決不算是件負擔（價約七元）。

英國大致已去不成。牛津已來信OK，但國務院回信很客氣地不許我去："We can appreciate your desire to visit London and Paris but do not consider this as integral part of the grant under which you were brought to the country."牛津與國務院雙方我都尚未覆他們，照我的性情與近日的mood，我不至於「據理力爭」，大致就順其自然地讓它結束了。牛津方面我也許請求替我保留名額一年，希望明年暑假能去走一走。By what means？現在還不知道。

我現在的計劃：在Rogers Center住到最後一天（約六月初），然後去芝加哥與Springfield, Ohio（那邊住一位我同宿舍的美國朋友，他希望我去參觀他的家），順便或者去華盛頓住兩三天，再來紐海文。在紐海文預備住民房，住兩個星期，房租不知是否可較住旅館便宜？在紐海文的兩星期內，我還可以讀點書寫點文章，同你和Carol多談談，順便可遊波士頓，去幾次紐約。最後預備從紐約直飛Los Angeles，三藩市已看過，再看也沒有什麼意思，Los Angeles聽說是個很摩登很美麗的都市，何況還有好萊塢？從Los Angeles啟[起]飛渡太平洋，在檀香山也許耽擱一兩天。Edel下學期要去「檀大」任教（明年去Toronto，他到處做visiting Prof.，很吃香，哈佛與Princeton也去過），他五月底就要飛檀香山的，我可以去找他一下。然後飛東京，東京轉香港，預備在香港住一兩個月，到快開學的時候再回台灣。臺北夏天酷熱，香港不斷有海風，比較涼爽。暑假在台灣，有很多考卷要改（台大數千本新生入學考試，轉學生，研究生等，教育部的留學生考試與港澳新生考試，教育廳的就業考試等），去了也是瞎忙，不如在香港安心翻譯Essays。

要去香港還得申請入境證，明天我預備寄三張相片給宋奇請他代辦。

最近的心思似乎已經在作走路的打算，女朋友方面更不積極進行了。If there is a girl I may be said to be in love with，那就是那位Quaker小姐。關於她，我又打聽得一點情報，她是Mennonite①（這個詞如不認識，請查字典），不出你所料，果然是屬於一種嚴格的小教派。供給我這點情報的人，當然知道她的姓氏的（假定她名叫Ruth），但我故意裝出漠不關心的樣子（為什麼要用這種苦心呢？），不再往下問，免得使人家疑心我的用意。我只是再問了一句：「她是印第安那人嗎？」「不，她是紐約人。」這幾天吃飯我還故意規避，想少看見她。因為像程綏楚那樣在Ferry等着看人家，結果有沒有勇氣上前交談，愈看則情網愈陷愈深，不如早找退路的好。萬事都作退一步想，這大約是我的性格上的特點。認識一個女子，從混熟而友誼而愛情——可以在很短期間完成之，可是照我的經驗，是非常吃力的。照現在的情形，我的心裡已經存了尷尬的成

① Mennonite，門諾派是當代基督新教中一個福音主義派別，因其創建者荷蘭人門諾・西門斯（Menno Simons, 1496-1561）而得名。1536年激進的再洗禮派建立閔斯特公社失敗後，主張和平主義的信徒團結在門諾周圍，於1536年建立門諾會，16世紀70年代該會在荷蘭取得合法地位。其主要國際組織是門諾派世界會議（Mennonite World Conference）。

見，所有行動恐將無有不尷尬。我同這裡的美國同學，相處愈來愈好，我有時候很想找一兩個人confide我的秘密，他們要幫忙，至少開頭時候「拉一把」是很容易的，但是我現在還不想這樣做。那位小姐其實是很活潑的，很gregarious，吃飯時候總喜找人談天，話非常之多，吃完了總不想走，常常笑（可是不「癡笑」），還有手勢。她所找的人都是些老女、醜女——各國人都有，那些老女、醜女大多是讀教育的，她大約也是教育系。

關於小說，仍很傷腦筋，"The Jesuit's Tale"的內容已經決定，寫作進行還很慢。頂氣惱的是第一天看看很得意的句子，到第二天，就看不入眼，另起爐灶，因此進行很慢。這篇小說我先以為將很bare，結果發現仍很rich。這點是可以告慰的。Wilson叫我不必忙，他說我如湊不滿規定的字數，以後補繳也可以，成績單上的I（Incomplete）並非F（Failure），繳足了可以改動的。他如此客氣，我又稍微放心一點。

總之，我的做人作風力求減少worries，少出主意，少轉念頭，大體而論，我最近的心情還是很快樂的。Met Opera的票聽說快將賣完，今天或者明天我將去買了，請不到女朋友就算了。瞎date一個，又覺浪費金錢，是不是？

看了一張福斯庸俗鉅片*The Untamed*②。故事很像*Gone with the Wind*與*Forever Amber*，這一類的故事，美國人百看不厭，也是奇怪。蘇珊海華看見美麗的風景，只會說「Wonderful！Wonderful！」談愛情的時候只會說「I love you!」寫這種screen play的人真該打手心。

功課雖然相當繁重，我還是抽暇讀閒書。最近買了一本非常有

② *The Untamed*（《無情荒地有情天》，1955），冒險電影，亨利·金導演，泰隆·鮑華、蘇珊·海華主演，福斯發行。

趣的閒書*Consumer Reports*③（五月號）汽車專號。幾點有趣的發現：（一）高價車大多浪費金錢，花[划]不來。（二）今年的Plymouth與Chevrolet的機件都重新design，大為革新，都很好，勝過Ford，Plym尤佳。（三）Nash Rambler是一部很好的車子。（四）今年別克太惡劣，special與super（較貴族化）都有顛簸之苦，Century則車小馬力大，最為危險，Roadmaster也不行。（五）Packard與Clipper的新suspension system碰碰要修理，買來了很討厭。（六）Oldsmobile88型（便宜）是很好的車子。（七）四門轎車最穩。這些錄下作為你的參考。別的再談，專頌

近安

濟安 頓首

五・六

Carol請代為問候

[又及]你最近job的事，有何進展？Barzun那邊有回信否？甚念。

---

③ *Consumer Reports*（《消費者報告》），月刊，1936年創刊，由消費者協會（Consumers Union）出版。

265. 夏志清致夏濟安（1955年5月5日）

濟安哥：

昨晨接到父親給我們的信，先讀他給我的信，信中提到因病無力去銀行取款，頗感詫異，再讀他給你的信，第一行就有「中風」兩字，不禁大哭起來。後來把信看完知道這次stroke是較輕微的，多靜養休息還有延年益壽的希望，可是終日心頭難過不已。樹仁出世，可能給他極大安慰和快樂，可是以後父親日常活動必大受限制，母親年老，世事不諳，「無腳蟹肚」一般，有旦一朝她outlive父親，生活必異常艱難。我們弟兄除經濟上稍能援助外，無法侍親，實有說不出的苦悶。父親的信我重讀了幾遍，看他筆法不能如以前的字字端正，心中辛酸不止。

你四月底的三封信及賀卡，我都沒有作覆，必定使你萬分想念了。實因做父親後，十天來忙得不堪，抽不出空來。Carol上星期六出醫院後，頭幾天較weak，可是沒有什麼惡劣反應，小小的身體上的不舒服（如stitches發痛，一度小便刺痛）是預料得到的，今天她身體已很正常了。樹仁是非常clean、good-looking和乖的孩子，抱抱他，看看他，心中有極大的喜悅。我覺得結婚和獨身各有利弊，唯自己做爸爸，確是生活上greatest source of satisfaction，別的經驗都不能和它相比的。樹仁英文名字是Geoffrey，並非name after Chaucer，Carol歡喜，我也覺得這名字叫的人不多，還不算俗，所以就採用了。父親新提的「毓麟」可以當作字。

四月二十五日午時，Carol開始小便帶血，是「做動」的signal，即call up醫生，醫生認為可送醫院，一時半乘taxi到醫院。Grace New Haven Community Hospital是四五年前新建的，設備極tasteful and modern，lounge的佈置，New Haven的旅館就沒有一家比得上。登記註冊後，我即侍伴在Carol的床邊，三時許，labor開始，一陣陣肌肉抽動，至晚八九時最烈，十時送進delivery room，十一時二十分小孩落地，一切都算順利。頭生加上胎兒部位不正，Carol的經過可算極良好的。隔壁病房門口站着那位男子，年紀約四十出頭，太太年齡想必較大，又是頭生，二十五日晨三時進院，樹仁落地後，她還在房內呻吟不止。翌日我見到那位男子，知道他的太太在晨五時才生下一位千金。另外一位Yale的學生，讀design的，下午三四時太太進院，樹仁落地後，他還在走廊徘徊，太太還沒有進delivery room。樹仁落地後，經醫生拍他屁股後，才哭號了一下，我看見他時他已不哭。（現在他也會lustily哭了，但是他disposition極好，只有換尿布時，稍為哭兩聲，大哭的時候，極rare。）二十五日下午，nurse不斷進病房check Carol，她們進去，我就到waiting room，把*Harper's*上刊載的Huxley的新小說first installment *The Genius & the Goddess*①看完（那篇小說，你多讀James後，一定會覺得非常crude；Huxley想超出紅塵，對人間一切情欲絕對despise，可是他對人間情欲理解極膚淺，一點看不到精細微妙可貴的地方。他寫的傳記如*Devils of Loudun*比他的小說好）。六時半同那位姓許的同學在醫院cafeteria吃飯，飯後陪Carol之暇，看了一篇*New Yorker*上的小說，沒有看完，醫生即來通知，Carol已準備進delivery room了，我就在附近街道散步了一陣，吃了杯咖啡。情形頗如Frederic在*A Farewell to Arms*等待Catherine生產一般。回醫院不久，醫生即來通知小兒落地，我陪Carol至二時才徒步走回家。

---

① *The Genius and the Goddess*（《天才與女神》），阿道司·赫胥黎小說，初版於1955年。下文提到的*Devils of Loudun*（《勞頓的魔鬼》）是一本非虛構作品，初版於1952年。

星期二至五，每天下午，晚上在規定會客時期看Carol兩次。Carol奶水很充足，可是她的奶頭扁，小兒lips不會suck，最後只好採用餵bottle的辦法。試奶時期，樹仁瘦了不少（每個new born baby在第一星期要減輕體重的），現在想他已恢復生下時候的重量了。星期六下午，Carol母親、aunt、uncle、cousin來訪，忙了一大陣。那天開始，因為Carol不宜多勞動，我每天餵奶，換尿布，燒飯，買食物及小兒用品，一人做母親和阿二兩人的事情，生活的routine全盤改過，可是忙碌，自有一種說不出的樂趣。樹仁眼睛烏亮，相貌很端正，看不出特別有像我的地方，他的鼻樑開始於眉心之下，這是西方人的臉部特徵，所以樹仁長大後相貌一定很挺拔。他的下巴較小，是像他母親的地方，可是有了牙齒後，可能會變大的。他的耳朵平黏頭部，是像我的地方。我買了一捲黑白軟片，還沒有用，過兩天，拍照後再寄給你，小兒的相貌是不容易在紙上描寫的。上星期五樹仁已被circumcise，經過情形很良好。

Bottle feeding用formula，經醫生指導，是evaporated milk、water和corn syrup（玉米糖漿）的混合品，煮熟後裝瓶，放在冷箱裏，要用時，再用沸水溫過，一瓶一瓶地吃。所用水、乳，containers都要sterilize，這是Carol每晨的功課，相當費事。其實普通germs和小兒接觸，只有增強他的抵抗力，不會出毛病的，所以三四月後，都預備把sterilization這步手續免除。三四小時餵一次，每次約三ounces左右，小兒醒後先放在bathinette沐洗器上換尿布，整理衣服，然後餵奶，一切我親自動手，Carol做助手，做溫奶瓶之類雜務。普通餵乳時眼睛漸閉，餵奶完畢，再放還睡車（bathroom添了bathinette，臥房添了睡車，地方更狹小不堪）。如此晝夜不停，兩人服侍一人，頗見辛苦，但也習慣了。下星期Carol體力增強後，她的duties當增加，我的減少。樹仁不鬧，晚上睡覺時間較長，比一般嬰兒大鬧大喊不同。前兩天，因formula成分太濃，他似有indigestion的現象，尿布遮住地方，已有skin rash，左眼流水，頗使人有frustrated的感覺。現在把formula沖淡，不消化現象（如hiccups等）已減除，昨天用了一種新藥粉、rash已漸褪去，眼睛上apply硼酸水後已全愈[痊癒]。樹仁又是個乾淨、contented的baby了。

Jacques Barzun已有回信來，謂他們這program經費有限，只負責出版翻譯名著，並無雇傭翻譯員的能力，如有已譯成的稿件，他那方面很樂意代為出版云。所以這事情，又落空了。我目前生活在做父親的excitement中，job的事情已看淡，台灣方面，我也不着急。昨天抽閑去看了一下殷福生，他來了後，住在傅洛成②那裏，我也沒有空招待。他大罵老蔣，對台灣情形大不滿意。宋奇、程綏楚那裏我最近都沒有去信。宋奇的信我已收到，程綏楚那裏日內代寫情書，當問及崇基方面的可能性。

你的"Jesuit's Tale"寫得如何？甚念。你在Indiana成績優良，恐已為研究生中最distinguished的一位了。我初到Yale時相當緊張，全靠死用功維持，以後也就駕輕就熟了。Quaker小姐方面進行得如何；憑你的行頭談吐，同她做朋友是很容易的。

《淵》還沒有寄出。這次我預備寄家一百五十元，五十元做父親的醫療調養費。明天寫信給父親時，可報告孫兒情形，並附上你我的五彩照片，一定可使家中高興些。*Sabrina*中Hepburn太瘦，她的role不能表現她在*Roman Holiday*中那種特別動人的地方。鮑嘉演技老到，我覺得是非常成功的。Hitchcock和史都華③有兩張新

② 傅洛成，台大教授。

③ 史都華，即James Stewart（1908-1997），美國電影巨星，美國空軍准將。1941年憑藉《費城故事》（*Philadelphia*）獲得13屆奧斯卡最佳男主角獎。與電影大師希區考克（Hitchcock）合作過多部經典作品，如《後窗》、《迷魂記》等。二戰時曾效力於美國陸軍航空隊，成為赫赫有名的空軍英雄。詹姆斯·史都華曾

片在籌備中，皆由派拉蒙發行。

夜已二時，樹仁即將醒來，換尿布餵奶，信在這裡打斷了。Carol下星期會給你信，下次你來New Haven時，樹仁一定非常「好白相」④了。即頌

近好

弟 志清 上

五月五日

[又及]今晨收到醫院所攝照片，茲寄上。五月六日。

獲奧斯卡終身成就獎，被美國電影學會評為「百年來最偉大的男演員」第三位。

④ 上海話中「好玩」的意思。

266. 夏濟安致夏志清（1955年5月10日）

志清弟：

接讀航空信並父親病後的信，我一天覺得非常weak，weak到甚至怕寫信的程度。

父親的病我想沒有什麼大關係，170°的血壓不算高，丘吉爾去年也有stroke，最近精神還很健旺。照算命的說，父親年壽可至八十開外，我大約只有65歲，這種迷信的話，我是相信的。

我們現在沒法侍奉雙親，只有寄錢回家，可以使老人心裡稍覺安慰。五月份我已寄400，六月份當再寄400，我在香港還有多少錢我自己也不知道。其實問一句宋奇就可知道，但是我懶得問。不問，似乎覺得錢還有不少，心裏可以放寬一點。

宋奇那裏的信還沒有寫，明天或者寫給他，同時托他多買幾瓶Rutin或其他最新高血壓特效藥，郵寄家中（西藥在大陸非常難買）。最近我們這裡有一位Dr.趙保國（專攻「遺傳學」）要回大陸去，我當再買幾瓶特效藥托他帶去。假如這裡買不到藥（But I'll try），我或者交錢給他，由他到香港去買，進入大陸後再郵寄家中。因為可能香港寄藥到上海，也有麻煩。

樹仁出世，下一代有望，但是我們的父親是老了，這點realization對他一定很痛苦的，因為他老人家最不服老。

說起我們的家運，我覺得我們這一代難得特別興旺，至少家人團聚的可能性都很小，要看樹仁那一代了。

我們一家（父親、母親、你、玉瑛、我——現在可能把Carol也算在裏面）六人都不夠aggressive，所以局面難以開展。我們都是屬於守成retiring這一型的，歡喜與世無爭，而且怕「與世有爭」。用祖母的話說來，我們都太「善」。

這些「善」人裏面，我自以為是最shrewd的一個，這一點我和父親大不相同，不知你覺察到否？但是同時我又是最消極，最怕負責任，最怕「打天下」的一個。我有時候野心很大，但是有時候只想糊裏糊塗敷衍了事——敷衍到「翹辮子」為止——這種心理父親、母親和你都沒有的，你們都想兢兢業業好好地做人。我相信你也不會來勸我「積極」，因為我的「消極」已經dyed in the grain，勉強「積極」，反而引起「人格分裂」（？），增加痛苦。

我現在所以還很樂觀，因為自信命運還不壞。我從來不想積極賺錢，也不求積蓄，我只要pocket money不斷，口袋裡掏得出錢來，於願已足。但是現在居然能寄錢孝敬雙親（雖然數目很小），自己還能添置衣服，所以致此之故，我想並不是由於我的努力，只好說是近年運氣尚佳，或者是grace，老天爺特別賜恩。今年能到美國來，也是意想不到的，至少去年過生日時，還沒有想到。

我「拆爛汙」的事情很多，自己想想，只有「寫小說」還不好算拆爛汙，真是放功夫進去的。寫讀書報告批評論文，我想反正寫不過Tate、Trilling那輩人（也許一輩子寫不到他們的水準），馬馬虎虎算了。寫小說時，我真想和第一流人物一較短長，決不示弱，我虧得還有這點artistic conscience，做人還有積極的地方。

但是creative writing太傷精神，我下意識中又很怕它。今年我能到美國來，對我一生成就恐怕關係很大。至少這幾個月內我是像樣地工作的。台灣雜務太多——但是下意識中，我恐怕又歡迎雜務，雜務可以release me from創作的痛苦——精神大多浪費掉的。住在Bloomington也有一點好處：使我瞭解「鄉居」的好處。我以前喜歡大城市，喜歡熱鬧，我現在仍舊喜歡大城市，喜歡熱鬧，但是現在已經知道，如想好好工作，應該住到僻靜的地方去。我這次回台灣後，預備住到鄉下去，以便減少雜務，埋首寫作（其實所謂「雜務」和寫作也有關係，只是那種寫作沒有意義罷了）。

我現在精神和身體都很好，唯一不滿意的地方，是早晨醒得太早（而且醒來了就想起床，晚上總要到十二點才睡）。早晨醒得早，因此上午精神不振，頂好去上課，假如不上課，早上也做不出什麼事來。所以醒得早之故，大約是人還是restless，中國有句老話，叫做「神不安宅」。要得安寧，恐怕要在結婚之後。

說起結婚，我的可能性很小。這次父親信裏沒有提起結婚之事，使我減少內疚之感。我不承認「逃避現實」，至少最近我還seriously tried過，而且千方百計地追求（我真的向Lily求過婚——聽從你的勸告）。現在心目中根本沒有什麼對象，除了那位Mennonite小姐；沒有對象，我可能就不結婚。這不是賭咒，事實趨勢如此。如照我計劃，回台灣後埋首寫作（但是我不相信「計劃」，計劃太難實現了！），可能就此謝絕和girls敷衍。

結婚的advantages和disadvantages我不想討論，不過假如我能獲得那位也許叫Ruth的小姐的愛，我決不考慮什麼利弊，一定乖乖地結婚，而且願意加入她們的嚴格的「教」，戒絕菸酒等等。

你也不必擔憂我不能和Ruth多見面。我既然還能感受她的charms，這表示我也可能感受到別的小姐的charms——因緣成熟時，這樣一個人可能會碰到而且很快的結合的。

但是我並不積極的想結婚，或者為了「盡人子之責」而結婚。因為我還是個「自私」的人，沒有愛情passion，我會想起獨身的「利」，和結婚的「弊」。

樹仁的精神很好，照他的鼻樑的挺，眼神之足（in spite of silver nitrate），嘴唇之緊，他的生命力一定很強。你看見過我五歲時候的照片沒有？塌鼻樑，鬥雞眼（雙目無神），嘴大約是在哭。我把樹仁的相片拿給宿舍裏的美國朋友看了，他們大為欣賞，有一位拿出他的niece的相片（2個半月），我一看那位美國小姐也是塌鼻樑，我再一想：美國嬰孩大多塌鼻樑——你在醫院裡留意沒有？

樹仁的鼻子如此大而端正，恐怕在美國人中也是傑出的。我拿樹仁的相片同那位2個半月大的小姐的相片仔細一比，再發現幾點特點：（一）耳朵長而挺，貼得緊（這點你已提起），耳輪上下都圓而厚，是不是像Carol？尤其下輪最為難得。，這在中國相書上是主大貴的；（二）眼睛裏沒有凶光（那個美國嬰孩長相很兇），沒有wildness；（三）眉心極闊，眉毛長得極高（是不是像Carol？）——我的眉毛和眼睛之間，只放得下一個手指；像樹仁那樣，可以放得下兩三個手指。胡適之所以「名聞天下」，據說就是因為眉毛長得高。至於下巴，我覺得樹仁長得也很方正。總之，相貌極好，以後且看如何栽培了。小孩相貌，大了可能會改；我現在對於自己的相貌，也頗有好評，耳朵雖招風，但還算大；前額日益開闊，眉心也漸開闊，眼睛也漸有神，鼻尖和顴骨和下巴都算圓整——我同小時候已經大不相同了。你的相貌更動就很少，因此也不一定改變。我對於算命相面那一套，都很有興趣，雖談不上有研究，但樹仁的相貌的特色是很明顯的。據算命的說，我們弟兄的「命」比父親的好（「龍鳳貴子在命中」……但是他恐怕不容易「享到兒子的福」），但是我記得你我的兒子（even mine!!）的命都該比我們的好，命書上寫的是「子當榮顯，勝似前人」。這種說法，我想即使根據事實看來，也非無可能。父親從小是孤兒，家裡一點產業都沒有（在蘇州，這是very rare case，我在重慶和昆明碰到蘇州同鄉，他們問我家裡的田怎麼樣，我說never had an acre of land，他們都大為詫異），自力奮鬥，高中畢業再進商船專科。父親做學生時，精力過人，和我們不一樣，非但功課brilliant，而且是運動員（他擅長的是440yds,880yds，我看見過他得的trophy，銀杯銀牌等，足球恐怕也列入school team），也是「百有份」的辦團契之類的好手。從這樣的humble beginning，爬到幾乎是上海商界領袖的地位（假如共產黨不來，他是well on the way of becoming「商界領袖」），其間所費的精神當然比我們往上爬所費的多。我們小時候雖然衣食不佳，到底可以衣食無慮，家庭環境也漸好轉，凡事「事半功倍」。到了樹仁這一代，一切物質享受不用擔心（父親在上海花了兩根「條子」US$1000買了一輛Plymouth之後，就想再買一座冰箱——有了冰箱母親可以省事多少？但是那時共產黨來了），受教育也絕無問題，他們要往上爬，當然比我們更容易。即使我在台灣結婚，我相信我的兒子也可以過一個中等以上的生活；而且他們的長輩親友，都比我們的長輩親友有辦法，援引提拔的可能性就大為增加，所以我是相信「子當榮顯，勝似前人」的。

我反對家搬到蘇州去，怕的是蘇州共產黨的苛政worse than上海。上海人口五百萬，一切regimentation難以推行，而且上海觀瞻所在，共黨小官僚不至於像小地方那樣的無法無天。假如蘇州沒有我想像中那麼壞，或者上海已經變得同蘇州一樣壞了，那麼我也不反對搬到蘇州去。

父親信上說他的病，因「逐日積勞而成」，照我們想像，他老人家除去公園散步以外，應該很少勞動。據我知道，他現在是兆豐別墅的「里弄小組」的負責人，其他恐怕還擔任什麼official duties，恐怕要常常忙着開會，替官方辦理宣傳組織等工作。

信就寫到這裡為止。你在家裡忙着洗尿布洗奶瓶，精神一定很愉快。關於job的事，我想你不妨和Rowe聯絡一下，看看Free Asia有沒有機會？假如在臺北的Free Asia做事，同時在台大兼課，那麼名利雙收，在臺北人人欣羡。臺北現在人人羡慕美國，我希望你和美國人的業務關係不要斷絕。Carol前請問候，希望她多多保重。

專頌

近安

濟安

五・十

［又及］Album已經寫信到芝加哥Sears Roebuck去order，他們把名字燙好後會直接寄上的。

267. 夏志清致夏濟安（1955年5月14日）

濟安哥：

有好消息報告：我下學年的job已有定局了。昨天收到University of Michigan東方語文系主任Joseph K. Yamagiwa①來信，offer我一個visiting lecturer in Chinese的職位，年薪4800元，預定的功課是：遠東思想史；Readings in Chinese thought和Chinese。這job雖是短期性的（代替一位Donald Holzman，Yale Ph.D. in Chinese，他今年拿了Ford Foundation的錢去日本，明年預備再留一年，在Yale時，我同他頗熟），可是名義很好聽，薪俸很高（假如我在任何大學當英文教員，薪水至多不過四千），擔任的功課很講得出去，所以我當天覆信接受了這個offer。數月來壓在心頭的worry，一旦消除，身心大感輕鬆。你近來為了我明年job花了不少心機，聽到這個消息，一定也非常高興。Michigan算是著名大學，東方語文系很堅強，中國同學也很多，我去Ann Arbor，生活比在New Haven可更熱鬧豐富些。今年正月，我向有中文系的大學寫了約有十多封自薦信；回信都對我深表同情，但是苦於無法安插，只有Yamagiwa回信說可能有暫時性的job，如果我去華盛頓開遠東年會的話，很想同我談一談。遠東年會上，我見到Yamagiwa，他是一位較矮胖的白面書生，相貌很清秀，我同他談了幾分鐘，他說Holzman還沒有給他確定的回音，所以他不能給我肯定答覆。我那時心境不好，覺得此事沒有多大希望，Yamagiwa說我有空可以到他旅館房間去，領取一份application的表格，我也沒有去。華盛頓回來後，過

① Joseph K. Yamagiwa（約瑟夫・K・山際，1906-1968），美國密西根大學日語教授，且為該校語言與文學系主任。

兩三日即收到Yamagiwa寄給我的表格，我填好寄出後，直至昨日，不再聽到下文，以為這事一定吹了。昨天接到他的offer，可說是喜出望外。

憑這幾月來找事的經驗，我覺得在美國教英文希望絕少，以後只有在弄中國學問方面發展。我向各大學英文系寫了不少信，回信一大半都表示毫無誠意。而中文系方面的回信，對於我的record都很看重。明年春天我不免仍舊要緊張一陣，因為各校中文系的空額實在並不多，可是那時我已有了教書經驗（lecturer可抵得上一個assistant professor），加上我的書預計已可出版，事情終可以找得到的。假如找到一個比較permanent的job，以後多寫關於中國學問方面的文章，我在美國的position就可以穩固起來，而Carol、樹仁也不會再受到饑寒的威脅了。所以這次進Michigan，可說是在我留美生活上一個大轉機。我對中國哲學、遠東思想知道的當然不多，但是Creel②等研究中國思想的教授們，寫的書也極皮毛，我有機會多看些古書，學問上着實可以有長進，不像近兩年來瞎看五四後的新文學，對自己毫無補益。Yamagiwa說如果我有興趣教一門中國文學，我的schedule可以調正[整]，我回信說，可能的話我想開一門中國舊小說或近代文學的reading course代替初級中文，遠東思想史和中國哲學選讀兩個courses，我想保留，藉以有機會自己多讀書。這兩門課，我想可能是graduate level的。

你英國去不成，暑期遊歷一下美國，再去香港，於開學前返臺北，這個計劃我很贊成。不過據丁先生說，香港近年來入口極為困難，不知宋奇有沒有特別辦法？返台灣後，我極鼓勵你寫一本長篇

---

② 應指Herrlee Glessner Creel（顧立雅，1905-1994），美國漢學家，芝加哥大學教授，長於中國哲學史，曾任美國東方學會會長，代表作有《中國之誕生》（*The Birth of China*）、《孔子與中國之道》（*Confucius and the Chinese Way*）等。

小說，arrange一家美國出版公司，這樣名利雙收，以後來美的機會還多。外國人寫關於中國的小說，大多拙劣不堪，前兩年*The Asian Student*請我寫一篇*Gentleman of China*③的書評（該書作者冒充東方通，派拉蒙巨片*Elephant Walk*④即根據他的另一本小說），全書一無道理，居然能夠出版，並且獲到好評（這是*Asian Student* Book Editor收到我的書評後，告訴我的），頗令人奇怪。最近《駱駝祥子》譯者Evan King⑤出版一本*Children of Black Haired People*，各書報review它的很多，你一定注意過。四月廿七日那天，Carol母親、aunt來訪，十時許她們出去shopping，我無聊買了份*New York Times*，那天Orville Prescott⑥恰巧在他的column上刊載他關於*Children of Black Haired People*的書評，我把它讀了。Prescott把人物介紹得很詳細，第一行有主角Chang Iron Lock的名字，我一想這不是趙樹理⑦《李家莊的變遷》內的主角張鐵鎖嗎？過兩行居然看到Li Family Village字樣，其他characters如Second Lass二妞，Li

---

③ 該書為羅伯特・斯坦迪什（Robert Standish, 1898-1981）1953年出版的小說，斯坦迪什原名傑拉蒂（Digby George Gerahty）。下文提到的改編成電影的小說初版於1948年。

④ *Elephant Walk*（《象宮鴛劫》，一譯《野象焚城錄》，1954），據羅伯特・斯坦迪什同名小說改編，威廉・迪亞特爾（William Dieterle）導演，伊麗莎白・泰勒、達納・安德魯斯（Dana Andrews）主演，派拉蒙影業發行。

⑤ Evan King（伊凡・金，1906-?），1945年伊凡・金出版了改寫過的《駱駝祥子》（*Rickshaw Boy*）英譯本，其小說《黑頭髮的兒女》（*Children of the Black-Hairs People*）1955年由New York的Rinehart出版公司出版。

⑥ Orville Prescott（奧維爾・普萊斯考特，1906-1996），在《紐約書評》擔任編輯和書評作家長達二十四年，代表作有《義大利之主》（*Lords of Italy: Portraits of the Middle Ages*）等。

⑦ 趙樹理（1906-1970），原名趙樹禮，山西沁水人，小說家，代表作有《小二黑結婚》、《李有才板話》、《李家莊的變遷》。

Precious as pearl 李如珍，Third Immortal Maiden 三仙姑等無不出於趙樹理的長短篇內。我當時很生氣，立即打了一封信給Prescott，他的回應極full of righteous，indignation，叫我把Evan King的小說讀後，再寫一封短信，他預備在他的column上登出。他並把我給他的信轉寄Evan King的publisher Rinehart[8]，前天我收到Rinehart本人來信，徵求我的同意把我那封信寄Evan King本人，Rinehart對於King的plagiarism也是非常shocked的樣子。*Children of Black Haired People*那本書Yale圖[書]館還沒有，我硬了頭皮，花了五元買了它一本。前天把它看完後，發現那書是完全根據〈李家莊的變遷〉、〈小二黑結婚〉、〈李有才板話〉、〈孟祥英翻身〉四篇小說節譯、改編、amplify的，有幾個chapters簡直是直譯。昨晨我另寫一封短信寄Prescott，晚上寫一封回信給Rinehart。給*N.Y. Times*那封信，Prescott可能有權力發表。這種傷陰節的事情我實在沒有興致做，不過Evan King那樣大膽無恥，實在也是少見的。趙樹理的作品，除《李家莊》上半部尚可讀外，都是庸劣不堪的，可是Evan King的那部小說在報章上卻得到好評不少，美國出版界水準之低，也可想而見。你寫小說，一定可以成名。憑你觀察力的細密，自我和人物分析本領的強，英文style的有把握，多寫以後，將來不難擠入世界第一流的小說家。

讀到你對樹仁相貌的批註，很是高興。他的相貌像Carol的地方比像我的地方多，他的earlobe大而厚，的確是和Carol的一個模型。他的眼睛大而有神，卻是遠勝他的父母的。樹仁長得極美，面部表情豐富，對外界事物極感興趣，不像是三星期還不到的嬰孩。

---

⑧ Rinehart（Stanley M. Rinehart斯坦利．M．萊因哈特，1897-1969），美國出版家，1929年萊因哈特與弗雷德里克．萊因哈特和約翰．C．法羅（John C. Farrar）共同創辦法羅與萊因哈特（Farrar & Rinehart）出版公司。

養吾、遂園、玉瑛生下後，我都是朝夕watch的，可是對他們初生頭兩個月都沒有什麼印象，好像中國嬰孩初生下地後，都用紅色的「蠟燭紙包」裹住，他的小手小腳是不許亂動的，大人除換尿布外，也不多動他，怕他受傷。樹仁每日用兩條極輕的cotton flannel blanket包住，手腳都極自由，抱動他的時候也很多，顯得活潑得多。樹仁牛奶飲量日漸增加，身體很好，每天下午或晚上有一段時間他喫了並不睡，要獨自或由大人陪着玩兩三小時，可見他對生命的需要和興趣，已不限於飲食與睡眠了。入春以來，我覺得自己漸漸倒運，這次樹仁落地後，不到三星期，我的job問題得到圓滿解決，他的確是帶給我good luck的。

弄business的上一代，經濟較穩固後，下一代有充分受教育的機會，往往轉入professional life。這種情形，在我們是如此，在美國一般中產家庭也如此。弄business或政治的，白手起家，敢冒險，會奮鬥，成功起來，規模可較大；受professional訓練的，他的資本就是他的智力和特殊技能，生活上不大多起波折，achievement的氛圍也較狹。你我一直在教育界生活着，雖然對business型生活的派頭和享受表示相當羨慕，自己行動起來，受[又]不免有種種限制。我生活中有缺少一種浪漫的熱力，不肯和不敢冒險；你從小至今一直對adventure式的生活極端嚮往。可是少年時身體不好，活動範圍無形縮小，近年來，智慧愈增，scruples（顧慮）愈多，物質慾望也愈淡，也不會或不易超出教授學者型的生活了。其實，本質上你還是屬於冒險那一型的。我對professional life比較能適合，Carol膽子也很小，樹仁假如遺傳上受父母限制的話，他不會有那種魄力去爭取算命先生的predict的「榮顯」的。假如他生長在美國，他的career一定在選定一種profession上發展。我想他的聰明可以使他在好大學、研究院內distinguish自己，以後一帆風順地在他所選一行內出人頭地。在美國，政治或business是不會有中國人的份的。假如他能生長在中國，有你和父親及你我朋友的提拔幫忙，他的future take什麼career，就較難推測了。不過想來一定我從小就鼓勵他用功讀書，養成習慣後，他的聰明才力也只好在學術界上求發展。

父親得病，我想一半也是因他對里弄服務太辛苦的緣故。父親為人，比我們idealistic，代人做事，赤心忠良，十分賣力，共黨鼓勵人民賣力，父親在這種局勢下，當然不肯偷懶，不是前兩年他因開會搬長凳而病倒嗎？僥倖的是這次中風情形不算嚴重，好好調養後，還可以enjoy很長的壽命。我們在北平時，我記得父親的血壓到過190°、200°左右，七八年長服Rutin，血壓究竟減低得多。你擬托宋奇、趙保國代寄代帶特效西藥給父親，一定可使老人家保持着正常的健康。

你送樹仁一本album，燙金字精裝，非常感謝。我沒有收到你那封信以前，自己也買了一本普通的album，把我的結婚照片和八年內你和玉瑛、父親寄給我的照片黏起來，也有一百餘張，下次你來New Haven時，可以翻看一下。可遺憾的是八年內我自己照片極少，可說毫無記錄。Carol預備在下月Father's Day送我一本album，現在給我先買了。我們三人可說同時有同一個idea。《淵》一直沒有寄給你，決定後天寄出。

你預備參觀華盛頓、洛山磯各地方，我極贊成，明夏假使job方面已有着落，我也想旅行一下。你來New Haven，Yale研究院宿舍六月開始後，一大半學生返家，空房間很多，你在那裡住下來，一星期只花六七元，房間設備，比普通人家房子好得多，而且絕少干涉和同美國二房東敷衍的麻煩。假如香港去不成，你盡可在研究院住兩個月，安心翻譯創作。

夜已二時，不多寫了。那位Mennonite，你既有意，不妨多同她談談，姻緣有天定，但是有機會，還是不要放過。"The Jesuit's

Tale"寫得如何，甚念。Carol身體很好，下星期開始當多擔任些撫育樹仁的責任矣，即祝

近好

弟 志清 上

五月十四日

給父親的信，已航郵寄出。

讀電影Gossip Column，悉Marlon Brando將同Audrey Hepburn合演派拉蒙的《戰爭與和平》。

268. 夏濟安致夏志清（1955年5月17日）

志清弟：

接讀來信，知道job已有着落，非常高興。Michigan是中西部Big Ten之一，這些中西部大學最近都力爭上游，前途未可限量。最近我們學校完成了一座六層大廈女生宿舍，設備精美異常。Ann Arbor環境校舍一定都很宏偉美麗，你去了一定覺得身心都很舒服（就環境而言，我就喜歡Bloomington勝過New Haven）。正式踏進教育界以後，再找事情就不會像今年那樣麻煩了。我們身為中國人，還是靠中國東西賣錢，比較容易。「M大」中國學生很多，我有兩個朋友：一是馬逢華①——袁可嘉的好朋友，蔣碩傑②（經濟專家）的得意門生，在北平時他是經濟系研究生，我們在袁可嘉的房間裏都見過他；一是白靜安③（Janet Beh），我的得意女弟子之一，湖南小姐，人非常聰明活潑，在臺北時我們還偶而通信，但是她現在不知道我在美國。此外，如Felheim秋後離台返美，可能仍在「M大」仍[任]教。

"The Jesuit's Tale"大約只能先繳一半（約四五千字），反正Wilson自動提議許我incomplete，我等另外兩篇papers寫完了再續寫（下一半更長）。我的小說有些地方的確還有點像大家作風

---

① 馬逢華（1922-），河南開封人，北京大學經濟系畢業，美國密西根大學經濟學博士，曾長期在西雅圖華盛頓大學經濟系執教，代表作有《中國大陸之對外貿易》等，並有散文集《忽值山河改》等多部。夏志清曾為其散文集《馬逢華散文集》作序。

② 蔣碩傑（1918-1993），河北應城人，生於上海，經濟學家，中央研究院院士，任職於台灣大學經濟系、國際貨幣基金（IMF）等，著有英文著作五十多篇。

③ 白靜安，旅居美國紐澤西州。

（aiming at being both poetical & philosophical），如能抓住自己的長處，努力發揮，可能在文壇上站得住。不過事情非常吃力，真要用心寫作，人生的樂趣將變得很狹仄。

最近的新發展，為居然date了一位小姐去吃咖啡。那位小姐是Henry James課上的Sylvia Shepherd（另外三位女生都是「太太」了！我同她們談話，她們都提起my husband如何如何，我再一注意，原來手上都有戒指，你想我多麼innocent，從來不注意女人手上的戒指），我們偶然在班上也交談兩句，那天晚上我去Journalism Bldg出席亞洲學生座談會（我頂怕開會，可是這種會有關「國體」，我如不去，更沒有人有像我這點常識和wit，可以替臺灣宣傳的），碰見了她。她說會後去喝咖啡如何，她說她九點下班（她幫Journalism的教授做research工作，月薪60元），我說我如會散得早，就去找她，結果會9：30始散。第二天我打電話給她，她晚上下班後（8：30）就一起去喝咖啡。此事雖小，但是我在美國總算也date過一次美國小姐，不虛此行了。在Journalism Bldg看見Neff，她在辦公，沒有看見我，我沒有同她打招呼。

Miss Shepherd（我們現在還很客氣，她稱我為Mr. Hsia，我叫她Miss Shepherd）的父系是Irish、English、German，母系是Scot、German等等，她問我：你有日本人血統沒有？（美國人對中國人之ignorance可想。）她身材非常之挺，blonde，短髮，眉毛很淡，很明顯的雙眼皮，眼睛藍色，似乎有點steely，鼻子很直，鼻樑骨節露出，嘴唇極薄而平，唇角不向上，也不向下，但是很fresh，笑時有酒窩。總之，相貌中等，不大使人覺其美，很使人覺其能幹。她畢業（今夏）後擬去紐約或芝加哥進報館做public relations的工作，正在找job中。她父親是做保險生意的，「舊腦筋」，頂希望把原子彈擲到俄國去。她家在印第安那，離Bloomington約200哩，每星期回家。她有一輛舊Plymouth，那天晚上是她駕車送我回宿舍的。以後有機會當再找她去喝咖啡或看電影。她喝黑咖啡，抽香煙比我還要凶。

當晚上她提議一起去喝咖啡的時候，我剛剛在中午book了Met. Opera的座位，我等了好幾個星期（Booking老早open了），想找一位小姐一起去欣賞Opera。結果小姐來了，可是我的座已定好，不高興再去換座位，因此也沒有同她提Opera的事。

昨晚一人去欣賞*Chénier*④，—— no better no worse than I had expected。頭兩幕似乎還緊張，末兩幕似乎就沉悶——都是老套子。情節總似乎不通，沒有psychological depth，動作誇張而不美——這些都在意料之中。幾個歌喉，我覺得tenor Kurt Baum⑤（演Chénier）最富感情，台柱名「旦」Milanor⑥似乎不夠宏亮（可是音樂系的朋友以為Milanor好極了，Baum平平），台柱Baritone Warren⑦也沒有給我什麼印象。奇怪的現象：每逢大段唱功之後，觀眾大鼓掌，樂隊停止演奏，主角像石像似的兩手張開站在臺上（如鼓掌不斷，他或她也得鞠一個躬），接受台下的ovation。這種做法，在京戲舞臺上是inconceivable的，你能想像譚富英會站在臺上等鼓掌完了再往下唱的嗎？我還有一個奇怪的反應，腦筋裏不斷地盤旋《蝴蝶夫人》的名歌，可是*Chénier*的歌沒有《蝴蝶夫人》

---

④ 全名為*Andrea Chénier*（安德列·謝尼埃），義大利作曲家翁貝托·焦爾達諾（Umberto Giordano, 1867-1948）創作的歌劇，該劇根據法國大革命時期詩人安德列·謝尼埃（1762-1794）生平改編。

⑤ Kurt Baum（科特·鮑姆，1908-1989），美國男高音歌唱家，1941-1966年在大都會歌劇院（Metropolitan Opera）長期演出。

⑥ Milanov（Zinka Milanov津卡·米拉諾夫，1906-1989），出生於克羅埃西亞，女高音家歌唱家，長期演出於紐約大都會歌劇院。

⑦ Leonard Warren（倫納德·沃倫，1911-1960），美國男中音歌唱家，1935年即進入大都會歌劇院演出。

裏的好聽。今天晚上還要去聽*La Bohème*⑧，希望能有更滿意的結果（詳情請見附張）。

上星期六Horace Heidt⑨來校表演（TV全國轉播），據說是歌舞雜耍之類，我沒有去。去看了一張福斯巨片*Violent Saturday*⑩，很滿意。編導的人處理這許多人物，很費苦心，值得再看一遍。電影背景據*Time*說是Arizona，*Newsweek*說是Pennsylvania。三個大盜，*Time*特別推薦Lee Marvin⑪，其實J. Carroll Naish⑫很洗練，不愧為老牌反派怪傑。最有趣的人是一個周班侯型的小生叫做Tommy Noonan⑬，不知你以前注意過他沒有？他單戀某美女，其作風大約如程綏楚之單戀Ada相似（或者如我之單戀Mennonite，可是我自知此種作風之可笑，已極力矯正）。Ernest Borgnine⑭最近大

---

⑧ *La Bohème*（《波西米亞人》，一譯《藝術家的生涯》），四幕歌劇，普契尼（Giacomo Puccini, 1858-1924）據亨利・穆傑（Henri Murger, 1822-1861）的《波西米亞生活情境》（*Scènes de la vie de bohème*）創作。

⑨ Horace Heidt（賀拉斯・亨特，1901-1986），美國鋼琴家，二十世紀三〇、四〇年代常常在廣播和電視中演出。

⑩ *Violent Saturday*（《血灑週末》，1955），犯罪電影，理查・佛萊徹（Richard Fleischer）導演，維多・麥丘、理查・依甘（Richard Egan）、李・馬文（Lee Marvin）、J・卡羅爾・耐什（J. Carrol Naish）主演，福斯發行。

⑪ 李・馬文（1924-1987），美國電影、電視演員。1966年以《女賊金絲貓》（*Cat Ballou*, 1965）獲第38屆奧斯卡最佳男演員獎，代表影片還有《喋血摩天嶺》（*I Died a Thousand Times*, 1955）、《十二金剛》（*The Dirty Dozen*, 1967）等。

⑫ J・卡羅爾・耐什（1895-1973），美國演員，曾參演CBS廣播喜劇系列《陪伴倫奇》（*Life With Luigi*, 1948-1953）。

⑬ Tommy Noonan（托米・努南，1921-1968），喜劇演員、製片人，代表影片有《紳士愛美人》（*Gentlemen Prefer Blondes*, 1953）、《星海浮沉錄》（*A Star Is Born*, 1954）等。

⑭ Ernest Borgnine（歐尼斯・鮑寧，1917-2012），美國電視、電視演員，演藝生涯長達六十餘年，曾獲奧斯卡最佳男演員獎，代表影片有《君子好逑》（*Marty*,

紅，他演的是一個Amish Farmer——我去查了字典，原來Amish也是Mennonite的一派。我很想有機會能同那位Men.小姐討論一下這張電影，可是還沒有機會。

最新高血壓藥是Reserpine（印度藥草所提煉者），可是我們的校醫和Bloomington的Heart Specialist都不肯開方——他們說可以叫上海開了方子，這裏加簽，在美國買。你不妨寫信回去叫上海的司汝南醫生開一張方子來，以後等有便人再帶回去。我現在只好叫宋奇代買寄回去了。趙保國將回武漢任教，他說他認得吳志謙，我已托他代向吳志謙問候。趙我同他不熟，可是他回大陸去，不管我是多麼反共，也使我害了一個時候的「思鄉病」（他明天走）。我很贊成你的揭發Evan King的剽竊無恥。

樹仁的「人中」很長而深，你注意沒有？這兩天一定更好玩了，希望留意撫養，美國朋友聽說你將不替他的奶瓶消毒，認為是大可駭怪之事。我想你還是繼續消毒的好。Carol身體日漸復原，甚慰，希望多多保重，並請代問好。專頌

近安

濟安 頓首

五・十七

五月十七晚看完*La Bohème*後寫：

*La Bohème*比較細膩，subtle，沒有力竭聲嘶的大叫。男主角Campora尚佳，女主角Lucine Amara鶯聲嚦嚦，還帶一點嬌嫩（長相如何，看不見），演茶花女式的TB苦命女子，很成功。我認為勝過Milanor，Milanor派頭太大，不可愛，在我印象中似乎像*All About Eve*中的蓓蒂黛維絲。音樂也比較好聽，像《蝴蝶夫人》（都

1955）等。

是Puccini的名作？），故事當然仍舊不大通的。

今天晚上使我頂快樂的是遇見了Men.小姐。她坐在我前面，和我隔兩排，她當然頭不會往後轉東張西望的。一、二幕之間的休息，她沒有出去。二、三幕之間她出去了，我隔了相當時候，也出去，快進場時，我們在lobby中遇見了，她居然微笑向我打招呼，說聲「Hello」。（Hello恐怕是東部的特別用法，這裏普通都說Hi！）有了這點基礎，以後同她講話就容易了。她笑得很美，並無敷衍之意，因為她根本用不着敷衍我（我沒有向她打招呼），所以我敢說我給她的印象還沒有我想像中那樣可怕。她是個絕對規矩人，我老是張大了眼睛——不自覺地——注意她，她可能resent的。三、四幕間她又沒有出去。散戲後，我一人回來。

陪她的是兩個女人，一個是戴眼鏡戴大耳環的，一個是巴拉圭女生名叫Adelaide Diaz，是個忠厚老好人，虔誠的天主教徒。我同這位Adelaide Diaz已經談過兩三句話（因為她可能是重要人物），今天她同我沒有打招呼。

第三幕的前一半我根本沒有注意臺上的戲，心裏充滿了快樂的幻想。

明天我還不進攻。等機會吧——例如：她忽然坐到我的桌子上來了。總之，我現在無法製造好的印象，目前還是避免製造惡劣印象。今晚唯一收穫：以後見面有話可談，不致再如以前那麼的僵了。

*La Bohème*賣座勝過*Chénier*，幾乎客滿。

晚十二時。

269. 夏濟安致夏志清（1955年5月27日）

志清弟：

星期三晨發出一航函，想已收到。學期將屆結束，功課相當忙，加以心緒較為紊亂，已經有兩個星期沒有睡午睡了。

“The Jesuit’s Tale”完成了四千字，不大滿意：文章沒有第一篇那麼漂亮，描寫的地方似乎落筆太重，有些句子做得很笨，反正還有下半篇要寫（主要的故事在後面），還可以大修改。上半篇俟班上討論過後再寄上，請你同Carol詳細指正。

這封信主要想報導的是我同那位Ruth居然已經談過話，現在雖然沒有什麼進展，但是總算made a start了。

星期三晨我去drugstore買郵票（發出給你的信），發現她在counter上等早點。上晚Opera散得晚，她missed了飯廳的早飯，所以在drugstore吃。很不巧的是，counter前的顧客很多（客滿），她兩旁都有人，我不能坐上去同她交談。否則我很想叫一杯咖啡同她瞎談談。她沒有看見我。

星期三晚上，她同一位印度女生Mary同桌，我沒有坐上去，但是已互相點頭招呼，同以前不同。那位印度女生Mary大約認為我是天下一大好人，對我十分親善，因為有一次我在看新出的*Life*（回教專號），她要借來看，我就把那本雜誌送了給她，她喜出望外。我相信那位Mary一定會把我的慷慨情形（雖然對我20¢不算一回事）描寫給她聽的。

星期四（十九日）晚上，我忽然大發勇氣坐上去和她同桌了。那天晚上同桌的情形如圖，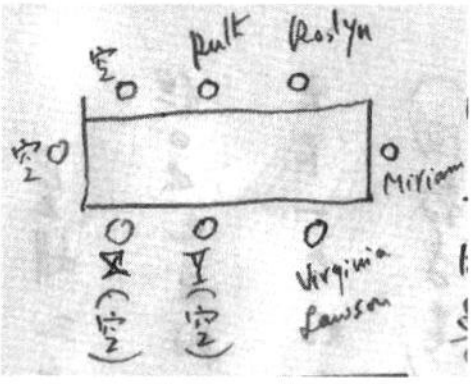

另外三個女生我都

認識，Roslyn和Miriam是音樂系的，在Academy Award Night我曾請她們喝中國茶。Virginia Lawson是個白髮慈祥老嫗（主修：Radio & TV），此人對我學問十分佩服，而且對我很有maternal interest。我坐上去，照你的指導（據我的觀察，此地的規例也是如此），說「May I join you？」那四位女生都笑容滿面地表示歡迎。Lawson自認為和我頂熟悉，要替我介紹，Ros.和Mir.說道：早就認識了。Ruth這才自我介紹：名Ruth，姓Roth，她說「姓名很怪，是不是？」

我的飯盤本來放在X處的空座，因為我還有點膽怯，現在看見情形很好，就移向Y處，她們都表示歡迎。

我坐上去時，Ruth的dessert都已經快吃完，但是還不想走的樣子。她說她讀圖書館系，但是她可能將來「也」要教英文。有沒有用「也」字我已記不清，但是照當時的context，應該用「也」字，因為她們剛問過我：你回到臺灣去還是教英文嗎？

那時又來了一個人，使得空氣更為融洽。他是Jack Brost，Roslyn的男友（未婚夫？），我的同宿舍朋友，音樂系Tenor，他坐在X處，我的左手。

我那時雖極力想表現輕鬆，但神情恐十分緊張，手裏拿了塊麵包，慢慢的一口一口地啃，忘了面前的main-dish，那位有maternal interest的Lawson，說道：「你為什麼不吃呀？吃 ！」我說：「I am very nervous.」Ruth說道：「和小姐們同桌的關係吧？」我本來想說一句很poetical的話，例如dazzles by so much beauty before me之類，但是一想，這樣太露骨不好，就低頭吃飯。

吃飯時還很慌張，那天的main dish是牛肉、飯和corn，我用刀叉割牛肉，一不小心把corn滑出了很多，因此更窘。Lawson說：「你這樣吃法（左手用叉右手用刀）是歐洲吃法，美國人是右手用叉的。」我說：「I would prefer chopsticks.至於刀叉的用法，還是看

Emily Post①的新書如何說法吧。」

Ruth是學圖書館的，她知道Emily Post的新版出版不久，她同她們說：不久以前，Emily Post是出了本新書。我此時就大表現學問：我說Frank & Wagnalls出版的，紐約還舉行了一個小小的party，慶祝該書的出版呢。（情報來源：May14的*New Yorker*）。我說I wish I had been there。

學問之外，我還表現了一些wit & humor：

一、Roslyn曾舉行一次Harp獨奏（我沒有去），我在上星期就問她討照片，同時表示事前未得通知，未及參加為悵。她已答應送我照片，這次舊話重提，她答應一定給我，我說要親筆簽名的，她說一定簽名，我就看看Jack說道：「With Jack's permission, of course.」Ruth笑。

二、我說Jack曾答應教我鋼琴，我已稱他為Maestro，他受了我的尊稱，現在不知怎麼不提上課的事了。Ruth說：He does not keep his promise……。Roslyn說：你要跟他學聲樂才對，he sings like an angle。我說「angle with laryngitis」（Jack不久以前倒嗓），Ruth又笑。Jack說，你要不要跟Roslyn學harp呢？我說要學的東西太多了，當然學harp又得要Jack的permission的。

三、學校裏正在舉行The Most Useless Man In The Campus的選舉，我提起此事，Jack說那人是他，我說我也是contender for that title。Contender，laryngitis這種難字，我隨意運用，Ruth一定也很impressed的。

我想討論*Violent Saturday*，可是大家接不上來。我只是說那張電影非常之好，有Amish Farmer一家，給人印象更深。Ruth問我：

---

① Emily Post（艾蜜莉·博斯特，1872-1960），美國作家，代表作有《社交、商場、政治和居家禮儀》（*Etiquette in Society, in Business, in Politics, and at Home*）。

那張電影叫什麼名字，我說「*Violent Saturday*」，她似乎特別用心記了一下。（我沒有機會同她討論宗教問題。）

那時Ruth說，她還有功課要趕，雖然很不願意走開（客氣話，我忘了英文怎麼說的），也只好先走一步。我那時也希望她走，她不走，我的飯吃不完了。她走後，我的「心還不在飯上」。Lawson說：你為什麼吃得這樣少呢？（飯很多剩下。）不久之後，Lawson也走，Roslyn移來和Jack對坐，Miriam坐在Ruth的位子上，我說我把Jack交給better hands了，我也走了。

那天晚上到九點後方才有心思用功讀書。分析那次談話給Ruth的印象：

（一）我的學問和興趣之廣恐怕使她大為吃驚的——看了Opera，還看電影，還看閒書，還要學鋼琴等等，英文根底之好，無疑遠勝她所認識的任何外國學生。我的wit，她也是初次認識，一定覺得此人不愧為一人才，因為我過去常常使同桌的人放下刀叉聽我瞎講，大家再哈哈大笑。她有時也注意到我桌上的情形，她雖然聽不見我在講些什麼，但她可以想像我所講的應該很有興趣。這次她親自聽到what I am capable of了。

（二）我老實承認nervous，她也該知道是為了她。我想她也該想像得到：我所以過去避免和她同桌（雖然十分注意她），也許就是為了怕這種nervousness。真的，和她同坐一次，太傷精神了！我在班上give class report，或者演講臺灣問題等，一點不nervous，談笑自若，我已經好久沒有這樣nervous過了。

（三）可能的壞印象：talkative，話太多，太喜歡表現自己。為了糾正這可能的壞印象，我在吃飯時還該常常獨桌，不必硬湊上去，免得自卑[貶]身價。（她的容貌聲音等等，以後再描寫。）

昨天（星期五）晨、午兩餐都沒有機會和她講話。下午Wilson家有picnic party，Spacks駕車（Pat Meyer——你的老同學現在是

Spacks的女友）接我同去，從四點到九點，浪費五個鐘頭，晚餐沒在飯廳吃飯。今天早晨她遲到，我只同她說聲Hello而已。

今後的作風，我還是相當矜持，因為第一次給她的印象太濃，沖淡一點也好。以後再談話，我就預備自我推薦，要到她教堂（不知在何處）去做禮拜。

這次是否是因緣，我現在還不敢說。雖然可以說有一個good start（after long waiting），但是造物弄人，也許是更大的痛苦的開始，也未可知。所以我很謹慎，決不再勇往直前。

下星期三以前恐怕沒有功夫寫信（要趕paper），我相信這個期間不會有什麼變化的。希望讀到你和Carol的指示。樹仁想更活潑可愛了。專頌

近安

濟安 頓首

五．二十一

270. 夏志清致夏濟安（1955年5月26日）

濟安哥：

五月十六日、二十一日兩信都已收到，讀來很感興趣，只是為了小孩天天瞎忙，竟抽不出寫信的時間來，想你等待我的信已很久了。你同Miss Shepherd喝咖啡，同Ruth接觸機會日漸增多，Carol和我都很高興。只是學期業將結束，飯廳內和Ruth同桌吃飯最多不過一星期的時間，暑期間能否再同她見面，要看你自己的勇氣和能力了。廿一日寫信後，最近五六天想常和Ruth同桌，談話中想已知道她暑期的計劃。她家在紐約（state or city？），離Connecticut不遠，夏季New Haven附近節目很多，如新近在Stratford築成的Shakespeare Theatre，七月初開始演*Julius Caesar*，*The Tempest*（陣容有Raymond Massey①等，不算堅強），該院建築新穎，而有莎翁時代戲院的簡單和flexibility，可以一看。此外Mass有Tanglewood concerts，每星期六日都有節目，青年男女在草地上坐着，聽交響曲樂隊的演奏，也別有風味。New Haven附近小城summer stock很盛，好萊塢老明星和落伍明星演出的很多，你可以探探她的口氣，邀她一個weekend的date（她暑期不作事，不一定weekend，Shakespeare Theatre的票我可預先代買），事先把戲票寄她家裏，屆時再約定地點會面。假如她住在紐約城，你可suggest一個weekend去看她，由她出主意怎麼玩法，你晚上請她吃一兩頓中國飯，她一定會很高興的。你目前寫paper，整[準]備考試，一定很忙，可能因為心情緊張而避免和她多接觸（上星期日一同做禮

---

① Raymond Massey（雷蒙·馬西，1896-1983），加拿大／美國演員，代表影片有《民族精神》（*Abe Lincoln in Illinois*, 1940）等。

拜否？甚念），可是臨走前，務必約她一次較像樣的date，吃晚飯帶看戲（or concert），看戲後再喝咖啡閒談，談談自己抱負，交換通訊處，和暑期見面計劃等。Ruth顯然沒有男友，有你誠意請她，她一定要高興答應。並且你nervous而講話多風趣，她一定覺得你很好玩，不會存戒心，何況她不是有reserve的人。我常常勸你多date，其實你這三個月的成績比我初到美國半年時好得多，我那時候也偶同女同學同桌吃飯，但是僅抱觀望態度，毫無追求和date之意，我date美國小姐，還是一九四九秋季才開始。可是，假如你早兩個月就同Ruth認識，現在友誼一定可以弄得很smooth，用不到在學期結束時這樣緊張了。有什麼新發展，我想你在下信一定會有詳細報告。

我在美國，Opera還沒有看過，往紐約去花大錢犯不着，以前在蘭心看過的有*Eugene Onegin*②和*Carmen*兩種。*Carmen*音樂情調熱烈，看後很滿意。一般Opera因為表情呆板，言語不通，提不起興趣。喜劇性的Opera或可較情節不通的悲劇opera more entertaining。Rudolph Bing③經理Met後，曾上演過不少用英文腳本的opera，其中*Die Fledermaus*④，情節輕鬆，Strauss的音樂大眾容易欣賞，加上Patrice Munsel⑤美貌不亞（於）好萊塢女明星，飾紅娘式的丫頭角色，叫座最好，每貼必滿。Mozart的喜劇如*Cosi Fan*

---

② *Eugene Onegin*（《葉甫蓋尼·奧尼金》），柴可夫斯基（Pyotr Ilyich Tchaikovsky, 1840-1893）創作的3場7幕歌劇。

③ Rudolf Bing（魯道夫·賓，1902-1997），生於奧地利，曾在德國、英國和美國擔任歌劇院經理，1950-1972年間任大都會歌劇院總經理。

④ *Die Fledermaus*（《蝙蝠》），由奧地利知名作曲家約翰·史特勞斯（Johann Strauss II, 1825-1899）所作。

⑤ Patrice Munsel（帕特里斯·芒塞爾，1925-），美國花腔女高音歌手，是登陸大都會歌劇院的年齡最小的歌手，有「蝙蝠公主」（Princess Pat）之稱。

*Tutte*⑥也用過英文演出。

父親來信，茲附上，他的身體已差不多全部復原，得訊很高興。昨天樹仁滿月，家中一定很happy；我這裏反而沒有舉動。Reserpine，以前在*Time*讀到，好像是治精神病的專藥，想來也是治高血壓的。我給信父親當提及該藥，請弄堂內醫生代開藥方。父親信上提到你在那張合攝照上精神較差，我上次去信，已把五彩照片四張寄上，他看到了，一定會覺得精神很抖擻的。另一封香港友人轉來的信，也寄上。

密西根大學Yamagiwa來信說，聘書要待學校當局Executive Committee通過後再發下來。普通美國大學，在budget可能範圍之內，系主任是有hire人的權力的。他的recommendation轉上去，很少會被駁斥的，所以我也並不恐慌。上次去信*New York Times*，Orville Prescott至今沒有回音，不知何故，可能*New York Times*很膽小，怕惹是非，把我的信壓住也說不定的。

樹仁長大得很快，最近兩星期來，食欲亢增，這兩天日飲牛乳三十餘ounces（即兩磅），普通中國孩子，靠母親的奶，決不會有這樣的appetite的。這兩天想必已重九、十磅，明天預備把[買]一架scale，可不時把他秤一下。兩三天來，天氣悶熱，他感到uncomfortable，睡覺的時間較少，可是全身光滑，毫無緋[痱]子，只有面部稍有幾顆。看到他的中外朋友，對他的相貌健康，無不稱讚。他的臂腿都很長，照他目前這樣的長法，將來長足後一定六尺朝外，可同Carol所崇拜的Gregory Peck、Rock Hudson⑦相比擬。

---

⑥ 全名為*Così fan tutte, ossia La scuola degli amanti*（《女人皆如此》），莫札特創作的義大利語諧歌劇（opera buffa），首演於1790年。

⑦ Rock Hudson（洛・赫遜，1925-1985），美國演員，代表影片有《地老天荒未了情》（*Magnificent Obsession*, 1954）等。

他相貌較美國化，已同初生照片上不同，更intelligent，好看，你下次來時，就可看到。

Sears的album已收到，music box內所藏的那支曲子，很清幽可聽，全書裝潢極精緻，奶白燙金，非常上等。加上活頁裝訂，以後還可以refill。你一定把Sears的原目錄詳細翻過一遍，才能選到這樣好的禮物，非常感謝。

暑期後想照已定計劃先去芝加哥，再來New Haven。我一個多月來，祇看了一張電影，*Gate of Hell*⑧，還是Carol urge我去看的。該片畫面、彩色的確極好，前半部故事的推展處理得masterly。後半部女主角為愛情自我犧牲，在東方文學中講來，祇好算一個cliché，但是美國觀眾是一定覺得很新鮮的。結束幾分鐘，男主角歸[皈]依佛教，看空一切，我覺得不夠effective，很帶勉強性質，好像*Rashomon*的監導人過[故]意在美國觀眾前表示佛教的virtue。全片佈景服裝和自然景物都處理得極美。尤其女主角Kyō走路的姿態，帶些青衣臺步的美處，很令人神往。

昨天晚上我在家伴小孩，Carol到附近電影院看了*Doctor in the House*⑨，因為你的推薦，這還是她第一次正式出門，看後很滿意。今晚上，該院另加一張英國喜劇的sneak preview（不知片名），這種bargain難得，我也想去把*Doctor in the House*看一下。*Marty*、*Violent Saturday*已演過，都沒有時間去看。這星期末是Decoration

---

⑧ *Gate of Hell*（《地獄門》，1953），日本電影，衣笠貞之助（Teinosuke Kinugasa）導演，長谷川一夫（Kazuo Hasegawa）、京町子（Machiko Kyō）主演，大映映畫株式會社（Daiei Film）發行。

⑨ *Doctor in the House*（《春滿杏林》，1954），英國喜劇電影，據理查·戈登（Richard Gordon）同名小說改編，雷夫·湯瑪斯（Ralph Thomas）導演，德克·博加德（Dirk Bogarde）、穆瑞爾·帕弗洛（Muriel Pavlow）主演，共和影業（Republic Pictures, US）發行。

Weekend，Downtown三大影院演Gable、Hayward的*Soldier of Fortune*⑩，Wayne、Turner⑪的*Sea Chase*⑫，Stewart、Allyson⑬的*SAC*⑭，三大老生鬥法，可能還是*SAC*的營業最好。

即要預備晚飯，不多寫了，希望"The Jesuit's Tale"如期寫好，papers想已繳出，即祝

近安

弟 志清 上
五月廿六日

---

⑩ *Soldier of Fortune*（《江湖客》，1955），冒險電影，愛德華·迪麥特雷克（Edward Dmytryk）導演，克拉克·蓋博、蘇珊·海華主演，福斯發行。

⑪ Turner（Lana Turner拉娜·透納，1921-1995），美國電影、電視女演員，代表影片有《齊格飛女郎》（*Ziegfeld Girl*, 1941）、《郵差總按兩次鈴》（*The Postman Always Rings Twice*, 1946）、《冷暖人間》（*Peyton Place*, 1957）。

⑫ *The Sea Chase*（《怒海追逐戰》，1955），劇情片，約翰·法羅導演，約翰·韋恩、拉娜·透納主演，華納發行。

⑬ June Allyson（朱恩·阿里森，1917-2006），美國演員、歌手，代表影片有《豔吻生香》（*Too Young to Kiss*, 1951）等

⑭ *Strategic Air Command*（《威震九重天》，1951），安東尼·曼導演，史都華、朱恩·阿里森主演，派拉蒙發行。

271. 夏濟安致夏志清（1955年5月28日）

志清弟：

接讀來信並轉來父親之信，甚為快慰。父親筆力已經恢復平常的端整，而且態度很樂觀，足使我們放心。我的精神如何，我在以前一信中已說明是長途勞頓之故，可能較差，平常較之好得多，我相信父母聽見了亦可以放心的。（我在五彩照上大約比我real self還要英俊。）

很慚愧的，Ruth之事發展很小。這固然是由於我勇氣不夠，但是我的作風一向如此，只能在細摩細做上下功夫，叫我勇往直前，短時間內取得勝利，幾乎是不可能的。那天以後，我還沒有和她同桌吃過飯，因為一則我目前還不想把我的intention表示出來；再則糾纏不清會惹起她的反感；三則我怕人家注意談論（她當然更怕）。最近只談過一次話，那還是陰差陽錯湊成的。那是前天晚上（26日，距19日恰巧一個星期），她在排隊進飯廳，我和隔壁房間朋友Jesse Newsom也在那時排上，我在她後面，Newsom在我後面。隊伍很長，因此我們還有機會講不少話。我問她選些什麼課，她說① Bibliography ② Literature of the Humanities ③圖書分類④圖書管理，還有個一學分的Seminar。我同她討論了一些圖書分類，表現了一點學問，再問她Humanities讀些什麼東西等等。我還把Newsom介紹給她，我說Do you know my friend Mr. Newsom？（這種介紹法，我事後想想很奇怪。Newsom是我極熟的朋友，而她則是我才新認識的。我那時的口氣好像她是我的老朋友。）她說不認識。她問，他也是英文系的嗎？我說，是商科的。（N為人很沉默寡言，有女朋友大四教育系，住Chi Omega Sorority，他幾乎每天晚上到Sorority去讀書的。）她又問我：暑期你在這裏嗎？我說，I am very sorry，預備要走了。她說：對了，你那天已經說過了。我問她暑期計劃如何？她說要去做事情，快要走了，A week from today！（就是下星期四。）她說她是「印第安那」人，Goshen（在印第安那，不知在何城，你手邊如有Lovejoy的《美國大學一覽》，不妨一查）College①畢業，畢業後做過五年事情（她年齡應該between 25&30），教junior high的英文。Goshen是liberal arts college，但她已選過一些Library Science的課。她父親現住Illinois，但是她暑假內還是到她做過事的老地方去。

那天晚飯我和Newsom同桌，我們兩人坐在很遠的角落裏，根本看不見她。N也沒有問起她的事，大約因為他知道我會莫明[名]其妙的見女人瞎gallant的，其中並無深意。

謝謝你替我設計的種種date計劃。目前的情形，也許還算是good start，但是以後怎麼樣呢？她不是紐約人（上次的情報是錯的），她那印第安那小城的地名，我是可以問她的，但是問到了，追蹤前去，固然荒唐，貿然寫信，都有點不近情理。她在那小城可能有男朋友，當然也可能沒有，美國大學女生畢業後若蹉跎五年，是不是較難找丈夫了？她說她下星期將大大地忙於考試，考完了就走，我在此期間如何可以啟齒date？

我現在的態度只有「狠心」一法（對自己「狠」），還是把她忘掉的好。假如有緣，或者再能聚首；若緣份到此為止，而我再戀戀不捨，只有自尋煩惱而已。我現在對於這件事情，假如還有什麼「努力」，那只是「努力」不去想她。別的「努力」大約都只是增加痛苦。

---

① Goshen College（高盛學院），是位於印第安那州Goshen的一所私立高等文科院校，成立於1894年。學院是美國基督教大學院校成員，致力於為教會乃至全世界培養領導人才，也致力於培養有學識、善於表達、有責任感的基督教徒。

我對於命運，常常覺得很奇怪，不可猜測。假如若干年前，我從北平逃返上海，我知道要過一個相當時期沒有女朋友的生活了。在北平時，我還有好幾個女朋友to speak of，一到上海，就一個都沒有了。我因此覺得：哪一年有女朋友，哪一年沒有女朋友，似乎都是前定的。從臺北來到美國，我並不曾expect有女朋友，現在行期將屆，沒有女朋友也就算了。

Ruth對我的影響，可以說很強烈地增加了我對Bloomington和「印大」的好感。我非常喜歡這裏，甚至想做美國人，在此終老。我回憶中的這幾個月Bloomington生活將是sweet & pleasant的。

再來的希望，不是沒有。我同Wilson談過想再來「印大」，也同Edel談過想去N.Y.U.（Edel在夏威夷只教暑期，九月後重返N.Y.U.），他們都很願意幫忙。但是我倒並不亟亟乎想拿了獎學金再來做學生，靠獎學金過日子（例如一千二百元一年的fellowship吧）的學生生活是很苦的，我揮霍已慣，恐不夠用。再則我也不願意為了degree拼命讀許多courses。我也不希罕M.A.的頭銜。

我現在的計劃是回臺灣去好好地寫些小說出來，頂好是一本Novel——如你所勸我的。美國的生存競爭很激烈，不是真正出人頭地，很難站得住腳。很多留學生是想來美國鍍金，拿了學位回國去「唬人」。我如再來，預備想在美國長住下去的。我在臺灣的地位已經確立，degree幫不了我多少忙。

下星期大考，我的課程都已結束，以paper代替考試，所以心頭還算輕鬆。但是別人有考試的多，因此Miss Shepherd最近還不能date。

James和Symbolist Novel兩科，我大致可以都得A。大考卷子（papers）已經發還，都是A。我星期一繳了一篇Faulkner的paper，星期三繳了篇Henry James的paper，匆忙異常，有此成績，自己覺得很僥幸。尤其是第二篇，我沒有起草稿，只是用中英文混雜地寫了一個outline，然後憑outline在打字機上直接打下，寫了十個pages，非常untidy，英文拙劣不堪，居然還能使Edel滿意。大致我的記憶力比Edel好，讀書比他仔細，專找小地方details來瞎發揮，實在並無深刻研究，但是已經足夠impress教授了。

"The Jesuit's Tale"的Part I，亦已發還，四千字，得AAAA，心裏亦稍覺安慰。寫小說我是傾全力以赴的，假如反應不好，心裏可能要氣。Spacks②說我這篇（半篇）東西很像Conrad，我已經有兩年沒有讀Conrad了（最近在臺北讀過的是*The Heart of Darkness*和*The Secret Sharer*），很難會受他影響，可是現在看看自己這篇東西，的確很像Conrad。我的描寫很着力，「濃厚赤漿」；句法複雜而平整（外國人寫英文，不敢不平整），態度嚴肅，一心一意想寫「好文章」。我相信我如開始寫novel，一定會寫出像Conrad那樣的東西來的。其實我很喜歡Eudora Welty那種輕快，light touches，多suggestions，少描寫；但是我如能寫到她那樣，英文又將是一大進步，這恐怕要在用心寫過好幾萬字之後。

我對於"The Jesuit's Tale"其實不大滿意，所以不滿意者就是effort太明顯，一望而知是「傾全力以赴」的作品，有點笨。稿子隨信寄上（錯誤尚未改正，但這次錯誤很少），請你和Carol讀過後詳細指示。

這幾天除了續寫小說以外，沒有什麼事了。但是續寫小說仍舊是很吃力的事。

Rogers Center規定六月八日關門，我大約要挨到最後一天才走，因為膳宿費已付，不吃它，不住它，徒然浪費錢。八日以後如

---

② Barry Spacks（1931-2014）：詩人，小說家，評論家，夏濟安印第安納大學的同學，曾任教於麻省理工學院，加州大學聖塔芭芭拉分校。1955年與夏志清耶魯的同學Patricia Meyer結婚。夫婦皆著作等身。

何走法，尚未決定，且尚未考慮，可能飛Chicago，坐聯運火車來New Haven。下星期如來信，我還可以收得到。

最近看了一張電影：*Love, Bread, & Dreams*③，很滿意。義大利小城故事，很輕快。Gina④尚美，Vittorio de Sica⑤功架很好，好萊塢可能還找不出這樣一個「老生」來。de Sica的臉很像Faulkner。

今天晚上要去參加一個Cocktail Party，大一英文作文主席Prof. Wikelund⑥宴請教大一作文的助教們，我亦被請。可惜天下雨，我捨不得穿那身Saks新衣服，如雨停，則穿新衣服；如雨不停，則穿那身sharkskin去了。明天晚上有Prof. Work的茶會。這種會在我想像中都是很無聊的（根據經驗）。

下星期一Indianapolis有全球聞名的500-mile跑車拼命大比賽，我很想去一看。但怕我的朋友們都忙於考試，沒有人有空駕車陪我去。坐Bus去又嫌太麻煩，尚未決定。

這個週末的巨片是米高梅的*Prodigal*⑦ vs. 詹姆士蒂華⑧的*SAC*，

---

③ *Bread, Love and Dreams*（《麵包、愛情與夢想》，1953），義大利浪漫喜劇，呂基・康曼西尼（Luigi Comencini）導演，維多里奧・狄西嘉（Vittorio De Sica）、珍娜・露露布麗姬旦（Gina Lollobrigida）主演，提達拉斯（Titanus）發行。

④ Gina（珍娜・露露布麗姬旦，1927-），義大利女演員、攝影記者。

⑤ Vittorio de Sica（維多里奧・狄西嘉，1901-1974），義大利導演、演員，新現實主義運動領軍人物，代表影片有《擦鞋童》（*Sciuscià*, 1946）、《單車失竊記》（*Bicycle Thieves*, 1948）、《昨日今日明日》（*Ieri, oggi, domani*, 1963）、《故園風雨後》（*The Garden of the Finzi-Continis*, 1970）。

⑥ Wikelund（Philip R. Wikelund菲力浦・R・維克倫德，1913-1989），1950年作為助理教授進入印第安納大學英文系，主要研究領域為英國十七世紀晚期至十八世紀早期文學。

⑦ *The Prodigal*（《浪子》，1955），聖經史詩電影，理查德・托普米導演，拉娜・透納主演，米高梅出品。

⑧ 即史都華（James Stewart）。

這兩張東西我都要去看的。*Prodigal*的惡俗可以想像得到，*SAC*的情節據說亦平平，假如銀幕不夠大（Paramount認為Radio City Music Hall的銀幕都不夠大呢！），恐亦不會十分滿意。樹仁日益可愛，聞後很是高興，還請多留意保重。Carol前均此。專頌

近安

濟安 頓首

五・二十八

272. 夏濟安致夏志清（1955年5月31日）

志清弟：

這兩天情緒非常之壞，主要的原因是捨不得離開Bloomington，從來沒有一個地方使我這樣留戀過，nor北平，nor上海，nor香港。

情緒的壞，從昨天開始。昨天（三十日Memorial Day）我去看「跑車大比賽」（Five-Hundred Mile Race，一名39th Annual International Speed Classic），相當緊張。汽車聲音之響，神經衰弱的人恐怕要支持不了。我初進去時，坐了二十分鐘就想出來，實在覺得頭漲心跳。後來又出去了好幾次，最後一小時倒是坐足的。跑道一圈二哩半，一共要跑二百圈，那些dare devils約一分十秒鐘就可跑畢一圈。他們足足要跑四小時，據報上講，那位第一名（六號，玫瑰色車，其人名Bob Sweikert）到終點時，主持人送他一杯冷水喝，他說「I don't need it」。跑了四個鐘頭，如此緊張的高速度，如此聲響，如此危險，最後水都不要喝，這種人的身體與神經真使我佩服。

去年前年的第一名Vukovich①，於昨日大賽中殞命。他死的時候我正出去吃lunch，沒有看到。據說車子沖進場中，車身着火，連翻五個身，最後四輪朝天，人壓在底下，很快就燒死。此人據說上一晚睡得很好，早晨還是步行去報到的，想不到下場如此之慘。幸虧出事的地方，沒有看客，否則死人更多。圖上有處有看客，出事處為X處。我坐在後排有「圈」之處很安全，前排看客耳目更為暈眩，我在前排站了一會，覺得要看清車上的號碼，都很困

① Vukovich（Bill Vukovich比爾·弗柯維奇，1918-1955），美國賽車手，獲得1953、1954年印第安納波利斯五百英里大賽（Indianapolis 500）冠軍。

難。Vukovich死後，還有好幾位大將因故退出，有人車子拋錨，有人據說車子撞到牆上去，斷了一腿。最後的速度並不快，只有一百二十幾哩，他們在預賽中都可接近一百四十哩（per hr）。

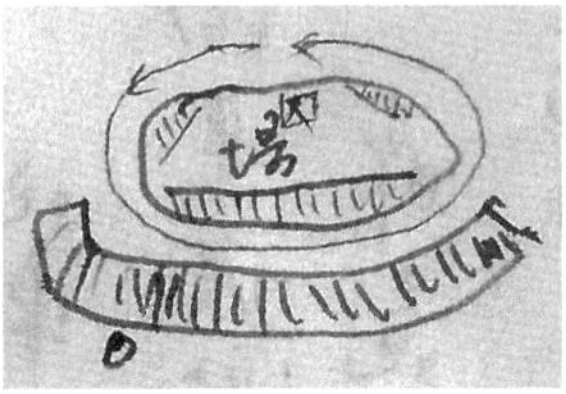

跑車這件事，我倒並不反對，這是人類求在四個輪上達到最高速度的大努力。其精神可與詩人之拼命寫出最好的詩句相仿。

昨天觀客據說有十六萬人，是印第安那一年一度的大事。跑從十一點開始，三點後結束。結束後本可直接返Bloomington。但是我想看看Indianapolis，就在省城多停了幾個鐘頭。很失望的，店大多關門，想去中國餐館Bamboo Inn吃晚飯，跑到那裏（地方似乎很寬敞漂亮），誰知也關門。在省城很無聊，人又疲倦，因此情緒變壞了（同那個死人也有關係）。同行者為袁祖年。省城地方不錯，很寬敞而安靜。晚上回到Bloomington，還看了一張惡劣巨片*Prodigal*。

你想我同Ruth已經沒有多少次面可以見了，昨天還要到外面去吃飯，連晚飯都不回去，真是不應該。可是我這幾天又怕看見她，看見了怕感情太激動，就此這樣分別了也好。（我甚至不想有她的照片。）

今天中午很有機會可以打招呼，可是我又忍心錯過。我吃好飯出來，她正在門口書架上放書（尚未進飯廳），背朝着我，我很可以打一聲招呼，但是我一躊躇，就揚長大步而出。她沒有看見我。

照我這兩天的心情，很難「骨頭輕」。骨頭輕不出來，就不想同人多說話。

去看了一次跑車，當然影響小說寫作，希望今天晚上能夠專心寫三四個鐘頭。但是我怕在Bloomington沒法續完這篇“Jesuit's Tale”，也許要到New Haven來寫了。

不久要到Chicago去看見Jeannette，如去香港，可以看見Celia，回到臺灣，更有不少女朋友，但她們似乎都提不起我的興趣。

那兩個Party也可以一提。Wikelund的Cocktail Party，那些助教都是些美國的文弱青年，和我宿舍裏的糊裏糊塗健康青年不同。他們大多是些所謂egg heads，不看baseball，思想傾左（反對老蔣），在文學的觀點則為New Criticism，其擁護我們的school of letters 遠勝於擁護我們的英文系。他們大多都在讀M.A.，據說今年六月Commencement，只有一個英文Ph.D.，八月裏還有兩個Ph.D.。他們都很佩服Empson，我說他是我的同事，因此他們對我稍為括[刮]目相看。

Work的party是Stag Party，喝啤酒，人大多還是那幾個，minus女人。我同Work談了一下，他說他很知道我在這裏成績優良，很願意我再回來讀書。他叫我去找graduate school的Dean談談，他願意促成其事。照我看來，「印大」可能肯給我fellowship，讓我再來讀書的，甚至於1956年Feb.就可成行都說不定。現在的問題還是臺北美國領事館的visa，美國領事館很「刁」，去過一次美國的人就不讓再去，多方留難，像我這樣臺北沒有家眷的，他們更不放走。這個困難是很實在的困難，可能使人很氣憤的。假如我真想重返美國，現在只有希望美國政府放寬移民尺度，或者是回臺灣之後，運用我的交際手腕，make friends & influence people，和那位副領事先攀起交情來。這種希望都很渺茫，結果大約我還是「聽天由命」了事。

臺灣情形最近比較混亂，台大左派人士較前活躍，他們真的歡迎共產黨的。政府機關忙疏散，本來那些公務員就不大辦公，現在搬來搬去，更不辦公了。台大的大一新生可能要到我們的林場（在臺灣中部的山坳裏）去上課。這樣一個臺灣，叫我回去，是很難使我cheerful的。

寫了這封信，心頭稍覺輕鬆。虧得還有你在，心頭有什麼苦悶，還可以向你發洩發洩。但是請你不要替我擔憂，我能到美國來一次，運氣總還算不錯。來了再回去，總比不來好得多，你說是不是？

我大約八號走，行前一定還有信給你。你假如在四號發航空信，我一定還可以收得到。

樹仁大約更活潑可愛了。Carol前請代問好。專此　敬頌

近安

濟安　頓首

五月三十一日

273. 夏濟安致夏志清（1955年6月1日）

志清弟：

昨天的信大約使你很躭心，今天的情形大不相同，我此時可以說很快樂（昨天大約人還覺得疲倦，——看一次race很傷，——因此提不起精神來）。今天晨起的精神很正常，有點resignation，但並不depressed。中午時候，我又坐得很遠，但雖然遠，仍然瞥見了Ruth，她也瞥見了我。她一個人坐一桌，我吃完後，振作勇氣，拿了一杯茶湊上去同桌。我說：「你明天要走了？」她說：「可不是嗎？明天早晨七點三刻還有考試，考完了要趕緊理行李，要開五個半鐘頭才到。」兩人交換地址，我又談起宗教（我說你似乎是飯廳裏最devout的Christian，她含笑說：Thank you），她恰巧收到一包Mennonite的宣傳品，送了我幾張。她說他們的教會Mennonite在台灣也有Relief Work，她預備查出地址，寫信告訴我（這一下通信總有藉口了）。她說她有一個cousin，曾去中國北平，現在嫁了個醫生，住在Illinois。她說她一點鐘還有考試，不能久坐，我要求替她拍照，她說她先回到「T」（我們有好幾幢宿舍，我住的是「W」）去拿書，我去拿照相機，她說她還有一張底片，也預備拍掉它。我到「T」，恰巧碰巧Jack Brost、Roslyn、Miriam三人預備拿籐椅子曬太陽，我加入他們替他們拍了照，再wise-crack一下。她來了，我替她拍了兩張照，她替我們四人（用她的照相機）拍了張合影，就趕去應付考試去了。

這樣的start，真是順利之至，可惜相聚之日不多，希望今天晚上和明天早晨再碰見她。現在我已沒有nervous的理由，我們已經算是很熟的朋友了。她這學期才來，電話簿子上沒有她的名字，我至今還不知她的電話號碼（今天才知道她住在T）。

我現在很快樂，似乎前途很光明。今天天氣很好。我甚至想到Elkhart（離Goshen十哩）去住兩天，不知你以為如何？

送上卡片一張，請哂納。美國沒有「滿月」卡，樹仁那裏就只好不送了。

亟等你的回信。專此 敬頌

近安

濟安 頓首

六月一日

Carol前代候安。

274. 夏濟安致夏志清（1955年6月2日）

志清弟：

天天有信給你，足見我這兩天的精神不安。

此刻是中午十二點一刻，剛剛同Ruth說過good bye回到宿舍。又是我先吃完，她今天同兩個泰國女生同桌，我上去說道：「這就要走了吧？」她說「All ready」。我說，「good luck」；她說，「I hope you will be happy wherever you may be the next semester」，我說「Thank you」。我又稍為講了幾句關於公路的事（她將走37號公路，轉31號公路，這些我在公路地圖上已經研究過），互相說「good bye」，我就走了。

這件事這樣完了，也並非不可能，但是我還想去芝加哥之後，轉Elkhart去玩一下（Elkhart很近芝加哥）。她假如反應冷淡，我就不多停留，如反應尚好，也許住三四天到一星期也未可知。我以研究宗教的姿態出現，她一定肯同我談的。

今天早晨我起得很早，因為知道她早晨有考試，一定會很早來吃早飯的。我先坐下，她後來，居然和我來同桌（早晨空桌很多），坐在我對面，坐下之前她就說，「我要看講義，對不起不能多說話」。她就一面吃，一面看「書目」講義。我呆頭呆腦，什麼話都不敢說。話還交談幾句，她其實並不很緊張，可是我早晨腦筋特別遲鈍，既沒有謝她送我的tracts，也沒有瞎恭維她的功課這樣的繁難等等。她吃完要走，我（先吃完）竟然沒有隨行，這是最大的失策，所以如此者，因為同桌還有個Bridge（打牌）朋友Norbert，我要故意做得大方，竟然看她走開。

她說中午還要來吃飯，中午前我相當緊張，十一點，十一點半去觀望了一下，她不在，十一點三刻我就不管她來不來，自顧自吃了。同桌都是胡鬧朋友，我wise-crack了一下，骨頭一輕，精神就愉快。後來Ruth來了，我也吃完，我相信我「道別」的神態還瀟灑自然，不像早晨哭不出笑不出的那種神氣。

去Elkhart之事，我如行前接不到你的指示，也許在長途電話裏同你討論。

我現在並不苦悶，這幾天可能還去date Miss Shepherd一下。今天早晨打了一個電話給她，她同房間朋友說「去大考去了」。Ruth走後，我可以好好的安心續寫我的小說了。

照目前的情形，假如我下學期還在「Rogers Center」，和Ruth的友誼很有發展可能。但是我偏偏很難再來，你說這是不是「造物弄人」呢？

你們預備如何慶祝你們的Anniversary？我希望date成功Miss Shepherd，同她一起吃夜飯，否則就一個人慶祝了。樹仁能一起慶祝你們的Anniversary，這是最使我高興的事。再談，專頌

近安

濟安

六．二

P. S.

寫完這封信，預備去寄，Drugstore的老闆娘沒有空，買不到郵票，我想我何不趁此時候到宿舍面前去看看，也許Ruth尚未走也未可知。我背了照相機，悠閒的蕩過去，果然發現Ruth預備上車，送行者就是那兩位泰國女生（景象相當淒涼，是不是？中國的人情較厚，宿舍裡一人要走，很多人都要去送的。那位巴拉圭女生今天也來吃中飯的，也沒有去送行）。我說：「巧極了，我正在四處巡行，看看Rogers Center如何being deserted。」她說：「現在就要走了」，我就替她們三人在她車前照了一張相，她也把照相機從

車子裡拿出來（她又裝了軟片，照到第六張了），請我替她們三人照一張合影。她上車之後，我又替她在車內照了一張。我這時才向她道謝她的tracts，我說希望能夠有機會同她討論討論，她說一定把台灣他們教會的地址告訴我（我把這封信也掏出來，說道「正預備給我弟弟寄信」）。她的車就這樣開走了。

她的車是部很舊的Plymouth，黑色，牌照Indiana GG 245。我本來自以為記得她的牌照是那個號碼，後來那個Costa Rica人說她是New York人，我就懷疑我認錯了一部車，上星期才確切知道她是印第安納人。

關於那輛車，還有一個很dramatic的場面，不可不記。那天看opera（五月十七日）她同我第一次打招呼之後，戲散我一人踽踽獨歸，走到宿舍門前，一輛車子（我走小路，車走大路），兩道白光迎面照來，一下子就側面去park了，那輛車子的牌照赫然是GG 245。我那時說不定是不是她的車，但現在可以斷定她在車子裡一定看見我深夜獨歸的情形的。

今天我能湊巧趕上去送行，一定給她留一個很好的印象。到Elkhart去似乎更有理由了。

她一點鐘正開車，現在時間是一點半，再談。

濟安

我既然預備去Elkhart，在此期內，不預備給她寫信，給她一個surprise。

Carol前均此候安。

275. 夏志清致夏濟安（1955年6月2日）

濟安哥：

五月廿八日信及附來小說前天收到，三十一日信今晨收到，知道你情緒不好，苦于我不在近側，無法談話出主意解憂，心頭也很不好過。Carol在她信上說你對女孩子的態度在具體表現上還停留在做中學生的階段，這句話也有點道理：我在去台灣前，還不是同你一樣intense，nervous，對一切要自己做主動的action充滿了絕大的恐懼？較熟的女同學祇有丁念莊一人，她同你所熟識的張芝聯太太一樣，作風大都男性化，我也當她男朋友看待。去台灣後，我初次嘗到了casual調情的生活，對自己的情感生活是一種compromise，可是以後對女孩子應付比較自然，再不如以前那樣慌張了。（雖然在北京和重返上海那一段，情感生活大多寄於空想，事實上不允許有什麼行動。）你在香港時雖然也偶然跑跑舞場，但是始終沒有同一位女子有過比較親密的糾纏，所以至今還帶有少男的diffidence和fear。最理想的結婚當然是基於這種一思不邪的愛慕，憑它的純潔偉大而引起對方同鳴的結合。可是事實往往不能如此，尤其在中國，大學的女生似乎比同年齡的男子老練利（厲）害得多。即在美國，我想，一般少女在初進情場時，也prefer比較老成的對象（在狄安娜竇萍電影內，她的first crush總是Melvyn Douglas①等風流人物）。你吃虧的地方就是在女孩子方面自己沒有把握，不能表現出你的maturity來。

---

① Melvyn Douglas（梅文・道格拉斯，原名Melvyn Edouard Hesselberg, 1901-1981），美國演員，曾多次獲得奧斯卡獎，代表影片有《蘇俄豔史》（*Ninotchka*, 1949）、《牧野梟獍》（*Hud*，1963）、《富貴逼人來》（*Being There*, 1979）等。

你同我有同一傾向：要有旁觀的保障，才可以很自然地表現自己的wit，學問，幽默；同少女單獨在一起時，語次窘澀，態度緊張，同在許多人一起時，儼然判若兩人。來美後，我同美國女子和華僑可以談得自然，可是date國內來的小姐時，態度上總不免緊張，也可見得中國小姐的利[厲]害。能夠學會relax，追求起來，就事半功倍，可是這一點功夫，做起來談何容易。來美後，我想美國女子比較和藹可親，你多和她們接近，或可把你的habitual shyness消溶了。可是你對Ruth那片癡心，還同在國內時一樣，祇會inhibit action，而不能成事。假如我同你在一個地方，我做你的幫手or side kick，來幾次double date，你交女朋友方面可以順利得多。來New Haven後，我想你可以有機會認識幾個女孩子（我在Yale所認識的女同學，大多已離開，可是我幾位較熟的男朋友可以幫忙），目的倒不是找對象，而是壯壯膽，練練功夫，否則你返台灣後，action和feeling間的距離，永遠不會縮短，多一次對象，就多一次磨折，對自己也太苦了。你在信上說，對Ruth不肯aggressive理由之一是「我怕人家注意談論（她當然更怕）」；這種推測，其實是沒有事實根據的。美國人個人主義已慣，對別人的戀愛絕少干涉，熟朋友可能開玩笑，但不會帶惡意。Ruth既然很好交友，也不會如你所想像那樣的hyper-sensitive的。

今天星期四，Ruth可能已是在飯堂上最後一次與你見面了。其實憑客觀調[條]件分析起來，Ruth以後結婚[可能]性並不大。她離college已六年（上期*Life*上那篇大學生結婚生活的article，不是提到很漂亮的大三大四女生，因為沒有固定男友，對自己前途就很悲觀了？），加上種種宗教所impose服飾和行動上的限制，不會引起一般美國青年的興趣。她自己老是找較老較醜的女同學同桌，可能認為自己今生老處女做定，不再有追逐男性的野性了。假如她已有未婚夫或固定男友，她的態度一定會顯然不同，多找男同學談笑，不會老在女性的circles內逃避自己。她心中一定有說不出的苦悶，你的愛慕一點也不讓知道，在她立場講來，也是unfortunate的。她知道有人如此愛她，可給她生活上一些熱力、驕傲和自信，不論她會不會seriously consider你做她未來的丈夫。

台灣情形如此惡劣，morale如此低落，你回去實在是沒有什麼可高興的。我想不到公教機關已在開始疏散了。左傾分子勢力增大，你教書起來，也不會太稱心。你假如1953年來美，情形就不同了，目前immigration規矩如此嚴格，來了又走，心中不免悵然。可是我覺得你寫小說實在大有希望，出名以後，不久總可來美的。"The Jesuit's Tale"上半篇我已拜讀了，這次你沒有用flashbacks，故事憑兩人對話發展，似沒有"The Birth of a Son"那樣富於fluidity，可是功力極深，描寫細緻，尤其文章style全篇一貫，不特字句鏗鏘，佈置安排方面卻有Conrad那種謹嚴，實是難能可貴。中國人在美的，學會寫普通論文的人，想已有不少數，可是像你這樣在創作方面求發展的，實在沒有。Eudora Welty、K.A. Porter②我讀得不多，可是知道她們文章極美，你走的路，上承Conrad、James，下合近年美國作家考究細心的態度，確是一條正路。Twenties'那種大膽experimental作風目前已經過時了，你多看*Quarterlies*，就知道Eliot的prestige已遠不如前。你用心寫英文，一定可得到recognition。

五彩照片，父親已看到，對你的神采，很感滿意。

附上父親給你的信，你上兩封信自謙得太利（厲）害，把幾年來的成就和用功歸功于命運，而且表現自己在做人讀書方面，完全是道家作風，可能引起老人家誤會。他信上看來好像很worried的

② K.A. Porter（Katherine Anne Porter凱瑟琳·安妮·波特，1890-1980），美國散文家、小說家、政治活動家，代表作有《愚人船》（*Ship of Fools*）等。

樣子，你最好在回信上把這個印象correct一下。家裡顯然很快樂，樹仁滿月那天，父母喫麵慶祝，我這裡反而沒有舉動。匯錢方面，我明年job既然有了定當，你香港的儲蓄，五月後就留著自己備而不用吧，不定再寄還家了。父親債務業已還清，每月有一百元，可以過得很舒服了，你下一筆翻譯的報酬，可能要在秋初才可以領到，你一次fellowship，夏季旅行，費用一定很大，回台時也不會有什麼多餘了。

「跑車大比賽」一定是個很worthwhile的經驗。我同你不同的地方，即是我最abhor violence。從小就代坐機器腳踏車的人捏一把冷汗。拳賽，鬥牛，或跑車比賽，電影上看看可以，真的表演，我覺得性命出入，犯不着。我汽車至今未學，大約也是下意識怕accident，怕死的緣故。Vukovich的慘死，當天在無線電就聽到了。上次看*Doc in the House*，*Sneak Preview*是一張極滑稽的鬧片*Trouble in Store*③，作風和普通英國comedy不同，給我大笑次數很多，雖然片子的下半部較差一些。主角Norman Wisdom④，不見經傳（上星期*N.Y. Times Sunday Magazine*在那篇講Palladium的文章上mention過他）；有一幕他喫冰淇淋，nervous異常，把一scoop冰淇淋拋在坐在他邊上的女太太胸部開叉的地方，往下直流。這似乎比冰水澆背更滑稽。

目前心境有無好轉甚念。胡世楨賀我弄璋之喜，寫了封信來，還不知道你已來美國。他六月五日後地址是，Math, Dept. Georgia

---

③ *Trouble in Store*（《傻人豔福》，一譯《傻人擒兇》，1953），英國喜劇電影，約翰·卡斯泰爾（John Paddy Carstairs）導演，諾曼·溫斯頓（Norman Wisdom）、瑪格麗特·拉瑟福德（Margaret Rutherford）主演，蘭克影業公司（Rank Organisation，UK）、共和影業公司（Republic Pictures，USA）聯合發行。

④ 諾曼·溫斯頓（1915-2010），英國演員、詞曲作家及歌手，以出演喜劇知名，除電視劇外，代表影片有《傻人豔福》等。

University, Athens, Georgia，你可以寫封信去。他已離開Tulane，想去Georgia做正教授了。樹仁重十磅，日飲牛乳二磅，養得極好。祝你去芝加哥，玩得很好！

志清 上

六月二日

276. 夏志清致夏濟安（1955年6月3日）

濟安哥：

閱信大喜。一次談話，友誼基礎已打定，可見事在人為，approach美國小姐沒有什麼可nervous的地方。Ruth態度很好，談話中看出很想同你做朋友。不知星期三晚上，星期四晨有沒有同她同桌相談？我鼓勵你去Elkhart訪她，多住幾天，她父母沒有邀你，你不便在她家作客，可在附近小旅館住下。這次adventure，可能是你生命上的關鍵，祝你好是為之。有機會，務必把你那兩篇小說給她看看，使她驚訝佩服，你兩篇小說都有些宗教意味，她一定會欣賞，而且你英文之漂亮，她不由得不對你另眼相看。上次信上，我對Ruth的分析想是正確的，何況她家missionary背景對外國人態度較好，結合一定容易。多次談話後，你可透露你有同她結婚的意思，看她反應如何？（她不會窘的。）勸她去台灣做宗教工作，結婚後，你來美國也方便了。Go to Elkhart & good luck！

結婚anniversary卡已看到了，design很文雅，Carol大為高興。半年來你送了Carol不知多少東西，她大為喜歡，可見你對美國女子小功夫極好，如法炮製，是不難獲得Ruth芳心的。這次有決心，有勇氣，我想你一定可以成功。不知Ruth暑期將在何城工作，你可搬到那裏住，不去芝加哥，遲來New Haven也可以，這樣，兩三月功夫的courtship一定可大見效了。匆匆即祝成功。

弟 志清 上

六月三日

277. 夏濟安致夏志清（1955年6月4日）

志清弟：

三日信今天收到，想必你還很關心我的mood，所以趕緊覆你一信。父親的信和Carol的信過兩天再覆，如今天一起答覆，恐怕要耽誤發信的時間。胡世楨的信亦已收到。先請代謝謝Carol的信，謝謝她的鼓勵。

照我今天的mood，頂妙什麼地方也不去，Rogers Center一關門，我就飛到New Haven，同你和Carol長談，同時閉門著作。可是我owe Jeannette一次 visit（在國內就答應的，這裡在通信中我曾reaffirm），芝加哥非去不可。芝加哥離Elkhart甚近（你有地圖，不妨一查），似乎也可以順便去一下。照你今天來信的邏輯（主張有action），你大約是贊成我到Elkhart去的。不過行前（八日晨）我還等你一封信，可能跟你通一次長途電話也未可知。

去Elkhart將是一件非常的舉動，假如Ruth真如你所說的做定老處女了，我的突然出現，將使她覺得非常flattered。我這次野心很低（野心所以低者，因為種種現實限制，如我何時能重返美國，現在都[不]知道），並不想win her heart，只想同她多接近幾次，互相談談抱負等等。野心既低，行動談吐等也許可較自然，相處得也許會很愉快。

我再去同Ruth糾纏，其實是很不practical的。照我預計，我同Ruth可以很愉快的開始一個Friendship，返台灣後大約可以同她信札來往。她的倩影大約在我心中至少可以駐留一兩年，在此期間，我對於台灣的女朋友們，將都不會發生興趣，只是癡心地想她。同時打算如何重返美國，等到癡夢覺醒（例如Ruth對我冷淡了，或者我來美國的希望也成為非常之小），可能又是兩三年過去。這樣光陰蹉跎，以後對於女性更沒有辦法，自信心更差，老處男就做定了。一個Celia耽擱我兩三年，眼睛一愰[晃]，十年就過去了，這樣一個prospect，我相信你是很不贊成的。

但是我至今覺得Ruth遠勝我的其他女友，面貌和人品都好。Intellect也許只夠中等以上（讀了圖書館系，再好的Intellect也會降低的），但是她的英文一定不差，她說她在college時也讀過creative writing的課程，可以做我的幫手。如能同她結婚，將是很幸福的，你在New Haven也親口對我說過，信Quaker教的小姐很好。不過我一向不追求「幸福」（這大約是使父母很worry的），只有等「幸福」自己降臨了。

Ruth在春天似乎比冬天更美，臉上很清爽，皮膚delicate，好幾處可以看見很細的青筋。坐在那裏，儼然是個pale version of Jean Simmons。Jean Simmons的眼睛較圓，她的較長，近似Grace Kelly。她的眼睛我已經讚美過，清澈、和善之外，還常常有機智。她假如將來要做老處女，相貌上也可找到理由。她的嘴唇很薄，下巴較尖，說話時嘴往外微翹，幾乎看不見嘴唇。她頂吃虧的地方是她的carriage和gait，背已微駝（我的背亦微駝，駝慣的人自己不覺得的），走路帶八字腳，看她背影走路（尤其在匆忙時），簡直是個老處女。但是她假如手裏拿了東西（我頂常見的東西，無疑是「飯盤」），全身反而可以取得較好的平衡，因為身材苗條，看上去還是輕盈的。她坐定了，年齡立刻顯得很輕，even less than 25。

你說她對我不存戒懼之心，大約是事實。星期四早餐的情形我還可以補充描寫一下。早餐時我先坐下，接著來了Norbert，他就同我討論上一天晚上Bridge慘敗的情形（雖然你知道我心裏有所期待，對於那個討論並無興趣）。Ruth來的時候，她似乎連good morning都沒有說，頭一句就說「A sad story」。後來又知道我沒有大考，還有工夫打Bridge，就稱我是「professional loafer」。我怕她的「教」反對打Bridge，又怕我們的討論影響她的用功，就停止討論，不理Norbert了。這一suppression反而使得我木頭木腦，話都不會說了。只是坐在那裏，欣賞她的美。她讀了一下，忽然嫣然一笑，手在耳朵邊上指劃，表示一邊進，一邊出，一句也讀不進去。她這種態度，似乎已經拿我當很熟的朋友了，是不是？

星期四下午發信之後，心緒不寧，就去downtown拜訪Spacks。Spacks的intellect可能在我之上，可是寫文章有時比我「拆爛汙」，我很喜歡有這樣一個朋友。到他房裏，Pat. Meyer也在，他們說他們下星期（六月十日）要結婚了，我就恭賀了一番。Pat.很沉默寡言，同Carol差不多，雖然學問很好（已是Ph.D.），但決不像中國時代女性那樣，瓜拉瓜拉軋到人前來的。她稱Spacks為Honey，態度似乎也很崇拜Spacks（同Carol的崇拜你相仿），讓我們談話，她不插嘴。她去廚房做了咖啡，並做了幾片Banana Bread（很香很鬆）。她說她很感激你一件事（這件事你恐怕都已忘了），她有一次病了好幾個星期，Pottle那裏的筆記缺了很多，想問人借來補抄，但是Yale「同學」間的競爭激烈，沒有人肯借給她，只有你借給她，她因此非常感激。我說你是非常nice的，她說非但nice，而且bright。Spacks對於你也已久聞大名，聽說你只有機會教中文，沒有機會教英文，很是氣憤，說道：「這是根據什麼perverse logic？」他們預備在Bloomington結婚，預備省錢。婚後去紐約玩一兩天，然後到Philadelphia Spacks家去。他們結婚那天我已離此，喜酒是吃不到了。

今天我預備送去繡花緞（紫色）質枕套一對，卡片上用你我兩人出面。那對枕套我是去年買的，預備送你和Carol的婚禮的，但是有人認為繡工不佳，我就沒有送。這次帶了來，預備仍送給你們或者任何該送的人，現在這樣送掉了也好。其實我對於繡花的東西，並無多大好感（你想必也有同感），因為繡花東西顏色大多太豔，且不耐髒，不合實用。美國人少見多怪，也許會很喜歡。那對枕套原價在美金五元以上，到美國來應該更值錢了。我送Carol的兩雙鞋是織錦緞的，她說她喜歡它們勝過程靖宇所送的繡花鞋。

昨天（星期五）我同宿舍裏的朋友去Brown County State Park玩了一個下午。那種Park只給開汽車朋友白相，在我還是第一次見到。假如走路白相，非但要走得累死人，而且風景也單調得很，汽車開來開去，還多少有點變化。公園附近的小鎮Nashville，古色古香，我來美後也是第一次見到。房子都像是一百年前的。那裏是印州的美術中心，有好幾家Art gallery，賣古董的店也很多。

小說續寫了只有一千字，真是難產，大約只有到New Haven來續完了。苦思極想，想不出好句子，心裏很氣。煙抽得太多，可是又不能不抽，有時擱筆不寫，出去走走，目的就是想少抽幾口煙。

這兩天已不大有留戀之感，也不miss（verb.）Ruth。想到去Elkhart之事，有時有點恐慌，如此而已。行李尚未開始整理，預備把書寄台灣，冬天衣服交郵政先寄到你那裏來，我身邊行李減輕，行動可以較自由。去芝加哥如無便車，坐bus，或火車，或飛機都說不定。我身邊現有三百餘元，夠我各處玩玩的了。

在Bloomington體重減輕了八磅（護照上137 lb.，現在不到130 lb.），頭髮也掉了不少。大約是工作相當繁重，而營養不如台灣（我不常吃牛奶——吃了要瀉肚子，美國菜又哪裏有中國菜那麼多的油膩？），但是精神體力都很好（並不為體重減輕而worry）。信上的我常常是哭喪着臉的，但在宿舍裡，我的「胡鬧」是出名的了。我的思想雖然悲觀，但是做人很cheerful ——這點你大約早已知道。所以可以請你放心，行前當再有信，專此 敬頌。

近安

濟安 頓首

六月四日

希望你們有個很快樂的Anniversary慶祝，樹仁應該更可愛了。Miss Shepherd的電話尚未打通，我date她其實並無多大誠意，找不到她就算了。

278. 夏濟安致夏志清（1955年6月5日）

HAPPY ANNIVERSARY

To Jonathan & Carol

Tsi-a

June 5, 1955

279. 夏濟安致夏志清（1955年6月6日）

志清弟：

剛剛接到來信，承蒙如此鼓勵，甚是感激。我定星期三（八日）上午九點半搭乘同學（黑人，為人似尚不討厭，名Christian Maxwell）便車去芝加哥，到了芝加哥擬不停留（也可能停留一晚，住YMCA），即去火車站或公共汽車站轉赴Elkhart。當晚休息後，也許星期四再去找Ruth。

我身邊有Bloomington到芝城的飛機票，這張票大約值三十元，我預備將來用以貼補紐約到洛杉磯的飛機票之用。我如坐飛機去，另外要出三塊多錢的汽車錢—— Rogers到飛機場Taxi約二元，芝加哥Limousine一元五角，Limousine下車後，可能再要坐Taxi到我要去的旅館。可是現在從宿舍直接開到芝加哥，那位黑人只charge我三元七角半。

我所以不在芝加哥停留，因為在芝加哥玩一次很勞神傷財，我最近的mood並不想玩。我最近只想either到紐海文來，or到Elkhart去，到別的地方去觀光，暫時無此心情。Jeanette假如失望，只好讓她失望了。可是據我知道，Jeanette在芝加哥紅得不得了，成了Toast of Chicago，照她的美貌，加上芝城以及附近各地中國獨身男子之多，她的應接不暇，你也可以想像得到的。

Ruth的家（她父親）在Illinois，這個我在以前一信裏已報導，即於飯廳排隊時講起的，她在Elkhart做事（恐怕是那裏的中學），她假如沒有回Illinois，我要找到她不難。她的父母不在近邊，也可以減少我的窘迫。

我本來決不定要不要透露愛情，今天決定照你指示，見面後俟機會，向她透露愛慕之情了。

我的對她的愛慕，其實她不會不知道的。她覺得奇怪者，為什麼這個男人有這麼大的「定力」，做事如此不露聲色。她也許能想像得到我為了Nervous，才有一個時期不敢同她見面。

上星期三的那張相片，成績好極了。這是我在Bloomington成績最滿意的相片，可能是Ruth近年來最美的相片。你和Carol也許很curious，要看看到底Ruth如何美法，值得我如此神魂顛倒。那張相片可以do her justice。但是很抱歉的，我現在只有一張print，不能寄給你們，讓我帶到New Haven來吧。我已order放大8″×10″一張（65¢），如放大成績滿意，當請她簽名，配鏡框供奉。

Miss Shepherd處電話昨天接通了，但是她很抱歉，昨天她要出去picnic，玩一天，今天一早就要走，不能接受我的supper之約。但是她邀我到她的小城La Porte去的，那個城比Elkhart更近芝加哥，我相信我是不會到La Porte去的，不過她這麼一邀請，使我去Elkhart的膽子更大一些。美國女孩子大約好客的多。（我說我date Miss Shepherd沒有誠意，因為我電話如打不通，從來不把我的姓名或電話號碼報告給她的同房間朋友的。）

昨天去McCormick's Creek State Park①去玩了一個下午，和中國同學們一起去的。該園佔地約4餘acres，只抵Brown County State Park②的1/10，但形勢較曲折。

今天早晨托Laundry寄走25磅衣服（寄到你那裏），又托書店把書打包寄台灣——我不善wrap或pack，有人代勞，大為輕鬆。現在身邊只剩夏天單薄衣服，儘我各處旅行，不致累贅了。

---

① McCormick's Creek State Park，位於印第安納州中部偏西之伯明頓，是該州最古老的州立公園，始建於1916年。

② Brown County State Park，位於印第安納州之布朗郡鄰近納許維爾，始建於1929年。

我本來買了一條75% orlon，25% nylon wash 'n' wear的褲子（8.95），今天去配了一件上身，同質料，價¢25；顏色上下身不同，褲子是青條，上身是dark charcoal條，都是Cord design。所以不同者，因為褲子顏色較淺，配不到同色的上身，本來是不預備配上身的。據店裏說，charcoal條上身，配青條褲子，也很好看。有這麼一套Cord，再有一套Saks的新西裝（你送的sharkskin和tweed也都帶在身邊，因為可能天氣變冷），我去Elkhart行頭也夠變換的了。

我本來想買dacron-cotton混合織物的Cord西裝，但是有一天很熱，我亟待夏天西褲，Bloomington店裏還沒有dacron-cotton的便褲，只好買了一條Orlon-Nylon的。Orlon-Nylon的壞處是「極光氣」很厲害，恐怕不吸汗；好處是很輕，很爽，不怕皺，容易洗，而且質地也很牢（stitch，口袋等都是Nylon），「拖」得起，像我這種馬虎的人穿了也很好。我也許再會買一條dark charcoal條Orlon-Nylon褲子，索性配齊一身。六月份的*Consumer Reports*是夏季fabrics服飾專號，我等了好久，尚未見出版。

這兩天心情平和，現在我是looking forward，並不look backward，所以對於Bloomington已經不大留戀。去Elkhart的事似乎也並不很可怕，因為所有的contingencies我都已經想過：（一）她snub我，這個可能性非常之小，照她的個性和她以往對我的態度看來，她不會snub我的；即便snub我也不會生氣。（二）她不在Elkhart，我可以留封信，到了紐海文後約時再去；（三）她有要好的男朋友，我也不會吃醋，因為我同她剛認識不久，沒有吃醋的資格；而且我的野心很小，目前只想同她熟識，並不想Win her heart。這是往壞的方面想，往好的方面想，我現在並不像你這樣的樂觀，也不想得那麼遠，至少我不相信她會到台灣去傳教的（我也不會勸她去——我自己就討厭台灣）。不過我相信我們可以談得很投機。我的英文實力尚未向她表現，她假如待我好，我當然一定會把我的小說拿給她看的。她假如冷淡，我也決不摳上去。我這兩天如此想得開，所以心境很平和，意識中和下意識中都沒有什麼恐懼。我將送她一小罐香片茶葉，我還有兩聽不知什麼茶（Lily送的），和一聽綠茶，明日付郵寄給你，請你們喝吧。美國人很欣賞香片（Jasmine tea），可是我現在只剩一小罐了。Ruth喝茶不喝咖啡，似乎還不加糖。

總之我近況很好，只是坐不定來寫作。"Jesuit's Tale"只有到New Haven來續完了。別的請參看給Carol的信。下一封信是否將從Elkhart發出現在還不知道。我若不久留，也許就不寫信了。專頌 快樂。

濟安
六・六

[又及]寫給父親的信，要討論人生哲學，這兩天沒有心思寫，過兩天再寫如何？

280. 夏濟安致夏志清（1955年6月9日）

志清弟：

作此書時，還在芝加哥procrastinating，你聽見了恐怕要大為不滿了。昨天上午十一點半才開車，路上又走了一段冤枉路（轉入41號公路時，車往南開，instead of北開），結果晚上八點鐘（天尚未黑）才到YMCA。登記時我填了兩晚。但當天晚上我出去散步，就到火車站問明了Elkhart的火車時間，芝加哥各種鐵路公司大約有十餘家之多，假如不去問訊，真不知道該坐哪一家。結果勞勃揚的N.Y. Central有線通Elkhart（該線直達波士頓、紐約），Greyhound無直達線，要走Michigan繞圈子，我大約明天下午去Elkhart。

今天走了一天路，相當吃力，但說話很少，元氣還是保養得很好。上午去Art Institute，進了裏面，才知地方之大，就是走馬看花，也走了三個鐘頭。中國畫不多，但法國近代名家甚多，如Van Gogh之自畫像，Renoir之小女孩等，想不到都在芝加哥。附上Renoir素描的翻版一張，你想必很喜歡的。翻版各種大小很多，有Van Gogh的「某夫人像」很大的翻版，只賣2.50，紙質極厚，幾類帆布，我很後悔沒有買。買來了可以去香港時送給宋奇。

Art Institute出來，參觀Marshal Field，這家百貨公司大約比紐約的Macy's大。建築有一點很像中國舊式的店鋪，你總記得中國舊式店鋪頂上有天棚的，M.F.也有天棚，可是它的天棚在九層樓上面，Ground Floor的顧客可以抬頭看見九（？）層樓上的天棚，這倒是很特別的。

在Marshal Field時，天已下雨，後來下個不停（昨天也下了一上午雨），可是我還是坐電車去參觀芝加哥大學。芝大的Campus相當大（大多Gothic的建築），我在雨裏走來走去，淋得很苦。

從芝大回來，再去參觀Aquarium，但是到那裏，時間已過五點，參觀時間已過。Aquarium邊上的Natural History Museum大得無可比擬，我生平還沒有看見過這樣大的一幢房子，裏面去走一走，豈不要把人的腿走瘦，我因此暫時不敢進去參觀。明天上午也許再去Aquarium，Aquarium地方較小，也許可以一兩個鐘頭看得完。

芝加哥的downtown不如紐約，主要缺點為架空電車尚未拆掉，顯得光線惡劣，而且那種鐵架子看上去很髒。

芝加哥最使我歎服者為它的「外灘」，馬路之開闊，我想世界上沒有一條馬路可以和它相比——遠勝北平天安門和東京。平均大約有十六個lane——正式「外灘」是Michigan Avenue，六個Lane（三來，三去），Michigan Avenue外面是Illinois Central火車軌道，火車軌道外面是「外灘公園」（Grant Park），公園裏面外面復有汽車道（即US Highway 41，這一段一名Lake Shore Drive）若干，平均來去各有五個lanes。有一段地方Lake Shore Drive的南行道復分為二，兩者之間有露天音樂場Band Shell一座，兩者各有四個lane，它的外面再是往北行的汽車道，再外面是湖。我所講的那座世界上最大的房子就在「外灘公園」裏，四周汽車疾馳，很為壯觀。芝加哥竟然以博物館出名，還有一處Museum of Science & Industry據說大得不得了，我是沒有勇氣去看的了。

明天上午也許在旅館裏養精蓄銳，不再出去浪費精力。下午去Elkhart，我對此行，不知怎麼沒有什麼enthusiasm了。恐慌倒未必，只是覺得沒有什麼意思，defeatism（即使認為去了也成不了什麼事）很強，既然認為是「與事無補」，「懶」蟲又來作怪，認為何必多此一舉。這種種心理毛病，你也可以想像得到。但是我是一定要去的，可能住三天（星期天去做禮拜），假如能住到三天以外，那麼一定有好消息了。離Elkhart後，照火車路線，順便去參觀波士頓最妥（看完波士頓，再來New Haven，頂省錢），但是我拖了這許多行李，想起來就怕，寧可多出火車錢，把行李寄好，在紐海文住定後，再去波士頓。

Jeannette處尚未打電話去，也許行前在火車站打一個。所以不打者，實在怕同Jeannette周旋太吃力。現在我可以有個安靜的晚上，寫寫信，休息休息，enjoy my privacy。假如我同Jeannette已經通過電話，這晚上能夠讓我這樣悠閒的嗎？

到Elkhart後當再有信來。可是別太興奮，我看是不會有什麼結果的。去了講什麼話，我是想了幾種versions，從冷淡到熱烈，從正經到flippant，都有。臨時說出什麼話來，現在還不知道。我可能說是送照片去的。

請Carol也不要太興奮。再談　專頌

近安

濟安　頓首

六月九日

樹仁也在念中。他會不會添一個Aunt呢？

這封信字跡潦草，今天大約走得很累。但是我尚未吃晚飯（現在時間下午七點），吃過後即可復原，請勿念。（現在肚子很餓。）

夏志清夏濟安書信集：卷二（1950-1955）

2016年10月初版　　定價：新臺幣650元

主　　編	王　洞
編　　注	季　進
總編輯	胡金倫
總經理	羅國俊
發行人	林載爵

出版者	聯經出版事業股份有限公司
地址	台北市基隆路一段180號4樓
編輯部地址	台北市基隆路一段180號4樓
叢書主編電話	(02)87876242轉224
台北聯經書房	台北市新生南路三段94號
電話	(02)23620308
台中分公司	台中市北區崇德路一段198號
暨門市電話	(04)22312023
台中電子信箱	e-mail：linking2@ms42.hinet.net
郵政劃撥帳戶	第0100559-3號
郵撥電話	(02)23620308
印刷者	世和印製企業有限公司
總經銷	聯合發行股份有限公司
發行所	新北市新店區寶橋路235巷6弄6號2樓
電話	(02)29178022

叢書編輯	陳逸華
校　　對	吳美滿
封面設計	沈佳德

行政院新聞局出版事業登記證局版臺業字第0130號

本書如有缺頁，破損，倒裝請寄回台北聯經書房更換。　ISBN 978-957-08-4812-0 (精裝)
聯經網址：www.linkingbooks.com.tw
電子信箱：linking@udngroup.com

國家圖書館出版品預行編目資料

夏志清夏濟安書信集：卷二（1950-1955）
/王洞主編．季進編注．初版．臺北市．聯經．2016年
10月（民105年）．496面．14.8×21公分

ISBN 978-957-08-4812-0（精裝）

856.286 105017758